譬如萤与日，于光微有似。

——《宝行王正论·杂品第二》

Côte de
Luciole

岸萤

陈传兴　著

中信出版集团

自序
Préface

A

书如果是空间，某种建筑场所。前言的责任，即是作者所必须承担，假设而不能回避。那他可能扮演玄关，照墙，或是拟人化比喻，守门人；友善亲和些，某种导览者，博物馆解说员，《神曲》陪同游走炼狱净界的伴行诗人。但为何不是侵入大海的长堤，如那部电影所隐喻，带领观看者踏上时间旅程，阻挡夜色疯狂侵袭。还有一种奇特前言生物，波德莱尔的忧郁蛇怪，它无头无尾，可以让人随意截取片段，当下会自行缠绕形成新种有机生命环节，自主自力不受控制影响。否定秩序、时间、空间，无限开展。手稿、编辑、印刷书籍、阅读的册页，它们彼此相互远距，异时缠绕，毫无任何因果逻辑关系，超越物质材料差异，生与再生的套叠隐形文本的腹语者。书写者，作者瞬间解脱其应然的叙述者位置之责任，获得偶然随机的自由之不自由。不要期待他会赠予意义和阅读的愉悦，也无诠释境界在远方开展的期望。《岸萤》也许是一篇持续扩延的序言之书，前言作为正文的他者，他方。没有结论和答案只剩下论述残响，他者的他者独自质问。无序随机交错杂织，断裂文本崖岸不容理出秩序，一如不要幻想追寻寒林萤火，而意义作为文本的假想实体单子也不会凝结在摆荡的记忆工作；如重新给予光照，想要给予、分享的错觉在轻抚过时间肌肤的当下刹那消散不在，沦为被命名成过去；不再，不在，爱伦·坡《渡鸭》反复回唱幽灵诗歌，划开时间原罪，否定时间秩序作为记忆胚胎孕育者，像摄影弃绝负片，底片的实体性可能之隐喻。《情感教育》的过去未完成式，持续的过去之未来。

B

语言的极端例外状态，八个篇章，长短不一的乐章，标题的数律扩展文字，收缩各自不同的无调音程。表面渐增字数不代表章节内容，叙事变化增长，而是诗韵节奏间歇跃动呼唤乐章内急湍流动的语言、影像碎片；撞击、撼动代数语言所象征的理性秩序，最后篇章数理语言涵指身体病理表演行为，理性想象的终极叹息，畸零人礼赞与失翼天使的冬夜咏叹，子夜歌。语言不自主随机异化，瓦解任何企图实体化语言于意义和意向性场域；如同篇章中运用交错异质语言书写去探测思维、意识和无意识，时间；语言交媾和内战状态催生新语言器官机制，抒情散文冲撞逻辑理性论述，碎裂四散成超距远方缠绕文本波动重力场幽灵。像那位来自远方苍白异国青年被抛入陌生殊乡国度的立即初始身体感性经验，失忆与失语地被弃置在无人口岸成为不自主最后的人，等待救助。

如同语言丧失，没有可凭借语言符号作为表征，很难产生对应影像，那么这些记忆场景，事件，是否为某种重构伪记忆，不具有任何真实，真相的虚构？抑或，那位被肉体肌肤感觉经验所烙印的最后的人，面临语言退隐，无法言说的莫名怯惧，彻底失语，没有母语庇护，进入前语言失神空白。“堤”的出现，不仅作为空间修辞联结，给予影像叙事缝合填补空缺，类同那两张机场影像静照。“堤”，世界末日战争幸存俘虏，双重囚禁，生物政治控制与自我记忆工作。影片中喃喃自语旁白，向谁诉说？于何时当时间折叠环绕，徘徊在永恒重复死亡又重生的孤独世界魅影，逃不出自我意识困境，等待他者颜面光照救赎，一如两张摄影静照隐晦脚注，无声对话，执迷，魅惑。

C

《岸萤》追忆漂泊于异国他乡青年成长叙事，八个篇章，八个文本国度，映照昨日残影，重写波斯人信札。书写的当下片刻和不时浮现凝固过往，所有的时间差异，以及篇章里零乱场景事件时序性迷乱，种种时间音声和遗痕构成文本国度的实体，划出与溶蚀疆界，入侵或逾越，表征文本的随机实体转换运动。影像不是书写的对位句点，书写也不为影像的喑哑话语而存在。不同的光照显现现象，犹如身体意识感知经验之回溯，没有定言规定它必须呼应思维理性论述工作，对诘与协商没有确定的权力宰制关系；碎裂，延迟的魅影远距幽灵缠绕形成幽微难测重力场遁走双曲线。“堤”的幸存战俘不一定非要认识“光”的笛卡尔，他被囚禁，控制作为记忆实验对象，救赎遥不可及，只能执迷于茫然失落的爱恋女性颜面，无从留存的片刻面对面邻近幻影。他可能会沉思，但不确定能否引生出笛卡尔式的自我。笛卡尔执迷于理性，神的自然光，操作光学实验假想建构几何光学规定光的运动轨迹。从笛卡尔的光学镜片投映成“堤”的幻灯影像电影，光走完逆转背反途径，观察理性秩序转换成幻想欲望场域。光学仪器双重性，分别由“岸”和“光”作了拟音背反。岸暗同音，暗光的遮蔽，白日音声残响，隐约唤醒黑夜光照，夜光，漆灯，荧光。光的他者。

D

列维纳斯区辨白日之光和夜光之差别。前者主导显现照耀，支配观看。而后者则是让光自身成为被观看对象，主导被观看。白日遗忘光源，夜显现光源存在。看与被看关系决定光的政治权力，以及，光能否走出和自我的存在独我困境，本体论陷阱，打破列维纳斯所言的光之困境悖论："世界与光皆孤独"。

而这需要一种近似中观思想的伦理规定；能否，必须要有一种光去照耀，显现光。走出光照现象的主体单子隔离孤立，走向他者，他化我成为他者的他者。

此正是"暗房"之必要，作为暗光场址，黑色记忆影像胚胎的孕育和庇护处，出现在"光"之暂止点，暗与光的结合，萤与日的同异共存。影像拟同记忆之颜面，其丰饶特质，不在于保存记忆作为时间痕迹记录，而是指向记忆空缺，匮乏溢出记忆，逾越记忆尺度的遗忘他方。不再是那种想象影像后面有层层堆叠深度，它仅只是情欲投注的表面肌肤等待轻抚，而不能占有，如同"堤"里女性颜面，和暗夜国度子民，移民，劳动者，火女，后宫怨女，堕落风尘半下流社会女子，畸零人，背德者，变性双性失翼天使。他一她们引领走向他方道路，中止自我想逃回自我的孤独单子世界。容借李义山咏紫藤诗，逆反对照：

一树浓姿独看来，秋庭暮雨类轻埃。
不先摇落应为有，已欲别离休更开。

拗怒声调，错落语序，彰显那种独我欲想独占有殊胜孤树繁花现象而不可得的欲结。阻止时间流逝，命令别离差异生成的暂止，不容他者，或是畏惧走向他者，我内之他者的禁止。永远的过去未完成式，只为我而显现世界。波斯人的后宫，《情感教育》的背德者们的世界。临近和距离的无限终极矛盾。

I

岸

Côte

尽力去拼组，他们依然不理会，持续逃出记忆丝网，幻影拒绝遮
约，留存不住任何微细颜貌身影残片。这么多年，总想不起那些曾经伴随自己第一次离乡远行在一个密闭如此亲近又疏远的航行机器中，时不时这疑惑会回来，短暂，但一再。更令人不安，谁坐在旁边，男或女，年轻或老人，全是陌生人，他们允许我保存最后尚未成为异乡人、外国人之前的特殊是也不是状态之间，所有人都在空中，被飞行。返乡或离国者无差异坐在那里，短暂一齐呼吸有限气息。是不是第一次远行，离家，不是旅行，也非放逐或移民，就只走向远方，虽有自由选择，但目的之偶然仍是未知。是这特殊的第一次的断裂，遁走的强烈震荡阻挡面对面，认识片刻聚合共体他者，擦拭、拒绝记忆可能？航程中，有过对话？多久的沉默与睡眠？这些记忆之外的幻影片段各自完成旅程，有序或杂乱，行李与背影走远。

空洞行李间，最后的人，我。看输送带缓慢减速，然后停止不动。地上也是空的，日光灯闪烁，耳里似残留齿轮机械皮带叹息，混杂渗进消逝人群背影身后没跟上，浮动慌乱体味香氛。坐在塑料长椅面对不预期的灾难，没有托运行李。空白，抱着硬皮相机箱和随身小行李袋，时开时合玻璃门外溜进来冷风，透明沁凉薄膜无声息对着裸露衣袖外的手臂轻敷，耐心不放弃包扎。

缩卷弓着身让手臂躲在黑皮箱后，漆亮皮箱上倒映乱发凹陷空洞眼睛，苍白失血枯干双唇抖颤脸孔，呼吸热气模糊润湿暗黑倒影。预期接机的人，没出现。远处大厅中，拖地清洁工人，拉着机器收回电线走了。三三两两没多少人在那里游逛。没有声音的默片，褪色刮痕累累，等了多久？亚洲时间、岛屿时间、黑夜或清晨、这里的时间，地上日影逐渐退缩，离开，走出屋外。没人来。翻出旅行袋中英法对照字典，语言地图指引登记失落行李处。三重语言的荒谬剧在一连串否定，表情和手势身体叠加高低变化语气；作为异乡人的第一堂语言课如何寻找失落物；第一个充满感性情感的法语字词，否定词，啊，那种毫不遮掩又重又赤裸的奔跳回旋变形否定之舞。责怪、轻蔑与诱惑不一而是，最后结束在我晕眩苍白的表情和不停翻查寻字却始终落后跟不上脚步的手指，疲惫至极的手指只想停在唇上，否定的苦刑。最后签名在一阵狂笑中，忘了，写好中文名字被划掉，他指着护照拼音

生名，结巴装腔作势大声念出来。新名新声，被召唤、嘲弄地给予异乡他国的法律新人权利和许可。第一次听到自己的名字用另一种语音呼唤，离异的战栗升起，那人是谁？我在心中自问，来自遥远地域亚洲岛屿的母语人名被强烈剥除移开，像洞窟里被揭离的湿壁画，墙上仍带着些许残留色彩线条和轮廓将被重新填写描绘。揭除的原画原名包裹在布帛藏在箱中从洞窟中运走，劫夺、偷窃，异地重置，何时才能重见原壁画，洞窟中的原壁画，原音歌颂？从此，我将是被剥除原貌的壁画墙底，斑驳遗痕伤口等待重新覆写、描绘。从此刻开始我将只是亚洲人，还没有面貌的亚洲人。1976年9月底，初秋，24岁新从大学毕业，同梦想与幻想分不清的一代人一样，远渡大洋，选择自由，家族中唯一赴海外就读。不愿跟随兄长们承继经营父亲遗留下的事业。

接机的人不见踪影，看着一班又一班新抵达旅人，重复拥抱、叫唤、哭泣、举名牌寻人，然后消失蒸发，潮汐般拍岸，离开再返回。坐着，站起，从接机大厅这头走到另一头，然后数脚步，这里那里。坐下翻翻字典，试着解读弃留在地上的报纸，片段。听广播，宣告抵达的班机，约略猜得出城市名字，还有那些重复又重复的字词，是什么意思？学着发音。尝试走出门外，冰冷秋风很快将人吹回室内。没来，彻底被遗忘，像那个没抵达的旅行箱，没完成的旅程。数次走过身边疑惑张望的清洁工眼神，户外逐渐转成昏黄阳光。必须离开，不能等了。确定身上带的台湾巴黎学生中心地址，没弄掉。必须换钱，身上只有很少法郎，大多是美金。汇率问题还来不及出现，货币交换点已经关门，休息。环顾四周，只有一间咖啡店开的，其他商店都拉上门，看样子，接机的人不会来了。只能离开，往外走。

不能退回室内，屋外景象瞬间变得如此强烈，第一个异国风景印象。原本极度疲乏，长时飞行和无妄等待，麻痹呆滞的身体中，沉重迟钝感觉一碰触到秋气随即被冻醒，颤抖得异常敏锐，甚至警觉。冷风从裸露短袖双臂，毫不保留侵入单薄夏衫身体，吹走忐忑不安何处落脚寄宿的焦虑，身上挂的黑皮相机箱沉重冰冷没有生命已死了很久僵直的躯体，要不是里面抖动相互碰撞微微声响金属机械，死寂，就像眼前那片期待已久的风景却又不像风景的广场，呼吸冰冷干燥，鼻不出差异，干涩的眼睛润湿。贫乏枯竭的灰黑广场，蓝色秋天午后近黄昏的大停车场，候车公车站。零星稀疏点缀少数枯黄弱小植栽畏缩脱叶。灰黑柏油路面，白色黄色线条，大写文字和箭头直或弯曲指示方向。没停满，很多空位。说不上风景的广场，没有伟人雕像站立，也无特征、名称或标志的叫不出名号的中性地点，放在世界上任何地方都一样可行的场所。它可不是我从电影、画册、照片集、风景明信片中长久认知的巴黎街景，19世纪的建筑大道和人群，没有。1979年9月末，奥利机场。只有天空，高一些，温带的天空阳光和季节，不一样。午后向晚近薄暮的秋阳，不刺眼但明亮光耀正褪成微温的暖调金黄，开始带点灰蒙雾翳隔阻透光。蓝天，快速转变，更饱和的蓝，醇釉近黑的深蓝，魔幻深蓝。

广场上只有一部公交车，车内灯亮着，在天色犹亮没路灯照射下，很奇特。出租车站空荡荡。唯一的选择，站在车门口拿出地址纸片，还来不及掏出字典，司机疑惑直视的眼神，找出身上仅有的些许法郎小钞，混上几张美金拿在手中递出去，他先摇摇头，然后一声叹息嘟哝两句低沉喉嗓法语，做个手势要我上车，没收钱，自顾自抽烟，双手按着方向盘。靠窗边坐下，脸贴着冰冷车窗，红色奥利机场霓虹灯点亮，机场内影影绰绰走动人群。起落飞机反射暮色彩霞映在机身上。公交车内，没人上来，司机兀自含着烟，断断续续低声哼唱旋律歌词全卷成一团的歌，暖气和歌声还来不及看清窗外风景，感觉车发动时微震，上路摇动，昏睡过去。被司机摇醒下车时，才发觉已经进城，公交车停在出租车招呼站旁，他帮忙拿出地址，数好法郎和美金交到出租车司机手上，挥挥手，回头看，他已上车。车流，城市街道光影声响交错，我记不起来他的身形面貌，法国人或北非阿拉伯人？换车后，说了那些话，不太可能说也许更接近真实，有限的法语跟没有语言的人没差别。夜晚中，环城路上，往寄宿处。

《堤》，奥利机场观景台作为电影的开场—结尾的主要场景，第三次大战世界终极毁灭前的最后记忆，魅惑引生和终结记忆的时间循环场所。克里斯·马克用很简易低限技术快速完成这部科幻电影短片，开创出新的类型电影原模文本。时空旅行、平行时空、可能世界、虫洞与时间循环，等等原本是高深难以理解的量子力学课题，相对论悖论被转化成寻常语言，叙事场景，先锋实验电影书写衍生出好莱坞商业主流科幻电影商品经济。原本“堤”中的自发诗意创造和形而上学内涵退位被高科技资本运算内容取代，“堤”所隐喻指设的人之终结，启示录末日世界变形魅惑具现。

(I–1)

如何看待从弗里茨·朗那蒸汽庞克19世纪机械力学生产工厂的《大都会》，经过核爆毁灭后的时空扭曲，穿越时空寻求终极救赎的《堤》到今日泛滥充斥银幕的平行时空科幻电影俗套，奥利机场标志代表这个巨大的断裂转换，由记忆—意识出发的超验科学想象，可能又不可能的新观察者技术。

《堤》没有巨大机器，看不到任何炫目复杂的时空穿越装置和未来式的空间场址。窄小封闭的幽暗牢房实验室，既是庇护所也是监狱与精神病院。实验者只使用药物注射，多个针筒和针筒注射的大特写画面一再强调：这就是时空旅行的实验过程，简单甚至粗糙的画面手法，不寻求说服观众相信，不去营造叙述和影像的诱惑产生幻想认同。单纯直接画面影像逼迫观看者直视，不让逃避或回转。零度以下的低科技技术器具取消任何魅惑机械装置中介，没有愉悦的美学借口，被实验者折磨抛入时空扭曲的囚犯肉体精神痛苦状态，残酷直接暴露无余。

恐怖与残酷的影像，碎裂叙述性可能，它们原先附加的叙事想象被割开，伤口，时间孔隙；时间的科学实验，或是，刑求问案，或者，精神治疗药物麻醉效应。主角—囚犯—没有名字被蒙上双眼不能观看的战俘，白老鼠，挣扎扭曲的脸部大特写画面，听不见任何叫喊哭泣，空白露牙的双唇，观众只能被允许接收那个冷漠中性不带情感的叙述者旁白：

> “实验第二天，一些影像开始熔结，像招供（aveux）。”

每个碎裂的影像，不具语言意义和指设的刑求供词，或告解忏悔。招供、告解什么，罪过与真相？《堤》由此开启时间之门，回到过去，不是回忆、记忆，是真正的过去，不同于普鲁斯特的感性自发的神秘回忆经验，真实，反事实，可能世界的真实：

> “（像招供）。和平时代的清晨。和平时代的房间，一个真正的房间。真正的孩童。真正的鸟。真正的坟墓。第17天，他在观景台上。”

谜般的告解，供词，没人听得见那时断时续近乎无声的呢喃低语内容，只有语音音响在空白语词上回荡，谁的声音？谁在倾听？是《去年在马里昂巴德》不在场的人物，是《印度之歌》逝去殖民幽灵歌声？没有时间，也无吟唱叙述者，无主也无所向往指处的呢喃啜语，像《堤》中那些不能拥有姓名的时间幽灵人物的无意识场所所在回音，导演书写者无意中改写擦拭不尽留下的昨日伤痕？《堤》和同一年《美好五月》俨然两部完全不同风格电影出自同一个导演。一部纪录片，“电影—真理”（cinéma-vérité）的经典作品。几个月后《堤》离开当下现实世界，巴黎，转向虚构哲学电影书写，开启另一道未知的影像想象道路。从此时此刻的生命世界时间，马克自发直觉性碰撞时间课题，从事物环境中剥除“时间”，不以知识逻辑或任何现存的哲学思维、文学去探索和表现时间现象，开展出来新的电影叙述与场景。也正是这种自然天真的感发让《堤》中的回忆—记忆和《广岛之恋》《去年在马里昂巴德》或杜拉斯的《印度之歌》存在巨大差异。先验与历史、个人传记的过去时间之不同。而介于《堤》与《美好五月》的差别，除了类型与修辞风格——一者是明亮抒情城市牧歌，另者是歌德式黑暗阴郁末日启示录——影片的制作方式更是两种纯粹电影实践，从这差异点上，明确展现马克对电影政治，电影与政治不言自明的批判。不论是所谓电影—作者论美学，或者商业机制生产的电影，导演书写者不停地寻找走出电影镜像之外的可能。

《美好五月》采用民族志记录报导方式，手持摄影机，同步收音，最低限剪接，不介入的电影—真理手法；手持摄影机的人。《堤》极端化《美好五月》潜存的反电影欲望。回到比默片更早的原始电影正要萌芽的黎明时刻，动态影像仍未全然主宰摄影静照，电影未被影像—运动所魅惑迷失的起点。《堤》用照片翻拍剪接成29分钟短片，片头特别标明这是“摄影—小说”（photo-roman），这个副标题在1992年影片以书刊形式出版（zone booke），有意无意，副标题被改成“电影—小说”（ciné-roman）。乔纳森·罗姆尼[1]，解读此改变，认为是马克要观众以阅读书本方式去看《堤》。这完全窄化了，马克的电影实践策略，只停留在表面字义理解。要释放出马克创作《堤》那时的多重原动力，不是动机，更非意向，那首先要并置《堤》和《美好五月》的差异性，从此处去回应马克不同电影实践的无意识场景。首先，如上面所作的比较可以看出，马克用静照去构筑《堤》是有机自发而非偶然随兴选择表现方式与材料。

从《美好五月》到《堤》，马克操作回溯和考掘，回到电影源头的探索。努力走出巴赞电影本体论，写实主义反蒙太奇的美学宰制，《美好五月》意图回到电影—真理，民族志电影，俄国先锋电影导演吉加·维尔托夫，而《堤》则要回到更早的电影史，电影萌芽孕生时期，影像运动尚未主宰，掌握叙述与观看的时期。两部电影文本，运作了彼时法国文化思想的两股动力潮动，回溯（retour），回返，和辩证反向的外方，外边（dehors）。两种彼此相反的运动与力学拉扯好几代法国思想精英与知识分子，影响并支配整个时代文化思潮，返乡的尤利西斯，或是被放逐永远不得返乡，永远向外飘荡的犹太人或海上幽灵。借此可以理解副标题的改动后面其实是一个否定性工作，外方运动。“摄影—小说”否定《堤》是一部一般定义所谓的电影，而当《堤》被以书印刷方式出现，它又丧失了最初“摄影—小说”的回返原动力，“电影—小说”否定《堤》是书籍，解脱《堤》被囚禁在

1 Rornney, Jonathan: “La Je
unchained melody”, 2007.

书籍纸张牢笼，释放《堤》的回返浪潮，海堤的崩解，海啸重启末日可能入侵。

“摄影—小说”副标题指向《堤》建构时的复杂历史条件，复因决定的多重场景若单从字面意义，或少数文件去作化约解释，除了误读，更大的损失是让《堤》变成一独特“作品”，电影史的天外流星，被物化崇拜。远离了马克的书写，创造动力源起。

首先，“摄影—小说”并非马克的独创，它来自19世纪末到20世纪初盛行的画报大众流行媒体，欧洲市民文化，俗文学和新闻报导混杂的印刷书写文本。20世纪电影消费文化出现之前的主流大众文化。巴赞在“摄影影像本体论”文章中分析这现象，他特别指出摄影画报和一般插画画报两者在1890年到1910年之间的竞争，而插画画报较能满足大众对于戏剧化的需求欲望。巴赞又特别强调，这时期的摄影影像的记录报导特质尚未彰显[2]。“摄影—小说”延续19世纪末欧洲市民文化的大众文学媒体形成与材料，《堤》的历史时间性与文化空间明确，而不仅只是一种抽象想象操作，认为它只是一件高蹈纯艺术先锋作品，《堤》来自于波德莱尔之后的19世纪法国城市市民带上超现实主义观看的特殊天文日食景象。这层谱系关系也帮助让人理解，马克终其一生作为国际主义者，民族志观察者，政治社会运动游牧参与者，着迷采集各类影像对象，电影、摄影旁及各地明信片、日常生活文件。走出法国、欧洲，走向世界尽头各地搜寻记录，他称之为“非记忆”（immémoire）的差异文化对象作为构筑由外向内广延的想象国度地域舆图，无限延伸的长《堤》深入世界海洋。也许这个发生在《堤》之后的无意识邀约旅行实践，凸显《堤》作者出航的堤岸，奥利机场没有终点的永恒出发航站。然而在这游牧事件实验具现之前，游走在制度、体系之外的自我放逐之前，克里斯·马克于新浪潮涌现时，1950年代末，他被《电影手册》主流评论视为未来法国新电影的几位领头弄潮人之一，新青年电影作者。拉巴特，《电影手册》主编在《法国青年电影杂论》高度赞赏马克的《西伯利亚来信》跳跃混杂记录与剧情打破类型的不拘创作，他视之为电影界中的特洛伊木马，将民族志神话小说化谱写出特殊的电影作者个人世界观。影片中处处玩弄悖论与愚弄，洋溢不断越界的“过多”（trop）。拉巴特透过一个

2 Bazin, André: “Ontologie de l’image photographique” (1945), in Quést-ce que le cinéma?, Les éditions du Cerf, 1975, p. 11 note (1).

新词来形容《西伯利亚来信》的独特性：

3 Labarthe, André S.: *Essai sur le jeune cinéma Français*, Le terrain vague, Paris, 1960, pp. 39–40.

> “这部独特电影，双重、三重独特电影，它既不畏惧文学，或是最糟的电影禁忌，影像的绝对价值不停被质疑，为了突出相对价值。……，这种手法，……，远离雷乃或胡许，事实上他这类混合电影提出一种新模式，在我们当前电影，他组合纪录片的严谨，和剧情片一般属性。……。我们可以说这种电影是一种科学—虚构剧情电影（science-fictif）。我们可称这些新影片作者每个人都用自己的方式混合科学（纪录片）和剧情片。鲁什、雷乃、弗里茨、夏布洛尔，每个人都对这种结合的问题提出解方。克里斯·马克也提出他自己的。”[3]

科幻片，科学—虚构剧情，拉巴特的定义名称宣告了《美好五月》和《堤》的创作。愉悦、享乐，近乎恶作剧的达达和超现实主义表现，笑的修辞似乎持续在马克电影作品，除了《堤》，为何出现这出格的黑暗忧郁哀悼的咏叹，是否有某种不可言说的反讽？启示录末日预言，拉巴特在同一书中专门谈论科幻文学、科幻电影章节，点出这主题从中世纪炼金术士著作开始，一直到20世纪持续热烈不停。拉巴特的论述解开马克的《堤》藏在副标题后面彼时的电影思潮文化痕迹。

纪录片，电影——真理和虚构的距离，既是决定纪录片的伦理标准，也是其美学表现方法所依；由此，诱惑与危险自然发生。《美好五月》与《堤》的差异，不仅是类型书写方式不同，它反映导演自身对电影，对电影与世界，对电影与真实，或真理的态度，思考手势。破坏与重构类型格律，游走类型的自由不是纯偶然自发，也非安全没威胁。如《堤》旁白所言：

> “影像开始熔接，像供词（Aveu）。”

随后出现一连串旁白叙述所谓真实事物，真实事物影像，真正的房间，孩童，鸟，坟墓，猫。透过真实影像一对象揭露之后，主要人物才能出现，回到观景台，堤，上面。重新联结叙述线索开展内回途径。如供词般的影像，这是纪录片，电影真理所营造，追求的伪证谎言。让·凯罗尔，指出这种伪纪录片并不是真正电影一真理：

> "真正的电影一真理影片，应该要展露访谈系统中的自然谎言，和夸大的招供，经常用这种方式去美化而让受访者变成让人难忘独一无二的人物。但实际上，作为见证者，应是为了现实而存在。"[4]

《堤》的旁白与场景影像，招供与真实，这是所谓的穿越时空的科学实验？科学真理，是幻觉或刑求后的另类谎言？非自主地回到过去，被强迫回忆之影像不仅是影像，它甚至比真实还真实，走出回忆者的意识之外，创建另个真实时空吞食回忆者，作为观看者的观众究竟是被动收受观看如同影片中的实验对象，还是我们其实是操作实验的实验者之实验者，因为我们的观看，观看欲望而促成所有时空扭曲，折叠的时间一回忆悲剧？

> "作为见证者，应是为了现实而在？"

哪种现实？这些静照影像，拼贴熔结的影像是真实世界，还是反事实世界，还是另一个世界由我们的观看，我们的虹膜中脱逸而出，创造时空漩涡吞食我们，分裂共存于同时的平行世界，或是精神分裂幻象？

> "灵魂不会在胶片上留影。一个恐惧观看只会表现引起我们恐惧的恐惧，不会是其他。一个被理解而已传送出去的话语，不再能自我告解。自我批评是一种艺术。"[5]

4 Cayrol, Jean; Durand, Claud.: "Le jeu de la vérité", *Le droit de regard*, Éditions du Seuil, Paris, 1963, pp. 112–113.

5 See note 4, p. 112.

“摄影—小说”明确拉开《堤》和一般电影的距离，与其说是先锋态度的宣言，毋宁说是一种不言自喻的自我告解，一种存否的无言书写标题；如同《堤》中人物，没有名称的他和她，整部影片就是“il y a”[6]的现象。为何是摄影？为何用1/50秒拍摄的照片，重新用一秒24格翻拍，1/50+1/24或1/50×24，或重复多次。熔接即中断，时间孔隙，现在式中止。溶与淡出，影片的时间浮在叙事时间在线的水痕。为何要选择，要再拍摄，赠予已经是过去不再的影像时间新的时间生命世界，但不是运动的时间。重拍，回到过去，永恒回转，轻抚时间薄膜肌肤，观看接触，想唤醒已死亡沉睡的过去而不得，唯一一次，她终于从眠梦中张眼直视我们，银幕外没有时间向度的陌生未来的异乡人观看者，他者。是邀约，等待没有回应的失落观看于永恒黑夜。唯一的电影摄影影像，不是静照重拍，一个最原初的影像诞生时刻，唯一的影像生命运动发生在一系列她的颜孔大特写跳接，溶结，层层堆叠如油彩，如塑像肌肤轻敷，一个最初的原颜面，我们面对面，她微笑。

欧律狄刻的微笑，俄耳甫斯片刻，为了拯救她，下降到阴间——回忆的时空——她的微笑回望，重返死亡国度，也预告《堤》中他的未来死亡，成为她的“幽灵”。马克片中使用唯一的电影动态影像介入一系列类似的静态摄影特写，溶化被冻结的永恒影像，克服死亡以死亡的时间方式，马克矛盾地响应巴赞在“摄影本体论”定义摄影之本质是克服时间的防腐封存机制，摄影的非理性力量：

> “摄影，不像艺术，它不会创造永恒，它防腐封存时间，仅是让它不会腐朽。”[7]

电影则终结摄影的这种保存时间的特质，它让这些犯了蜡曲僵直（catalepsie convulsive）疾病的巴洛克影像解脱出来：

> “影片不会满足于将事物包裹在片刻之中，如同琥珀将一个远古过去的昆虫身体完整保存下来。”[8]

6 无人称式表达，法语中常见的句子结构。

7 See note 2, p. 14.

8 See note 2, p. 14.

巴赞视摄影在西方造型艺术演进史，代表写实客观再现的最高点，它让绘画放弃执迷写实性，而走上更为自由自主的创造道路。然而，摄影的高度忠实客观性，对巴赞而言并非理性表现，却具备超现实主义放大摄影的非理性特质，打造出畸胎造型艺术（tératologie plastique），追求类摄影那般的“幻觉真实”（hallucination vraie）。

《堤》的自然博物馆各类动物标本陈列，他和她幸福穿梭其中的片刻影像，“谁才是生者？”“谁才有时间？”“死亡是什么？”的这些联想都似乎在质疑，反讽巴赞关于摄影防腐，抽离时间与世界关系的物体标本说法。更极端，他抛弃巴赞所谓电影源自总体电影的欲望，摄影运动影像之必要。《堤》否定影像运动。

而那个唯一的电影影像片段出现在一系列的大特写静照和溶接作用后，诗意展露琥珀在情欲观看抚触之后融解，颜面现象开展但瞬间又回到原初影像之前的静止状态。那这是否即巴赞在文章中强调摄影不同于其他艺术的地方在于人的缺席、不在。世界毁灭，历史和人，甚至时间终结的寓言书写，《堤》采用摄影静照隐喻人的消失终结；时间现象闪现的可能性只在情欲观看后才能从裂隙中流泻，时间的潮汐动力，死亡漩涡。让·凯罗尔一篇文章开启回应巴赞“摄影本体论”对摄影的没有运动之负评。他指出虽然电影一开始是运动的艺术，但也因为着迷于运动表现，影像就充斥了各类混乱疯狂动作，“影像失去所有力量与说服的神秘力量”，这篇文章“静态与运动”一段话间接替《堤》的静照颜面片段加了脚注：

> “在一个光辉灿烂或忧郁的静止当中，我们会惊讶不仅一个颜面的实时片刻，而是一个颜面的所有生命，从开始直到最后——我们可以从一个被美感抛弃的场所中，滤清出我们借由先前已收获的静照中去唤醒我们的本能直觉，那我们就可以持续。”[9]

唯一的电影脸部大特写，疏离效应但又诱惑地悬置副标题“电影—小说”所指，不仅是“摄影”被质疑，更是“摄影—小说”被动

9 Cayrol, Jean; Durand, Claude. "Statisme et mouvement", *Le droit de regard*, Édtions du Seuil, Paris, 1963, p. 79.

摇。为何要用“摄影—小说”的问题再度被情欲面对面询问。在一个后奥斯维辛，后广岛原爆，诗、文学，甚至语言的可能性都成为问题时，人与历史的终结不容回避地在远方地平线开启；如此时刻，马克强调“摄影—小说”副标的文学性，是否有意地拒绝文学虚无主义化，文学被取消的当代现象。如《堤》中那些被实验者的失望，疯狂或死亡的无助虚无命运，唯有具备很强的心灵影像者才能通过时间扭曲实验的考验，然而最终还是未能逃脱悲剧宿命。文学性的悲剧解药，暂时迷幻替代？俄耳甫斯预言？马克参与雷乃几部重要短片（《雕像也会死亡》《全世界的记忆》），从旁协助《夜与雾》帮编剧凯罗尔勇敢面对奥斯维辛的巨大恐怖死亡影像。他很熟悉，小说家，新小说家与雷乃的工作，新的文学文本，自由游走在文字书写与电影表现而不被各自的美学特质特殊性局限。原创剧本的原创不只是叙事—故事而且也在叙述上打破先前文学小说的线性叙述和语言形式。马克强调文学性，标出“摄影—小说”，于布朗肖称之为“文学爆裂”四散的年代，小说霸权主宰文学的现象表征文学被驯化，运用小说作为预疗解药：

> “小说经常被视为是恶魔，除了少数例外，它是一个被好好调教、驯化的恶魔。……小说之主导性，以其表面自由，勇敢，不让类型陷入险境，其微妙稳定的规范，其丰富的人道主义内容，……满足我们需要保护去对抗那些让文学变成危险的事物。”[10]

小说，今日小说，就像以毒攻毒的解药避开文学的毒害威胁。“摄影—小说”的复合体，新生物种是否为另类的怪物，恶魔，重新释放小说到荒野，回归大海无惧倾听海妖歌唱迷惑？布朗肖尝试用“叙事（récit）—小说”的解方，动摇小说的宰制权力与被驯化矛盾状态，回归前小说的更原初叙事。叙事勇敢拒绝小说可能给予的丰富性、目的性；宁可回到单纯一个章节，拥抱“一般叙述志业”（la vocation narrative）：

10 Blanchot, Maurice: “La recherche du point zéro” (1953), *Le livre à venir*, Éditions Gallimard, Paris, 1959, p. 299.

“叙事开始于小说停步处，而且是由其拒绝，和丰富的忽视。”[11]

叙事的单一特殊事件，让它避免落入小说虚构的那种所谓的日常生活时间真理目的，或是无谓的轻浮事件堆叠。《堤》里的叙事时间不正是从日常时间回荡到他种时间：

“永远即将来临，永远已经过去，永远出现在一个如此断裂突然的开始，有时以永恒回转与重复方式。”[12]

叙事者时间渗透进入叙事时间产生变形的不同“时间狂喜”（extases temporelle）。《堤》中的他最后回到一直困惑他的幼童影像，却只是为了另个影像，她的面貌影像，幸福狂喜的死亡。

《堤》处理“小说”在“摄影—小说”里逼近布朗肖所论述的“叙事—小说”矛盾。但另一方面，“摄影—小说”副标题其实也埋藏另外两种指向，分别代表两种时间性的叙述欲望。一者是过去。《堤》取源于希区柯克的《迷魂记》，引用但非全面性改编。《迷魂记》电影也是改编小说，电影完成后，原著就被分解埋藏并遗忘。《堤》副标坚持“小说”，召唤《迷魂记》中消失的小说，小说书写文本。马克重复扮演《迷魂记》男主角的行为，被扮演的幽灵所迷惑，追寻解谜到真理发现时，究竟是治疗创伤的结束还是开始？《堤》未明说但借由副标“小说”隐喻。

另一者是未来，“摄影—小说”的复合新生物种。巴赞在讨论《乡村牧师日记》原著改编成电影后的差异优劣，他用较为辩证的方式，认为先天上电影和小说两者都具备叙述，有时空开展各自的方式，这点是静态摄影所欠缺不足处。《乡村牧师日记》布列松改编成电影，巴赞视之为一范例；不只是单纯的改编或是照本翻译，而是：

“附着小说上，透过电影去建构另一个二度作品，……是一件新美感物，好像小说被电影增生

11 Blanchot, Maurice: “La rencontre de l’imaginaire” (1954), *Le livre à venir*, Éditions Gallimard, Paris, 1959, pp. 13–14.

12 See note 11, p. 19.

繁殖（multiplié）。”[13]

巴赞称呼此为美学生物学。孕生新美学物种在异质共生结合之后，虽然新物种仍带着演进论影子，影像最终被文本取代，碎裂消失在银幕之外。“摄影—小说”多少带着这类异质共生的新物种标志。先行于随后法国的前卫文学运动，乌力波，所推崇宣扬的异体、义肢文学（prosthèse littéraire）：

> “所有世界文学都应接受多重异体、义肢移植合法权。”[14]

《堤》头尾相噬的莫比乌斯环，回文的异体共生变形的表现，异体时间性。表面上，《堤》给予观众一个未来事件叙事，一个已经发生但尚未来临的事件，他来回过去与未来于某个现在的实验室时刻，一个必须被剥除的时间，才能在时间潮流中穿透孔隙，时间孔隙，时间与记忆伤痕：

> “刚开始，只操作剥除现在的时间。”

必须摧毁现在，一如布朗肖从梅尔维尔、奈瓦尔、普鲁斯特作品中看见尤利西斯的影子：

> “所有的暧昧性，来自于在此运作的时间暧昧性，而让我们可以述说与体验到这些迷人的经验之影像是在场，于某个时刻，但这出现并不属于任何现在，它甚至摧毁现在，那是它被引进之处。……他或许会说：现在，它发生在现在？但现在究竟发生什么事？”[15]

为什么要否定现在，为什么要剥除现在，留下暴力的时间与记忆伤痕才能进入时间旅行，才能回到幼童—女性的执迷欲望影像？失

13 Bazin, André: “Le journal d'un curé de compagne et le stylistique de Robert Bresson” (1951), *qu'est-ce que le cinéma*, Les éditions du cerf, Paris, 1975, pp. 124–126.

14 François Le Lionnais,Le second manifeste, in Oulipo: “La littérature potentielle, (créations, Re-créations, Récréations); Éditions Gallimard, Paris, 1973, p. 22.

15 See note 11, p.18.

洛纯真与情欲爱恋，在一切皆灰绝不存时。《堤》否认现在之时间性抑制不愿面对的现在？1962年，阿尔及利亚殖民地战争结束，三月埃维昂停火协定（Accords d'Evian），七月阿尔及利亚建国，结束长达七年多撕裂法国近乎内战状态的流血战争。《美好五月》被认为是记录三月停火协议之后巴黎市民恢复平和日常生活的记录。《堤》的第三次世界大战，未来战争与战俘过去的回忆，不言自明的暗喻七年的殖民地战争。法国，第五共和从此告别19世纪殖民帝国历史，离开非洲，回到地中海另端欧洲。

相较于雷乃同一年电影《莫里埃尔》将阿尔及利亚场景置入作为人物回忆的影像记录，但不谈论当下时事现况，回避检禁。《堤》用黑暗寓言哀歌方式表现巨大历史断裂的转折点，叙述者回避和取消当下现在时间，彻底背离《美好五月》的即时性，日常生活时间。此种"不一说"（non-dit）的否否抗拒，诡奇地展露出帝国崩毁，后殖民废墟中殖民城邦公民的不可言说空洞，无以名之的恐惧？败战战俘回转的所谓过去是"没有日期的世界"，反复一再说他们，他与她是"没有回忆也没有计划"，他们仅能有"自行在身边构筑的时间"，作为唯一坐标"片刻的趣味"（le goût du moment）。永无止尽，无限的共行散步，都是断裂片段，她只接受他在的那一刻，消失与出现都是第一次。她是驯化的某种过去影像，是否是记忆，回忆，不知。他是她的愉悦，幸福的幽灵，带来片刻偶遇，没有惊奇与发现，他的过去只是自己的独白，遥远而又重复不断在她漠然、无感的面前。谁在看，如同谁在听，陌生无解的问题。七年多的阿尔及利亚殖民独立战争造成的历史创伤，精神伤口像某种不能愈合、缝合的自恋分裂。二战和1945年清算通敌者是明确的敌我对立；这里是他者，被抑制不愿被讨论，面对面的他者质问自我造成不能弥补，不能解释，也不能逃避的讯问。几乎所有法国知识精英面对七年多漫长的由殖民地蔓延到法国本土，巴黎的恐怖流血冲突，都被迫不由自主要选择立场，表示态度，或是回避。西蒙娜·波伏娃在回忆录《事物的力量》大篇幅叙述她和萨特参与的大小支持阿尔及利亚独立运动的抗议行动，甚至受到极右派国家主义者攻击生命威胁。布朗肖也从退隐写作生活中走上街头，办杂志，甚至上法庭被告，也正是这转折让他重新修正自己在战前（1936年前后）失去判断加入右翼的污点错误过往，可以说是自己的救赎与再生。然而也有很复杂，暧昧的自相矛盾，立场前后不一致者，勒内·夏尔是较令人震惊讶异。保罗·韦纳在《夏尔与其诗》以长脚注方式描述夏尔在1944年于阿尔及利亚曾向法国政府指控一件对穆斯林农工的种族歧视行为。但对阿尔及利亚解放反殖民运动，却冷漠以对。保罗·韦纳折衷解释这或许是夏尔精神上仍是第三共和国者吧[16]。或许雷蒙·阿隆在1957–1958年课程，"民主与极权主义"[17]，时当阿尔及利亚战争炽热时刻，戴高乐上台掌政，第五共和开始。之后他出书引言替这政治历史危机事件作了一个很精辟见解，点出很重要的精神机制，集体心理现象，隐藏拖延整个事件成为漫长撕裂法国社会的最主要动力："勇敢放弃"，或更正确，"英雄主义放弃"（héroisme de l'abandon），这正是一大部分法国人不愿意接受的，客体关系断裂，自主弃权：

> "法国人错误地归罪国际上不可抗拒的世界力量，'失去帝国'，或'去殖民化'强加在政权上。事实上，更正确说，第四共和不是不能保有，而是不知如何失去阿尔及利亚。法国需要一个强有力政府提升到'英雄主义放弃'。"

自主放弃，弃权，《堤》，La jetée的字源，动词jeter它同时具有彼此互相矛盾对立的意义：抛掷、抛弃，但另一方面，军事用语，增援军队（jeter des hommes）。建基和生根（jeter des racines），流入大海。而名词La jetée，除了堤、防波堤，也指蜂群（jetée d'abeilles）。

《堤》的动词字源的矛盾否定多重意义，抛弃与建基、生根、军事用语的增援和名词的蜂群，或是防波堤皆含有防御或攻击、抗拒的意义。长堤，既是防止波浪潮汐，同时尖锋插入大海。毁灭的第三次大战的破坏意义皆来自于此。北非、阿尔及利亚和法国文化、思想精英的土地源起关系紧密，加缪、德里达、阿尔都塞为一般人熟知，后两者更是主宰1960年代之后法国思潮领头人物。然而，这时期最重要的殖民论述思想家，法农和梅米，他们所开启的他者与殖民—去殖

16 Beauvoir Simone de, : *La force des choses*(II), Chapitre XI, Éditions Gallimard, Paris, 1963.
Bident, Christophe: *Maurice Blanchot, Partenaire invisible*, Éditions Champ Vallon, Ceyzérieu, 1998,pp. 376-417.
Char, René; Veyne, Paul: *René Char en ses poèmes*, Éditions Gallimard, Paris, 1990, p. 332 note (1).

17 Aron, Raymond: "introduction",*Démocratie et totalitarisme*, Éditions Gallimard, Paris, 1965, p. 13.

民思想却要等到1980年代后才在西方被广为讨论。列维纳斯，犹太哲学家，提出的他者论述与伦理学作为第一哲学也被吸收转化而加以旁置忽略，直到1970年代末方才在法国哲学思想界广被讨论。第五共和后殖民帝国的思潮，用另一种方式抗拒他者的现身。结构、解构、认识论、历史考掘与创生学、文本诠释学，改造后的海德格尔存有本体论、精神分析，不一而足地要阻挡他者的大潮。结果，是尼采式的疯狂与死亡和绝望怀疑的虚无，一如《堤》中那些被实验对象。被未来拒绝，与拒绝未来，未来持续很久，未来。

《堤》影片里只出现奥利机场外面，观景台全景，入口和观景台，没拍摄任何内景。

时间不确定，但绝对不是到巴黎后最早拍的照片，大约1977或1978那两年。来来回回机场，接送或自己到国外旅行搭机，拍了一些，其中之二是“机场阿拉伯人”和登机处“旅客倒影”。两张照片调性极端不同，场所与光影和人物让它们各自说着不一样的情感语句，散发氛围感染。

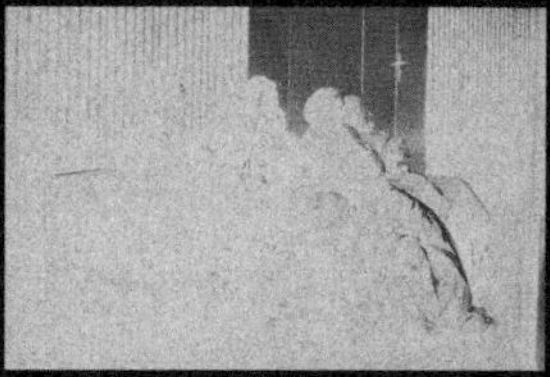

(I–2)

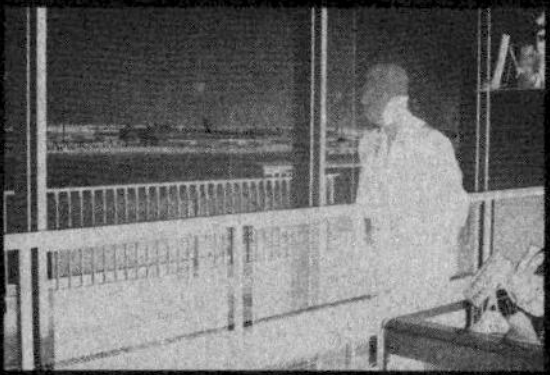

(I–3)

光影方面，“机场阿拉伯人”密闭空间仅有近乎单一光源的室内低照明，随着光源距离远近，强烈光影分割反差营造戏剧空间效果。欠缺任何明确的空间地点标示，抽象脱离现实空间，“旅客倒影”的透明多重玻璃通道，内外通透没有隔阻，户外停机坪曝晒在烈日下，看不到什么阴影，过曝的飞机零零星星，阳光直接侵入室内造成玻璃倒影叠映虚化通道中男子上半身、脸孔。前景有小巴黎铁塔给予地点指标。现代玻璃建筑，轻巧透明不具重量的影像，人物镜像化的虚实交错；这些特质：平面虚拟浮动耀眼的现代性特质人，和厚重量体凝固黑暗的抽象剧场。都是奥利机场的旅人，机场，过站，如波德莱尔"不可挽回"（l'irréparable）[18]在《恶之花》中以一低俗剧场比喻那无止尽，不能改变的懊悔：

18 Baudelaire, Charle: "–LIV–L'irréparable", *Les fleurs du mal et autres poèmes* (1857), Garnier-Flammarion, Paris, 1964, pp. 79–80.

"但是我的心，狂喜从未降临，
一个剧场在那里人们等待，
永远，永远徒然，那有纱翼的神灵。"

无谓，徒然空幻等待那薄翼的人造天使降临？而至于那沉重幽暗候机楼中的阿拉伯人，凝重忧郁的黑暗：

"我们能否照亮一个黑暗泥泞的天空？
我们能否撕裂幽黯，
比沥青更密集，没有清晨也没有黑夜，
没有星辰，没有闪烁哀伤？
我们能否照亮一个黑暗泥泞的天空？"

旅行的邀约，远行或返乡，候机楼的阿拉伯人明暗之间，似乎进行一场听不见静默的神圣哀伤仪式。光由右洒进，古典绘画空间理性分割配置光照与暗影区域，依随白袍与人物穿着不同，光反射回映衣袍折痕身体，沉进黑暗之残留轮廓边缘线条高点描出人物的存在而未消失。白袍与头巾（nigab）雕塑般包罩住受光区的三位北非阿拉伯人，只有一位微侧脸，展露闭目脸貌。最右那位转身只见衣袍头巾，跪蹲地上捧着花束者她背光的脸部溶沉在黑暗和底片留下的白色扩散霉斑交洒浮动反映头巾和衣袍的灰白影像色阶。可见与不可见的分割在衣袍律动的光线皱褶后，如波动起浮的沙漠，沙丘让光轻抚流动书写，让光与布袍头巾雕塑身体，窸窣微微呼吸皱褶中埋藏不愿离去的细碎沙尘。所有画面人物都闭目，或低头擦拭眼睛，假眠或沉思？然而奇特的，明暗分界处出现唯一直视观看镜头，脚下蹲或跪着手捧花束的白袍女士。观看者着暗色衣，身边两人也都是暗色衣物。观看者身边是擦拭眼睛的哭泣者？观看阻挡光照，分隔光与暗影，黑暗与光明的断裂不是平静，静止画面中在此处开始动荡。

擦眼哭泣与奉献承祭的花束扰动原先的静穆状态——为什么观看，面对面会造成如此大的断裂质变？哀悼或赠礼与奉献，眼与观看的神秘神圣仪式，如美杜莎那般。因为相机镜头的观看，招致另一个观看的回应，光与暗分裂，昼与夜出现在美感意向启动中，客体对象披上意识的白袍，原本只是欲望与意念的碰触客体物性：

> “在纯思维观念的夜空出现了‘质的光辉’，从而它从事物之虚无的黑夜中竖起形囊，于是昼与夜的对立统一了，而质量世界的事物因昼夜的对立统一而构成。”[19]

在这苏菲神秘片刻，事物本质从虚无黑夜获取短暂形式，那是涌动与迷雾弥漫交混的时候，影像中暗黑部分与无时却浮现黏滞其上的霉斑，另一种伤痕。而当物体、客体被美感意识驱动后而具有形体，“黑暗中的形囊”，那是纠缠混淆的形貌“漫衍迷雾”，“错误与正确被展现，恐怖与希望被显明，制约与放纵纠缠着形态的衣钵”[20]。

庞大四散蔓延沙漠般的白袍衣服头巾，纠缠的形态衣钵，仍烙记着时间、空间与记忆的印痕，他们必须溶入黑暗，摆脱人格形态后，完全消解主客而成为他于存在，走出存在之外的他者与女性：

> “在这里，客体既不理解赏与罚，又不知道定与乱，也不理解恐怖与希望，因为恐怖与希望乃是关联着过去与未来这个时间因素的，而客体却是沉沦在既无过去，又丧失了将来，只有广延的同一体汪洋之中。”[21]

19 ［波斯］贾米：《光辉的射线——艾施阿特·拉姆阿特》，阮斌译，康有玺校，北京：商务印书馆，2001年7月，第79页。

20 见注19，第190页。

21 见注19，第190-191页。

没有时间的绝对广延，外方的沙漠，此处所言的同一体海洋，没有时间的时间性展露，走出原罪与律则的权衡，因此当然是绝对的原初混沌（chaos）—没有秩序必要（“不知道定与乱”），没有恐怖也无希望。这种的绝对他者，既无弥赛亚，也无神启和救赎的苏菲哲学—神学。候机楼里的北非阿拉伯人，令人不安地呼唤《堤》所曾碰触到的世界现象，另种启示录。那片白门上，阴影偶然带出的虚拟十字架圣像象征的反喻，并列对比粗糙直列深沟伤痕的深色灰泥肌理，深陷光照不让逸出伤口之外。

(I–4)

(I–5)

为什么偶然会让光在金属门把投射一道暗影转化原先的物质材料？阴影交会闪烁虚拟一个不可见的向度指标，和那位直视镜头对望者，共同动摇影像自身的封闭性，安逸观看所见被悬置。我们要看什么？这不就是一幅即时捕捉影像，除了表面的人物光影变化，偶然意外不是被影像牢牢锁住？

让-吕克·马里翁批评影像出现之后，取代起源、原物，阻挡观看者回到源头，影像如同一无所不在的屏幕，隔阻并营造出另一个虚拟世界，反世界。影像取代事物，影像即事物的幻想被丰沛的观看可见物欲望催生并强化。

忘了影像所来之处，抛弃影像事物，此即不再思索，想观看不可见；更彻底抹除可见与不可见的源生关系，自愿被囚禁在影像—囚牢享受不断增生复制的自我影像在反世界。马里翁称之为影像灾难洪水。

从新审视不可见，让圣像从反圣像灾难毁灭中重生，对抗新的形而上学偶像崇拜虚幻。观看不可见，马里翁问，如何可能以感性观看，去看见不可见，在一个可视的面孔之外去看另一个观看：

> “我激情地观看，在他者的脸孔上只见到一个仅有的区域，那里没什么可视。—（如）双眼的瞳孔，幽暗空洞。为什么特许授权给那个无任何可视之处——正是如此。因为这完全不可见不会寄存任何新的可见，也不会有反—可见。就只是他者对我的不可见观看之起源。我看不见他者可视的脸孔，……只是他者脸孔上幽暗瞳孔中涌现的不可见观看。简单说，我看见可视脸孔之他者。”[22]

“幽暗瞳孔中涌现的不可见观看”，那位直视镜头赠予我一不可见的观看者的不可见的观看，走出闭眼沉思或睡眼的不可见者。不可见观看的赠礼，拯救影像和我的不可见观看沦为只是可见的影像，被囚禁在视界里。汲取自由从深不可测的黑暗瞳孔，抚掠波浪起伏的白袍上跳跃舞动的光波。

光影拟构的十字架，强化物之不在的不可见性，不可见性的原型，不可见的神圣性从影像毁灭废墟中树立。马里翁自问，“十字架能给予什么可见的，它能否提供原型的某种类别？”[23] 这个简单木头架子，如何能创生出如此巨大的神圣性与不可思？这正是在于它不具任何类似性，也不会有影像的复制和奇观场景特质，它就是不可见自身，不受到人对不可见的抗拒暴力影响，而同时它也是影像之终结，圣像的开始，可见与不可见的交会处。终结影像，一如苏菲思想所言走出形状（态）的迷雾，不被纠缠，远越恐怖与希望，十字架上，神性放弃的转化（la transition kenotique）即悲悯的赠礼，超越死亡：

22 Marion, Jean-Luc: *La croisée du visible*, Presses Universitaires de France, Paris, 1996, p. 102.

23 See note 22, p. 128.

"十字架类型—十字架符号—带着标志指出，不可见的神圣彻底没有保留的赠予，如似它也在那里放弃其荣耀的随即闪耀。不可见的无法挽回标志在可见中而采取十字架的形象。"[24]

24 See note 22, pp. 130-131

圣像就从十字架上回溯，起源性回溯三一性。直视相机的黑暗瞳孔和十字架拟像双重地开启不可见的可能，给予某种不可言说，明指的神圣性。拯救影像只是影像，只是光影场景的难以回避灾难威胁，逃逸出影像泛滥的虚无命运。

"旅客倒影"强烈暴力的户外阳光驱赶任何阴影，连带不可见也似乎无处可逃。旅客行走在中介空间，一边是外面的停机坪，开放巨大空间；另一边是巴黎铁塔小模型纪念商品，指射性坚实不可移。人被夹在透明玻璃之间，玻璃屏幕倒影重叠虚化人成为魅影，他不是镜像，也非镜外实物，他存在于镜与镜之间的不明确但又清晰的中介过渡状态，某种正在生成变化中的人与非人非镜像的不纯粹混合体状态。航空旅行的移动与速度在此成为凝结的流体结晶，琥珀中的挣扎朝向永恒死亡中的封存物，生命与记忆。光的政治与经济不依照现代钢铁玻璃建筑功能特性去平均分配，停机坪上承受最大量的阳光暴力，过曝近于蒸发消散的机群，现代伊卡洛斯，粘翼的蜜蜡会熔解，如此脆弱。现代科技幻象，强烈反差对比，幽暗候机楼中阿拉伯人，厚重的土地隐藏多少不可见。没有面貌，都是不可见的面对面，但各自以不同形式拒绝面对面的邀约，脆弱的允诺离开，离开，远行的话语，不可听闻，消散空中，光与影交会处，镜像重叠，镜像的窸窣微音。

半夜，极度燥热中醒来，嗅闻地板长年霉臭破烂塑料地毯味，刺鼻，伴随黏稠血液。爬起，小心走过横躺身边呼声作响沉睡的人。鼻血不想停下，走到大窗前，仰头坐下，奇怪的视角，斜视窗外十四五层下的城市，高楼树立在墨黑夜空。这是巴黎？这不是巴黎？和我在电影中，照片画册中认识的城市完全不同。落处十三区的学生中心在环城大道旁，全是新建高楼住宅，有国宅，也有一般廉价住屋。单调的华人和越南区。

不大的中心像难民招待所，挤满先到还没落脚处的留学生。破旧有限的三个房间和小客厅，分睡地板上，不甚友善的，只能暂住四五天，无论如何一定要搬出去。冰冷夜空，燥热室内，充满食物味和人的各种气息，血汩汩挣扎想看窗外城市。看不见海，错觉中海潮突然呼啸涌进淹没夜空下城市大楼，静悄悄没人呼喊。自己像条海平面下浮游生物，被海啸冲上岸，不自主地离水枯竭窒息，新的呼吸，想念远去的大海潮湿黏滞气息，鳞斑闪烁跳动的腥味。两栖动物，干枯的外皮撕裂，剥落，血迹斑斑的新生裸露肌肤，陌生语言国度。

不晓得隔着大路远些的精神病院中呐喊对抗上帝的堕落天使，也曾长夜看着没星辰的天空，撕裂自己。三千多个黑夜，我即将点数的黑夜，看着一场又一场的思想剧场狂欢，酒神祭礼，绝望疯狂与死亡在世纪黑死病大旗下进场，歌咏。

〈附〉

［法］帕特里斯·格尼费、［法］蒂埃里·伦茨主编：《帝国的终结》，邓颖平、李琦、王天宇译，深圳：海天出版社，2018 年 10 月，第 378-390 页。本书中谈及阿尔及利亚解放的内容可以参考此书。

(I–1) 巴黎夜街景（1976–1980）

(I–2)　　机场阿拉伯人（1976–1980）

(I–3)　　　　　　　　机场倒影（1976–1980）

(I–4)　　　　哀悼（1976–1980）

(I–5) 悼亡人群（1976–1980）

II 光

Lumière

另个世界不一齐分享遍照秋阳。拍照的人，我，消溶在母女背景窗影暗黑中；她们的衣服，小女孩的白马鞋，桌上食物餐具的金属反光，吝惜保留穿透光线，不派分出去。饥饿，光的食物，我观看的可能源头和欲望，被拒绝，窗外陌生人。吸光暗黑木板外墙，只露出脸孔和些许上半身窗框，聚焦反射阳光的面孔眼神，世界边缘，他们之前与身后只有黑暗，禁止光进入。观看，不是侵犯、违禁，而是危险。长久观看黑暗，变成黑暗。如某人所言，悬崖边的观望之终极迷惑。

(II–1)

(II–2)

亚热带岛屿四季不分明，时令感觉只有冬夏。春，湿雨，秋，失态的燠热，不算季节。光照，光跟着也变得有些难以理喻。粗暴不留余地，影子被驱赶得四处遁逃，不然就被切割截宰。阴柔时刻，又变得很平庸，没面貌的懒散，没生气但也不忧郁暗黑，就是灰浊成一圈的湿湿黏黏的光照，不明亮的低彩亮度。

带着这种躯壳，眼睛和身体经验都还鲜明未褪，堆叠转化成记忆的工作还没开始，而对当下新的陌生环境又欠缺任何预设假想可以凭借。唯一能确定的是时间，时间变化样态。愉快欢欣的短暂游览过客目的性时间计划，不用挂念任何过往与未来的负担，单纯当下片刻生命体验其实取消时间向度，这样出现在他们前面的世界方才变得比真实更真实。独开的风景。目的性时段，虚拟非时间的游客时间，这不是准备久居，但不确定多长，留学生的时间。时时刻刻时间变化，无法想象如流水，来自哪里流往何处，河弯涨落，生命所系但又不能掌握，漂流在陌生水域国度。岸上尽是定居者与欢愉过客，水上非此也非彼的他者之他者。自然时间，物理时间，测量离岸之距离，透视世界风景的坐标尺度。正是此种特殊状态，回望彼时最初的秋季城市景象，秋光印象总留不住光，感觉不到光，却一直被光照世界景象所触动，视觉和身体。有时甚至有种被诱引想伸手去捕捉一闪即逝的光。

(II–3)

巴黎跳蚤市场，地上前列一排只剩数字面板不能计时的钟，树边两个妇人，一人手指着地上的钟。光集中照射白色钟面。手指对象，手指命名称谓，手指着消失的时间，手指着光的反射从无时间的表面逃逸出来。这个，那个，手指代表谓词，构成对光的作用之描述命题，光曾经在这里，但光见不着。透明的光自行扩散，无形状充满空间如空气，而没有时间的钟面白色反射，光世界裂隙。高速流转的光波，只能以时间取消的方式瞬间被定格捕捉在反射遗痕。但这已不是自然光，意识所见的光走出时间之外，不再能显现事物，它质变表现遮盖光之流动。手指的时间划下时差空间轨迹。无法碰触、掌握的光。正午猫瞳孔中的光时。

最初，刚到时，巴黎城市秋光景象，多重意识印象不纯粹，多杂质混合，回忆的抗拒阻挡记忆的自发涌现。经常是惶惶不知何时方才能找到居所的焦虑不安情绪会先浮出，那时眼前景物应多少被渲染改了色调。虽如此，记忆中那个秋天也不像一般诗词文学说的那样萧瑟枯寂，薄暮秋声的景色没那么阴郁。时间变化是走得快一些，可视可感地；白日一直被紧追上来的黑夜逼得节节让步，又舍不得走，有些纠缠不清。行道树、公园中的城市自然景观跟着日光的情感戏剧，夏绿残留陪伴盛放待落黄红枝头树叶，秋再来之前没人愿意彻底死心离枝落地，秋声未全唱净。惯于常青视像和灼人日光，初见明晃耀眼太阳，脸手却不觉暖热，斑驳多色枝头又喧吵热闹得让人怀疑是谁错乱。悲喜剧的情感道德季节，法国国土人情文化的细腻余韵（nuance），不好直接明说。

面对这种暧昧过渡，一切都是“尚未”“即将”的秋光景色，正焦急漂荡处境的我，有种说不出的荒谬苦涩喜感。这就是法国的光，自问？咖啡厅户外人行道上桌椅逐渐减少，大落地窗合起，仅剩不多的户外座椅仍坐满人，贪婪地分享秋阳，露出肩颈、手臂所有夏日咖啡色泽的水涯回忆，还没说完的话，持续在皱褶光滑肌肤上。秋光寻找夏日幽灵，还是光的情感不曾离开。夏秋之间巴黎街头很感性，充满情欲的光之挑逗戏剧。

光不是从我所见，视觉中才出现。我转身，掩脸，离开时它还在。在哪里？在树丛，树叶，屋子，大街，天空，赠予分享还是囚禁与困惑，秋色，秋光景色不是光。光不需要我的眼睛与观看。

法国，巴黎从17世纪开始就被称为光明之都，光的城邦，启蒙光照持续到大革命烈火成为灰烬。从此光的命运在欧洲被判分为两种放逐和救赎道路。理智内在之光堕入浪漫主义，虚无，徘徊在薄暮黑夜幽微神秘光影，观念唯心绝对精神，各种寻求庇护救赎的思想体系树立在光的废墟。自然光从人与理智那里，在大灾难之后脱离出来，自由游荡在大地。法国，持续对光的抒情热爱，一种杂糅南地中海与高卢北方的民族情性，抗拒浪漫主义与日耳曼哲学的暗郁幽光，19世纪初后拿破仑帝国的法国，巴黎承继启蒙科学信念，想重新驯化逃逸的自然光，纳入内化自然光在身体，意识与记忆。摄影与印象派绘画，代表了两种驯化自然光的欲望表现，再现自然光成为新的视觉语言论述。

(II–4)

光在法国大革命之后的欧洲命运与变化，借用康德在《论优美感和崇高感》所言[1]，"黑夜是崇高，白日是美"，光摆荡在白日与黑夜，衍生不同的认知与美感经验在不同文化区域，深化哲学思想差异和美学政治经济冲突对立。如果，一般人所设想的假设不假，摄影能够极大程度逼真再现外在世界场景，那它是否能见证到上述巨大的光在欧洲之命运转折点变化波动震荡，在平静褪色变黄渐消失的雅致表面下，那不易听闻的光的音声悠悠缓缓在事物表象后面回响？源生自白日阳光，光化作用留存日光景象，摄影依照康德上述的区分，本质是美的发散事物，观看与收受美的外在景象，再生刺激观看照片影像人物的美感体验。崇高情景是立即性，打动人而美却是迷人，让人平静沉思，康德在《判断力批判》中将"崇高感动，美迷人"简单概念发展分析。美与崇高的美感经验，先天性差异，崇高是瞬间即刻，而美却是更推迟，长而且经常是延迟效应。光运动迅速，流动变化不定的，本质违逆美的美感经验之时间性。摄影科技想驯化光给予时间持续链索，整

1 Kant, Emmanuel: *Observation sur le sentiment du beau et du sublime* (1974), traduction, introduction et notes par Roger Kempf, Librairie Philosophique J. Vrin, Paris, 1980, p. 19.

个历史过程是漫长多变，光经常寻求逃逸重返自然，影像随着时间消褪不见，所谓定影，百年影像其实都只是这个光的否定时间现象的隐喻，折衷的说辞表现。

也正是在摄影影像时间性上，拍摄的瞬间光时和影像材质表面能给予观看的光时，内在的二律背反。光既在又不在，光未曾被封存永生，它一直鲜明活跃在视觉观望之外。康德对于美与崇高时间特质的论述出现一个自相矛盾的论点，无意间揭露了两种美感经验的不纯粹性，抽象二分范畴必然在情感经验中会产生前后互相抵触之处，悖论；康德先预设崇高之即刻性，但同一章节结尾，他却又自我矛盾地说：

> "一个长时段是崇高。属于过去，它是高贵（崇高）。我们将它放在一个不确定未来，它稍微会让人害怕。一个最早期古代纪念碑引生尊崇。哈勒（Haller）当它呈现未来的永恒让人感到轻柔恐惧（doux effroi），而当它描述过去的永恒则又会产生一种确定的赞美。"[2]

2 See note 1, p. 20

几种时间性出现在这段引言，陈述时间延续在不同时间中，会产生不同的崇高美感经验。过去与不确定未来所进行发生的时间过程，显然超出先前康德将崇高与美的经验都以当下的生命世界事件为对象，这里不再处置于当下，同时从具体对象转到抽象的时间感之美感经验。类似他在《判断力批判》区分智性中的数学崇高和力学崇高，这类崇高为美所欠缺。康德很明确指出这种不在当下发生进行的时间流转，所触动到的崇高美感经验其实是另一个向度，存有本体地平面的开启，一个超验不可知场域，不能明确阐述；折衷地他以否定方式排除面对现实世界历史古迹之经验，将之落定在伦理范围，"引生尊崇"（respect）。

过去的长时段，回忆、记忆。不确定未来的长时段，想象、幻想。当这开展引生崇高美感的瞬间，揭露崇高所带出的无限、永恒，然而持续短暂而为时间流程吞食；未来永恒，和过去永恒，使用这种自我否定的矛盾名称去指射不能明说的时间性，时间变化。永恒有过去、未来，还是永恒？

相关联的崇高恐怖，是轻微，甚至近乎美的温柔（doux）恐怖。有意或无意，康德将崇高抛进时间，时间的时间，他同时揭露了崇高美感的时间性之本质，成为表象再现对象关系的短暂，焦虑和恐惧的时间感：

> "崇高的情感比美更强烈，但是它若未和美交替，或伴随之，它会疲乏而且不可能让人长时欣赏。"[3]

康德脚注解释，因为崇高情感大量挥发灵魂的力量，奔跑运动，而更快疲劳。康德，精神分析者，"灵魂力量"就是精神欲力（pulsion），崇高情感过度投资欲力在美感经验之欲望和享乐进而快速自我耗弱。崇高美感疲乏，也即自我贫乏与空洞化。防止崇高情感耗弱，精神能量流失，和美的美感杂糅，交替就成为一个解方，必需之解方。减缓崇高的急速脚步和猛烈投入。给予时间和间奏止息，自我保存精神能量先于爱欲投注。友谊与爱情，激情共感与心，交互共体保存。美感疲倦和自我再生的重复循环美感悲喜剧。温柔轻抚的恐怖。

崇高与美的交互互补关系，让-吕克·南希指出另一种观点，由美进入崇高，在于美的不充足、不稳定且不自主的特质：

> "……美或许只是一个中间过程，不易掌握，不可能围定——除非以一种局限、边界，一种模棱两可的区域（但也可以是交换），介于舒适愉快与崇高：此即表示，……介于享乐（jouissance）与愉悦（joie）。"[4]

崇高与美的根本差异，过多与不足，在精神欲力或收受经验。越界与局限：形式或轮廓，那是限制，它属于美的事务；没限制，相反地，是崇高[5]。崇高的美感经验就是取消边缘形式，开启形象的无局限性，南希称之为夺取、剥除（enlèvement）形象之局限。边缘形式的无局限运动，形象正在形成而尚未固定凝止，打开无限形式的可能，构成

3 See note 1, p. 21.

4 Nancy, Jean-Luc: "L'offrande sublime", 1984. *Du sublime*, Éditions Belin, 1988, p. 49.

5 See note 1, p. 51.

形象的动作自身。

由此，“崇高，即是似乎曾有影像”，没有一个影像，形象是固定、停止，如美的美感经验；所有形式都在流失取消中，既生又灭的永恒流转。引生的感性，情感、经验都是这种消散的感性（la sensibilité de l'évanouissement du sensible）。其时间性，因此，是片刻瞬间从现在当下，逃逸，消失：

> “崇高图式……：同时性的集结与松弛，位置与消散（也即是呈现）。是片刻中的自身片刻之遁逃与呈现，应以时间方式，无疑地，为了终结崇高美学去自我诠释：因为这假设也许一种局限时间的思维，一种形象消散的时间，它将是艺术本身的时间。”[6]

音律（scansion）断续抽搐、震荡，那是崇高思想不停要打破轮廓、框架等的操作，康德所言，温柔恐怖，令人莫名不安的恐惧与愉悦混杂情感孕生动力。南希称崇高所带出特殊的“神圣性中断、歇止”，是激情与特质（pathos et ethos）的现象作为一种奉献（l'offrand），奉献自由之感性。在这当中它重返局限、边缘，崇高不以远离局限为最终目的，如此才能形构崇高特有的无尽边缘工作，超越与囚困之间的辩证运动。

什么样的光，自然光或其他，会产生、引发崇高美感？崇高感性源自此种光，抑或中性无任何特质之光与感性经验碰触？观看、身体、听觉等，在于感受者与对象世界关系变化中间，于表象形式动摇、瓦解中光进出形象，浮游不定当下的质变，成为某种具有崇高特质的光，既不是先前之自然光（或其他光源）附着于物体上给予一再现（或呈现）形式的反射，也非全然逃逸于空中透明不可见的自由光，其偶然与不确定会被另一种美感经验否定，吸纳转化进入先前之表象，而有确定外缘与可诉说之意义叙事。在这样现象下，摄影拍摄和最后的摄影影像，那被认定为必然的先天忠实再现，这内在本质律则决定关系就会动摇，而光也不再只是一个透明工具性载具，重新获得某种自主

6 See note 1, p. 61.

生，虽不全是反透明之不透明。简单说，是否存在某种光，它抗拒相机或其他光学装置操作，遁逸出机械光学秩序之外，即使这光是可见的一般自然光，在物体中或上面，或是在物体外空气中浮动。这种光让被拍摄物在类似性表象外擦拭物象外表成为不确定，不能被指称明说的某种情感蔓生，最后，拍摄行为甚至是不可能，或失败（以另一种意义）。至于，照片，最后成像，没有人会认为其影像内所再现的光影情景会有任何进一步变化，除了时间和自然界不可预期但进行不断的侵蚀（日光、湿气）和人为的心智遗忘改变。然而，照片真的只是物质，一个物质物体。先天性被动，等待被拥有、观看、诠释、一个已经填写不能再写的镜子。

然而是否有一种光，它和银盐粒子集结封锁的自然光印象以某种特殊方式共存，这种他类非物质性纸基内的光决定观看时孕生，美与形式之外，多余、溢出的崇高感。基于何种假设，可以让人想象，存在此类崇高光于银盐物质反射光之外，非神秘主义玄想？时间性。时间在光中，光在时间中流转，光显示照亮世界，物与时间世界。如前所提示，崇高的时间性，片刻瞬间，中断、瓦解现在让瞬间逸出。此即是光的逸出，从眼前当下消散闪烁指向未来和时间自身。19世纪两大再现图像、影像革命，摄影和印象派绘画，以不同方式和技术（techné）处理光与时间，片刻瞬间关系。一者成为新记忆技术，另一者极大化肉体视觉主观经验立即性。光与观察者主被动关系不同，摄影者被动等待，被光学装置规律制约。画家主动投映想象解构重组光的变化。摄影者的片刻瞬间存在一个时间差距，介于相机操作凝结在感光版上的片刻和摄影者自身的肉体生命经验时间—观看、碰触、等待—异质混合。因此，任何一张照片影像本质上其实内含这多种时间混合与差异距离，而不仅只是所再现的事件和拍摄时间。相较于印象派画家主观极大化片刻光的时间成为可视的幻觉—错觉—真实剧场，肉体生命经验之现象表现。摄影先天异质不可见的时间性，似乎掩藏了某种银盐粒子之外的另种，类近崇高，光。这种光奉献摄影影像一个不停开向未来的过去。“似乎曾有影像”和“似乎曾经拍摄过”的崇高光之经验。

摄影内在本质时间异质差距带来崇高光开启的可能。乔治·迪迪于贝尔曼分析维克托·勒尼奥拍摄的一张家庭照片里面所呈现的奇特、不自然白光，让人焦虑不安的否定性灵光（aura négative）。

勒尼奥经常修改纸底片，用铅笔或其他工具。因此会造成照片上的不正常光照表现，如这张照片上右大半的白光部分和周围完全不连续，它不照亮也不反射在周边人物身上。于贝尔曼回溯想象摄影者的操作修图意向，原始底片早已不存，所能见到的是正常照片；他从勒尼奥长时间拍摄家庭照，由小孩出生开始，一系列的家庭罗曼史最后结束在死亡。于贝尔曼想象被涂改掉的影像画面，部分是那正成长不耐烦久坐而摆动破坏影像的失落场景。这种否定性擦拭，并不是为了强化照片的忠实再现，如摄影者拍摄风景照片时经常使用的手法，理想风景："和他理想精准照片相反，勒尼奥用一个否定、虚构的太阳去饱和化（saturé）影像。这样做法，他牺牲掉某些存在的物体或人物：时间的行为，记忆的行为，我们可以想象是一种必然、命定（fatal）行为。"[7]

饱和（saturé）、命定，崇高美感的特性。父亲—摄影者以铅笔的银灰尘粒掩盖，消除拒绝进入影像的小孩残影，鬼影；"他给予虚无"。父亲的不安，在未来，在照片中小孩疯狂，或战死德法沙场，"他（们）曾经在那里"。银灰笔触的幽灵白光，底片上的黑暗阴影：

> "否定性灵光，曾给予影像光，却是一个吞食躯体的光。它带来闷沉窒息和消失。当躯体已经消失，它仍会在这光亮尘粒中持续再持续，我们以拉丁名称呼之，既已是不可记忆：superstes，'幸存者'。"[8]

崇高的光，浮动空中的令人窒息不可名状，没有形式，确定空间的光尘，远越感性与记忆。窒息（étouffement），如兰波诗句，当世界剩下一个环绕着"非凡"光耀老人（Lux inouï）：

> "即使我实现你所有的回忆，我将是那知道如何击缚你，我让你窒息。"[9]

7 Didi-Huberman, George: "Superstitution" (1987), *Phasme, essais sur l'apparition*, Les Éditions de Minuit, Paris, 1998, p. 61.

8 Ibid., p. 63.

9 Rimbaud: "Phrases", *Oeuvres Poétiques*, Garnier-Flammarion, Paris, 1964, p. 155.

于贝尔曼在勒尼奥摄影作品上所见到的否定性灵光，和其暗房操作制造的非自然光方式，基本上已经背离摄影刚发明、发展时期的精神：追随自然光变化，从涅普斯第一张照片，到塔尔博特的《自然铅笔》都在这道路上。塔尔博特在《自然铅笔》中描述他发明卡罗版（calotype）源起于他无法借明室工具去获得忠实自然风景图像，所谓摄影描绘正是在于取消人的描绘动作，完全由自然光去完成：

> "所谓摄影（photography），它纯粹由光的行为在感光纸上作用，没有任何描绘的工作介入。和画家、版画家的工作完全不同。它是由自然之手完成。"[10]

10 Talbot, H. Fox: "introduction", *The pencil of nature*, Longman, Brown, Green and Longmans, London, 1844, p. 1.

摄影史上第一张纸底片，人的手让位给不可知、不可见的自然在涂布化学药剂非原初的白纸表面上描绘投映。底片，反转自然光，白日成为黑夜，光影互换。底片，开启复制、再制的可能，不再以唯一作为艺术品的准则。塔尔博特的自然之手，其实是用双重否定日光、自然光的方式宣告新的摄影影像时代；新摄影科技和自然光的关系产生新的课题，光化作用，光与化学的操作也由直觉一般工匠摸索转变成科学实验，光的认识论从哲学、玄学想象上升到科学认识。勒尼奥的摄影正是处于这段激变过渡时期，暗房修图非自然的超现实幽光，来自摄影家的手，手创造光，对应同时期摄影科技努力固定被捕捉的光和影像，定影液封存光和影像，给予另一个时间向度，而负片再生复制和重写授权给予被囚锁的光与影像短暂的自由，重返人间带着时间原罪面具，从负片白日长夜中上升的幽灵，另一种幸存者，都是俄耳甫斯工作。

1858年，火棉胶和第一张彩色照片发明者，萨顿于其《摄影词典》对光化作用（actinism）的化学与物理现象，光的粒子或波动物理理论作简明概要介绍。他批评涅普斯侄子，涅普斯·德·圣维克多的直觉哲学色彩的摄影影像产生的光化作用，光感应磷酸（solar phosphori）的谈法矛盾，不正确：

“某些材质，所谓光感应磷酸，经太阳曝晒后会自体发光（self-luminous）（如同放在火前面的板子会吸收热而散发出来）将这个光感应磷酸移到暗房中会发光。涅普斯圣维多认为加上此种材质的白纸曝光后会产生光化作用（actnic），在暗房中重新发光作用在摄影感光材料上，涅普斯称这种光为潜存光（latent light）：感光材料就吸收这些日光曝照后的潜光在其孔隙中。”[11]

萨顿批评这种移用18世纪布莱克发现的化学潜热说法，荒谬错误在于认为光可以被完整封存，打开再重新释放出来，无视于光本身是一种运动，不可能将运动封存再启动。更何况光化作用（actinism）是光本身三种特质之一：（1）光照；（2）热能；（3）光化作用。

光化作用的化学性质变化也影响光谱色光对感光材质作用。也即是，摄影光学含物理和化学两层面同时作用。涅普斯的日光主宰的直觉想象完全欠缺任何科学实证认识与操作。Solar phosphori 名称词源上并合阳光、日，与萤火磷质、荧光。亚里士多德在《灵魂》书中定义的二类可见事物，一类，透明，半透明实体状态（Diaphane），透过颜色成为可见物，当它具体实现运作时就是光；颜色即是一种状态。另一类则不是在光照下，diaphane 以潜能存在，幽暗现象中仍有一些事物可见，而且只在黑暗中才作用产生感觉。荧光物质，如火成物，闪烁，像鱼鳞，钟乳石，眼睛，在黑暗中[12]。对亚里士多德而言，光一直持续存在，由“透明”的存在状态决定，黑暗不是没有光，而是光在透明中潜存没有实现运作。光刺激眼睛产生视觉之作用，亚里士多德以封蜡印记作比喻，不像柏拉图所说的由眼睛内的火光向外去对应事物上的光。光在空气这种透明中“移动视觉器官，像印章在蜡上压印”。

除了视觉，光也决定想象与知性。知性（intellect）实现物质的转变这种状态和光将颜色实现给予动能，两者是类似的。这种模拟，笛卡尔承继在其形而上学体系，所谓“自然光”即是让人能够产生真实认识：

11 Sutton, Thomas and George Dawson: *A dictionary of photography*, 1858, Sampson Low, Son & Marston, 2 editions, London, 1867, pp. 168–169.

12 Aristotle: *De l'âme*, traduction, notes et index, par J. Tricot, Librairie philosophique J. Vrin, Paris, 1982, pp. 107–110.

"现在我必须要看这些理性是否够强和能说服人。当我说看起来似乎自然教我一些，其实借'自然'这字我只想说，它让我相信这事物（chose），而并不是一自然光（lumière naturelle），它才使我认识它是真实。……。因为我不能对自然光让我见到真实这事产生怀疑。"[13]

自然光，也即是我对外在具体事物有明确与清晰（claires et distincts）的观念。事物的本质与变易意象在自然光照下思维都能清晰认识。形而上学的认识论自然光，和其物理光学的世界事物光照构成笛卡尔思想体系两大重要光源，现代性的光源。光与想象的关系，亚里士多德认为既然视觉是所有感官经验中最具代表性，光决定视觉行为作用的可能，因此光对视觉形成影像的想象也必然有影响：

"因为视觉是最具代表性的感官，想象（φαντασία）名称就来自'光'（φάος）。因为没有光，就不可能看见。而且因为影像持续和类似性更凸显感觉，动物就在其影响下完成很多行为。有些像野兽欠缺智慧，其他像某些人，因为其智慧被激情、疾病或睡眠。"[14]

光与想象，想象与幻象，光不纯然照耀显现真实，光会实现透明的潜存黑夜，黑暗。光的崇高投射显露知性裂隙下的深渊。光，离开现实世界再现物象的道路和目标，感官经验被改变疏远化。圣像、偶像与影像物的起源？摄取光的影像，摄影行为，摄影作为动词（photographier）；于贝尔曼发掘中世纪（9世纪前后）西奈地区基督教神秘主义教派的苦修者，Philothée le Sinaïte在狂喜神秘经验下创造"摄取影像"这动词（phôteinographeistai）(photographier)，来自希腊字源光（phôs），描述他在强烈日光下，突然感受到自己如同一个蜡块被光所烙印，自行摄影成为光，纯光不具任何形象：

13 Descartes, René: "Méditation troisième", *Méditation métaphysiques* (1641), Garnier-Flammarion, Paris, 1979, p. 105.

14 See note 12, pp. 172–173.

"他感觉他的身体和身体内部像一摊溶血般的蜡被烙印。……。在这期间，他的肉体在光的作用下发散成火山喷气，'被摄影'，被光的印章深深刻画，'他变成这道光'，他了解如何去面对观看这光。"[15]

于贝尔曼引用所说，去解释"摄取影像"词语开创背后所带出来的矛盾现象，反圣像的本质透过这种不具形式、没有形象的光去驱逐所有的影像，和"摄影"在19世纪直到今天以创造形象的意义和行为完全相违，形象制造在"photographier"显现的当下是极端之恶。Philothée如此描述那片刻：

"我们会说光突然闪耀，当我们将遮蔽它的不透明纱幔揭开后。（……）一旦品尝这光之后，它会让灵魂越加感到真正饥饿的折磨；灵魂进食之，却从未感到饱足；它越吃越饥饿。这光吸引精神如同太阳吸引眼睛。这光自身是不可解的，却又自行解释，不是以话语方式，而是以享乐方式的人那样，或者更正确说，被光所伤害—这光强迫我静默。"[16]

光的神圣性，不容许任何影像、形式出现，观看者自身陷入永远欠缺、负债的罪罚。令人不安的词语起源，摄影与光的否否遮蔽抑制矛盾欲望。光的遮蔽，光的至上无限可能性所涵藏的是狂喜与恐怖，光取消一切，存在立于其内。光即灵粮。本雅明分析19世纪摄影科技与影像的矛盾关系，科技发展让影像越来越明亮清晰如镜中倒影，光主导一切，阴影被抑制、削减。甚至透过修图创造光的幻觉。但同时，先前初期摄影影像中光影共存的幽微"灵光"（aura）就被取消、否定，于贝尔曼所谓的否定性灵光。

本雅明强调初期摄影影像中的灵光不是纯粹技术性决定，它是共生共体介于拍摄者、相机与被拍摄对象彼此间的不对等、差异发展出

15 Didi-Huberman, George: "Celui qui inventa le verbe *photographier*" (1990), *Phasmes-essais sur l'apparition*, Les Éditions de Minuit, Paris, 1998, p. 54.

16 See note 15, p. 55.

来的。他描述被拍摄者视拍摄者只是一个新技术操作者，但在摄影家眼里镜头前的客户代表新生资产阶级，衣服细节中藏着灵光：

> “但是原始相机的单纯产品可确定不是这个灵光。在摄影最初阶段，对象物和技术彼此之对应的严谨性，持续在其后的衰退时期之歧义。”[17]

1880年之后，灵光从抑制阴影的主导位置中退位，一方面是时代品位追求昏暗、人工光影效果；另一方面是这时代的人无从面对新科技而显现出僵硬不自然地摆姿在相机前。本雅明从生产关系，唯物辩证指出原先的影像生产经济主导者，布尔乔亚客户被快速发展之影像科技所异化进而丧失其原有的灵光权力，只能透过否定性灵光，或人工灯光去创造非自然光影配置，借此掩饰灵光丧失与自己之莫名不安，不知身在何处的离异状态。本雅明的灵光，崇高的光，随着摄影发明进展而逐渐消失；从原先在记忆中的灵光被剥夺取代，再而镜头前的观看者不再是自己，不再能等待拍摄者—相机回报以另个观看，被拍摄者不再能观看见证，灵光衰退，摄影影像遍行的时代：

> “感受事物灵光，那就是给予张眼观看的能力。”[18]

灵光经验中，时空距离改变：

> “什么是灵光？一个特殊的时空网络：一个如此遥远，但又如此邻近的唯一显现。”[19]

本雅明在阿杰摄影作品中见到这现象展示，像一个犯罪现场（théâtre de crime）；空无一人的城市街道角特写，建筑对象细节，像法医搜证影像。本雅明将19世纪末的摄影突然由意志与非意志回忆纠葛而致的灵光丧失之哀悼中，跳到更遥远，没有时间不可测的命运，远离19世纪巴黎，波德莱尔的大都会：

17 Benjamin, Walter: “Petite histoire de la photographier” (1931), *Oeuvres <II>, Poesie et révolution*, traduit par Maurice de Gandillac, Éditions Denoël, Paris, 1971, p. 34.

18 Benjamin, Walter: “Sur les quelques thèmes Baudelaire” (1939), *Oeuvres <II>,Poésie et Révolution*, traduit par Maurice de Gandillac. Éditions Denoël, Paris, 1971, p. 268.

19 See note 17, p. 27.

“在我们的城市街道一角，会有一个不是犯罪剧场，会有一个不是罪犯的路人？作为占卜和肠占卜（aruspices）的继承者的摄影，它是否该在这些影像上，发现过错，指出犯罪者。人们会说，未来的文盲，不是那些不懂阅读，而是那些不会拍照的人。”[20]

20 See note 17, p. 34.

摄影作为动词的Philothée直视阳光神秘宗教经验，摄影作为工业革命影像生产的社会商品经济生产工作的本雅明。希腊字源，光和其现象接续闪烁，西奈荒野的光照狂喜和19世纪巴黎城市暗街灵光丧失戏剧；从文字动词转变成技术实践，光与人的精神经济在主被动权力变易中表现人欲求光，追逐光的漫长且激烈过程。从历史发展来看，19世纪摄影发明的历史性首先来自17世纪光学革命，由笛卡尔开创以几何数学建构折射光学等光学理论，借助当时光学镜片磨制技术创新改良更佳透光。之后18世纪中后期化学实验革命，让化学由炼金术秘识走向实验科学，摄影的光化学知识与技术实践建立在这之上，由显影到定影，湿版、火棉胶到干版等发明在短短五十年内长足演进。本雅明的摄影论述似乎忽略这层面，只专注在光学成像上。实际上，决定19世纪摄影史发展，光化学占据更为主要决定动因。摄影化学工业标准化之前，欧洲各种大大小小的实验工厂，操作剧毒的化学材料研制干湿版感光材料。致命剧毒让摄影工作被称为黑暗艺术；如果再合并拍照过程中，于摄影棚中长时间固定僵直姿势的苦刑折磨。或许这是本雅明有意或无意中以犯罪现场影像称呼阿杰之照片作品，或所有摄影作品。但实际上，影像产生之前的过程，甚至早在拍摄行为之前，毒害与苦刑的必要恶早已预决了影像生成内容。光进入镜头停留在感光版上，它双重性丧失自由，自主性的被规定在光学秩序和光化毒剂中。光形成摄影影像是在这双重否定中完成自我异化，方才进入纸基感光材料粒子中。本雅明用现代大都会人人都有罪，皆是罪犯，也许首先从马克思思想的阶级对立角度可以作解释；但是不能否认其中所隐含的犹太—基督教思想，原罪、发现、见证、罪过与罪犯。于此逻辑方才可以理解那神秘且语焉不详的指称摄影为预言、占卜、先知的继承者这说法。摄影作为偶像制造技术，和占卜者由象兆中测知未来命运。此种谱系认知的摄影作为影像技术似乎远离反圣像的摄影作为动词的源起意义，摄影在光照下另种历史性。摄影史源起于这一位西奈荒野中过度曝光进入狂喜的史前摄影家，他在语言发散消失前的最后片刻预言千年后光的技术，光的诗。本雅明的预言者，神启幻觉，等待对话。这也正是本雅明以超越空间距离的唯一显现去定义灵光的神圣性，摆脱商品经济复制影像画面的框架，回返朝向摄影作为动词之源头，寻找失落自然光作为灵光消失的救赎。时间性从消逝的片刻现在，不再是无助，命定地要落入过去式漩涡，吸引回忆。

占卜者的未来预言生出不确定、不可知的未来，抗拒摄影当下片刻逝去的同时所遗忘之另一种可能时间性，见证未来。弥补先前剥夺被拍摄者的眼睛，观看的罪行，伦理开向他者。Philothée摄影拍摄先知所言永远不会饱足的光之饥饿，永远匮乏欠缺的自然光，即是拍摄者与被摄者的光之不对等性，拍摄者的愧疚位置，某种责罚等待赎回。

何时自然光发生被转变成为光的技术？当光由哲学、神学知识在新的光学装置（镜片研磨技术创新）加入后，光学几何化自然中光的各种现象，光成为可测量、计算与观察。17世纪，笛卡尔的几何光学开启科学革命自然光之探索，造成认识论断裂。[21]

笛卡尔所提出的《折射光学》几何光学事实上欠缺真正的数学论证严谨性，混杂形而上学假设和模拟推论在文学书写色彩浓厚的论述，并不是一部狭义定义的几何光学著作。虽然笛卡尔在形而上学和方法论上一再强调清晰，明确不可疑为真正的认识，真理之唯一准则。

至于用几何数学化光学研究，笛卡尔实际上承继了从希腊哲学以降的大传统，13世纪英国方济会僧侣格罗斯泰斯特、培根、佩卡姆用欧几里得几何抽象空间处理光学，格罗斯泰斯在士林哲学，亚里士多德形而上学架构和基督教神学基础上转化新柏拉图主义关于光的理论，提出光是能量种类（species）之转换、传递。培根研究一般光学、反射学（catoptrics）、折射学（dioptrics）三大范畴，以及用运动，直线运动去解析光的几何光学。[22]

这些原则和方法都出现在笛卡尔光学研究中，在推翻亚里士多德

21 Sabra, A. I.: *Theories of light* (1967), Cambridge University Press, 1981, p. 12. “他将（光折射）定律以数学—物理理论结合在一起。虽然有很多缺失，但也因此对费马（Fermat）、胡克（Hooke）、惠更斯（Hugens），甚至牛顿等人的研究提出新出发点。笛卡尔不仅给予光学研究新的原动力，一组新课题、新方向。”

22 Edgerton, Jr., Samuel Y.: *The renaissance rediscovery of linear perspective*, Harper & Row publishers, Icon edition, New York, 1976, pp. 75–76.

形上—神学，经验物质论的新认识论中心上运转。

一方面是不充足的数学科学方法，另一方面研究范畴和使用的数学工具改革性承继中世纪几何光学研究；那么所谓笛卡尔光学认识论革命性断裂如何产生，以什么方式出现而让笛卡尔的认识姿势吸引、影响17世纪科学实验时代的光学研究与论述？

如果，不惧患了过度化约的误失，笛卡尔的光学研究革命性，建立在其形而上学认识论先行的“我思”之基础上，将光学研究大传统的“我看”颠覆，让光，自然光脱离开观看者的主观视觉经验，同时也抛弃光本质—材料的束缚，光不再必须依赖物质性，光自主性发生进入抽象几何数学空间秩序中，摆脱偶然与不确定性。光学镜片装置取代肉眼促进上述的光自主性之进程，光学观察取代主观视觉经验，光成为思维认识对象，纯粹数学几何观念物不具任何自然物质特性。如此，笛卡尔彻底否定、扬弃士林哲学的亚里士多德思想的数学—神学光学。光成为不具实体、本质的无本体形而上学认识论事物。自主自立的光出现在思维、思维者前面，穿透光学镜片闪烁。

笛卡尔解放光的同时，也正是巴洛克绘画的高点，伦勃朗和同时期意大利画家、荷兰画家对光有新的描绘探讨，光不再仅只是先前文艺复兴时期透视空间的透明工具，或是戏剧化配置，光成为图像空间的论述核心，逃离透视消失点的黑洞。[23]

伴随光的意识显露，画家自我镜像，自画像也在这时期进入图像空间发声。福柯分析委拉斯凯兹《宫女》作为《词与物》的古典时期人文科学精神图像代表。光与光源空间分配秩序交织决定观看权力关系，可见与不可见对应在场与场外外方空间非透视性再现人物身体位置。观看的剧场。

镜与镜像占据《宫女》图像空间的权力宰制位置，镜子这光学装置分割图像画面成为前后两个光照空间，透过不在场的镜中人影像占有光照但又不分享，福柯称之为“伪装之宽容大度的镜子”，将那位他者，陌生异人吸引住不让它逸出破坏再现，又不让成为纯再现，而光，光照若未被框架所圈锁住而逸出如镜中之光，或镜后画后方内室的光，将让画中人物发散消失。

对于自由，随处逸散没有被纳入空间，图像空间秩序的光，福柯

23 Martin, John Rupert: “chapter 7, light”, *Baroque* , Harper & Row publishers, New York, 1977, pp. 223–248.

借《宫女》诠释古典时期，17世纪巴洛克绘画所代表的再现论述中，光的双重暧昧，它即是“同”，类似性之必需，但同时也会因其不在秩序系统内——图像或思维——而会引进他者，差异，擦拭：

> “再现在光中完成于重新解组。”
> “在画作之景深处，（光）穿越并深掘，虚构性，并向前投射，这是不可能的，图像的纯幸福从来不会给予操作再现的（画家）大师和被再现的王室他们充足的光。”[24]

24 Foucault, Michel: "Chapitre I: les suivantes", *Les mots et les choses*, Éditions Gallimards, Paris, p. 31.

福柯分析《宫女》图中光的权力关系，光决定图像空间的观看政治经济—图像内与图像外，可见与不可见。同时它也是空间构成和消解的动因及内容。17世纪西班牙宫廷日常生活的光不同于同时期荷兰市民生活出现在图像中的光，政治、神学主导的光对比贸易商业新教伦理社会的光。介于这种特定的光之空间象征秩序，17世纪科学革命时代，继文艺复兴之后，开普勒、伽利略、哥白尼等人带来的新宇宙观彻底摧毁中世纪士林哲学，亚里士多德思想的封闭，固定分阶的宇宙秩序论。

理性几何数学空间主导此时期人与世界的思想生活，哲学论述与日常生活重新点燃对自然的另种认识，福柯所说的人虽没出现但新的认识素（épistémè）开始成形作为古典时代的标志。这时代的光，光的观念会是何种特质与形式？巴洛克绘画代表性显露画家眼中的生命世界之光，和文艺复兴时期之差异，光明确获致某种自主性，不再受制于文本与叙事，光和绘画者产生更亲近甚至私密对话。但图像之外，17世纪自然世界，人所接触、认知的光是什么？笛卡尔和其他的光学研究者，所面对、观察的光之世界，源头。亚历山大·柯瓦雷在《从封闭世界到无限宇宙》书中，指出17世纪的人接受某种具广延特质，但又没有物质性的实质（entité）之存在，光就是最主要代表，对于一般人日常生活，或科学认识：

> “……光，很确定它是非物质性，非形体性

(incorporelle); 却能在空间延展，除这之外——开普勒已注意到这点—即使是非物质性特质，光能够对物质作用引生行动。光给我们一个具穿透性的范例，同时也具有穿透能力? ……被光穿透的透明物体，向我们清楚展示物质和光可以共存在同一地点。”[25]

17世纪的人对于光这些违反物理原则的现象不但不排斥，反倒努力去证明。光的此种中介矛盾特质，非物质性却可作用于物质，具广延但不是物理空间性质让光可以背反同一空间位置只能有一物的原则。正是在这矛盾特质上，笛卡尔的几何光学才能抛开物理学的材料特质困境，用几何数学去解析光的运动在抽象数学空间，一种广延观念的诠释方法。认识论扬弃物理学的操作，回避了光的矛盾中介不确定特质所带来的焦虑不安，这也即为什么笛卡尔光学和其形而上学思想引领17世纪哲学与科学论述的原因。笛卡尔借光学研究探讨，一方面实践新科学观察工具实验操作，当为《折射光学》和其他光学理论之验证。另一方面他也延用光学研究的方法和结果到形而上学场域，相互对应，自然界的光和真理明确不疑的思维之自然光，最后遥指更超验的神学，神这巨大光源。[26]

笛卡尔和同时代的科学家用光学镜片和光学装置作光学实验，建构新的光学认识，从科学史角度去看，17世纪的光学实验开启了19世纪摄影光化学的研究可能，客观实验观察方法，先是抽象隔离光与自然物质物理世界关系，建构数学理念光秩序；19世纪让光重返自然世界，透过光化学给予物质形式凝固在具体物表面形象下。不再是抽象思维物之光，可以对话真理之自然光，19世纪的光被异化成为影像与幻想、幻象与虚构之物。纯数学，自我思维认识的17世纪的光被19世纪化学毒药转换变质，不再是自由，穿透无阻地移动于世界的极度透明不可见的可见之源头。它被固锁，囚禁在银盐或其他物质粒子中的不透明反射物体。否定负片。19世纪光的异化质变，不仅丧失自由与自主，17世纪光和光学与哲学思想工作的紧密共体也崩解不存。19世纪的光从哲学王国中被放逐，或自我流放到各种世界表象被工业

25 Koyré, Alexandre: *Du monde clos à l'univers infini* (1957), traduit de l'anglais par Raissa Tarr, Éditions Gallimard, Paris, 1973, p. 164.

26 *Descartes, corresondance,* publié par Ch. Adam & G. Milhaud, TOM I, Librairie Félix Alcan, Paris, 1936.No. 74 Descartes à Huygens (1e Novembre, 1635), pp. 291-292. 笛卡尔致惠更斯："我们看到会将哲学猜测放进数学的人比起那些能够在哲学材料中引进教学推论的肯定与明确，像光与声音，来得多。" No. 28 Descartes à Mersenne (15e Avril, 1630), pp. 129-137. 笛卡尔致梅森："我所谓的神学，其实它更是形而上学，应该以人的理性去检验。……。透过这，我开始我的研究。我可以跟你这么说，我如果不以此道路去寻找，那我一定找不到物理学基础。(……)。至少我是这么想，没有比用几何学推演可以更明确展示形而上学真理。" No.29 (6 Mai, 1630), p. 135. "那些没有更高思想，容易成为无神论者，因为他们不能了解数学真理和神之存在。"

革命破坏裂解后出现的知识城邦，摄影与绘画、物理、宇宙论持续光的探索，哲学不再主导科学思想论述发展，这也是胡塞尔所看到的科学危机。光的历史性来自于笛卡尔的巨大怀疑的“我思”，自我（ego）成为普世认识论中心，取代亚里士多德学派以本质（ousia）作为自然、科学认识的根本基础，造成17世纪科学知识范畴处于崩解和再造的过渡混乱状态：

> “笛卡尔在《律则》（*Regulae*）（1627）书中，自我（ego）认识论地位之获得是以系统性彻底摧毁亚里士多德学派的实体（ousia）优先论，不论是事物基础，或科学原则。（……）因此所有科学分类尝试就被暂时性化约成异质拼凑的科学集合。（……）在这时期（新认识论基础自我）尚未成为普世优先之对照指标，作为失序的各类科学，它们欠缺能够确保的自主秘识（genos）；此刻《律则》第一章所提出的科学新分类只带来无政府状态的范畴解体，新的“源起”（arkhé）并未缓和反倒激化。”[27]

马里翁的诠释指出17世纪科学分类范畴的裂解混沌状态，在这之后，经过启蒙到了19世纪科学知识范畴分类已确定，人出现了，但其作为认识论中心则被颠覆、移位，光的自由丧失在摄影发明的片刻。

光学研究的优先性，笛卡尔致梅森的信中强调光学是“他所处理的课题中最重要，也最困难，所有物理学都包含在其中”[28]。《方法论》第五部分，笛卡尔以画家只能选择呈现物体的一部分作自拟，为何只能在书中讨论他的部分思想，以光作为起点去探讨自然的光学现象。[29]

和《方法论》结集出版的《折射光学》，同时间写但因畏惧伽利略异端审判事件影响而延后出版的《世界—或光之理论》，笛卡尔主要光学著作。

笛卡尔光学研究方法，以实验观察透过光学镜片作核心构筑光学论述书写，这两种操作存在明显断裂：一方面在于笛卡尔特殊的自我

27 Marion, Jean-Luc :“L'universelle Validité de L'humaine Sagesse”, *Sur l'ontologie grise de Descartes* (1975), Librairie Philosophique J. Vrin, Seconde Éditions, Paris, 1993, pp. 31–32.

28 *Descartes, correspondance,* No. 38 Descartes à Mersenne (23 Décembre, 1630), See note 26, p. 183.

29 Descartes, René: “5e partie”, *Discovers de la méthode* (1636), Garnier-Flammarion, 1966, p. 68.

书写修辞运动，另一方面在推论假设的方法论，笛卡尔杂糅模拟异质体例和几何数学图表推论，笛卡尔直接跳跃两者之间来回，而对于使用的数学工具原理前提也不明晰解释；造成读者收受困难，违背其所坚持的方法论，简洁与明晰不可疑。皮埃尔·卡内分析笛卡尔的分裂自我书写，介于书写者和哲学沉思者，他将之比较普鲁斯特的《追忆逝水年华》，他看到两者之间的风格谱系[30]。

诗意书写运动，帮助解开《折射光学》中那个哲学史上令人困惑的三个非关光的物理机械论观点的模拟例子，盲人手摸索，榨取葡萄汁的酒桶（漏洞），手球拍打。三个完全和光没有任何关系，不论从物质性、实体或属性，彻底异质的差异比较、模拟。当时已引起甚多人困惑不解[31]。

《折射光学》十个章节，光的分析论述在第一章，第十章简略不完整地谈研磨镜片“研磨镜片的方式”。第二章深入第一章的手球拍打反弹的例子作为光在水中，和其他透明介体的折射曲折几何光学推演。视觉研究占据其他章节，分别从生理解剖和屈光折射光学，一章谈视觉感官经验联结生理解剖学和几何光学。全书架构，由第一章开头就强调最新光学镜片制作进步可以帮助光学研究，但是这种工艺技术的重要性却被一般人所忽略，笛卡尔决定尽力阐明，新技术和光学研究的支配关系（“我所操作的事物应该依赖手工艺匠人的技术，……，我们应该从其他科学学习”）[32]。基于这点，笛卡尔先研究光和光线，接着讨论眼睛生理解剖，然后才分析视觉，全书以新镜片改善视觉结束。《折射光学》的实验科学革命性开创，不仅在于以新工具，光学装置和解剖学，提出系统阶段性操作程序；更重要的是他重新给予工艺技术该有的认识论位置，反转先前贬低抑制匠人工艺的成见，不再是哲学家—科学实验者支配工艺技术和匠人，相反地他们依赖新工艺技术去修正、弥补自己之不足、错误。知识权力和社会生产关系，笛卡尔用光学镜片照射曝露其反面镜像。笛卡尔的新观察者位置带来的是深层认识论实践决定引生新政治经济革命的可能，这可能性建立在思维者，认识主体的自我意识，所不可知的暗处，需要依赖，需要他者，他种认识的中心移转的伦理—认识论革命。柯瓦雷的一段话可以精准概括新光学镜片的历史性改变，由匠人制造的工具变成光

30 Cahné, Pierre-Alain: “introduction”,*Un autre Descartes, Le philosophe et son langage*, Librairie Philosphique J. Vrin, Paris, 1980, pp. 7–21.

31 *Descartes correspondance*: 30116 “Plempius à Descartes” (15e Septembre, 1637). 30117“Fromondus à Plempius” (13e Septembre, 1637), pp. 382–393.“（……）这位作者（笛卡尔），虽然处处展现充足明确精神，但真理有时很晦涩。……。经常，他自己也不知道，我认为他落人伊壁鸠鲁斯物理学，那是一个还很粗糙雏形。（……）《折射光学》第4页（VI, 84-5），他似乎没有清楚解释为何用一个盲人手杖作比较，一个发光物体如何能够在瞬间传递其光线。一个来自太阳的光应该比较像是弓射出的箭，其在空中的轨迹应该是连续而非片刻；所有这些在盲人手杖那里都不存在这种事物，从盲人碰到的物体直到执杖之手。……”

32 Descartes, René : *La Dioptrique* (1636), *Discovers de la méthode*, Garnier-Flammarion, Paris, 1966, p. 100.

学仪器（instrument），进而变成改变观看的新观看装置（appareil）实践：

> “只要我们不知道我们究竟要看什么事物时，我们不会观看，而特别是当我们知道那里没什么东西可看时，列文虎克的发现主要就在于他的观看决定（décision de regarder）。”[33]

工具、仪器与装置；摄影、相机的工艺，技术与艺术的历史性起源存在于这个光学认识论断裂的转折点。《折射光学》思想论述轨迹开展于光学镜片中，首章与结尾，光运动、照射和曲折在其间穿梭，表现笛卡尔想认识光的欲望与挫折。

笛卡尔《折射光学》的三个物理性模拟例子，盲人手杖、葡萄榨汁水桶、手球。用三个完全不是关于光、光学的日常生活事物的力学机械物理运动解释光。基本上这三个所谓的模拟假设是彻底非模拟，完全不涉及光的实质或任何物理材质。这也是笛卡尔在提出这三个例子之前，他确定无疑地指出光的特质（nature）并不是他的分析对象与目的：

> “（光线）我不需要去说明其特质何者为真。我认为（crois）我只要用两三个比较，去帮助我们，以我觉得（semble）最便利的方式理解它。”[34]

排除自然特质（nature），这点也正是《折射光学》三个物理性例子矛盾的源头，同时也是笛卡尔想建立抽象几何光学，却又无法彻底脱开物理、物理现象，而造成的论述困惑和困境。句中两个不确定性假设动词——“crois”和“semble”，一方面既是其假设推演的方法论标志，但另一方面也是整部《折射光学》中的主观怀疑暗处，一如他表明“真实”特质不在讨论范围。笛卡尔为了更强调这种怀疑、不确定性假设之必须，处理光与光学问题时，错误与不确定的必然，没有绝对真实。这种方法论态度和他坚持的清晰与明确不可疑真实认

33 Koyré, Alexander: “Du monde de l'*à-peu-près* à l'univers de la précision.”, *Études d'histoire de la pensée philosophique*(1961).1948, Éditions Gallimard, Paris, 1971, note No. 2, pp. 351-352. 笛卡尔对于光学镜片的依赖，也可从他和惠更斯通信中看见他迫切等待更精准没有缺陷的镜片。1636 年 7 月 13 日的信中他一方面自觉愧疚新镜片实验结果不符合他的折射光学假设，但原因出在镜片不良。通信 No. 85, p. 313. (See note 31).

34 See note 32, p. 100.

识相违背。换个角度思考，此种因为光而引起的自我怀疑不正是另一个巨大的认识论怀疑：

> “(……) 在这方面模仿天文学家，他们，虽然其假设可能会是全部错误或不确定，仍然，因为他们不同观察（observation）的操作，并不会让他们获得任何很真实，很肯定的结果。”[35]

模仿天文学家研究观察的方法，即使不能得到真实肯定的知识，即使因为错误前提造成不正确结论。马里翁认为笛卡尔举天文学家作为模仿学习对象，呈现笛卡尔的纯数学推理想象碰触物理现象，光，所出现的进退两难窘境，无法清理亚里士多德物理世界思想的残遗，天文学本身就是一种混杂数学与物理学的暧昧不纯粹范畴的科学：

> “但是基本上天文学一直是数学科学，即使它源自于‘所有数学科学中最为物理学’；实际上，其理知性，作为科学，总是属于几何学，(……) 其物质性的‘物理’特征，一直异于其科学性（scientificité）。……。即使这样，天文学要能被理解是以近乎几何学方式，去认知近乎非几何现象。”[36]

如果天文学是以“近乎几何学方式，去认知近乎非几何现象”，那么笛卡尔《折射光学》三个非模拟的模拟物理例子去解释光的现象，可以说是用“近乎物理学方式，去认知近乎非物理现象”，修辞的误指移用到科学知识，这特殊的方法论的意向究竟是什么？而其结果，不论是在科学知识，或形而上学都引生巨大反弹与批评。

西莉亚·沃尔夫-迪瓦恩归纳总结近代科学认识论者对此之批判，他们想从笛卡尔的三个例子模型中去寻找可能的物理科学系统论述，作为笛卡尔另一层被抽象数学理念排除的物理学欲望，将三个非模拟操作视为一种纯粹工具性思维，但结果论证的前后不一致性，及未有

35 See note 32, p. 101.

36 Marion, Jean-Luc: “Chaptre III : La déconstruction de l’eidcs et la constructionde l’objet, §18: L’assomption de la supposition”, *Sur l’ontologie grise de Descartes* (VI) (1975), Librairie Philosophique J. Vrin, Paris, 1993, p. 115.

明确结论，说明这是一个失败的科学知识操作[37]。

笛卡尔的光物理现象，环绕光的运动与传递，后者涉及光与中介物关系。但基本上，他希望将这物理现象化约成几何空间坐标移动，没有速度，也没有力学——牛顿的运动力学。没有速度，因此时间问题也被排除，这点造成笛卡尔无法圆满解释光的瞬间运动问题。而在中介物体中的光运动以暂存、蓄势待发的说法，就成为单纯假想。三个例子模型，意图简单说明光的现象，而忽略了上述种种物理机械动力原则，迫使笛卡尔以近乎循环论证方式在一个例证失败后，用另一个完全不同的例证去诠释另种光的现象，他似乎不想停留在例证上，当叙述描写完成后，问题和矛盾才刚萌生就立即遁走到另一场域、另一对象，留下巨大疑难陷阱，如是操作思想，笛卡尔思想工作者内化其问题对象物，依马里翁所说，他赠予、输送实体（substance）于“我思”之过程中给对象物。他所谓笛卡尔之“灰色本体论”隐身在认识论后面，事物（chose）自身在认识过程中被剥除实体一实质（ousia）而带上认识对象物体（objet）面貌。

> “事物只有当它自身充分保留离异（étrangère），才能让人熟悉，才能自行变成熟悉。透过笛卡尔，现代思想才能处理事物，在那里‘正是以观看事物被物体化’（obje(c)t(ée)）（rem sibi objectam）。”[38]

物体异化于事物中，作为异化事物的物体不具有自身之本质，起源（arché）它完全依赖于自我之精神观看；同时事物自身也脱离其实体一实质，一种异质狂喜，弃置或赠予物体的实体一实质成为认识的中介透明，所以马里翁才形容它既是认识事物之阻碍，也是事物之基础。

透过事物与物体之转化变换，笛卡尔的遁走于三个不是模拟的模拟模型，表面的认识论溃败，后面是光与笛卡尔互映互渗；笛卡尔如同光那般自我流转运动于三个不同物理现象场域，折射不在场的光之实体；每个模型的封结宣告新的模型开启，光闪烁在观看者笛卡尔的

37 Celia, Wolf-Devine: “2, Descartes’ theory of light and colour”, *Descartes on seeing-epistemology and visual perception*, Southern Illinois University Press, 1933, p.43.“除了科学论点不足，笛卡尔依赖模型和模拟引生一些困扰的问题，对他在物理学的野心。”

38 Marion, Jean-Luc: “conclusion, §31, l’ontologie grise”, *Sur l’ontologie grise de Descartes*, see note 36, pp. 186-187.

认识姿势精神中，反复浮现于物体—事物变化。光成为空洞没有实体—本质的不确定灰色本体，建立在动摇，崩溃，被威胁的认识论上的缝合、固着剂对笛卡尔思维者而言。

从这棱镜去观察三个模型，不同的光，光照现象的假想投射都共同点出经验世界和感官作用的不完善、缺失。盲人手杖，立即剥除人的视觉，光不可见却因此成为可知。光不是物体，光在盲人那里，用手杖去认识广延世界，光是令人不安的似可知而又不可知的事物。马里翁以非模拟模型的不类似性比较的矛盾，光不会出现在盲人手杖，同样也不会在葡萄酒桶或手球中出现，物质、物理性比较模型的失败；马里翁说，这表示，光的物理现象必须以抽象知性方式运作方才能成为可知，可理解：

> “这些物理现象只能以知性方式去运作——也即让光，这彻底物理现象成为可理解。这现象保持物理性，却抽象运作，完全不考虑其物理性身份（statut）。”[39]

在这观点下，笛卡尔第一个模型选用盲人手杖作例子的意义就很清楚，他并不要处理光在经验物理世界的问题，光的特质不在于视觉，因此很悖论地：

> “最能理解光的特质，只有盲人。（……）在所有人之中，盲人能最立即自发直接进行形象化（la figuration）。首先，他抽象化，光对他拒绝以感觉（sentiment）形式出现，变成如同一个运动与一个行动，透过手杖的形象，传递给他广延的各种变化；由所有感性特质构成抽象。接着盲人移转：毫无疑问他永远无法‘观看各种颜色’，若颜色是以所谓颜色感觉方式。”[40]

马里翁的诠释，“只有盲人才能理解光的特质（nature）”，盲人

39 Marion, Jean-Luc: “section 1, de la science à son fondement. 12, l’établissement du code : la perception comme (dé) figuration.”, *Sur la théologie, blanche de Descartes* (1981), Presses Universitaires de France, Paris, 1991, pp. 245–247.

40 See note 39, pp. 247–248.

借手杖在黑暗完全不熟悉的离异不安环境前进，光和光的感觉对他而言不再是自然经验现象，事物—光转化被翻译成物体—运动，盲人用触觉和移动将光抽象成运动形象。理解但不是感觉。

柏拉图《泰阿泰德篇》对话[41]，苏格拉底使用视觉遮蔽阻断感觉，仍然可透过记忆、回忆而有一定的知识，由此否定知识、认识来自于感觉经验之说法，“看见即认识”就站不住。虽然，苏格拉底的视觉取消只是暂时对明眼人的实验，并不是天生盲人，仍有视觉记忆，这个过去经验，而盲人的手杖实践认识则更接近先天性，先验认识。手杖替代记忆。马里翁给予笛卡尔的盲人柏拉图色彩，唯一且最自主化收受光的理念；笛卡尔于《世界—或光之理论》中区分“光的感觉”（sentiment de la lumière）和“光的观念”（idée de la lumière）[42]，前者是光（狭义的）在物体中引生的感觉、情感。后者是借眼睛中介于我们想象中形成。这个观念形成的过程，同时由精神与视觉共同完成：“正是精神（esprit）本身对我们展现光的观念同时那触及眼睛的光之行动则给予意义。”依照笛卡尔这定义，那么马里翁所谓盲人理解光的特质，是不具指称物意义的纯粹观念、理念，存在与作用于精神—想象之中。笛卡尔特别强调“光的感觉（情感）”的表意作用和语言的任意性（arbitraire）类似，语言符号能让我们理解事物，却不一定和指称、表达的事物之间必有类似性，如语音、音节；依此笛卡尔“光的感觉（情感）”的意义所引生的情绪不一定会有类似性。基本上，笛卡尔《折射光学》研究悬置“光的感觉（情感）”，聚焦于光运动和行动去构筑几何理念的光。这样观点下的光，不具表意可能，不类似、不再现光照物体。依照三个非模拟之模拟模型逻辑，《世界—或光之理论》中也操作不同感官经验作非模拟比较，凸显差异和非类似性，去否定“光的感觉（情感）——肌肤接触、书写动作等等——是光”，而最终，也不是想要说服读者上述的否定，“光的感觉（情感）”能显现真正的光，“光的观念”，光究竟在哪里？多重否定修辞引向终极怀疑：

> “我完全不会想用这些例子去彻底说服你们，物体中的光不同于我们眼中。仅仅为了让你们怀

41 Platon: *Théétète*, trauction, notices et notes par Emile Chambry, Garnier-Flammarion, Paris, 1967, pp. 94–95. (163e–164d).

42 Descartes, René: *Le monde ou la traité de la lumière*(VII) chapitre premier,*Discours de la méthode*, Garnier-Flammarion, Paris, 1966, pp. 221–223.

疑，同时也制止你们忙着寻找反证。”[43]

光学研究最终朝向形而上学的终极怀疑，没有所谓确切的绝对光之定义，光的观念如同光的本质，流动不定不会固定在同一类似范畴内。光是视觉，眼中之光和事物反射之光的差异变化，柏拉图《泰阿泰德篇》对话，苏格拉底以颜色视觉经验差异不确定性来自于光在物体和眼睛之间的中介作用，不停的快速运动：

> “当眼睛和对应物体互相接近孕生白色性（la blancheur）和其感觉相互联络。……。眼睛充满视觉，他观看，他开始转变成观看中的眼睛，而不是视觉。而和眼睛共同工作生产颜色也自行填满白色性（blancheur），并且变成白色（blanc），但不是白色性。”[44]

事物与物体的实体转换，眼睛变成“观看中的眼睛”（l'oeil voyant），不再是观看的肉体器官，成为类似“思维事物”（chose pensante）的“能观看的眼睛”，被观看物也转换其物质成“白色”但不是白色本质的白色性。这中介透明转化过程，亚里士多德将它确定成为“透明（体）”（diaphane），具有一定质量的光之场所。柏拉图用这个实体转换的观看过程，否定想用感官、感觉获取知识，或是等同两者作用，是根本错误，对话中的苏格拉底更尖锐讽刺地反问：狗眼中出现的颜色，是否和泰阿泰德眼中的颜色一样？

肉体感官转换成能思自主的能观看的眼睛，独立自主于视觉之外，此过程观看者是否意识到其变化，如“我思”那般的跳跃；苏格拉底很微妙地以遮蔽一眼后只能片面观看，若是视觉即认识，那观看者则落入陷阱，他是同时既看也不看，同时认识与不认识。所以感官经验不能是认知。在这表面的诡辩助产术后面，苏格拉底其实隐藏他所催生的另个孪生子：观看于盲视，知道认识建立于不认识。光来自于光，遮蔽光。片面观望不等同片面实体转换，非等值的范畴意义。

笛卡尔《折射光学》的盲人回响《泰阿泰德篇》的盲视态度；

43 See note 42, p. 223.

44 Platon: *Théétète*, See note 41, 156b–157b.

因为盲目，精神就不受“视觉感觉”（sentiment de la vue）支配，收受的光之观念可以摆脱影像，卢克莱修《物性论》中从物体剥离浮动在空气中的相拟—影像（simulacre）薄膜论，笛卡尔承继（“所有这些被空气吹动飘浮的影像，被称为‘意向种类’（espèces intentionnelles），众多哲学家想象在其上工作”）。盲人似乎就可以有断裂性的光（与颜色）认识，观念和经由手杖获得的各种身体感觉作为比拟想象的观看感觉之间是不联结，差异，没有意象种类的影像中介。笛卡尔重复《泰阿泰德篇》篇里所说影像，光与颜色，由眼睛和物体双向共工，共同在中介透明空气中完成。因此盲人手杖的例子，仅只从单向而缺乏物体反射的角度，需要从另一角度观察，所以笛卡尔才会使用黑夜，真正的黑夜，明眼人需要物体可视条件是物体本身发光或明亮反射。从生理器官天生的黑暗到自然的黑夜，光这时才进场，“因为这行动（action）就是光，必须注意到，只有那些能在幽暗黑夜中看见的人”。光，发亮反射存在于透明体，借此我们才能观看，“盲人手杖和空气，或透明体存在很大不同”。“葡萄酒桶”的例子作为光的行动、运动场域，开展模拟想象光运动效应的种种现象，对象物上的自然流体物理现象，不再涉及观看者的感觉；然而，笛卡尔在这例子上出现另一矛盾，葡萄酒桶和葡萄果粒的物质材料，阻止他建构纯几何数学模型。也因此，手球模型例子成为弥补这疑难，进而扩展成一个更完整独立章节。葡萄酒桶呈现微型物理宇宙空间，笛卡尔承继伊壁鸠鲁斯学派粒子论和无虚空观，光，一种微妙物质，既是物质也不是物质，处于运动或倾向运动（inclination à mouvoir）而没有停止不动。来自多个不同光源的光可以瞬间共同进入眼内，穿越空间毫不受阻。笛卡尔指出这现象以葡萄酒桶作例子不适切，因为葡萄颗粒物质性会阻塞孔隙，他从此矛盾点归纳光的特质不是明亮物体的运动而是运动的轨迹线：

> “必须思考，不能把明亮物体的行动当为它们的光，必须要判断，这一个光的射线，它就仅仅只是这行动所遵循的线。因此就会有来自明亮体的点的此类无穷射线，朝向它们所照射的点，由

此你可以想象有无穷直线，它来自表面的所有点。”[45]

光，瞬间运动无限扩散，可穿透不同材质的中介物（空气、水、玻璃），折射出无穷射线彼此互容互渗朝向同一点。无穷，无限性，永恒运动，光的精神、观念特质，没有实体也无属性，当然也没有所谓样态变化；那什么是光？不是以定义范畴方式去思考，笛卡尔提出一个非规范性抽象观念，归纳自第二个例子，作为第三例子之出发点：

> “很容易可以想象，行动或倾向运动，我说这应该被当为光，它应遵循运动的同样律则。”[46]

手球例子基本上就是想建立、阐明光的射线作直线运动，只当它们碰上不同透明中介，其恒定的直线运动才会被改变。笛卡尔悬置球的速度和力的关系，抽象假设球直线运动碰撞物体表面，即使有曲折凹陷最终仍会以等距离方式展现空间变化。球的自旋运动，笛卡尔反对亚里士多德论说曲线运动之存在，他认为那也是直线运动。例子中简短未明确分析，提及（光）力在黑和白之间变化。黑色，将照射在其上的光射线彻底取消其力量。白，则像镜子反射，没有任何改变。此假设和《泰阿泰德篇》篇里的论点完全不同。手球例子设定用来比拟光反射或曲折现象，不同第二例葡萄酒桶以透明体为光运动场域，这里谈论几个半透明（如“布”）或不透明但平滑表面物（如镜子）全部或部分反射。这例子，笛卡尔专注在几何光学，使用几何图表解释，关于光的论点几乎消失一尽。抽象光的运动轨迹直线图表代替语言文字描述，光以效应、轨迹的不在场方式观念化。综合笛卡尔的三个例子，光由盲目的器官黑暗，穿越暗夜黑暗的沉浸酒桶——隐约的迷醉酒神暗示？最后，光不在。笛卡尔论证光，运用了偏移非模拟模拟，他于，其他。间接点出光自身不可见，但光照亮，一切可视现象的源头之一，先天矛盾否定性。手球例子背后，笛卡尔揭开三种人的感官身体活动之最后一环节，手球的击打运动凸显先前两种运动深藏的抗争对立性质，盲人手杖的敲击和物体的抗拒反弹，葡萄酒桶的压，手球以游戏方式表现手的攻击，斗争动作。笛卡尔有意或无意用这三例子去隐约埋下人和光的对抗，战斗的抗争关系，是否也因这点，他将希腊哲学传承下来直到摄影发明的19世纪仍持续不断的观念：光即是火的表现。光是火的本质、实体。笛卡尔《折射光学》和其他光学论述都回避这论点，而在百年后英国贝克莱的论著中仍以此为核心论述光的哲学形上问题；笛卡尔扬弃火主宰光，火与光的实体一力关系，这操作却在三个光的非模拟例子中迂回的反倒让火的力量运作以间接抗争方式隐约浮现。笛卡尔的盲人，除了《折射光学》之外，也在《方法论》最后章节中出现盲人，他不是无助用手杖摸索前进的盲人，他和明眼人进行生死搏斗，狡智地将明眼人带到地下暗室中。笛卡尔自喻《方法论》书写出版就像在暗室中开窗引进光线，让盲人优势不再。启蒙的隐喻，显露光照的争斗特质，《折射光学》非常隐晦用间接又间接方式带出："出版这书，几乎我进行的事，好像开了几扇窗，引日光进入地窖，他们走下在此互相打斗。"[47]

海德格尔在《艺术作品的起源》中分析，存有在思维开启的林中隙地中被照亮，存有显露于双重存藏（réserve）模式。一方面是不完整，部分的照亮之下作为开启的始端。但在这光亮中，另一个存藏使逐渐展开的存有于未开展的存有前，遮蔽、掩盖，隔离并否定。前一个存藏以拒绝方式，这一个则以他者，存有自我以否定方式之他者给予，也即用掩饰方式出现。真理的本质，显露存有的进行就在双重存藏方式下被悬置，"真理的本质，是非真理"：

> "在真理本质内部，存藏的秘密悬置（suspense）指明这种对抗运作，……，介于照亮跟存藏。这即是起源争斗之对立。"[48]

大地与世界的出现，持立都是在这起源争斗中。笛卡尔地下暗室中开启的认识争斗空间，不正是海德格尔所言的：

> "认识（savoir），即是曾经看见，是一果断指定者；在斗争中果断决定作品以线条作规定。"[49]

47 Descartes, René: "Sixième Partie", *Discours de la méthode*, see note 29, p. 90.

48 Heidegger, Martin: "L'origine de l'oeuvre d'art"(1935), *Chemins qui ne mènent nulle part*, traduit par Wolfgang Brokmeir, Éditions Gallimard, Paris, 1962, pp. 58–61.

49 See note 48, p. 76.

线条之所以能作为作品之规定，因为“它是以光的线条出现，作为创作计划中的尺度标准与过度”。而诗作为艺术的本质，作品的作品，开启存有的照耀与回响，真理闪现的计划。

布朗肖批判海德格尔将真理与光照紧系的本体论观点，他称之为某种“光的帝国主义”（impérialisme de la lumière），它可能是虚无主义持续影响欧洲思想的因素之一。布朗肖由海德格尔的双重存藏概念见到光的自我掩饰于照亮，光双重欺骗。光照亮同时擦拭掉自己的痕迹让人忘记其存在作用：

> “闪亮（clarté）：光的非—光，观看的不见。光因此双重欺骗（至少）：因为它欺骗我们对它，并且让人误以为是立即而实际不是，以为是简单单纯而实际上不是。白日是一个假白日，并非因为可能有一个更真实白日，而是因为白日的真理，关于白日的真理，它被白日所掩饰，仅只在这条件下我们才能看得明确：在不看闪亮本身的条件下。”[50]

光所开启照亮的真理，只是一种表象错觉，真理实际上一直处于揭露与掩饰隐藏的辩证对立斗争中，也即是光照亮于遮蔽中。列维纳斯由西方哲学史强调本体论优先，将他者差异化约等同于所谓存在的宰制下，他称之为“本体论帝国主义”。本体论认识借助光照，将存有转化成观念：

> “认识，就是从无中掌握存在（être），或是将存在带向无，剥除它的他性。这结果是由第一道光线获得。照亮，就是剥除存在的抗拒，因为光开启一个空间的空洞与境界（horizon）—从虚无中给予存在。中介（西方哲学特征）的意义在于它不被局限于只是化约距离。”[51]

50 Blanchot, Maurice: “Nietzsche et l’écriture fragmentaire”, in *L’entretien infini*, Éditions Gallimard, Paris, 1969, pp. 243–244.

51 Lévinas, Emmanuel: *Totalité et infini-essai sur l’extériorité*, Martinus Nijhoff, 1971, p. 34.

列维纳斯对于海德格尔从存在角度思考主体性，将人引向存在，而将“照亮存有的存在自行掩饰和悬置”[52]作为所谓的“时代”，历史性。曝露在存在的光照，即存有之接触以在场方式，掩饰并遮蔽存在。距离、邻近性距离、非经验性，不是某种认识、接受光，它扰动、终极性碎裂时间，擦拭掉的历一时性（dia-chronie）重返并阻断“此在”的历史记忆时序。邻近性，即他性，即他于存在，超越存在。列维纳斯认为柏拉图已意识到超越存在之必需[53]，而以“善”，伦理形式出现[54]，散射真理与存在的强光。

海德格尔在晚年论述《哲学的终结与思想的任务》修正先前一再强调存在与真理的共体关系，体认到柏拉图以降的西方形而上学都脱离不开光照，不论是“理念”“实体—本质”等等都在自然光，理性之光的照耀，海德格尔隐晦地说：

> “（存在）的任何样态都少不了光，柏拉图早已明了某些事。”[55]

面对光在本体—形而上学的至上性，海德格尔质疑这之下是否存有超越光的现象而一直未被人发掘的未思考（impensée）。有趣的一点，海德格尔面对光的暧昧必要性，去思索他于光，光之外的问题时，他近乎引用方式重复笛卡尔《折射光学》第二例子前面的说辞，眼睛需要光才能看和移动，尤其是在暗夜中如猫眼之中的光：

> “但是没有光，就不可能在开启（ouver）的空隙（clairière）之外有明亮。即使幽暗也需要它。除了这之外我们如何能够进入暗夜幽晦中游走穿越？”[56]

海德格尔寻找光之前，光之外的基础、起源。有意或无意重拾笛卡尔的话语，他迂回表明思考光之前的问题作为哲学终结，形而上学开合的新转折点操作，类似笛卡尔哲学提出西方哲学现代性的不可动摇基础，主体性和人作为能思之事物。超越，走出柏拉图形而上学的

52 Lévinas Emmanuel: “La subjectivité n'est pas une modalité de l'essence”, *Autrement qu'être, ou au-delà de l'essence*, Martinus Nijhoff, 1978, note III, p. 34.

53 See note 52, p. 142.

54 See note 52, p. 36.

55 Heidegger, Martin: “La fin de la philosophie et le tournant” (1964), *Question IV*, pp. 112-157, traduit par Jean Beaufret et François Fédier, Éditions Gallimard, Paris, 1976, p. 130.

56 See note 55.

主宰。除这之外，笛卡尔颠覆打破神学和本体论之紧密链锁，重新定义神与思维，和存在之关系。同样地，思考光之前的新形而上学转折点，海德格尔不能回避的必须抛弃神学，不论是哪种，之诱惑，远离《创世纪》的启示论述。海德格尔回溯哲学起源，回到前苏格拉底时期的巴门尼德，作为语源，德语母语“光照”起源意义中被简化忽略指向之基础。

海德格尔同时坚守存在本体论的解构、重建，不向他者、他性、伦理学展开，也不像笛卡尔的高扬理性自然光去建构抽象数学广延，海德格尔对于这种极端技术理性发展的负面性强烈批判。然而他和笛卡尔于光、光照却有某种深藏联系。

《哲学的终结与思想的任务》中海德格尔使用两种语源考掘，一者德语悬置了“光”作为第一性，原则的原则，在形而上学的优先性。另一者借径巴门尼德片段，将习受译为真理的Αλήθεια之片面不全认识，和前面德语语源中重新浮现的，光之前之模态，与预设合并进而消解了光，光照和在场真理之必然性，光与真理不再是形而上学第一原则。Die Lichtung, lichtung，林中隙地。动词lichten和形容词licht都和leicht轻，都相同。海德格尔分析形容词licht，不同名词lichtung, licht意指光亮，或明亮。但形容词与名词两者间有某种深层关系：

> “光实际上可以通过（visiter）lichtung，林间隙地，也即林中开启部分，在其中明亮与阴暗相互运作。但是，从来就不是光先创造林中隙地开启。而是相反，林中隙地预设光。”[57]

57 See note 55, p. 127.

海德格尔又以声音在林中回响、消逝指出林中隙地同时是在场与不在之场所。作为之后，开启与退隐，存藏的关系。光除了不是林间隙地之开启的创造者，它仅只是穿越林间隙地，因此就不是存在开启的源头、基础，而是平和接纳，庇佑存在与思维共存的场所。所以要问Αλήθεια在《巴门尼德篇》中以非退隐、不存藏方式出现，在林中隙地就不是一般自然空间道路，也不是生有涯者所体认的。巴门尼德之后，希腊哲学和其后西方哲学的曲解，海德格尔认为于此埋下错认、错觉的种子，将Αλήθεια译成真理，于存有和存有之认识层次上，去定义真理为对存有之确定认识。但如此思考，倒果为因，并不是真理开始存在，而相反的是Αλήθεια的开启给予了真理的可能性。所以海德格尔会说那种读法是误入歧途。Αλήθεια的意义：

> “非退隐、存藏，如同在场的林中隙地，它还不是真理。但它是否少于真理？”[58]

它还不是真理，意味着，开启不是在一般视界中可见，如巴门尼德断片所言，而海德格尔虽然以开启取代了光之优先性，然而在Αλήθεια的开启和其中的源起却仍具有存藏和退隐如光的特质，不可见：

> “Αλήθεια 作为开启的林中隙地，它全然不会带来它之所以为自己者。它之所以为自己者保持退隐与存藏？这是否一种偶然。……。会如此，因为自行退隐，保持退隐，一句话 Λήθη（退隐）属于 Αλήθεια 方式，不是简单的添加，也不像阴影属于光，而是以 Αλήθεια 之心。”[59]

因此，海德格尔认为这里存有辩证双重性，如何在这种退隐存藏中开展在场的开启，在庇护与保存的谨严下进行。海德格尔自问是否此处即是超越希腊思想，作为哲学终结的开始，光之前，如光但不是光的开启在自己退隐、存藏不见中：

> “如果以希腊方式思考，Αλήθεια 的考验作为开启之内的非退隐存藏，以此接续去思考，以一种超越希腊自身经验，如开启的退隐存藏的林间隙地？”[60]

58 See note 55, p. 134.

59 See note 55, p. 136.

60 See note 55, p. 137.

但从何而来林间隙地，开启，海德格尔在结束时提问，“何谓有（给予）（il y a/es gibt）？”

列维纳斯隐约遥远地回答这终极问题：

> “自我在丰饶（fécondité）中超越光的世界。不是为了要让自我消融在匿名的 il y a，而是要走得比光还远，走向他方（ailleurs）。自行持立在光之中，观看——在掌握之前的掌握——它还不是‘无限存在’，回到自身（soi），更古老，即充塞的自我。”[61]

20世纪，摄影工业成熟，高度标准化，化学配方和光学配件精准数据同时促进商业市场和摄影艺术创作及论述。安塞尔·亚当斯几大册摄影基本手册，建立摄影工艺操作手法，由此衍生的摄影美学评论。环绕着光的区域曝光，定下严谨的黑白摄影影像特质表面规定。摄影家拍摄前必须先有预视（previsualization），总体预设了眼前景象最后呈现出来的影像样貌，从测量曝光到暗房冲放的规定路径不容许有意外偶然与错误。光，自然光或人工光源被转换成灰阶区域价值，类似几何光学抽象化，亚当斯的区域光价值单纯的以算术加减进行，偶尔添以极少的参数图表。诉诸直觉降低了技术复杂之障碍。摄影家可以更关注光的感性表现和转译问题。简化技术性成为低限机械性操作。亚当斯还原化约自然光现象成为十区灰阶，十个黑白摄影的灰色字母，五线谱音符。类似现象学的思维途径，但透过摧毁世界实体现象，揭露或接近物自身的现象学本质上反再现，而成为摄影之所在。亚当斯在基本手册前言，直接强调必须简化技术原则，这些原则基本上是为了澄清并简化摄影家的概念和陈述[62]。亚当斯定义“光”对摄影家之意义：

> “光对于一个有才华摄影家而言，同时是现实性（actuality）和实体（substance）如同石头或肉体。等待被评估和翻译。光的印象

61 Lévinas, Emmanuel: "La Fécondité", *Totalité et infini-essai sur l'extériorité*, see note 51, p.301.

62 Adams, Ansel: *Natural-light Photography* Basic booke (4), 1952, Morgan & Morgan, Inc. Publisher, New York, 7th printing, 1971, Foreword (V)–(IX).

（impression）和实体印象，透过细心使用光，也是同样重要对写实摄影像而言。”[63]

63 See note 62.

64 White, Minon: *Zone system manuel—how to previsualize your pictures*, 1967, Morgan Press, New York, 4th printing, 1972, pp. 8–10.

自然光和人工光区别在于有没有人为操控、改变。亚当斯认为这种机械二元区分不能代表真正现实状况中经常会出现混合光源，人在灯光下念书，窗外有自然光投入；或是他添加某些设置改变光影，但在未改变光的位置和强度下，他建议用另一名称，“存在的光”（existing light）称呼此种多光源混合光状态。亚当斯对于光与摄影的关系，他只论反射光，光反射现象测量，不处理直接入射光（incident light）：

“我的摄影操作哲学，只评估从事物上反射的光，不谈入射光。支持这种哲学的依据在于美学和情感因素，比起物理性考虑而言。”

亚当斯区域曝光不处理光自身，而是如同笛卡尔所谈的光的感觉、情感，反射光亮物体。着重在物与光互动后所产生的影像质量，区域分类依这原则划分出十个灰阶区。作为摄影工艺的光操作方法，区域曝光当然必须处理暗房问题，面对底片特殊性，反转光不透明性（opacity）优先，比起透明度的传递性（transmission）、浓度（density），依此优先考虑不透明性，它代表了不透明性的价值。从希腊亚里士多德哲学关于光的透明到亚当斯的底片不透明性，光与影像生产关系，否定逆转。

麦诺·怀特归纳亚当斯区域曝光论述，简易版《区域曝光系统手册》。他解释亚当斯的“区域”是弹性而非硬性区隔，区域曝光让摄影家以相机（camera）方式观看，自发、有意识的预视准备[64]。

学习转换肉眼去储存光以摄影感光乳剂方式。如此在预存之知识方法支配下的观看，明显，异于现象学的置入括号直观还原的观看。具有区域曝光，或其他类似的知识技术，摄影家的想象，和其观看相同，都不是白板的纯真等待自然光印象；整个过程其实更类近画家套用透视法则，双重叠印对应；怀特称呼预视就是“一种想象（光）价值在潜存印样”。[65]

任何光，自然光、人工光的价值，交换成灰色调。光的价值，决定影像形式与意义，类似索绪尔的语言符号价值。影像价值和货币价值隐喻光成为另一种拜物，偶像崇拜的可能。怀特简化亚当斯十区灰阶成为九阶。维持第五阶作为标准中间对照值（“由全色片呈现的清楚北方天空。……。灰阶‘中间价值’，代表18%反射光价值”）。[66]

第六阶是“阳光照射下的白人皮肤，没有耀光或高亮点。肖像中的皮肤完全是阴影或灰蒙阴天”。九阶灰黑容纳自然世界现象，墨分五色的中国绘画，这种视觉世界再现的中心是北方光照下的白人。灰阴的北方温带气候，不是炽热艳阳的热带。区域曝光的普世性只是一种假想。

65 See note 64, p. 10.

66 See note 64, p. 45.

(II–5)

石头和肉体，亚当斯的雄浑自然山野，威斯顿沙漠女性肉体，美国新疆界加州阳光照射下的万物、泛灵灰影表现典型代表。麦诺·怀特东方禅学加持寻求另一种光，“窗前白日梦”（windowsill daydreaming）直接感受光，光自身作为拍摄对象，光脱离开物体，飘浮幻影。

区域曝光成为他沉思灵修的途径，从世界表象进入事物本质，石头枯木内的坚耐。内在的光之揭显。摄影对光之修辞，雄浑、感性、纯粹。亚当斯《自然光》书中一章节谈论中小片幅相机拍摄区域曝光之操作方式，对于一个只有35厘米相机的人，那几乎是一种不可能的极限，也有些违背小型相机的机动随意特质。即兴抓拍具有高度叙述性，或戏剧张力画面似乎是普遍使用小相机人的共识。用小相机去完成大片幅相机美学才能做的创作，不仅有物质性局限——片幅大小面积影响光和粒子分布的状态，拍摄取景的随性自由被限制——像现代诗批评旧诗、格律诗的戴着枷锁跳舞那般。中小相像机操作区域曝光，将散文影像加上格律，变成绝句、律诗或十四行诗。灰阶律动如

(II–6)

(II–7)

(II–8)

音韵对位。光影的本质意义重新浮现抑扬格等，不再只是覆盖在表面影像下的某些质素。经过多年摸索试错后，才慢慢理解其中妙处，也体会预视之意向性内涵可以澄清任意直觉拍摄时只看到片刻表象，而未有任何将这片刻表象变成最终影像，影像自身的转化途径与方式。预视和区域曝光悬置表象给予影像在纷杂世界外观。亚当斯建议的“干拍”，只看或试算分析所见的视像而不作任何真正的拍摄，非常传统的学习方式，技艺性学习像临帖、默背，过程中除了方法熟悉之外，更重要是去除拍摄欲望，观看先于拍摄。学习拍摄的伦理关系于观看、预视，不去默认如何占有影像，或对象。预视，区域曝光的作品中不存在即刻性刺激，那种引人观看，挑起观看欲望的刺点。所谓北方光，

阴翳灰影中的人物，邀请时间与人和观看的长时共生。但终就地理疆界、种族文化隔阂先天性规定这整套思维格律；刚开始时，依照书中步骤，按表操课，挫败十之八九，百思不解下只能归罪小片幅不能操作，或是台湾进口的药剂配方过期，再加高温变质。当时根本没意识到光的地理特性，亚热带低纬度，潮湿海岛气候影响色温和反差等等差异。想方设法解决猛暴烈阳下，灰阶区域缩减，过曝和灰翳的阴影障碍。

到法国后，北方光和南方光差异不言自明，中间值的基准光明白出现。重新燃起小片幅区域曝光试验冒险，追寻北方光。蒙帕纳斯车站前的平台，两个小孩在斜照夕阳下玩手球。车站连结蒙帕纳斯高楼，巴黎60年代少数市中心允许建造的现代摩天大楼。突兀的美式都市更新群落，阻碍、改变日照方式。偏斜聚焦近乎像单一光源，现代建筑不透光深色玻璃，吸光排除散射耀光。笛卡尔的区域曝光剧场空中高弹小白球，反射17世纪的光成为高亮点，对比背景黑色玻璃窗。光走向前景，独白自语；新建筑城市空间驱使光只能在规定小径中穿行运动，质变自然光成为隐喻。

> "这些光线应该被想象为保持直线，（……）但是当它碰上其他物体，它们会被偏移，减缓，如同一个球的运动方式。（……）因为，我们可以很容易相信光的倾向或自行移动，应遵守运动的同一原则。（……）某些物体碰到光线时会将之减弱，或是完全取消其力量，此即所谓黑色，除了幽暗之外没其他色。也有其他物体反射光线，用收受光同样方式，（……）表面光滑，可当作平面或曲面镜，（……）反射这些光线而没改变其行动，此即所谓白色。"[67]

67 See note 32, pp. 105–107.

着迷于光的变化，光的情感表现，有一层说不清的疗效意识作用。平息陌生环境带来的不安、焦虑。母语退场，新语言还很遥远，也许可以点杯咖啡，买些日常事物，然而最终的语感，如何说出口眼前所见景物，自己还是个陌生人，陌生到连自己都快不认识。全然没有游客的愉悦闲情。光、新物体、新途径。蒙帕纳斯小孩戏玩光那般，观察、想象光的时候多过按下快门，经常一卷35张拍了30张不同场景。那种状态就像寒冬冰冻水池中微露银鳞闪烁的照片画面，黯黑冰裂池面，泡沫水波让四散碎枝弃物飘浮宇宙星系，凝聚银粒子粼光挣破冰晶死亡，光敲碎澄澈冥界酷寒。世界重新可感。公园中白色洒水软管，水雾扇布，黝黑灯柱，金属雕塑人体淋漓水汗，流动柔和的肉体，光波动溶化再生。蒙帕纳斯球状光粒子，水雾的光波粒二性。光进行实体转换。

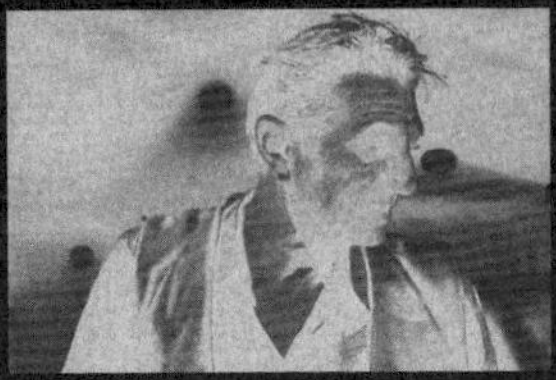

(II–9)

光照明物体，自身不可见在照射过程中。除了穿越碰上某些介质阻挡，如尘土，光才会显露自己。巴黎环城公路旁大商展场所，布展工人在尘埃飞扬中工作，光柱由棚顶照射，尘土微粒中光的途径暴露无遗。劳动，光被工作，没有明确指向目的，不塑造空间光影景深，兀自散布，静默观察。隐形外衣被剥除后，羞怯的光出现在赤裸的空地。

每一座城市都有自己的光和其历史，隐形叙事旁衬大历史事件——物质和文化。巴黎，盆地丘陵散布斜坡地形，向四周逐渐升高；如果没有城市街道建筑，光会沿着山丘脉络，塞纳河那般流动。耐心点，慢慢走在不高、不急的缓坡街道，时不时回头朝下看就会微妙察觉些许残存的光的步伐。俯瞰，不是那种蒙马特山丘或蓬皮杜中心楼顶一览无遗，灰蒙蒙城市全景；万神殿前缓降朝卢森堡公园或十九区某些街道市场，可以偶遇自然微光的乐趣。日光流变，季节长短温差，骤雨或艳阳在小斜坡上戏耍得更尽兴。人行道下清洗街道流水汩汩加速，城市溪流。巴黎的斜坡道路，城市的肌理要求行人不时改变视角，俯或仰和光对话。

光的感觉，感性充满挑逗引诱，就在那里，流过你身体，散逸消失。19世纪中叶巴黎城市大改造，持续二十年驱赶暗影，中世纪街廊暗街拆除让位给大道，夜间人工照明路灯侵入夜影，削除。自然光改造，驯化成公园林荫，路树。1970年代巴黎开始另一波都市再造，城市中心残留的老市区、中央大市场拆除，玛黑区低限度商业开发，蓬皮杜中心启用，标志这时期的起点。本雅明的拱廊小商店街还残留着，但更阴暗破败。曾经是19世纪繁华商业中心，只留下一些当时的银行、交易中心、邮政总局。圆形交易中心，玻璃天光洒满大厅，环绕大大小小交易商办公室，毛玻璃透着灯光。光的氛围还是19世纪，时间停止。最后时刻，这交易中心最近已经变成国家特准私人博物馆，安藤清水泥即将入驻，资本交易的终极改变，自然光被私人收藏艺术品取代。不知道这是否是交易市场的本质性扬弃变形？ 1970年代巴黎城市改造到社会党密特朗政府的大巴黎计划，时间上，冷战末期文化场域喧哗，所谓现代进入后现代，跟着就是后殖民等文化政治论述。

(II–10)

但根底却是1960年开始的思想狂欢进入尾声，虚无怀疑论暗影由后门、窗缝潜入，世纪黑死病新瘟疫正酝酿；坚信不疑的知识一本体论动摇，却又不愿张开双手迎纳伦理学，对神学当然决不退让。退潮，还是海啸？愉悦知识，科学的黄昏。凡尔赛宫庭园，法国太阳王，光明之都的荣耀。17、18世纪欧洲皇家园林典范。秋日，公园人工大运河旁，一对站立如雕像般的夫妇，并肩斜侧面对斜阳，手放额头遮护强光耀眼，节制邀请阳光，望向画面外远方。一道阳光轻抚妇人的白皙外露脚跟。反射手提包皮质、大衣衣料。半遮额头手掌，沾染些许余光，没留下太重阴影在脸上。

(II-11)

(II-12)

(II-13)

北方秋天的夕阳，白色女体肌肤，聚焦范围内，光的感觉鲜明反比，背景浅焦模糊灰色树林，深黑河面和灰白黑色调交杂草地。开阔园林空间，理性秩序空间，大量雕塑摆布，这些让租屋离此两站的我，经常游逛、拍摄。秋冬日的枯寒萧索，其实更胜于春夏，日暮时重影重叠的戏剧。巴黎人、法国人好似对于阳光有份很特殊的情感，不是南欧阳光，也非北欧灰阴半遮日照，更不是英伦的阴霾。光的地理风味差别不同，跟哲学的地理族性差异应有某种深层联系？想象笛卡尔坐在荷兰阿姆斯特丹室内思考光的问题时，那该不会是纯粹彼时彼地自然光。光学镜片棱镜实验观察的光，当下的光；然而在思考、判断写下光的哲学、光学论述时，另一种来自于记忆、身体和无意识的法国自然光是否会以某种方式渗透，出现在书写和思想过程中？欧洲北陆近海多水汽的荷兰，和内陆法国、巴黎的光，毕竟存在太多的自然因素差异变项。纯抽象理想的几何光学，建立在去除现实自然，这现象自然不是单一，因而思想工作也必然复杂多层次面向。依这方向，那么牛顿在一个多雨阴霾岛国上，操作色彩学研究的意义就会有其他更曲折面向可能。

凡尔赛宫运河前遮阳观看的老夫妻，对照另一张巴黎现代美术馆前闭目仰脸承受春日暖阳，不同协商光照收受态度，不一样的光的感觉。更强烈画面可能是夏佑宫广场聚集人群旁边高墙上裸上身的年轻人，很突兀出现在穿着合宜的人群中，夏日异景。这样景观在美国、南加州都是再自然不过的日常生活。旧金山湾游船上，炽热夏日烈阳中，怡然自得的瘦弱青年，皮肤应已泛红近黑不再是苍白。同样是夏天，一日三变的爱尔兰天气，难得太阳天的海边，长堤椅上，见不到裸身曝晒者。阳光，想象中总是明媚、愉悦，但那次在塞纳-马恩省河船上，直射阳光切割新桥石块桥墩、圆拱、立面剖图，桥上跨栏，双脚外挂坐着，少见的景象，自杀者？古典桥梁结构，砌石坚固，流动闪耀水波；存在哲学两难，选择与偶然、命定？强烈逼人的自然光。

巴黎住过很多区，十八区蒙马特山脚下红灯区和十三区近第五区的小阁楼两地住最长时间，记忆最深刻。阁楼间小房间，窄小稍可容身放桌床；大窗面大街是屋内唯一光源，窗外风景解闷出口。持续几年断续观察拍摄，季节变化，日夜晴雨。大街上，抗议群众，马拉松赛事，夜巡警车，开肠剖肚大修马路，一块块砌石排列游戏；我的富士山浮世绘窗外景。夜里，冬日深夜，待在温暖室内，停下恼人的手中课业，静静看着落叶、枯树，地铁玻璃和弯曲路灯，不同光源交会塑造出剧场感夜景。独行妇人，微弱身影在巨大树影下踩着点点圆光，一步画出一点圆光在暗黑路上。冬日，难得大太阳，将枯枝残树晒得白曝近似要蒸发，烈阳与寒冬。

1976年5月海德格尔逝世。走向星辰。海德格尔思想神话，进入新阶段，翻译、扩散和争议陆续展开，由少数哲学思想家圈子封闭秘识成为普遍哲学论题。作为法国哲学日耳曼化、德国化的高峰，二战之后法国思想离不开黑格尔、马克思、尼采、弗洛伊德；胡塞尔现象学稍解法国哲学主体焦虑，重新联络笛卡尔、康德在一个严谨认识—本体论基础上，现象还原，悬置给予一定的思想休息；海德格尔破坏解构式的存在本体哲学，再一次扰动法国思想界，影响推动1960年代后法国思潮，脱离开萨特曲解修改海德格尔思想的误区。但相对的，未被正视、澄清的海德格尔思想暗处，也带进正负面影响。海德格尔思想成为一个不能回避的思想漩涡。吸引、破坏、回避。

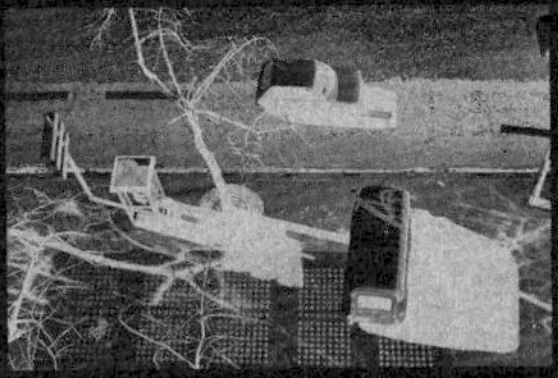

(II–14)

(II–15)

1976年1月7日，福柯在法兰西学院课程“必须保卫社会”，开宗明义，解释这个公共课程的在于他个人研究的自由传播、自由讨论；他不介入参与上课者自己个人的研究。但是，他无法容忍听课人数非理性暴涨，必须要提早四个半小时才能抢到位置，甚至多到分成两个教室，另一边只能听麦克风。福柯形容这星期三课程变质为马戏团，对他而言是一种折磨酷刑（supplice），无聊[68]。为了对付这种疯狂状态，福柯提议，“野蛮”做法将课由晚上改成早上九时半，因为大部分学生不会早起。结果，并未改变太多。听起来很荒谬超现实场景，当时巴黎思想狂热盛况确是如此。彼时这种疯狂膜拜思想大师，活跃流动城市各角落，巴黎俨然新雅典，群聚神话级人物传递神谕，从世界各地蜂拥朝圣思想麦加。法兰西学院、高师、七大、高等社科、边郊八大，还有城内各种能开课讲授场所，桥梁与道路工程学校，都有五花八门让人赶不完的知识市集。不提早一两小时，抢不到位置。奇观社会，德里达、巴特等人的课堂，经常出现闪灯拍照的观光客。但

68 Foucault, Michel: *Il faut défendre la société,* Cours au collège de France (1976), Seuil/Gallimard, Paris, 1997, pp. 3–4.

并不是所有大师级人物课都如此；高师教室中不到十个人，静静聆听茨维坦·托多洛夫轻柔带点外国口音谈孟德斯鸠的《波斯人信札》，来自波斯的他者悄然坐在教室一角，他者倾听他者。没有解构大师课堂喧哗，高师历史氛围沉淀、回绕。很难想象，就在学校对街宿舍会发生震惊改变整个时代的思想大师疯狂杀妻的家庭悲剧。天尚未大亮赶到八大，听德勒兹讲贝克特的默片，只能站窗外，细雪飘飞中，奇特的经验。用柏格森哲学分析贝克特唯一的一部短片，逸出习受的电影符号学理论场域。那是一个什么样时代，可以让拉康那么自得地在电视访谈中大言：

> “我永远说真理：不全然是，因为要全部谈论，我们不可能做到。完全说，那是不可能，物质上：文字不够用。也正是借这不可能（impossible），真理联系真实（réel）。”

真理、真理宗师，知识的魅惑与权力。马塞尔·德蒂安，研究古希腊的真理宗师，从文化历史源起，Alétheia真理脱胎自神话—宗教，先成为诗的真理，再衍异成为哲学真理[69]。Alétheia字源中的léthé，死亡和欺瞒、遗忘相连；也即真理的语言是双重性，同时兼具真实与虚假欺瞒，真理的光离不开其否定性的阴影。真理与诡计、欺骗的语言舞蹈、思想狂热的神秘仪式共感。胡塞尔在《欧洲人的危机与哲学》书中，分析希腊哲学、哲学家出现在古希腊，一种新文化类型，形成城邦中新共体关系[70]。

对知识（theoria）热爱变成集体生活工作的一部分，“即便是那些圈外人、非哲学家也被这种奇特活动所吸引”。胡塞尔说，此时哲学的扩散朝两个方向发展，一方面是扩大哲学专业的共体，另一方面，平行的则在城邦大众中引出对教育养成注意之共体运动。因为此种变化，胡塞尔指出这也是社会城邦分化成受教育者与未受教育者。依此，可以明确说，哲学知识、真理与权力关系。借胡塞尔的论述，几乎很贴切地描述由1960年代到1970年代，巴黎特有的思想大潮时代现象，不论是学院中专业哲学家或市民大众对于思想事物、思想工作的狂热

69 Detienne, Marcel: *Les maîtres de vérité dans la Grèce archaïque*, François Maspero, Paris, 1967, pp. 60–71.

70 Husserl, Edmond: *La crise de l'humanité européene et la philosophie*(1935), Éditions bilingue, traduit par Paul Ricoeur, Aubier Montaigne, Paris, 1977, p. 51.

追求，当为生活中不可少的欲望物。

胡塞尔论述中提到哲学扩散的两个平行发展方向，预见了1970年代中期，法国思想界对于教育改革的迫切性之讨论与推动。不论是拉康学派中对于分析师养成，和精神分析知识与技术的教育和传播，尤其是拉康学派特殊的督导方式（pass）。哲学方面，德里达推动组成的“哲学教育研究小组”（GREPH）[71]。

(II–16)

重新审视：教育和哲学的关系，什么样才是哲学教育。对于课程教学内容、教学实践和制度的关系，希望能提出新发展改造陈旧哲学教育。德里达、德勒兹还有一些哲学家、思想家，他们都被排除在正统索邦大学系统之外，流浪在不同的学院新创机构，时不时要在不同场所开课。同时间，法国政府推动新教育政策，大量删减哲学课程和教师，由此引爆了1979年3月，2000人签名加入抗议的“哲学总动员”会议[72]，两天共1200人参加。哲学家弗拉基米尔·扬凯列维奇重申哲学面对权力的危机，要求对哲学需要、有趣地再重现，他以一个年老哲学家，不再年轻去参与年轻人的抗议活动。但是对于哲学的责任：“哲学史的严谨，警觉与批判的记忆，并不表示，再一次肯定地说，会去加重或老化。这也许，但至少它有一相反的力量。”“这将是让法国思想对哲学之坚持的多样化、年轻化在世界。”他们寻求重建哲学在城邦的合理性与权力。

借用米歇尔·德·塞托的话，1970年代中后期，法国思想在城市群众和城邦地缘政治中产生矛盾裂缝：

71 Derrida, Jacques: "Où commence et comment finit un corps enseignant" (1976), *politiques de la philosophie*, textes réunies'es par Dominique Grisoni, Bernard Grasset, Paris, 1976, pp. 55–89. Appendice pp. 90-97.

72 *Etats généraux de la philosophie* (16 et 17 Juni, 1979), Éditions Flammarion, Paris, 1979.

“很奇特，群众与真理它们的共同点是无法守住的（它们建立过度、越界），不能被占有（一者掌握思想，另一者突出思想），无法被命名（它们没办法以既定之生物系统去分类）。”[73]

场域、地缘政治、语言极限，拉康所说的，语言与真理永远是欠缺不足。如何在地理疆界上投映真理正反面，光与阴影。游牧，德勒兹和伽塔利共同建构的千层台、游牧学。1976年，两人发表千层台序曲小书《根茎》[74]，告别精神分析，重新进入语言丛林。1976年10月，福柯《性史》第一册《认识之意志》出版，作为伽利玛新系列丛书，历史丛书（Bibliothèque des Histoires）第一本出版专书。性史研究作为历史研究新论述起点。丛书主编，史学家诺拉，附录编者言，强调在一个历史碎裂的年代，史学方法、研究对象和场域重大改变，因此，有必要在先前人文科学丛书之外，另辟新丛书系列，同时也出版先前经典史学著作和新史学研究论述，具体呈现当下史学认识状态[75]。

独立于人文学科之外的史学丛书，知识分类、学院政治和市场经济交会在这个所谓的历史碎裂时刻，历史与权力在认识场域的重新分化。历史碎裂、史学典范转换的时代，阿莱特·法尔热描述史学研究由“心智史”（Histoire des mentalités）被事件史（Histoire événementiel）、交错观念史（Histoire des idées）所取代。研究对象从大众文化日常生活、经验生命世界，重新发掘被忽略的私生活（如“居住、服装、饮食、性”），讨论权力与欲望关系支配下构成的共识与“共享文化”（cultures partagées）[76]，长时段宏观历史建构让位给微史观，生命与个人片段分析。方法论与史学材料范围更多样化，去中心轴，四散发展。主体与人消散的后历史于焉开启。

73 De Certeau, Michel: "Le rire de Michel Foucault", *Histoire et psychanalyse entre science et fiction* (1986), Éditions Gallimard, Paris, 1987, p. 62.

74 Deleuze, Gilles; Guattari, Félix: "introduction", *Rhizome*, Les Éditions de Minuit, 1976.

75 Foucault, Michel: *La volonté de savoir, Histoire de la sexualité (1)*, Éditions Gallimard, Paris, 1976.

76 Farge, Arlette: *Le goût de l'archive*, Éditions du Seuil, Paris, 1989, pp. 56–59.

(II-1) 老夫妻（1976-1980）

(II–2)　　母与女（1976–1980）

(II–3) 旧钟表市集（1976–1980）

(II–4) 巴黎街头（1976–1980）

(II–5)　　洛杉矶机场（1976–1980）

(II–6) 儿童球戏（1976–1980）

(II–7)　水洒（1976–1980）

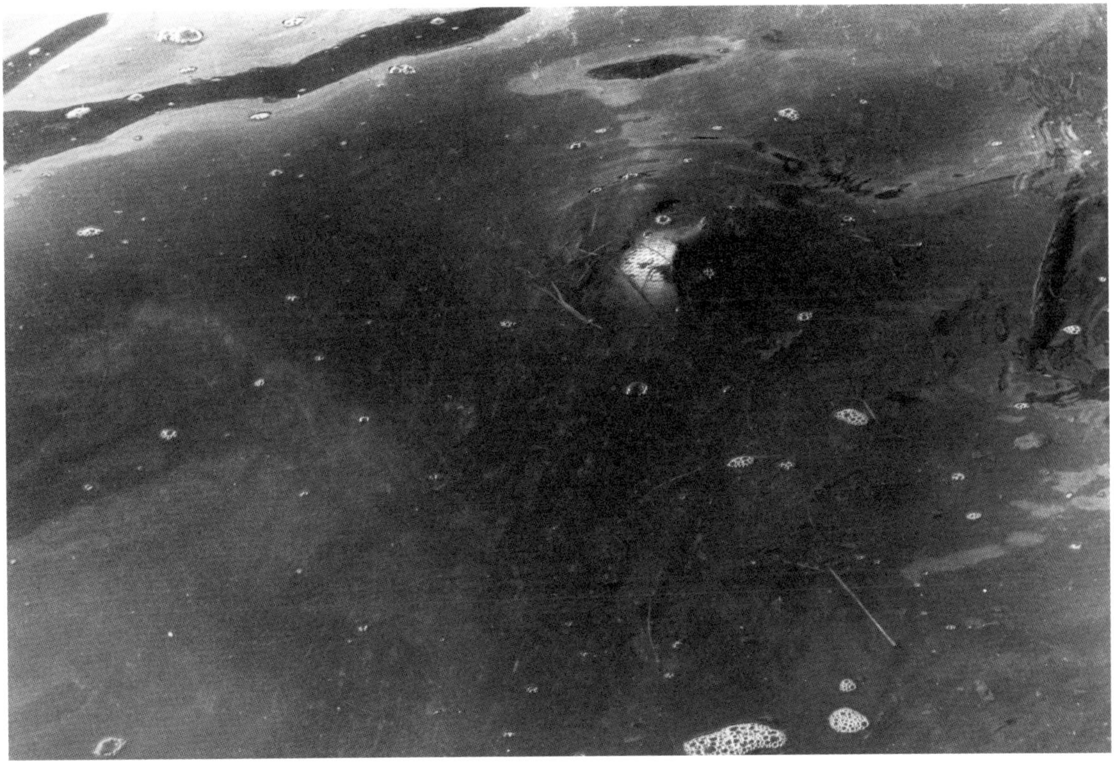

(II–8)　　池中鱼影（1976–1980）

(II–9)　布展工人 II（1976–1980）

(II–10)　　巴黎卢森堡公园拥抱（1976–1980）

(II–11)　　夏佑广场人群 I（1976–1980）

(II–12)　凡尔赛池边眺望（1976–1980）

(II–13)　　现代美术馆前（1976–1980）

(II–14)　阁楼风景，书桌（1976–1980）

(II–15)　　阁楼风景，冬日（1976–1980）

(II–16)　　巴黎马拉松（1976–1980）

III

暗房

Chambre noire

关于暗房，一般人直觉反应，那只是一个技术操作场所，不带有太多其他想象。

摄影史或亚当斯区域曝光论述手册，更强化这种习受成见。所谓摄影美学种种理论，其实就只是摄影影像范畴的分析。随着数字技术狂飙，银盐和其他古典摄影工艺凋谢，远离一般大众视线，沦为少数人操作秘技或猎奇。但最近几年也出现一些逆流返照，古典摄影工艺似乎有复出萌芽态势，网络上的讨论趋向较为具体建设性社群化。哈佛大学2018年办了一个模拟文化展，学术教育性质兼具的将纽约一个代表性黑白摄影工作室，过往近30年的重要摄影家范例作品，由两位创办人详尽解说，交织30年来纽约文化在艾滋黑死病世纪瘟疫下的时代背景，作为某种迂回模拟隐喻，银盐工艺的衰亡，这摄影暗房工作室最后在相纸和其他材料停止生产后，只能在新世纪开始没多久，关闭。除了哈佛大学展览之外，大都会博物馆欧文·佩恩百年回顾展，特辟一章展示其白金版作品，附上当时助理回顾制作过程。今年莎丽·曼恩巡回回顾展，湿版作品担当展览重心。这种种现象表明在数字影像大潮下，新影像时代危机和转折点时刻，重返传统摄影工艺的需求明显增强，而暗房和传统工艺所代表的历史性课题变成更为重要。

何谓暗房和其工作之意义？其急迫性必须面对，思考。或许海德格尔思索《哲学的终结与思想的任务》作为哲学史转折点的途径，可以帮助开展百来年一直未被纳入思想范畴的摄影工艺，暗房场域和其工作等忽略课题。何谓暗房？深埋于“何谓摄影影像”的不可思议深处，作为摄影影像起源处，历史时间起点，长久被抛弃在史前史之外，常见，只论摄影最终影像和相关事项，创作者。那遥远的幽晦暗房，不需回望，不能讨论，或甚至是畏惧与禁止所共生的某种不能言谈的抑制和扬弃？

何谓暗房？何种路径可以让人进入暗黑长夜空间？

暗房，电影院，19世纪创造的现代镜像洞窟寓言。前者决定私密记忆；后者操作催眠幻想。黑暗，记忆暗处，集体诱惑魅影。电影院集体共有黑暗但相互隔离不分享。暗房黑暗如长夜凝聚在全身肌肤上沉重可感。影院观看黑暗，透明溶解不存，让位给闪烁银幕，诱惑欲望之必要。都是幽暗密室配置光学投映机器。转用马塞尔·德蒂安的话，暗房黑色记忆居所，电影院白色遗忘的幻想场址。死亡，逝去不再的时间；非一时间的欲望时间。永夜与伪日之日以作夜。黑夜母亲的异卵双生子，各自奔向地底，或渡过忘川。

暗房，底片再生的场所。暗房工作，炼金术士的魔法操作、招魂、催生产房，同时也是隐藏的安魂乐曲排练。记忆的观看源自这遥远迷宫暗处。总有那细微淡如气息的诱惑、不安回荡，阻人于最后呈现影像接口的世界尽头处，就让它们栖居在那里，莫问，不然长夜复返，光不再。

谁需要底片？当时间碎片被截取下来，生命世界驻留镜像，它静默准备自己的被弃置、遗忘和销毁。当它被命名为底片、负片，就早已清楚宣判其命运，不能曝显在日光下，卷缩如蛇曲的瞬间生命，记忆的摆渡。白日即黑夜，最澄澈通透给予光最大自由，无阻碍任意运动游走的光却反赠予人暗影和黑夜。而丛集密布野蛮银粒子星系抗拒光的随性流散、碰撞和囚禁。光丧失自由，白日与光照的重赎在负片光被否定之战争中。负片的光毫无协商回转的可能，宿命地，它必须承受定言命令式的规定，被囚禁，终止移动在银粒子单体中。最终碰击发散影像残余白日耀光，闪烁告别底片。论影像的哀悼，少有异见的众口一词，记忆的哀悼，然而存在另一更遥远，一无人指认如里尔克《杜伊诺哀歌》那群星外方之外方无人听闻的咏言呐喊天使——那孕育影像胚胎的母亲之自我哀悼，永恒重复圣殇，被剥夺伦理位置的代理孕母。永恒离弃。没有，底片，负片。无。光能照亮光？

IV

旅行

Voyage

大学时期，整日四处游逛野蛮学习生活，到欧洲后改变，往外跑的欲望冷了下来，不再那么躁动。小岛上奔走不停的双脚碰触到更广阔，多样变化的地理疆域、多语种、国族文化；陌生且无知的震讶，茫然，难以迈步，往哪里走？先前那高感度，自发体验四周环境的身体被切分开，留在岛上。陌生国度的语言，空气与光线强制身体肌肤蜕变，颜面重新塑造适应新界面，干燥的双眼少了潮湿水气。离水上陆生活的两栖动物，怀念失去的海洋；科西嘉岛、英国、爱尔兰旅行，都是为了看海，感受渡海时船上的波浪起伏。地中海、英伦海峡，冬日和大雨倾盆的夏日，乌云和大风浪。海的生活。科西嘉岛上度过来法后第二年的年终跨年，过了夏天没有游客，大多数旅馆、餐厅歇业休息。孤岛偏乡，另一个法国。离想象很远，见不到太多关于拿破仑的纪念标志，岛上少现代建设，自然山野海岸仍是一派原始。牧羊人、农夫过的可能是几百年来不变的生活方式，日出而作，上教堂做礼拜。城里老旧市区，破败犹可见上世纪些许繁华遗迹。孤寂，长途客运车上蜷缩在黑大衣只露出苍白脸孔反照窗外微光，独坐在无人黑暗车厢中。科西嘉冬日印象。

参加暑期摄影工作室，英国中部，顺道过海到爱尔兰。期待英国大雾，失望，只短暂在英伦海峡和多佛尔港碰上海雾，之后英国中部山区几日就是夜里和清晨短暂飘过单调山丘乡野。即使夏天，阴霾多

(IV-1)

(IV-2)

雨，难得阳光，天空总覆盖重重阴灰云块，压在丘陵山谷上；英国摄影常有的画面。伦敦和英国其他大城共有的色泽，黑铅灰色，非常沉重郁闷但又点缀高彩度的大红皇家信箱、红色双层巴士、鲜黄印度咖喱，再加上当时流行庞克斑斓多彩金属装扮服饰，吓人但友善像走江湖卖艺的杂耍，摇滚与酒在1970年代后期萧条濒临破产的危机社会的安慰剂。钢构维多利亚车站和周遭建筑街道仍保持旧帝国傲慢伟岸，行人多急促，面色凝重，刻画很深的颜面，像卢西安·弗洛伊德、弗兰克·奥尔巴赫画作人物肖像，身体面貌泥泞肌理堆栈用画刀，残酷猛暴削割出一道又一道即将剥落的皮肤肌肉。培根涂抹伤口用妖艳挑逗的粉紫蓝青，平滑扭曲变形人体如泥塑。日不落帝国黄昏夕照的巴洛克画作。英国，维持旧社会阶级分别差异，深刻到语言用语日常生活。他们似乎内化印度种姓制度。马克思、弗洛伊德最后都长眠伦敦。奥匈帝国的精神分析很适得其所在英国，日不落帝国，移植繁衍。

(IV-3)

都柏林，爱尔兰成为20世纪不只是英国文学，世界当代文学的源头。《都柏林人》《等待戈多》等大学必读的文学巨著。没令人失望，爱尔兰夏天一日三变的诡异气候，更甚英伦岛；都柏林城内的光线总弥漫一层说不出的怪异，灵光？公园里，窗后半遮蔽如幽灵直窗口外，黯黑树丛小径中奔走小孩，背着双手微笑的小女孩。如同漫步在铁道上，不知来自哪里的铁路工人。他们都是戈多，等待始终没出现的都柏林人，或是贝克特《一句独白》。

“那个在黑暗中的窗子。夜慢慢降临。
眼睛朝着小窗格，观望第一个夜晚。
最后转眼去面对幽暗房间。”

(IV–4)

(IV–5)

(IV–1) 巴士（1976–1980）

40p
PER LB.

(IV–2)　　伦敦地铁即景（1976–1980）

(IV–3)　　都柏林公园窗中人影（1976–1980）

(IV–4)　　都柏林公园女孩 I（1976–1980）

(IV–5)　　火车厢（1976–1980）

V

图书馆

Bibliotheque

"我过的生活方式，如你所见那般：整天忙着各处社交打转，希望能认识外界：我的精神，不知不觉丧失所有残留的亚洲部分，很轻易就被欧洲习俗所折服。我不再讶异，当我看到，同一屋子内，五六个女人陪伴五六个男人。""自从来到这里之后，我才开始认识女性：一个月内所认识，比起我在后宫三十年还要多。"[1]

1 Montesquieu: "lettre LXIII: Rica à Usbek" (1714, octobre), *Lettres Persanes* (1721), Éditiones établies et présentée par Jean Starobinski, Éditions Gallimard, Paris, pp. 162–163.

孟德斯鸠《波斯人信札》让里卡（Rica）用愉悦口吻向乌斯别克（Usbek）——小说主角，自我放逐的波斯贵族，诉说自己到巴黎两年后的转变，18世纪想象的"脱亚入欧"，里卡跨越文化、种族差异，对于欧洲文化认同的抗拒在无形中被消解，女性情欲化，加速这过程进行。年轻的里卡，孟德斯鸠将他塑造成乌斯别克的对立镜像，不像乌斯别克的阴暗、忧郁、沉思；里卡外向、热情、直觉行动多于思虑，更敏锐感受新的生命世界经验。和女性的关系：乌斯别克因为宫廷政争失势而不得不自我放逐，到西欧学习科学新知作借口，离开后宫妻妾，让黑奴阉人总管代为治理；爱恋、怀疑、嫉妒、背叛、报复，《波斯人信札》透过东方色彩后宫政治投射出小说悲剧底层的激情暗流。里卡没有这些挂系，他只是乌斯别克年轻朋友，被说服，还是自愿陪同乌斯别克踏上放逐学习之旅，离家不告而别，让母亲嚷着儿子被拐带，要乌斯别克还人。母亲，里卡在波斯的唯一女性血亲，孟德斯鸠轻淡暗示里卡离国不再回返。乌斯别克最后选择回国，接受死亡和面对后宫爱人背叛、家族瓦解的悲剧命运，也不愿留在巴黎、欧洲忍受流亡的哀伤折磨。里卡拒绝这个决定。里卡在这一封谈自己认同改变的信，孟德斯鸠透过他描述东方专制波斯帝国和西方的不同，这些论点是《论法的精神》中三种政府政治比较的先声：

——恐惧与奴役让波斯人只有一种面貌、形式，一种语言

"没有自然（nature），不能以不同形式自我表达，多种形态。"

——伪装、掩饰在波斯是必要的，但在这里却是陌生

2 See note 1, lettre VIII, p. 60.

> “可以毫无保留地说话、观看、倾听：以颜面方式展现：在习俗、德行，甚至罪恶本身，我们只看到很天真朴素（naïf）的一面。”

“伪装、掩饰（dissimulation）在波斯是必要”，乌斯别克无法容忍这种专制政治之必要的恶，作为反对面具、伪装，追求真理的人，他必然无法在波斯宫廷中存活，他向朋友坦承这是他自我流放的真正动机，到西方学习哲学、启蒙只是借口：

> “当我发现邪恶的事，我会远离，但随后我接近它，拆穿它的伪装。我将真理呈献在王座下，我说出前所未见的语言：我让奉承手足无措，同时让偶像崇拜者震惊。”[2]

孟德斯鸠走出隐匿站在前台，拉开《波斯人信札》薄幕，呈现意指的道德隐喻；乌斯别克作为《论法的精神》中专制政治的雏形虚构人物，孟德斯鸠在他身上看到的是一个矛盾冲突的悲剧人物：一方面他想保持心的纯粹不被现实情境污染，追求真理。这些激情先天性违背波斯的东方专制原则，《论法的精神》再再强调专制的至上原则，恐惧就是建立在无知和伪装，才能有奴役的绝对服从。不可能允许真理，和知识的自由。乌斯别克的精神原则抵触外在现实原则；但启蒙、真理的理想，乌斯别克不是用来否定、破坏专制政治，某种程度上，它将只是一种理想、想象，可以帮助、调节专制政治；折衷态度的矛盾，来自于乌斯别克自身的历史性决定，也即另一方面他极力捍卫自己作为另一种微观专制暴君的权力，他不惜以流血暴力惩处破坏后宫平和秩序的妻妾、奴隶。

他要求绝对服从和恐惧，即使他深知这一切都是伪装和欺骗的表面。乌斯别克的双重性矛盾，彻底撕裂自我，主体性瓦解可以预期，《波斯人信札》细致缓慢地用161封多重人物叙述方式，交错织理出乌斯

别克的终极毁灭命运与途径。这过程中，乌斯别克始终不愿放弃作为异乡他者的位置，在巴黎或欧亚其他地方，在异国他乡的观看，反思不断被来自后宫的书信所扰动、感染。双重的异化他者，他者的他者；欧洲人眼里的异国色彩波斯贵族，以及后宫妻妾、阉人总管他们因为他长时，将近九年远离，不在而产生思念与变异的背叛，乌斯别克只是一个书信名称，没有实体的他者阴影。爱意的消逝，更彻底地摧毁乌斯别克，即使在欲望场域中，他者的他者权力位置最后也被取消。

孟德斯鸠明确凸显，乌斯别克和里卡到欧洲学习启蒙，“认知的渴望”（envie de savoir）可能威胁专制政治，动摇其秩序。乌斯别克同一天，1714年5月1日，收到里卡告知他的认同转变的信，同时他的阉人总管从波斯来信报告乌斯别克其后宫已陷入混乱失序中，妻妾掀起女人战争，奴仆们也随之各从其主，争斗不已，总管完全失权无能，他祈求乌斯别克授以更大权力。隔几个月，乌斯别克写信警告后宫妻妾，不要欺骗他，行为失检造成后宫混乱；他不希望使用极端暴力、强制手段。必须遵守总管命令。信的口吻和缓不严厉，劝诫请求多于命令、威胁；结尾，乌斯别克诉诸爱恋情感与回忆而不是家主的说法，让后宫的专制恐惧原则丧失立足处：

> “我希望你们忘掉我是你们的主人，能记住我只是你们的丈夫。”

乌斯别克期望爱恋能重整后宫秩序，恢复平和、一致状态。这只是幻想，如孟德斯鸠《论法的精神》中所言，反抗专制政治是人的本性，永恒的对抗，暴力经常是不可避免，当专制政治并没有所谓的法律律则去调整，协调商讨矛盾对立的双方时。“专制政治的原则就是恐惧：但这是对软弱，无知，被打败的大众，不需要有太多法律。”[3]

一夫多妻制，家庭类似国家，一家之主的王孙贵族就是微型专制国家君主，后宫总充满斗争，诡诈暗中进行，最后让唯一的主人反倒成为王宫中第一个囚犯。既没有共和国政治的德行，也没有贵族政治的荣耀作为基准核心，恐惧和贪婪流动，平静侵蚀专制政治。妻妾、女性作为后宫政治的拥有财产与囚禁奴隶，性与爱恋的欲望经济是她

3 Montesquieu: “chapitre XIV: comment les lois sont relatives au principe du gouvernement despotique”, *De l’esprit de lois*, Garnier-Flammarion, Paris, 1979,p. 185, p. 189.

们唯一能操作对抗的权力，转化家庭—专制中的暴君—奴仆关系成为孟德斯鸠所形容的：

> “没有人能在专制国家中成为暴君，同时却又不是奴仆。”[4]

为了防止后宫女性的抗争，家庭政治如同专制政治，必须要求绝对服从，平息任何可能的纷争诡计，保持平和、安静。孟德斯鸠半嘲讽地说，如果欧洲女性的轻佻、开放精神和爱、憎品位，激情移植到东方，那将出现灾难、混乱场景，父权不在：

> “每个人都是嫌疑犯，处处都是敌人，国家动摇，血流成河。”[5]

东方国家为防止这状况，囚禁与隔离女性在家中，不仅和外在世界社会隔离，甚至女人和女人，妻妾之间彻底分隔形成“家中之家”，就像每个贵族王公的后宫家庭都各自是专制政治国家的国中国，独立王国那般。[6]

《波斯人信札》全书结束在乌斯别克最钟爱、信任的罗珊娜，背叛而被下令服毒自杀临终诀别信，自我告白长久扮演忠实的妻子，懦弱的承受自己的逆意服从乌斯别克的欲望去支配自己内心欲望：

> “不：我可以在奴役状态下存活；但我永远是自由：我改造你的自然律则；我的精神总是独立。”[7]

恐怖的真理，乌斯别克自命是波斯东方专制政治中唯一爱好真理，反对面具、伪装的人；但反讽地，他治理自己的家庭政治却是建筑在伪装、扮演上。罗珊娜象征后宫妻妾的抗拒政治，她采用乌斯别克的抽象哲学语言词汇，将它逆转对抗话语主权者；不仅只是语言唯名空洞论述，她用欲望、身体语言具体实现自然原则。罗珊娜的语言

4 See note 3, livre IV, chapitre III, p. 158.

5 See note 3, livre XVI, chapitre IX, p. 415.

6 See note 3, livre XVI, chapitre X, p. 416.

7 See note 1, lettre CLXI, pp. 350–351.

行为反照出乌斯别克的空洞玄想，滥用学自西方思想词汇，而未能反思自己的历史文化特殊状态；斯塔罗宾斯基于此看见孟德斯鸠的叙述策略；乌斯别克的盲目，在西方读者看来却是简单明白，而这也正是悲剧角色命定的接受历史宿命于无知之中，东方主义悲剧：

> “这里就是他还不能质疑，理性光照还没触及到。当他向他的女人们高谈秩序、德行、自然，我们不认为他故意使用欺骗性华丽辞藻，用来强加在她们之上永恒服从。这些乌斯别克使用的抽象词汇，完全不会唤醒自己去怀疑所谓‘家庭服从’的合理性，却相反的去将之合理化——借着滥用（词汇）。而对西方读者而言却是明显无比。”[8]

斯塔罗宾斯基解释乌斯别克的矛盾，其相对论化西方和东方波斯专制的挫败，无法处理《家庭政治》的问题，也即其深植历史性阻碍他去思考，“两性关系律则与操作”。

回看乌斯别克八年前写给罗珊娜的信，XXVI（1712年5月），对照罗珊娜诀别信，孟德斯鸠残酷、毫无保留地，描绘乌斯别克主观幻想罗珊娜生活于波斯后宫是种纯洁、平和、快乐；欲望被德行所驯服，贞洁即至福。封锁、囚禁的后宫隔离外在世界的诱惑与污染，保持纯洁天真，获得真爱作为回报：

> “你轻叹这甜美的退隐居所，于此可以找到纯真，没有任何危害会让你颤抖，可以确保自己。这里，你能爱我，永远不会畏惧有一天，会失去你应该奉献给我的爱。”[9]

乌斯别克批评西方女性，毫无节制放纵自己的欲望，只想如何取悦别人，赤裸毫无遮蔽面纱的脸孔，就是她们放弃德行，可耻又恐怖的过度放纵的行为象征，彻底破坏婚姻信念的暴力。乌斯别克将这误失归罪于教育，如孟德斯鸠《论法的精神》中分析东方专制的反教育

8 Starobinsky, Jean: “Préface”, *Lettres Persanes*, See note 1, p. 29.

9 Montesquieu: lettre XXVI, *Lettres persanes*, p. 96.

启蒙现象，教育污染弱化先天的德行。但是先天本性，乌斯别克所谓自然（nature）会反抗，作为最后防线不让越界；罗珊娜诀别书中不迂回的告诉乌斯别克，这是你的自然，不是我的自然，欲望身体的自然。乌斯别克不自知，盲目地在那深入无意识的东方专制后宫性别政治机制欲力驱动下，坚信女性贞洁、纯洁的德行，先天性定言命令的东方主义道德律则，它支配、节制女性（两性）欲望操作。后宫的封闭囚禁，和监视，乌斯别克认为只是一种权宜做法，确保妻妾们纯洁不受污染，他并不害怕有任何可能会发生偷情逾越之事。乌斯别克抽象、理想化后宫女性，将不对等的奴役、屈服两性关系，想象成为纯粹贞洁德行的施与和保护之权力关系，节制、阻碍欲望，是必要的恶，后宫性别政治的善。乌斯别克对罗珊娜的爱恋回忆，信中描述两人从订定婚约到初夜，女方的抗拒逐步升高；由祈求解除婚约希望"阻止我狂热的爱"，初夜时持匕首威胁，坚持两个月的贞操保卫战，乌斯别克却荒谬的告诉罗珊娜，他迷醉于她过度狂热的"德行与爱情战斗"，不愿失去贞操，即使初夜过后两个月，仍旧羞怯保持距离、埋怨。乌斯别克坦承"我甚至没有获得一个平静的占有"。罗珊娜拒绝给予任何爱意回报，乌斯别克却沉迷于这种缺失状态，自我妄想。

乌斯别克从罗珊娜强烈的反抗行为中，嗅出她不同于一般后宫女性，只能无奈地说出自己不愿接受的假想，如果罗珊娜你生长在西方那就不会产生如此困扰。罗珊娜根本拒绝后宫政治权力下的奴役、屈服女性位置，不愿意成为"平静占有物"（possession tranquille）。严格说来，后宫政治没有女性，她们只是后宫家族政治不具特殊性的单一面貌成分，纯粹德行来自于囚锁操作的严谨律则。所有女性应该具有的行为模式，对世界事物的情感（sentiment à la chose du monde）都被化约成为维系后宫家庭的统一成分；孟德斯鸠《论法的精神》中如是看待东方多妻制之女性：

> "对于女人们，所有她们的各种实践：道德、羞耻心、贞洁、克制、静默、平和、依赖、遵从、爱情；最后，以其本性（nature）最好的方式去给予对世界事物情感的普遍引导，也即是对其家庭

的唯一联系。”[10]

女性性别差异特质彻底被层层规定抹除，即使是语言静默也不存在任何自由，偶然性的可能，更不用说情恋和欲望。罗珊娜忍辱屈服去满足乌斯别克的支配、占有幻想，她策略保持自己的自由、自主，对事物情感的主动性；乌斯别克表面看到的疏离、冷漠、没有情意的两人关系，罗珊娜直言那其实是充满仇恨暴力。乌斯别克一厢情愿认为自己的狂热爱意所引发的爱恋战斗，就是罗珊娜的德行表现；却完全意识不到这是性别差异的战争，女性的自发抗争，欲望与爱恋自主权的争夺。

后宫东方专制家庭道德规定下的德行，对罗珊娜一女性而言那只是迫使她为了生存而怯懦的接受遵守，仇恨暴力不仅只是对于被抑制、强迫的爱恋欲望反转（爱 / 被爱 / 不爱 / 憎恨 / 爱与不爱）关系，更极端的是伦理场域内的激烈变化，罗珊娜不仅要求女性性别差异权力，她同时操作新的伦理秩序定义，她拒绝再承受怯懦存活的贞女位置，即使必须以背德、背叛和死亡作为代价，她勇敢用自己身体欲望作武器。由怯懦生存到勇敢刺痛专制暴君；罗珊娜很骄傲地对乌斯别克说出他从未听过的新语言。罗珊娜拥有语言自主权，伦理颠覆，新定义的语言表达：

> “无疑地，这些语言对你而言是新奇。我给你带来痛苦，我会强迫你赞赏我的勇气？”[11]

怯懦变成勇敢，罗珊娜有自己的语言，女性语言，针对乌斯别克的幻想、怀疑，她将它变成事实：

> “你认为我被欺骗，是我欺骗你。”

(tu me croyais trompée) 被欺骗、误入歧途；由宾语（me）到主语（je），罗珊娜占有语言主词位置，主体性的明确实现在她将乌斯别克的妄想、猜疑转化成为具体行为。罗珊娜的话语陈述即其行为表

10 See note 3, livre XVI, chapitre X, p. 416.

11 See note 1, p. 351.

现，罗珊娜真理代言人。在波斯东方专制，恐惧与欺骗掩饰阻碍真理产生，乌斯别克曾经自认为自己追求真理，为此而不得不自我流放到欧洲，但相对罗珊娜的决定行为，反倒显露出这其实是乌斯别克的幻想错觉。当权力至上取消法律，要求一致性，无条件服从，真理不可能发生，除非它以否定性方式，欺骗的欺骗后之勇敢揭露的否定，罗珊娜性别差异化否定性，摧毁后宫专制政治，以死亡作为救赎。乌斯别克虽曾一度幻想折衷修正东方专制政治，最终，他依然不能接受自己所拥有的后宫崩解；决定结束自我放逐，返国之前乌斯别克同一时间（1719年）写几封信，先要求新接任阉人总管严厉重整后宫秩序，回复先前的样子，将武器交给他们，彻底执行报复：

> “交还给我先前留下的后宫。但先从让她们消失开始：处死有罪过者，让那些正准备变节的人颤抖。”（lettre CLIII）

同一时间，他写信告知妻妾们，即将有雷电风暴降临，惩罚她们。随后妻妾求情信陆续送达。结果，来年，阉人总管回报：他雀喜能执行乌斯别克因为羞耻与节制不愿做的事，克服万难让主人回到不幸后宫，“惊奇地看到我在那里四处泼洒鲜血。”（lettre CLX）

乌斯别克愤怒但又怯懦地让阉人执行血腥报复，他重新恢复后宫专制政治的暴君位置；雪利斯（Zelis）临终诀别信，她控诉乌斯别克野蛮暴行：“暴君让我愤怒，不是那些执行暴政的人”，她诅咒乌斯别克终生不快乐。

乌斯别克自我放逐长达九年，精神濒临崩溃耗弱，到西方学习科学启蒙的计划彻底失败，西欧根本是野蛮之地：

> “在一个野蛮气候中生活，只有各种令人厌烦的事，没有任何有趣引人注意的事。自己被深沉忧郁缠缚；我完全陷入一种可怕的耗弱：我觉得自己彻底消解虚无，我找不到我自己，……”（lettre CLV）

自我解体空洞化的精神状态，各种黑暗负面情感涌现，妒忌、疑惧、怀疑、仇恨与懊悔。如孟德斯鸠精神分析师一般，剖析乌斯别克自我解体分裂后，摆荡在仇恨暴力和自我怀疑之间，他知道回国后将面对自己的死亡和后宫的分崩离析。他告诉朋友，他永远不可能再有爱恋情感，而对于是否亲自下令处罚不贞妻妾，他甚至犹疑这是否是自己的错觉混乱与绝望的表现？总之，乌斯别克自我解体过程让现实原则崩毁；作为后宫家庭专制唯一的权力主人，他实际上已不再是自主决定的专制家庭主人，当他怀疑自己的判决，却要求执行法律时，他已是东方专制政治律则的被动代言人，另一种屈服奴仆—主人共生体，不再有心，爱恋的可能，不像罗珊娜等等反抗的妻妾，能自主感受事物情感，乌斯别克的无感，是否真如孟德斯鸠用其口吻说，受到欧洲的野蛮气候影响，还是东方专制政治无意识已先验预决了此种残酷暴力的终极表现，没有爱，不确定的仇恨，死亡是唯一的出口。乌斯别克，爱情战斗的失败者，不被允许给予欲望。

陪同乌斯别克到欧洲学习的里卡，完全异于乌斯别克；脱亚入欧，他没有乌斯别克的东方专制政治束缚，认知或无意识的认同困扰；愉悦享乐的体验不同生活方式，不会忧郁陷入无止尽的自我想象一最后造成自我解体的精神耗弱匮乏疾病状态。

乌斯别克在那封哀叹自己在异国野蛮之地丧失自我、濒临死亡，信中他抱怨里卡想方设法留下，不愿回国："他似乎忘了祖国，他甚至连我自己也似乎彻底忘掉，他完全对我的不悦，无感。"（lettre CLV）

刚到一个月，里卡立即展现高度观察力，认知的欲望合并敏锐感知，从城市高楼建筑，街道马车行走速度，君主，宗教政治制度简短扼要地向朋友表述；谦称自己只有皮毛认识，仍在讶异惊奇之中（lettre XXIV），两年后，他已经可以高谈自己融入欧洲，亚洲认同减少。而乌斯别克对刚抵达太阳之城，巴黎，表现不出任何好奇兴奋。里卡的年轻健康，快乐的天性可以经得起离国考验；他自己却是身心疲惫，健康衰退，忧郁，患了严重思乡痛苦（lettre XXVIL）。里卡很享受被人当为奇观异物观看："好像我是天上掉下来的，男女老少，所有人都想看我。到处都看见我的肖像，多重化身出现在店里，大路上；好像怕少看了我似的。”（lettre XXX）而当里卡决定脱下波斯服装，换上欧洲衣服，想看看自己没有外在装饰时是否还能吸引别人欣赏，结果却是大失所望，没人注意，只有一次例外。里卡很快成为社交名人，让乌斯别克惊讶，但这倒帮助他们被法国社会接纳，不再因为他者的身份被排斥：

> “我们那种外国人的形态不再触犯人。我们甚至很享受，当他们讶异于我们具有礼节：因为法国人想象不到，我们的气候可以产生人（hommes）。”（lettre XLVIII）

这段话尖锐地批判所谓欧洲中心主义的种族论述，只有欧洲气候才能养育出“人”，有文化教养的人类。作为异国他者在欧洲中心论想象，单纯外貌形态就会引生反感、排斥。《波斯人信札》中的里卡扮演诱惑者，对于女人的欲望、观察，表现另种认识之欲望。

里卡没有后宫妻妾的挂系，不会受到东方专制家庭政治的纠葛，孟德斯鸠并置两封分别由里卡和乌斯别克同时寄给依本（Ibben），谈论各自观察到法国女性。里卡谈婚姻关系中的男女（lettre LV），乌斯别克描述赌局中的女性（lettre LVI）。里卡信中，婚姻只是法律形式，女性婚后仍保有高度自由、自主，出轨偷情不是罪恶，只是不可避免。反倒那些占有欲很强的丈夫，被讥讽为想独享阳光的疯子。阻碍公众愉悦的可能，里卡形容这种不成文的约定俗成，完全和东方亚洲不同。法律不能决定爱恋情感，爱与被爱并未有绝对等值对应、对等互换：

> “在这里，一个男人爱他妻子，这并不是一个值得另一个人去爱他，他滥用法律必须性，去弥补他所欠缺的愉悦；用尽各种对自己有利的方式，去引出社会的轻蔑；他占有那只是以契约形式交予的事物。”[12]

这样的丈夫、男人，疑心重重的嫉妒丈夫在欧洲社会中不会被怜

12 See note 1, lettre LV, p. 148

悯，只会被仇视、轻蔑。里卡所描述的女人，婚姻关系中对于爱恋、心、自主性超越法律规定的享乐（volupté）构成另一种不成文的社会情感伦理。里卡敏锐感受到性别差异政治在西方日常生活化，爱恋与欲望实现操作深化差异性。性别意识明确可感知、外显。《波斯人信札》中里卡游走社交，文人共和国，权贵阶层；诱惑，挑逗，戏玩的表面态度下，藏着他对女性欲望，不仅只是肉体欲望满足，也非冷漠理性观察分析，而是感性认知东方专制家庭制度外的另一种女性性别差异，孟德斯鸠借他之口陈述18世纪启蒙时期的女性性别政治。里卡看到的自主女性，男女爱恋不被婚姻法律约束；乌斯别克看到的却是放纵，毁灭家庭的负面威胁。他不像里卡着重爱恋的重要性在欧洲社会，乌斯别克从经济面谈欧洲女性的破坏性。从年轻到老年，女人们总想尽办法让丈夫倾家荡产，奢华打扮装饰在青春风华时，最后进入老年时则沉迷赌博，无所不用其极。乌斯别克尖锐描绘聚集赌桌的女人群相行为，各种激动情绪，没一刻平静，除了死亡之外。乌斯别克很庆幸自己的宗教信仰，禁酒，禁赌，取消所有可能引起激情的因素；而爱恋和女性：

> “爱恋，对我们而言，既不会带来困扰，也没有狂暴。那是一种枯萎，虚弱激情（passion languissante），让我们的灵魂处于平静之中：大多数女性从她们的帝国拯救我们：她们节制我们的欲望暴力。”[13]

13 See note 1, lettre LVI, p. 150.

里卡的欧洲女性，追求，推崇爱恋激情；乌斯别克否定爱恋激情，欲望暴力，他理想的爱恋，没有情感欲望扰动，近乎死亡，空洞的枯萎激情。没有激情的激情爱恋幻想，女性被逆转成为欲望消逝点、匮乏所在，纯粹不在的欠缺，彻底否定所谓的女性性别，差异不存在。

男女性别差异，婚姻与爱恋的问题一直困惑里卡，孟德斯鸠曲折地借此作为里卡到巴黎的启蒙学习的伏流，认知欲望的推动力，穿梭联结里卡书信叙事的另一条叙述红线，认识之意志行为表现。上述关于爱恋自主和婚姻契约的见解，其实延续里卡更早一封信中对于波斯，东方专制家庭政治囚锁妻妾于后宫的做法，是否合理的质疑。他比较欧洲和东方对妇女自由的不同操作行为，各自的意见依据，先不作价值判断；但当他询问一位法国哲学家的见解时，令他震惊听见彻底颠覆习受的男女性别差异权力关系，女性不是脆弱、被动、非理性的被制约之一方，相反：

> “刚好相反，自然从未订下这种律则。我们统治女性的做法，实际上是一种暴政。她们让我们占有的原因在于，比我们更柔和，更有人性，更具理性。这些优点，依理应该会赋予她们优越性，正是因为我们不具备这些，假如我们够理智的话，那么我们会让她们败倒。但是，我们施之于女人之上的仅是暴政权力，若此为真，同样地，她们也同样会用一种自然权威（empire naturel）支配我们，那即是美色，没有任何人能抵挡得住。”[14]

孟德斯鸠假借想象的东方专制后宫被囚禁的女性，极端屈服的典型反照对比欧洲西方社会自主、自由的女性。两种政治体系，历史地理文化，两种不同气候的女性与权力的辩证矛盾，孟德斯鸠运用夸大（hyperbole）修辞强化两端点的对立不同。《波斯人信札》中的波斯亚洲人都有名称，而欧洲、巴黎出现的各种人物却以匿名方式，只用各自的职业身份，和行为描述替代。斯塔罗宾斯基诠释此种叙述策略，同时表现，乌斯别克和里卡专注在集体和范畴性人物认知，作为认识西方社会的采样分类。个人、个别行为特征可以忽略。完全取消任何涉及心理和情感的具体描述，它们仅只是抽象知识。

> “孟德斯鸠保留激情阶调记录（registres passionnel）给东方人：展现嫉妒、愤怒、掩饰。一道明确的分割线隔离开东方心灵的情感世界和法国盛行的表面行为。”[15]

14 See note 1, lettre XXXVIII, p. 116.

15 See note 8, pp. 13–14.

孟德斯鸠嘲讽，空洞表面的言语激情，匿名的叙述策略陌生化，疏离法国读者所预期的熟悉日常；从他者的眼光去看：

> "情欲想象中，波斯在身旁，而在反讽观察中，无名的法国被丑化，变成一个遥远的国度。"

然而《波斯人信札》给予东方波斯人激情、情感和命名，是否仅只是反讽叙述策略去彰显某种道德训谕；斯塔罗宾斯基的诠释化约了，女性于性别差异政治中东西两方各自有不同表现模式和方法；忽略这层面，其实就遮蔽孟德斯鸠用自由虚构女性角色、情境去陈述《论法的精神》中所不能、所没有、所欠缺的女性和法的精神于三种不同政治制度的激情关系。《论法的精神》强烈批判当时的君权神授、贵族政治和宗教权力，启蒙时代，同时也是情感、感性政治经济激变的时代；借用《波斯人信札》东方他者的观察见证；巴黎，欧洲的情感政治，女性性别差异作为测量的基准点。孟德斯鸠没有给予明确答案、判断；而对于东方专制反倒有具体的激情和名称悲剧；西方都是抽象、疏离的断片零简观察书信，没有叙事指向与结构。难道只有在囚锁，隔离于沙漠外的后宫专制家族才能看见情感，激情争斗戏剧？激情东方化，激情即他者的他者，他者的暗影，孟德斯鸠情欲化想象女性性别差异在法律、权力界限内外游走？给予激情名称，实现情恋欲望行为和效应，在东方专制后宫，隔离的威胁？拒绝给予名称，那是否就是让情感、激情唯名化，只是语言行为，过多的语言论述空洞化女性，性别差异变成象征知识，而不会凝聚成为现实、真实行为？孟德斯鸠对此，似乎暧昧模棱两可的借里卡的观察，呈现出巴黎，法国女性争夺性别差异政治权力表现：

> "这里，似乎家庭完全自治。丈夫对妻子的权威仅只是影子一般，同样，父亲对他的小孩，主人对他的奴隶，也类似。正义（justice）介入所有他们的纷争：可确保她们反制嫉妒的丈夫，忧虑的父亲，和不适切的主人。"[16]

16 See note 1, lettre LXXXVI, pp. 209–210.

里卡观察到在巴黎，法律制约、管理人们的日常生活。取代、凌驾一般的伦理约定俗成。里卡在这封信描述他在巴黎法院看到的各种奇观场景。“在这神圣场所，所有家庭秘密，所有最隐私的行为都被揭露”。法律面前没有公共与私人之区别，家庭和社会的伦理分界被取消；没有掩饰、秘密、不可见的事物。

里卡目击令他惊讶，近乎荒谬场景，对来自于东方社会的波斯人而言，女性对于自己的贞操处女权之捍卫。一位卑微少女，申诉自己受苦于父亲强制她抗拒欲望守住贞操，她决定放弃这种漠视自己欲望需要的挣扎，用诉诸公众方式告知父亲。另一位也是出生卑微女性，抗诉丈夫未履行夫妻性行为，她空有妻子之名而无实。要求法庭派专家检验，这案例，孟德斯鸠直接使用，享乐（jouir）、处女权（droits de virginité），这些身体意识主权的用语。女性在法律保障下对其身体、欲望有不可侵犯的绝对自主权。或许，这正是孟德斯鸠拿罗珊娜的诀别信，说出女性自己的语言超出后宫囚禁的新语言，作为《波斯人信札》终章的隐喻。

女性性别差异政治的争战是一普遍现象，不论东方或西方，差别在于各自的政治、文化历史不同所影响的操作形式和效应。伦理关系中被视为他者的女性，能否在法律、成文法或不成文法中，保障重获平等位置在性别差异政治；这也决定了情恋、激情、情感的政治经济交换与支配关系。里卡见证启蒙时代，性意识转变的裂痕于东方他者的眼光：

> “无数的女子，迷醉或诱惑，让男人由好变坏。爱恋回荡在法庭中：我们在这里只听见被激怒的父亲、被侵害的女子、出轨不忠的爱人、哀伤的丈夫。”

情感的审判，里卡诗意的词语“爱恋回荡在法庭中”。毫无保留流露他内底的激情。如何能不震惊，心与情感的困惑、折磨、苦难受害竟然可以用理性的法律来审判、给予公义。而东方后宫只有至上专制权威的恐惧威胁，情感的审判，很显然超出孟德斯鸠在《论法的精神》中定义的三种政治体系的核心激情：共和国的德行、贵族政治的荣誉、专制政治的恐惧。情恋存在于所有社会、家庭和政治体系，如何去定义看待它在法的精神体系中的位置和意义？孟德斯鸠《论法的精神》中比较英、法、西班牙和意大利父亲对于女儿婚姻决权，表面上他完全不赞同英国的过度自由放任，不顾法律约束，只有法国的贵族政治确立，法律规定女子婚姻需要父亲的同意。但是，这样的女子会有什么样的存在形式：

> "女子，只能借由婚姻去寻求愉悦和自由；这种女子她仅有一个不敢思想的精神，不敢感受的心，不敢看的眼睛，不敢倾听的耳朵。她只能以很愚笨的方式出现；被囚禁在琐碎小事和训诫箴言中，非常适于婚姻：必须要鼓舞男孩子。"[17]

孟德斯鸠尖锐反讽贵族政治父权至上，最终只会养育出没有品格、情感的愚蠢女子。没有思想或任何感觉，从何生出情恋和激情？这绝对不是《波斯人信札》中出现在爱恋审判中的女子。关于爱恋，孟德斯鸠于《论法的精神》中将它系于骑士精神，决斗的贵族政治荣誉之源头，影响风流殷勤骑士（galanterie），以武力，去保护、追求爱恋的女子。孟德斯鸠认为这种纯粹为了取悦女子并不是真正的爱恋，而是"永恒的爱恋之谎言"。

> "我们和女人的联系建立在：结合感官愉悦的幸福，在于爱和被爱的魅力，在于去取悦她们的欲望。……。取悦（她们）的一般欲望产生风流殷勤，但这并不是爱恋，而是微妙（délicat）、轻巧（léger）、永恒的爱恋之谎言。"[18]

《波斯人信札》中的女性对于爱恋，男女情感关系的权力和支配操作方式更为复杂多样，比起《论法的精神》简约归纳的论点。里卡在这个高度社会化的法国巴黎，君权至上贵族治理的政治体系中，见

17 See note 3, livre XXIII, chapitre IX, p. 111.

18 See note 3, livre XXVIII, chapitre XXII, p. 248.

到不论是宫廷王室，或外省的各种官方宗教机构中，女性主导的阴影无所不在。她们形成一个自己的共和国，"国中之国"（l'états dans l'états）。[19]

里卡比喻她们就像国家机器的灵魂、动力所在。不了解女性的治理，那就像一个人只看到机器运转，而不懂其为何之原理。刚到巴黎一个月，里卡描述法国国王像个魔法师，掌管人民的精神，决定他们的思维（lettre XXIV）。用今日的词汇，意识形态的治理。女性，依孟德斯鸠的论点，决定启蒙时期法国国家机器意识形态模式和运作。女性的激情，情恋从感官肉体享乐，爱与被爱的情感交换，超越感性场域异化成为权力支配，占有的暗影。爱和死亡的愉悦交杂，法律律则情欲化，情欲货币化政治操作价值生产和交换。启蒙的暗夜，法国大革命的火种。孟德斯鸠隐约感受到激情，心，和情感伦理场域的波动。《波斯人信札》虚构东方情欲想象各种激情，爱恋的男女情感，权力交互行为；《论法的精神》理性清冷剥除掉任何涉及情感感知，激情因素，构筑一套超越个体生命，特殊性的普世抽象法的精神原则系统，超越历史、种族、地理文化差异特殊性的普遍原则。《论法的精神》取消情感、心；不正是乌斯别克高声宣扬东方、后宫家庭政治，平和静寂的枯萎凋零的激情，才是真正的爱恋的另种隐喻。《论法的精神》中抑制，不能说的暗影，另一种东方专制的语言。

写于法国大革命前夜的一部18世纪通俗文学作品，《巴黎之夜》[20]，萨德侯爵同时代作家，雷蒂夫·德·拉·布列塔尼，启蒙时期最后的东方主义想象情欲文学。参考"一千零一夜"的文本模式，作者夜行巴黎各个角落，新闻日记方式用三千多页大篇幅鲜活呈现革命前夜，巴黎深夜日常生活场景。充满奇幻，犯罪凶杀，危险四布，情欲和激情四处泛滥流淌的异国巴黎一千零一夜。介于虚构与见证报导，经常是实时写下当晚所经历见闻，直接不多虚饰的书写，具体如实地像但丁《神曲》里的引路人维吉尔，带领读者漫游暗夜巴黎地狱，逐街逐区沿地图挨家挨户穿梭。作品副标题，深夜观众（spectateur-nocturne），子标，深夜与爱恋（nox et amor）。

女子，各种各样的女人，暗夜巴黎地狱的幽灵，叙事的重力场；肌肤肉体化城市街道。叙事的人物和倾听者，歇斯底里女公爵，蒸汽

19 See note 1, lettre CVII(1717), p.247.

20 Bretonne, Rétif de la: *Les nuits de Paris*, Éditions Gallimard, Paris, 1986.

女人（la vaporeuse），违愿嫁入侯门，没有爱恋，枯萎近乎死亡，植物人般，扮演一千零一夜的后宫主人听故事者。作者倒转东方一千零一夜的男女权力关系于西方叙述场域。深夜巴黎的奇观、异事重新燃起蒸汽女人的情感生命，从凋零近乎死亡沉睡中苏醒。《巴黎之夜》无意中延续《波斯人信札》的东方主义想象，成了封结逆转点；激情虚无放纵，不受白日律则、启蒙理想制约，大革命前夜的征兆。

雷蒂夫分析激情的独立段落，跳出叙事之外，理性分析的哲学书写如同一个无来由的陌生人之画外音突然降临。某种狂热，激情让作者经常不自主中断叙述逻辑，第一人称的主观叙述被全知全能的第三者所取代。像《波斯人信札》里所提到的狂热书写，书写的狂热。雷蒂夫的论述，简约归纳了，《波斯人信札》零篇断简关于激情、爱恋的说辞所代表的启蒙时代精神，感性意识调节控制操作意图。启蒙光照欲望，雷蒂夫拉上暗夜闱幕，暗影遮蔽。挣脱理性制约，感性和欲望恢复自然原性；不抗拒激情，但仍保留伦理准则，不会彻底沦为野蛮无政府状态，犯罪、掠夺等恶夜猛兽行为。爱恋、激情、感性欲望暗夜中的鬼火，四处自由飘荡的萤火闪烁自照微影。雷蒂夫宣称他可以分类三百种左右的激情调性；没有所谓好或坏的激情，本质上激情不会干扰情感平衡，相反地，激情预防、阻止过度（l'excès）。雷蒂夫的论点接近今日精神分析论述所说的精神经济，欲力投注。激情，另种形式的情感净化。雷蒂夫从自然天性，和社会契约之间的折衷平衡点看激情经济的必须性。过度或不足会引出疾病或犯罪。雷蒂夫彻底背反习见常识，几乎所有负面激情他都加以平反，正向看待。愤怒、嫉妒、羡慕、肉体欲望、仇恨、爱恋等。在不逾越法律和道德律则下，各自都具有良性效应：

> “愤怒阻止我们破坏，但若伤害别人则是恶行。嫉妒是好的因为它是促进爱恋和繁殖，但若伤害对方则是坏的。”[21]

其他的激情也都是类似的相对双重性的矛盾方式出现。如何维持激情经济的共体平衡，不让任何单一激情主宰支配，雷蒂夫认为这是

21 See note 20, pp. 90

人与动物，开明教化与野蛮的区别。启蒙教导，和道德律则并非用来强化某一种激情，压制另一种，雷蒂夫认为这样操作加剧破坏激情复杂性平衡，带来的危险甚于动物性，或野蛮诉诸本能的那种纯依赖单一激情宰制的状态。

孟德斯鸠，代表启蒙时代视激情、情感具有实体，因而，各自之伦理位置，价值判断就产生差异不同；激情，情感个别化特殊性。法国大革命前夜，雷蒂夫不再实体化激情、情感；它们只是复杂情感经济共同体的相对组成成分，投注精神能量多少和平衡决定激情，情感的表现和价值判断效应。激情，情感不再是各自独立的特殊单子、个体，也不再有所谓好或负面的激情，情感先天价值判断。对雷蒂夫而言，当一个激情，情感复杂共同体中，有任何一种情感脱离开成为单独个体，此刻激情，情感的均衡复杂共同体就被破坏，产生变化；而若有任何一者成为宰制者，复杂共同体完全瓦解，人不再是人。雷蒂夫的论述强调天性、自然先于后天的规定、教育改变，启蒙的帮助只是间接辅助而非强制制约。这点也是孟德斯鸠在《论法的精神》中批评东方专制政治欠缺自然，只有沙漠环绕死寂的后宫，也是《波斯人信札》罗珊娜反控乌斯别克的用语。《论法的精神》定义自然法为某种先天律则[22]，在社会出现之前。自我保存，天生脆弱无助带来的平等、和平，因为脆弱，生命延续带来需求摄取食物的情感，共同的恐惧害怕造成互相接近的愉悦。在这些情感，直接的经验感知和行为之后人才有认知知识产生社会和存活的欲望。孟德斯鸠由人的与生俱来的自然本质定义法律的起源原则，情感经验先于认知；这过程中，认知的本能才是人的原生自然状态，知识和玄思推论都是后天的。依此原则，《波斯人信札》里卡诉诸经验直觉的认知生活行为，乌斯别克沉迷于抽象玄想；一者从情感出发去认识当下眼前的西方社会，另一者则用已有的知识去分析、判断新认识事物。

除了人的自然天性之外，外在环境的自然，孟德斯鸠《论法的精神》中气候也是决定法律起源的重要原则：

> “如果精神与心灵激情特征在不同气候极端不同，这事为真实，那么法律应该针对这些激情的

22 See note 3, p. 16.

差异，这些特征差别，而相对化。”[23]

气候，中介转化法律与精神、情感、激情，特殊风土人情。孟德斯鸠采用体质人类学，生物医学（神经系统、生理组织）论点—他甚至操作一个实验观察羊舌头冰冻和解冻后的肌肉组织表层变化，科学实证说明法的精神原则。地理气候疆域差异，外在自然条件预决了，不同民族的行为风俗。孟德斯鸠认为高低温差是气候决定性的主要因素。他三分地理区域，北方、温带、南方。南北两方，寒冷和高温气候划分明确，民族性格差异对比清楚。北方真诚富道德感，少邪恶罪行。南方民族过度激情、狂热，易于邪恶罪行。气候温暖地区，处于南北寒冷和炎热之间，气候特征不稳定明确，因此相对的其民族性格就多变，德行与邪恶难以确分。这一切归因于气候多变。

气候决定情感、感性行为。北方，不容易有激情。温暖区域，表面上爱恋情感似乎带着千百种附加事物，令人愉悦，但这并不是爱恋，“还不是爱恋”（pas encore）。炎热气候，“为了爱恋而爱恋，爱恋是幸福唯一的原因，它就是生命。”[24]

至于东方区域，孟德斯鸠模棱两可以南方（midi）一词称之，他隐晦地偷渡《波斯人信札》中后宫的情感、爱恋模式，乌斯别克的困境：

> “是那一个微妙、脆弱，但多感的机器（machine）；在一个后宫（sérail）中，沉溺于一种爱恋，无止尽的即生即灭。或是另一种爱恋，让女性有更大的独立性，结果引来无数扰乱。”[25]

人，情感机器，18世纪机械论的极端引申，然而机器一词于此却有更深的互文性。前面谈论过《波斯人信札》里卡隐喻女性支配主导法国政治治理，如同一个国家机器里的隐藏灵魂机制。女性以爱恋、激情情欲化政治。女性，情感机器的灵魂支配另一个机器，在西方社会政治体系中不可见的隐形幽灵。东方专制后宫社会里，情感机制被置于前景，透明可见，无助、无可遁逃。不再存有任何掩饰隐藏的可

23 See note 3, livre XIV, chapitre I, p. 373.

24 See note 3, livre XIV, chapitre II, p. 376.

25 See note 3, livre XIV, chapitre II, p. 376.

能；只能被动生产片刻不是爱恋的爱恋幻象；要不就像罗珊娜们的背叛、死亡。肉体情欲翻译死亡，或是反之。

四种气候地理文化疆界，三种爱恋、情感模式，一种爱恋情感机器。孟德斯鸠描绘一个很奇特的爱恋地理经纬分布图，由北向南，从冷漠近乎零度逐渐升高，经过一个貌似爱恋丰富多样的尚未形成，成熟的爱恋国度；再向南终于抵达炽热的爱恋之地，爱恋的天堂，为爱而爱。向东移转进入东方后宫的政治，爱恋被囚锁成为后宫情感机器的爱恋幻象产物，爱恋的幻想与妄想，没有激情，没有时间的情感沙漠人工绿洲。

扮演情感地理舆图绘图师，孟德斯鸠投映一套想象的自然法情感地图；当理想图像不能对应现实状态，绘图师重新恢复立法者的角色，修正调整地图误失经纬度，提出新的宽容容错可能性，民法于焉进入社会：

> “当某些气候的物理力量破坏两性和智性人的自然法则时，立法者需要创立民法去克服气候自然，重建原始法则。”[26]

孟德斯鸠举嫉妒作为例证，它兼具矛盾双重性，“既是受到气候力量影响的效应，但也是对此力量之解药”。此见解类近于其后雷蒂夫从精神经济角度中立看待所有的激情。不同点在于孟德斯鸠视嫉妒，如同其他的激情会依其产生的原因、条件而具有实质差异。他区分两类嫉妒，一者来自于激情，另一者来自于惯习、风俗和法律。

> “一者是贪婪，激烈狂热。另一者是冷淡（froid），但有时会是恐怖，它和冷漠、蔑视互相结盟。一者，源生自爱恋自身，是某种滥用爱情。另一者则完全取决于风俗、国族惯习态度、国家法律、道德、有时是宗教的。”[27]

热嫉妒和冷嫉妒区分，孟德斯鸠扩展嫉妒的范畴定义，由原本类

26 See note 3, livre XVI, chapitre XII, p. 418.

27 See note 3, livre XVI, chapitre XIII, pp. 418–419.

属于情感、激情行为的一般认知，转变成惯习，民法内容界定的非个体的一般普遍律则规定中的行为。某种程度上，此种区分的逻辑意义先于实体，也即热嫉妒是实体嫉妒，冷嫉妒是名义规定的律则嫉妒。一者来自于个人情感的直接表现，后者是间接透过惯习和教育养成所形塑出来的二级非个人的集体情感意识规定结果。

孟德斯鸠结语所指的嫉妒双重矛盾性，并未明确认定以一者作为另一者之解方药剂，比如用冷嫉妒去调节热嫉妒。反之，又何尝不可能是热嫉妒过多狂热爱恋拯救冷嫉妒的冷漠无感，孟德斯鸠不是说冷嫉妒有时会变成恐怖而不仅停留在有距离的冷漠、轻蔑。再更进一步，不论冷或热，每种嫉妒都是自己的毒药和解剂，孟德斯鸠扩展个人情感，激情到国族，集体情感，无意识的假设论述，未给予任何确定逻辑和结论，开放性结论更放大假想朝向某种更不可知的超验彼岸，爱恋，情感和激情自身是否可知，我们是否只能临近其效应？自然气候冷热移用到情感，激情，虽不是一种等温（isotherme），同位素（isotopique）的镜像对应，但也绝非是隐喻修辞。孟德斯鸠的推论途径，从外在自然朝向个人内在情感场域，再投射向外到社会集体生活律则与意识。这之间，情感经济和社会国族政治协商转换，冲突矛盾的疑难处处可见；嫉妒热冷分类；可否看成孟德斯鸠尝试自问个人情感爱恋，激情如何被他者看待、处理？如何将激情情感经济社会契约化？此假想，疑惑，也是18世纪启蒙时代精神的暗影，雷蒂夫、萨德侯爵等人各自用不同情欲、肉体实践，彻底否定这假想为一空洞的折衷诡辞。对他们而言，激情就是激情，激情实践即幸福，套用孟德斯鸠形容的炎热气候地区的爱恋。雷蒂夫《巴黎之夜》东方主义化大革命前夜巴黎，炽热化激情地理错位幻觉。

《波斯人信札》设定乌斯别克和里卡到西方的放逐之旅以启蒙学习科学作为动机。认知的欲望，最初推动力，随叙述线发展裂分成两条激情追寻路径，交错织理。爱恋，东方和西方，感性书写东西两方，乌斯别克和里卡所代表铺陈的激情和文化认同冲突转变。知识，西方科学，文人共和国的人文知识、文学，追寻知识的认知激情，里卡让我们看见愉悦科学的世界，乌斯别克的忧郁西方启蒙，反思玄想取代直接经验感知批评多于观察。

乌斯别克注重西方哲学的形而上一大课题：地理大发现带给欧洲巨大财富资本，同时也将新疾病散播到欧洲，另一方面新大陆的文明社会被摧毁奴役近于灭种。新科技武器、火药、炸弹的发明是否会造成人类和文明终极毁灭的疑问辩论。西方君权政治和波斯东方专制的政治治理差异。世界人口降低的解决办法。里卡不去思索这些巨大终极性课题，作为一位波斯人到西方的民族志观察者，生命世界和当下日常生活经验现象才是他关注的场域和对象。细节描述，反讽修辞语调，标志里卡的语用行为，他忽略逻辑推论，更不会给予任何结论。其书信中充斥的尽是浮动、散乱的碎片细节。愉悦科学知识行为的认知欲望实践过程，持续进行。《波斯人信札》细微又随意地用点状跳跃方式植入里卡认知欲望穿越巴黎，法国文人共和国的路径轨迹，这条激情路径和女性情欲路径互相交集，分开又彼此追寻，俨然孕生出某种知识肉体感知化的东方主义表现；孟德斯鸠抹除里卡抗拒种族文化差异性，里卡换上西方服装的隐喻；里卡自由开放的精神，孟德斯鸠给予他一个世界主义（cosmopolites）面貌性格，宽容接纳种族文化差异，此相对性观察位置，并未减少他偏喜采用暧昧悖论修辞方式去嘲弄，东方面纱后的多重性格谜语。《波斯人信札》第143封，他和一位意大利犹太学生，讨论伊斯兰和犹太两种宗教各自操作抄写经文缠绕身上后产生的神秘力量；信中里卡俨然像一位西方理性启蒙文人，高谈理性克服一般人的蒙蔽盲目迷信鬼神的愚昧。他质疑所谓信仰的奇迹事实：

> “所有国族的各种神圣经典中，总充满了惊惶恐怖或超自然事物，我想象不出还有什么比这更为轻浮无据（frivole）。”[28]

里卡坚持有果必有因，不可能有无起因的超自然神迹。里卡，说出极端的理性科学信仰异端言论。如果这封信严谨逻辑推论书写方式，让人产生里卡深受西方哲学思想影响，毫无保留的启蒙理性主义拥护者，这想象却被里卡随后附上一封被他捡到的法国乡下医生寄给巴黎同行谈论新奇迹疗法的私信推翻。表面上，里卡想借用这信佐证迷信

28 See note 1, let[ter …]
pp. 324–329.

奇迹之可笑行径；原本应该是一位科学理智医生竟然放弃先进的医学科学，而发明一套超现实精神治疗药方。

信中信，镜中镜书写叙述，崩解，拆除原先的逻辑理性启蒙者面具，里卡—孟德斯鸠变成一个轻浮戏谑的通俗闹剧作者；尖锐嘲弄耶稣会和杨森教派的信仰教条，不仅仅宗教神学受到讥讽，学究僵硬滥用希腊，中世纪经院哲学也逃不过刀笔凌迟。捡到的信叙事缘起于法国乡下一位严重失眠三十五天病患，尝尽百药无效后，仍拒绝家医建议服用鸦片。病患突发奇想，催促帮佣到镇上书店翻找没人要，被弃置一旁满是灰尘的大部头名僧神学著作。买回家后，全家聚集为病患朗读。奇迹降临，朗读者很快地逐一沉沉入睡，失眠者最后也被征服。隔日，家医到访，发现病患和所有家人全部精神饱满，容光欣悦。询问，发觉不是鸦片疗效，而是超现实的另类精神疗法。这病例彻底摧毁他对先前习得的医学科学，药方治疗之信仰，他决定创造发明自己的新精神药剂配方，认为过往他所采用的医疗药方漠视精神疗效，结果反而造成病患健康败坏的负面效应。催泻剂、催吐药、各种疥疮药。全部以西方重要哲学著作，或文学，戏剧，歌剧按不同比率混合配制。至于那些教会，不同教派，神父主教的神学，布道说辞，乡下医生说，这些只适合给江湖郎中骗人行医，不但没效反倒加剧病情。试举几个配方，戏谑近乎精神病患妄想的神迹疗法：

> "催泻药草茶：用三页亚里士多德希腊文学的逻辑，二页最尖锐的士林经院神学论文，例如斯科特。四页巴拉塞勒斯（Paracelze），……，六页普罗提诺斯；六页杨布里克（Jamblique）。浸泡二十四小时，每日服用四次。"
>
> "预治疥疮、头癣：三个亚里士多德范畴，二度形而上学，一个区辨，六首夏普兰（Chapelain）的诗，从圣西朗神父书信中摘取一个句子：将这些写在纸上，折好，用丝带系住挂在脖子上。"
>
> "催吐剂，则是将悼文千篇一律的，混上新歌剧合集，五十本小说，三十本新回忆录，放在化学

容器两天再用慢火萃取。”

里卡—孟德斯鸠嘲弄当时文人共和国，论述泛滥，所谓知识通货膨胀的启蒙乱象。

诡辩，新的伪学炼金术时代，启蒙的暗影。狂热追求各种新知异论造就出版市场发展，百科全书到临已不远。里卡稍早些，1714年书信中（lettre LXVI）描述当时狂热书写，出版书籍泛滥现象：

> “大多数法国人的狂热、愤怒（fureur），都来自于他们的精神。而那些想要有精神性的人的狂热，则来自于写书。”[29]

里卡直言他对于那些只是编纂别人意见的作者只不过是一个比印刷工人都不如的人。他讽刺一个写不出新意的作者，他不仅不会静默，而是自我欺骗的头脚倒置将已发表过的，包装换上一新秩序安排外貌。狂热盲目的书写，高涨的知识激情，里卡—孟德斯鸠笔下的哲学家，炼金术士，几何学家，新闻—小说作者几乎都呈显出某种迷醉呓语满口的白日梦游者，狂妄自大，病态妄想的族群。乌斯别克遇见的两位智者辩论争执，各自认为自己才是真理的代言人，“我说过才是真实，没说过的都非真实。”仿佛预言两百多年后巴黎的知识精英社会。是过度理性知识崇拜商品化的价值倒置，抑或知识激情感性幻象感染，知识欲望情欲化的表现征兆？

图书馆，所有狂热精神书写的国度，里卡游走，交谈，认识文人共和国的各类人种，阅读他们和其书写著作；孟德斯鸠收集所有这些轨迹，汇集在一个空间场域，世界记忆的地平线，他安排里卡偶然无意中参访一个修道院图书馆。让先前生活体验的各种零星知识碎片，总体化成有机知识系统迷宫，里卡作为一个好奇求知的外国人，求助于修道院神父引路解说。《波斯人信札》中唯一出现的学习认知西方知识系统场景，里卡不再只是观察者，游戏参与者，他在短短几天之内专注认识系统分类、原则、知识树派分脉络，接近隐藏权力阶层的默认价值判断。但这个知识系统场域具有某种特殊空间性，图书馆被

29 See note 1, lettre LXVI (1714), pp. 167–168.

放置在修道院内却隔离像另一个场所，内部的外方。里卡第一天进到图书馆遇见一位神职人员，僧侣，他询问为何有的书装订特别精美。这位神父的回话，镜像回音说他自己其实也像个陌生人住在异国他方，拟人化书籍，不认识任何人，也不可能全部阅读。他请里卡改天再来找图书管理员。孟德斯鸠接续前面神父自我隔离，视图书馆为异国他方说辞，描述图书管理员在这位神父眼里是一个完全无用又耗费的冗员，对修道院没任何益处。轻蔑鄙视的态度，隐然表现了信仰和知识对立冲突；图书馆不再是一般人认知的知识存藏保护的世界记忆宫殿，基督教僧侣视之为污染纯洁信仰心灵的场所，需要被封锁，从神圣世界中隔绝开。图书管理员，知识监狱的典狱官，看守，监视者。他们的工作就是看守知识迷宫，不让其中任何一者、一类外逸逃出去干扰信仰生活。图书管理员，迷宫的无用之人，他不是牛头人身的神话怪物，至多就是守望、监视的夜巡者；图书馆世界暗夜和幽灵居所。回答里卡问题之后，自比为异国陌生人的僧侣面对东方波斯异教徒，他匆忙赶走里卡锁上大门，因为晚祷需要他主持，他是僧院掌铎人[30]。

第二天重返图书馆，里卡在和善图书管理员带领下，认识所有藏书类别和分类系统策略；几天学习，里卡浓缩、凝聚阅读18世纪启蒙时代的知识状态隐喻；知识树系派分的任意非理性逻辑排列，知识权力阶层反映当时的文化心灵、时代精神。里卡和图书管理员戏剧性哲学对话，鲜明生活的日常话语，世俗化知识思想文化书写；管理员直接不曲折修辞装饰，既展现他的熟悉亲近，同时也表现某种支配知识分类囚禁的权力位置。里卡的问题，对照之下显得简短；虽有少数争论，话语不对等，知识迷宫中的诙谐剧，孟德斯鸠的另类反讽修辞格表现。图书管理员的泛视全知反照里卡的遮蔽不全视野。里卡先是被书籍装帧外观所吸引，无意中才进入图书丛林迷宫。从表面的肌肤进入内在脉络，可见与不可见。但总体化知识系统展开的图像，是否想给予里卡一个俯瞰知识丛林的可能，转变一个热衷日常生活经验享乐的东方异教徒？

里卡图书馆知识迷宫旅程，从神学、圣经诠释著作开始，最后结束在小说类别[31]。神圣、宗教信仰优先带领所有知识类别，虚构世

30 See note 1, lettre CXXXIII (1719), p. 298.

31 See note 1, lettre CXXXIV, CXXXV, CXXXVI, CXXXVII, pp. 298–306.

俗情感想象的书写著作，排于最底层。前后共四天，第一天纯粹宗教，各种宗派介绍，图书管理员毫不保留直言他对圣经各种诠释和神学著作的批评：释经者们只选择圣经经文中他们所相信，而非必须相信，造出各种宗派教条互相斗争争取权威；所谓神学根本是双重无用之物，比起一般道德训谕书籍。里卡请求多谈基督教神秘主义教派，管理员认为这些人的狂喜，出神入迷，其实是虔敬信仰的狂迷，即使有人苦修成寂静僧侣（quiétisme），他们不过是疯子，虔诚信徒或放荡不信神者（libertin）。至于决疑论者（casuistes），则深陷狂热爱恋激情邪魔中去作无谓思考辩争。结束时，管理员坦诚自己是自由思想者（penser librement），里卡外国异教徒身份让他更直言不讳。因为他这种启蒙主义自由思想者的立场，图书管理员虽也是神职僧侣，被排挤成无用之人，放逐到知识迷宫中作守夜人。《波斯人信札》图书馆段落中出现的三个人物，各自都自称是外国人，来自异国他方的他者，为何孟德斯鸠要特别强调图书馆知识迷宫场域会让所有怀带认知欲望的人成为他者，或甚至是他者的他者—里卡和其他两人，彼此互相对应位置。图书管理员的批评论述，根底应不只限于对基督教义、基督教神学与宗派教条的批评，他所指涉的是认知欲望和其实践的否定性；知识激情引生激烈的知识伦理—本体裂解变动，知识权力和主体性交互渗透。

不再有上帝、信仰，或真理。信仰崩毁，宗派战争和神秘苦修的个人的疯狂狂喜，精神国度瓦解扭曲。孟德斯鸠以此开场，展开他对启蒙时代知识狂热激情的怀疑、质问。图书馆作为总体知识场域隐喻，对话戏剧场景，他逐一将各类知识召唤出庭审判；图书馆，知识丛林迷宫异变成为知识与认知情感的法庭，图书管理员担当法官审判者，不再仅只是监视人、守夜者。里卡无形中，在他意识之外，参与见证知识审判的另种《论法的精神》实践；分类范畴，知识树状派生认知正义的证言。

第二天先看文法、词汇、语言类别。几何学、形而上学、物理。医学和解剖学。化学、科学。星相学，这里引燃里卡的兴趣好奇，他和图书管理员激烈争辩，波斯和西方星相天文学的认识和重要性差异，由此孟德斯鸠—里卡提出一个引人深思的论点，借由波斯人的社会文化中的天文、星相学，类同代数在西方，所以：

> “每个国族都有他的科学，借由这去规范调节政治。”

科学知识因此不再是普世的真理，它被国族文化特殊化，它规定操作政治。科学不是绝对知识，相对性的根植于多重经验世界复因决定中。科学知识和国家意识形态有牢不可分的关系，孟德斯鸠揭露了一般人忽视的前一科学东方知识系统中所埋藏的真正科学知识权力运作本质，某种类近原始分类知识所代表的科学知识无意识。图书管理员对里卡的辩词，星辰的偶然性其实具有某种规律性说法：

> “我们波斯天文星相家绝对不会做出你们那位代数学者的蠢事。”
> “你真相信星辰的偶然参与不会具有某种规律，明确一如你们那些构筑系统的人之严谨推论那般？”

里卡强调偶然性的可能自由规律，或然率可能，重要性，不应被系统规定所忽视、排斥；自由与命定的西方哲学命题，神学信仰的永恒课题，孟德斯鸠拥护偶然性，自由，拒绝命定的宿命论至上。他将本体论命题延展到科学知识，本体知识场域。孟德斯鸠的论述，暧昧曲折，借一位来自东方专制政治文化的波斯人口中说出偶然性和自由的重要。图书管理员的回答，作为西方知识集结迷宫看守者，他至多只能偏斜侧答：“那么那些计数者（calculateur）不就要被羞辱？如果天文一星相学胜过这些。”图书管理员似乎忘了当他向里卡解释几何学家的知识用暴政（tyrannie）去强迫，去说服别人接受。他嘲讽医学的狂妄自大（“夸口其药方好像可以让我们长生不老”），解剖学除了野蛮术语，完全不具任何实效。化学，只适合出现在医院和疯人院。而科学书就是一些玩弄魔法的无知秘识。图书管理员眼里，形而上学空口奢谈“无限”，物理学小题大做连机器工匠可能都比不上。

尖刻动荡的争论之后，第二天，历史书籍，里卡静静听图书管理员叙述各国简史。最后一天，从史诗开始，管理员回答自己其实也不太清楚史诗的定义范围。戏剧、抒情、喜剧悲剧、讽刺诗。最后结束在小说；听管理员批评小说虚幻无据之后，里卡回说波斯的小说更为奇幻超现实："太过于重复冷调小说，让人折磨，而那些奇幻魔法则刺激所有人"。图书馆迷宫之旅结束在这段话，管理员未加任何评语，因为，只有波斯人才能谈波斯文学状态。孟德斯鸠的意图不明。《波斯人信札》不正是虚构创作，书信体小说？

国家图书馆阅览证编号，782534，1978年，年费十法郎。我的第一张图书馆证，中断两年，1981年续注册，同一张卡，缴费小票证替代先前的图章大印，年费涨了五倍，五十法郎。物价飞涨，法国社会党上台，打败右派政府，新时代开始。留学巴黎几年辗转换了几个学校，学习项目、学门繁复多样到自己错觉快变成一只营建迷宫的地底知识工蚁，不尽然为了文凭。骚动文化思潮大浪，环境氛围闹得人里里外外不能平息止步。刚到法国时，心里只知有存在主义、荒谬剧场一些表皮常识；粗浅语文能力仅能应付最基本的日常生活简单对话，严重文化落差加剧异乡人陌生感的酸楚不适；生活方式不同反倒影响不大，也不会在意黄脸孔的歧视，忽视他们。多年后在高师二楼教室听到教师轻缓念出《波斯人信札》，里卡倾述他的亚洲认同特征消褪，欧洲意识增长的片段时，心中微震，环顾四周不到十来个人上课同学，除了我全是法国白人，老师短暂念过未多加停留或解读，随即进入下一段落。

有些不安，生怕讲台上的眼光朝向这边。里卡的话既遥远陌生又熟悉，我已来了五六年，终于可以踏进高师教室听课，两三年前彼时还坐在高师隔街对望的装饰艺术学校摄影教室大落地窗前，和师长同学评比彼此的摄影作品，大声喧哗嬉闹的自由艺术教育，全法国第一个国立摄影教学科系，前卫精英养成，完全不像河左岸的法国美院开门办学，近乎来者不拒的大量招生，保守的画室传统教育方式。那时美院的学生，东方来的，要不没听过这学校，不然就是蔑视。装饰艺术是艺术？

时不时从大落地窗往外看见对街高师，经常会出现一群年轻人簇用看一位学者样的人在路旁激辩，那时并不知道他可能是某位引领风骚的思想大家。经常自嘲，对面高师是正常（normal）人学校，这边艺术学校是疯子（anormal）大院落。几年间，从万神殿走云母街上学，经常和高师师生错身而过，坐在街上咖啡厅艺术科系学生的喧哗和高师人的静默或争论，共容的河水泾水互不干扰，那时代的不和谐乏音噪鸣室内乐。不知道从什么时候开始，何种机缘，这种另类沉静音响渗进心里，逐渐我意识到观看有限，不够全面，另种好奇火种开始点燃。想知道正常学校人做什么、思考什么？新的不安蜕变，酝酿漫长变形旅程。不同阶段，图书馆和学校，教学空间收容我剥除的旧躯壳、老灵魂。书记员、垦殖者，不停更换角色工作，抄写记录日常所见所闻轨迹遗痕，春耕秋收冬藏。旅鼠般，巴黎各区四处移居，不定的住处，逃避湖泊静水诱惑，流动的河水，渡河到彼岸。愉悦、迷惑恐惧，彷徨不安或昂然前进，日以继夜各种心绪情感骚动不已。迟到后来者的陌生人抗拒回望，没有时间这回事，1/60秒，1/125秒快门时间，短暂喘息停驻在那些永远不可能再次遭逢的陌生脸孔、身体表面，如同他们的呼吸，微微细语。追逐寻找知识野兽在莫名丛林中迷失与恐惧的同时，观看成为救赎、庇护的暗箱。图书馆，各种图书馆让人安心的封闭知识圣殿，猛兽与幽灵魔咒召唤下从囚禁高塔中被允许给予短暂有限的自由，它们的自然天性被再自然，它们在圣殿里也不在圣殿里，参访采收者不用惧怕它们的反噬报复，那无谓的片刻噘孔。米高梅片厂的狮子标志。当我坐在教室聆听《波斯人信札》，19世纪勒南、洛蒂、谢阁兰这些不同形式旅人的异国种族论述时，198?年，法国思潮已由狂飙的思想革命幻想中冷却退潮，主体性终结，后人类的时代空缺等待他者就位掌权。各种五花八门的80年代新兴学术流行潮派纷纷登场，悲观哲学，后现代、殖民—后殖民、后人类异种人造人等，归根究底，无非是他者的千百化身变形。长久被抑制排挤出正统哲学学术政治外的犹太哲学家，列维纳斯终于获得该有的认识和研究，“他于存在”隐然指引出一个新时代哲学思考的地平线可能。他对胡塞尔现象学研究与翻译之贡献，现象学作为严谨哲学思考重新发展。现实中，1980年代开始于多位带领法国思潮大师相继死亡、凋零和疯狂，世纪黑死病，艾滋带走最重要史学大师，福柯；而当时报刊却不愿直言真正疾病死因，不名誉的禁忌。拉康老死，巴特车祸后逝去，阿尔都塞疯狂弑妻悲剧，发生在短短一两年内，时代拉上黑幕。大师不再，期待新大师出现，80年代文化思想报刊经常出现的话题、讨论。沉浸在60年代，1968年思想狂热革命的几代学术思想精英，启示录似的被突来洪水灾难冲击，黑暗降临大地，思想狂欢薄暮时刻渐息。那是一个类似启蒙革命狂飙后的毁灭，浪漫主义前夜时刻。不论是左翼先锋马克思主义、社会运动参与者、精神分析、哲学论述全部覆盖沉重悲观，怀疑论的哀悼面纱。先前用思辨、论述审判主体、人和理性，解构西方哲学成废墟瓦砾作为疯狂和死亡幽灵的剧场。黄昏时刻降临人间成为真实，持续到上世纪末，疯狂，自杀，精英不可回避的宿命选择。德勒兹，或我的博论老师，麦茨。1980年，很奇妙诡异的一年，前面的激昂狂热，充满无限希望想改造世界的理想时代精神，瞬间所有魔幻魅惑全消散不见，弥漫疲乏、厌倦和忧郁，恐怖的各种疯狂精神；黑死病最终死亡诊断书。时代隐喻。曾经生活经历这样大的时代变动，成长学习见证如此巨大学术思想剧场急转直下成为悲剧结束。汲饮过思想吗哪的神奇魅惑，而后面对激情凋零枯萎的解魅忧郁苦闷。此刻，炎夏炽热岛屿冷气房中追忆那个喧嚣狂飙的异国时代戏剧，年岁增长，我其实不太认识那个镇日奔走巴黎城中各种学术讲座，啃字典吞食生冷难懂的晦涩如神谕般诡辩巨论。浮沉在语词大海，紧抓片言支语符咒作救生圈也不怕淹溺的苍白灵魂。

需借助书记员笔录，海量书籍旁注，和资料狂热收集的零头碎纸，方才能勉力叫唤时间长河彼岸边上那位走远青年，止步，回望，无声的雾中身影。他真的看了吗？模糊身影又走远，他留给我的躯壳残影，自己的，或城市荒野陌生者，说些什么？他是否感知到那个时代崩解的恐怖和微微颤抖的低荡呼喊？时代疾病暗影，是否在午夜中偷偷渗透进入梦中，感染，造梦，在当时和延迟的以后，以后，数十年？哀伤或哀悼，当青年日后获知那些曾经指引他，帮助他走过知识暗林的人，遭逢不幸，远离。

从没想过拍摄他们的影像，不离身的相机走不出书包，过于熟悉、亲近让人不想将当下的聆听面对思想工作发生的奇妙经验凝结成影像事物，不全然是冒犯与否的考虑；自我禁止影像产生，拒绝记忆、回乙。偶然的某句话，一个语词风般飘动的低沉嗓音，咬音节奏如乐曲的女性声韵，可闻不可见的瞬间，鲜活挑逗欲望，时间河流波光，白色遗忘；他们永远在黑色记忆之外。让城市陌生人，分享我的记忆碎片躯壳残余。我记忆他人记忆，这也许是河彼岸走远的陌生青年黄昏薄暮时刻的观看？不确定。

留学期间，陆续踏进几个图书馆，性质各异，伴随学习范围需要查找数据。国家图书馆版画和摄影部门，第一个，学习如何使用馆藏阅读原作的影像迷宫。电影图书馆，认识什么是电影人的愉悦，和巴黎一两百间电影院不同，神秘历史性散发强烈神圣感，朝圣上教堂，持续每星期有几天必定造访，跟着一齐观影的电影老鼠，黑暗中一心二用抄写心得笔记。多少法国电影人视此地为精神原乡。这两个深刻影响我成长、思考的影像场所、记忆之宫；有很深情感挂系。除此之外，巴黎第三大学戏剧系的小而丰富的系图书馆，充实我关于西方剧场史的知识，尤其是中世纪，和18世纪法国大革命时期的戏剧活动，前所未闻。博士攻读阶段，重回中断的国家图书馆，排队挤进壮观的大阅览室。高等社科院的图书馆，电影图书馆旁的人类学图书馆翻找英美动物行为学（ethology），民族志的仪式舞蹈行为材料。但最大的乐趣其实是查阅完之后游逛一旁人类学博物馆馆藏展览。

期间也去了几次国家档案馆。图书馆学习之旅，最后结束在蓬皮杜中心二楼的开放小区型图书馆，令人讶异的可以找到很完整的英美语言学、分析哲学期刊，这些被法国哲学界存而不论的欧陆哲学之外的异端。这里，已经进入另一个时代，封闭且专业档案数据收藏趋向的图书馆，变成小区开放流通中心，开架式，随意取阅影印，这些都是之前图书馆经验难以想象。公众性、大众化取代神圣记忆迷宫，保留给少数具有必须知识的专家学者。喧哗无序，地上随意坐卧，四散书籍。欢乐游戏场所。

国家图书馆摄影收藏归于版画部门，大阅览室旁边侧门楼梯走到三楼，或四楼，很隐秘。避开大阅览室排队长龙，那时座位有限，拿号码等空位，阅览证第一关而已。版画摄影部门另开一列，经常稀稀疏疏轻易就可以进去。夏日还好，冬日雨雪时候，心里相当敬重耐心等候，排到门外人行道上，长长一列毫无遮蔽的人群，很多人都是赶早，门未开就来抢位置。直到今天，我还弄不懂轮流位置的管理机制，大多数进阅览室的人要不是一整天，时间都不短，很难有多少空位，但有些人还是耐心等。不晓得1920、1930年代本雅明到这里查阅是否也同样安静拿本书站着等候，可能没多大改变。看我手上四十年前的阅览证，不是用打字机填写，管理员一笔一画逐栏逐行写名字、地址，最奇特的还标明用户学历用途，地址依护照填写上另加括号（formose），问答填写像办居留证那样。法国第五共和的公务体系持续几十年前，甚至百年的作业方式。忘了，那时是坐着或站着，印象中承办人员还特别叮咛版画摄影部门的入口位置，开门结束时间，说了好一阵子话。近两百年的巨大宫殿般建筑，沉黄室内灯光，严肃办事员，排队等候办证的人群，静得些许咳嗽声让人惊吓。卡夫卡场景，阅览证奇幻国度护照，知识迷宫居民证。

版画摄影部门入口相较于大阅览室的壮阔显得窄小，但实际上宽可容两三人并排走的宽大理石块楼梯，厚实雕砌涡纹花饰扶手，薄薄的灰尘旁衬磨砂不透明玻璃大窗，几个世纪的光和尘土。版画部门先到，阅览者比再上一层摄影部门热闹多一些，曾动过念头想踏进去看那些稀珍的敦煌壁画、经卷，就没实现。楼上摄影部门，隔着重重两道门，进去后，无尘室似的，大玻璃顶光，19世纪摄影棚氛围。几排长木桌、木椅，四周黑色大抽屉木柜。查完目录，填上想阅览的书刊、摄影原作给旁边馆员。待会穿蓝袍馆员推车过来，将一盒一盒无酸黑纸盒放桌上，每一盒里都附白手套。幸福时刻到临，打开黑盒子，小心翼翼，仪式行为端出裱在卡纸上的原作。运气好的时候，偶会有原作怀藏的时间气息逃逸袭人。不多人，四周的研究者每个人专注凝神的身影，被影像凝固的雕像。彼此都不交谈，偶有絮絮低语，独白似的。

高窗宽敞石造空间，阅览者显得渺小。也许，因为不是热门研究查询项目，稀疏空位散布，安逸自在气氛完全不像巴黎其他图书馆，档案中心竞抢位子，繁琐填写申请查阅数据卡的紧张状态，像法尔热描写国家档案室，兵器库图书馆阅览室情景，晕眩匆忙来来回回座位和管理员之间，生动荒谬[32]。

1970年代，法国作为摄影发明源头，前卫和新闻报导重镇，摄影却不被重视，巴黎只有一间商业摄影画廊，学术研究忽视之。相较于

32 Farge, Arlette: *Le goût de l'ar-chive*, Éditions du Seuil, Paris 1989, pp. 61–67.

美国的盛况，严重滞后。直到巴特的《明室》出版才彻底改变这种孤立状态。国家图书馆摄影部门主管充满使命感，理想性格力争扩充收藏，原作和有关图书之外，任内他创立第一个国家图书馆摄影画廊推动古典和当代摄影。经常看见摄影家带作品敲主管在阅览室底端另一边办公室，木格玻璃门，询问收藏或捐赠，他们大多意识到进入典藏的重要意义。摄影部门，那时刻，不同于其他档案数据中心，图书馆，在于它孤立隔离，隐秘成长，没有明确面貌，艺术史、美学认识之外不被接纳的暧昧位置；这些都不影响这位戴着厚玻璃眼镜，不高身材，胡碴不刮的摄影热爱者，时不时他会走出办公室，安静巡视冷清阅览室，友善低调和查阅者交流。低声、短暂。有需要，我们可以直接敲门，问助理得空否。很少有回绝的时候。法尔热用洞窟一词比喻图书馆、档案室。藏经洞的想象，洞窟寓言。国家图书馆摄影部门摄影，依理更贴近这比喻，百来年的幻影魔法，消逝的风景与人，永恒观看的深刻眼光，依旧年华盛放身体，不是时距取消而是另种时间展开的时间魅惑。施法者，大幻天不在，理想洞窟隐藏魔法源头，魔法机制不能出现在眼前。为数不多，和这位洞窟管理员交谈请教，日后回想方才体认到影像魅惑后面更深层精神动力；管理者、收藏人兼展人，他点燃另一层影像生命，溶解透明冰封表面，任何一张影像都该有他自己的肉体、肌肤，不是过去曾经有的有限生物生命，记忆的生命；任何一张影像都是其他影像的召唤者，等待期望或意外偶然的错过相逢，某种不可知星辰秩序。温和，低哑嗓音，少许手势，深刻眼神，隐约让人感受到摄影不只是影像，影像创造；摄影应超越摄影，不能也不应该从摄影家这单一角度去看，去想。

彼时尚不能领会这种隐约，不曾明白说出的意念。那时心里只急切想多看原作，了解作品原本的银盐灰阶表现，摸索印刷纸本的误差程度。最早看的是阿杰、桑德。阿杰同一底片，印放不同大小尺寸表现阶调差异的多张照片。藏了好多像侦探犯罪现场线索似的可能几年后读到相关专书才明白曲折原委，阿杰的作品不尽然是阿杰自己亲手制作的，收藏买卖，占有，各种全然不属于拍摄创作的衍生事件人物。阿杰鬼魅街道，建筑一角，雕像；19世纪的各种社会底层劳工；感动本雅明，超现实主义的质素，近距离放在眼前方才能临近那些在书上看不清楚脉动细节，微弱光影造就出令人不安的诡异魅影。威玛时期桑德冷冽精准焦距人物姿态，理性社会科学记录之外的人间冷酷；第三帝国的子民，或牺牲者。19世纪非银盐的其他影像，摄影史发展实例。写意摄影画派，让我明白台湾沙龙摄影的美感依据，平衡掉先前的歧视偏见。写意摄影低光，柔焦，也刺激我想象区域曝光的反向操作可能。f/64、亚当斯、韦斯顿作品让我对大片幅影像产生兴趣，不再排斥学校大相机商业摄影课，反倒觉得4×5片幅太小，借老师的20×24老木头相机，费劲拍了一阵，没持续多久就停止。

很功利目的取向，那时贪急大量阅览原作，企图多穿透摄影家的意念和方法技巧。高度紧凑的心情，贪多，常堆满一桌黑盒子，管理员从不埋怨，总是默默送来新的，轻声问可否收走另一旁堆积的。现在回想总觉得是不是误忆错觉；没有任何人会怀疑你是否会弄污、坏了原作。法尔热提到国家档案馆工作人员总是用一种不信任、监视眼光对待阅览者，生怕档案被破坏。后来我到纽约现代美术馆、普林斯顿大学、柯达罗彻斯特中心，查阅，都没碰过法国国家图书馆摄影部门的宽松信任态度，总是很多规定限制。

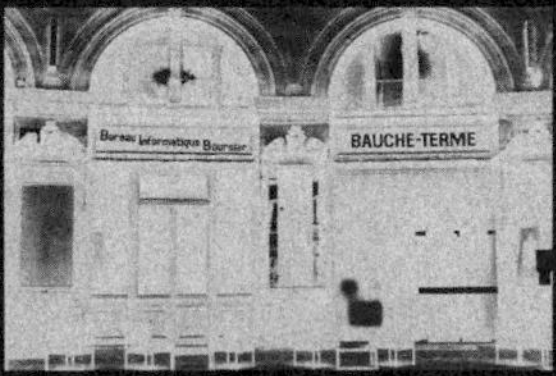

(V–1)

到国家图书馆查阅工作还有另一个更大愉悦诱因，结束穿梭影像历史后，可以穿越游逛附近的街区，特别是本雅明热爱的拱廊，比起1930年代可能更为破败陈旧，窄小阴暗的各种奇货异物小店散据，80年代时髦服饰尚未入驻之前。非常阿杰的遗忘巴黎角落，低光黑色电影的魔幻场所。适合拍照取景。穿过拱廊，中央市集拆除后留下大坑洞，圆形交易所，大教堂，风化区。

朝东走，蓬皮杜中心，玛黑区，巴士底。往北沿圣丹尼色情街一路走，经过一个黑旧城门，菜市场，旁边有巴黎最著名的爵士乐酒店，更远些会经过“天堂婴孩”电影中的19世纪盛名远着的罪恶大街，街道两旁高低陈差变化，对照19世纪玻璃湿版老照片，大部分建筑都没太多改变。更远，到圣马丁运河。1970年代，巴黎街道自由漫游，没有任何治安危险顾虑，拍照之外，一路反刍图书馆里刚看过的影像作品。偶而不留神会撞上阿杰或其他摄影家拍的店铺商家，街廓，北方车站，或东方车站附近，这些区域远离平日生活的拉丁区，河左岸。不同世界，时间和异色人种，社会阶级，听见的法语南腔北调，粗直嚷嚷。1930年代诗意写实电影巴黎的重现不太真实的室内搭景。天堂婴孩，北方旅店，雾岸，母狗。

(V–2)

另一边，动手术摘除巴黎的胃，中央大市集，凹陷天洞加速改造成美式购物中心，朝玛黑区走，先碰上蹲踞分隔两界的庞然工业怪兽，后现代建筑蓬皮杜中心粗暴不加修饰，肠胃骨骼神经网络曝摊在外面，里里外外大红大蓝大绿色系扑向四周，压迫俯视19世纪的巴黎，阿维尼翁姑娘混上马蒂斯的北非，拆毁所有的法式优雅。不是美术馆，复合体中心，异种杂交混血的文化繁殖实验室。另类前卫文化图书馆，收容庇护那些游走传统博物馆，美术馆学，政治，定义分类外的文化生产活动。蓬皮杜中心出现的争议，以及罗浮宫金字塔，先用虚拟骨架结构说服市民共识，象征城市空间的有机生长的不同操作。不夸张地作个比喻，1977年开幕的蓬皮杜中心暴力突兀的机械怪兽美感多少呼应后1968年的社会运动，思想狂飙的灰烬重燃，各种“终结”后的荒无原野巨塔。一直到今天，它始终是一座隔离、独立于四周环境的异质场址，透明开放建筑结构，和小区交流汇集处的设立宗旨，只是假想。前卫文化培植的真正内在精神，不掩饰它作为跨地域疆界的国际文化地标野心。文化复合体的组织结构，类近德勒兹的根茎蔓生论述状态。纵的有生物—生命企图，幼童美术养成认识，日常生活工业设计美学产品；横的以20世纪现当代艺术潮流扩散世界各地的文化地理国族游牧，梳理出新的艺术思潮舆图。纵横交织枢纽，各种个展实验前卫音乐，讲座，电影；万花筒，迷宫。策展与论述创造作品新的生命场址，离开展墙和地上。

那时走进蓬皮杜中心，每个主题大展、个展，都有厚重的展览图录，文字论述多过图片。展览不再是观看，欣赏，作品不再是作品，反思刺激每个人自己去作诠释组合。它们让人不安，里里外外，很难平静安逸，写论文式的喧哗。时代写照，每个人总爱长篇大论，不说出点道理就显得有些落伍。展场里，最常听到的字眼，重读，重看，重听，以及，回到原点。时间和知识阴影无所不在，兴奋但令人耗弱疲惫。

离开蓬皮杜中心，从后门，走进玛黑区，怪兽阴影下另一个逃过19世纪中叶巴黎城市再造拆除厄运的18、17世纪的斜街窄巷老区。迷宫般的巷道中四处散布颓败废墟般的昔日豪族巨富大宅，霉黑石砌表面爬升叶蔓，很多用巨大木柱支撑倾斜颓坠外墙，野生丛林风景。昔日马车进出巨大木门，残破剩余半片干脆敞开也不掩上，庭院石块四散，杂草和各种废弃垃圾，早已没有门窗，气派的外墙雕饰，天使，翼兽，不知名的人物，模糊面貌，光影没舍弃，留恋。大院落，门口走到屋子有段距离，曾经修剪有致的院落大树野了，荒散四生。只敢在大门口张望，盛夏白日阴森得生寒意。让人想起台北近郊的巨富园邸废墟，就不知是否会有《洛阳伽蓝记》的狐、鼠寄生。鸟雀倒是不少，入夜的幽灵肯定有的。法国大革命前夜《巴黎之夜》主要场景都在这里，蒸汽女人、贵族宅邸所在。国家档案馆也在这区，加重玛黑区的历史时间感。温州青田人很早就进驻，紧邻旁边的犹太区，玫瑰街，街区保留很多小作坊，装订古书，皮件，收购毛皮大衣旧货商，古董旧家具店当然少不了，宁静不喧哗吵闹，声响被时间锁住；屋去提着宰体内脏严肃静穆如仪式僧侣，擦身扛着画框镜架白发工匠，那个哀伤低头缩在墙角自行车后，一头白发敷挂双手上。马肉店，血红色马赛克缀饰蓝星斑点，银色马头微笑突立在墙头，看玻璃窗内残剩不多自己的肢体。犹太聚会所进进出出穿大袍手拿经书的拉比。餐馆，咖啡厅都窄窄小小，没几张桌椅，摆外面铁桌椅脱漆锈斑点点。庙街往市政府走，大马路轰涌车声人潮，时髦女士被脚旁飞起鸽群惊吓。70年代玛黑保持老街名的旧时余韵，当第一家大画廊在80年代初进驻原本是印刷工厂后，风景不再。

没统计过写了多少篇电影图书馆观影笔记，几年内看过近万部电影，扣除巴黎各大电影院，电影图书馆可能，最少，应有两三千部。记笔记占其中大多数。数量代表饥渴程度和梦想。成长岁月，文化锁国，小时只有日美商业片，大学时和一些文青挤在租来放映厅看电影院扣留私存的残缺不全，电检加破损，屈指可数几部意大利新写实，两部伯格曼；当时的最高电影文凭。不难想象到了一个每星期电影院放映近三百部各种类型电影，电影图书馆和各种影迷俱乐部另计，人整个犯傻。成为电影图书馆老鼠后，回想刚抵达巴黎时的迷失惊讶，跟一只掉进大米仓的饥鼠没两样。巴黎两个电影图书馆，最初只有朗格卢瓦创立在六区夏佑宫旁的传奇电影圣地，蓬皮杜中心另增一分馆。

(V-3)

朗格卢瓦电影图书馆落在夏佑宫建筑群最侧翼，半地下没有任何标示，四周就是夏佑宫前面的树林公园山丘斜坡。出地铁站后，两条路径可选，好天气，走过夏佑宫前大平台眺望巴黎铁塔，塞纳-马恩省河，大台阶下巨大喷泉池；向左穿过树林斜坡旁侧夏佑宫人类学博物馆后墙，夏日树林草地树荫下，市民坐卧散步晒着不温不火的夏日阳光。秋天踩着落叶急奔赶电影开场。天气差，下雨，泥滑就只能走另一边大道，也有人行道树荫。坐在树林长椅快速吞食简单面包等候下一场开演，很多电影老鼠人的共同记忆。

夏佑宫电影图书馆放映厅异常独特，印象中只有巴黎一两间老到像古迹的电影院有类似的空间。介于U和V字形碗槽的座位排列，银幕比座位高。前面几排高起到必须后仰才能看，还不是全银幕景象。这几排，传说中是当年新浪潮领头几位拔尖和电影笔记几代主编编辑的位置。电影老鼠们不成文的默契，每个人都有各自偏爱位置，彼此互相尊重，再怎样满座，他们一定等到最后一刻才会移位换座。随意乱坐的人，大家心中都知道，新到菜老鼠，没规矩。买了票，老鼠们闭眼各就其位。我的位置，碗底最左边，单一排靠墙和走道，可以伸脚斜躺侧看的最佳观影点。当走进放映厅，发现全场挤满人，只有你的位置空着等你，那种感动！

常见电影图书馆老鼠们必备器具：笔和小笔记本，小手电筒。矿泉水和巧克力棒。电影开映，各就其位维持一贯的坐姿身态，摊开笔记本，拿笔时不时点亮手电，快速写画一阵，有时也不低头，心手眼并用。暗黑放映厅中闪烁银幕光影，错落低碎萤火；黑暗无边的睡眠与梦的夜海浮游渔火，拒绝海妖催眠的守夜人，还是炼金术士魔法见习生？ 1/24秒心电感应伴随黑暗魅影到另一国度。降灵般，老鼠们不出声絮絮自语跟着人物说上一两段台词对白，拿笔轻舞作个小手势响应魅影邀约。那片刻，灵魂交换是可能，电影影像不只是说故事人催眠者。散场时，老鼠们各自有不同神情，喜悦或疲惫，眼神涣散，则得到每人旅程经历心理刻度。四十年过去，心里常疑问，当年那些老鼠们不知道有多少，经过夏佑宫电影图书馆神秘炼金仪式养成者，成为造梦人，催眠术士？很少寒暄招呼，交换名字建立朋友交际；夏佑电影地宫前，若不是热门满座排长龙电影，都是静静或站或坐在台阶，等厚铁门栅打开。没例外，每人进去后必定先和那位敦厚老实的中年守门人打招呼，然后是卖票柜员。我在的十年间，他们没离开过。他们两人也负责楼上剪接室管理，研究者可以借影片在剪接桌上，定格逐场分镜解析，影片放映破损，脱格简单修护，也在这里。印象中没见过放映师，不晓得是否也是他们两位担任。每天，星期一休馆，下午三点到晚上九点或十点，四场长短不一影片，几年间留下一两百张节目单，小册子，解说。

回看，梳理一下可粗略了解70年代到80年代的电影老鼠的地粮状态。巴黎光明城市，电影光影城市，电影图书馆城中殿堂。电影图书馆最吸引人，也令人兴奋的是排片选择独特性，片库丰富几乎没重复，定目剧电影就让城里电影院去放映。1979年8月15日，夏天城里人都往外省、国外度假，这天下午放雅克·费代尔1921年长篇默片《亚特兰蒂斯的女皇》，接着是巴西，罗恰1964年《黑上帝白魔鬼》，帕索里尼的《马太福音》，最后十点半放映黑泽明的《踩虎尾的男人》。这种片单，毫无逻辑，跳跃任意，黑泽明和帕索里尼如何并置？详尽规划策展从世界各地搜罗借展的专题电影节，老鼠们的花火盛宴。日本电影史被忽视的大师影展，让人更完整看到日本电影史面貌，不再局限大家熟知的几位大师。

中国经典电影，终于看到费穆的《小城之春》，郑君里的作品《乌鸦与麻雀》时代巨著和赵丹无与伦比的表演。这类电影节最刺激不只是出土很多被遗忘、忽视的导演或作品；经常，两间电影图书馆排同一个电影专题特展，两边片单交错，老鼠们被迫作哈姆雷特，要不宿命死守一处，想要摘遍繁花，那非得使尽力气和智慧来回奔波穿越大巴黎，但扼腕的是不能预订票，那种近乎惊悚，又充满闹剧戏谑的未定命运；回想起来，会觉得这是否是某种玩笑恶作？这种奔波未知选择的惊悚，还好，错过最多低骂两声。夏佑宫晚上十点，或十点半最后一场电影，片子如果长，越看到后面，天人交战坐立不安的担心赶不上最后一班地铁。又舍不得走，几次的结局，巴黎深夜之旅。只要不是冬天或早春寒冻，夏日冲到地铁站口看铁门关上的心情，选一条想看的风景夜路走上两个多小时，走走停停，累了深夜咖啡坐片刻，再上路。经常是孤单一人独行，老鼠四散，各自投入夜深街头四散消失。凌晨回到阁楼住处，精神体力许可，整理先前摸黑速记印象，重写。像这里附上的小津安二郎的《早春》《晚春》《秋刀鱼之味》的几种笔记形式。

奈瓦尔连载小说《安婕丽嘉》[33]，《火的女儿》中一章。叙事环绕

33 Nerval, Gerard d[e] "Angélique"(1850), *Les filles d[u] feu* (1854), Éditions Gallimar[d], Paris, 1972, pp. 39–128.

一本失落的书，“追寻一本独一无二的书”，走遍巴黎和边郊外省图书馆。全篇由这本书和其作者的探索主干，横生枝节，任意蔓衍。作者自己经常走到幕前向读者致歉，解释中断不连贯的过失。

书信体，12封书信加上最后一篇后设性质反思书写风格的结论。仍旧是开放未定指向下一旅程阅读。书写风格，类近自动书写，眩惑迷醉的妄想运动频频脱离书写者的控制，虚构侵蚀真实，奈瓦尔混淆记忆，妄想和疯狂。图书馆，书与记忆居所，旅行、书写的源头和节点。每个图书馆都带来挫败和失望，开启书写欠缺，书写者—作者的怀疑，不安，自我裂痕隐然堆栈出隐形书写文本，时时等待偶然崩塌可以浮现，截断或悬置。奈瓦尔不时来回“书写者—叙述者—奈瓦尔自身”的多重文本声音，躯体而孕生的危机，回应反照在图书馆场域上，回响一如他在第十封信[34]，描述巴黎1848年2月革命，群众破坏国会议事厅，纵火焚烧时，出现一位疯狂爱书人，冲进现场无视被破坏财物，焦急询问一套四卷本《Perceforest》是否被破坏，烧掉。他只在意这套书，图书馆其他藏书，都不重要，多余，可以被烧掉像那些画作。最后他用重金从图书馆中抢救出这套书，结果发现少了一册，他不知道这本已被外借，疯狂中他诅咒革命让这套书不完整。奈瓦尔中断他原先描绘朝圣卢梭故居之旅，突然，他回想起开头在国家图书馆碰见的滥用图书馆，破坏书籍的市民大众事件（第一封信）：

> “这些过错，表面上看起来很简单。我想说的是，一个过度（excès）总会引出另一个过度。因此不可能不去怪罪火灾，私人劫掠破坏，今日比较少见。经常在被谣言策动群众中会混进一些敌意或异质元素，而超过原本一般常识直觉界限。”[35]

过度，群众集体无意识狂热行为，如第一封信中论及亚历山大图书馆被焚毁历史事件，这里的1848年2月革命。过度，激情狂热的病症表现。但过度，奈瓦尔也未尝不是迂回反身自指，《安婕丽嘉》的过度书写，逸出一般大众小说文体类型，过度耗费，投注精神经济于

34 See note 33, p. 102–107.

35 Ibid.

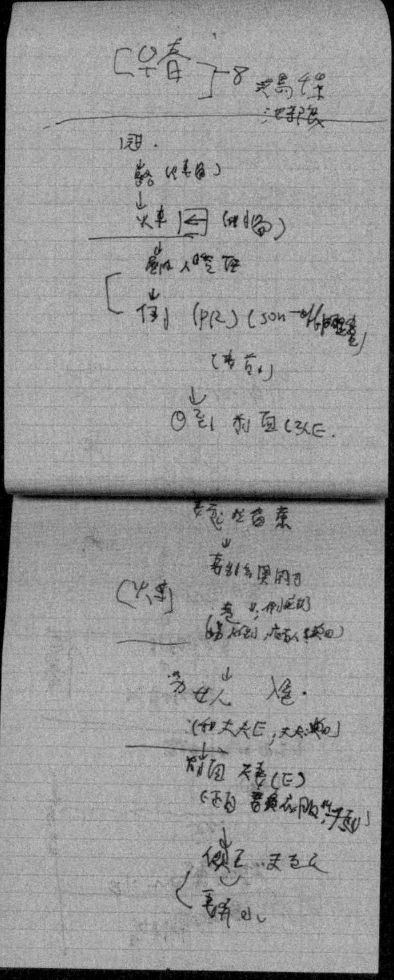

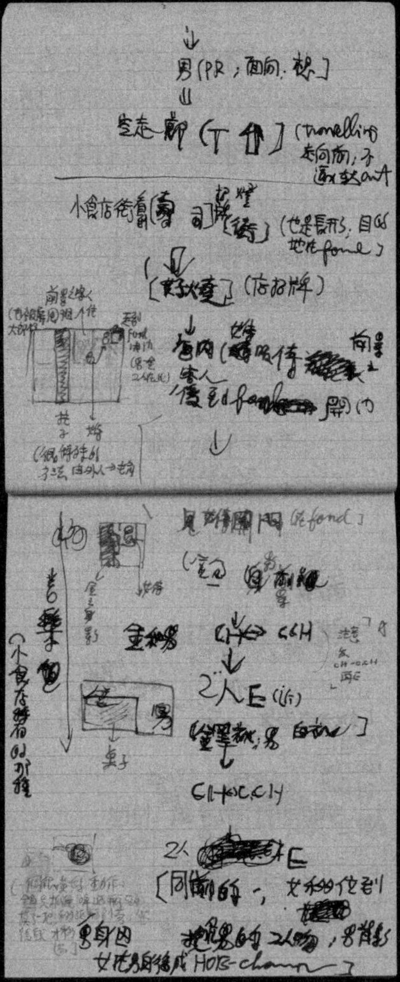

（上左）
小津安二郎《早春》
第二次看后分析笔记

（上右）
小津安二郎《早春》
电影院中速写笔记

（下）
小津安二郎《晚春》
电影图书馆黑暗即时笔记，
潦草笔记，即时同步速写转译

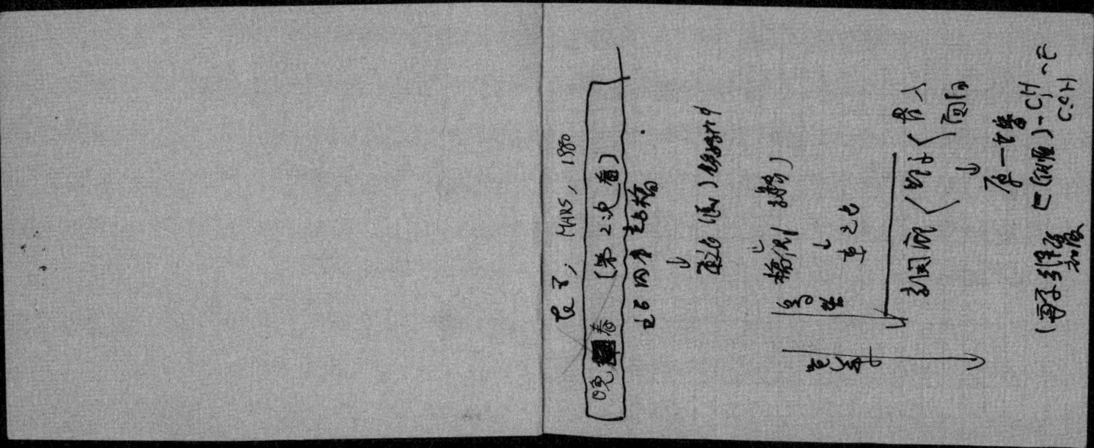

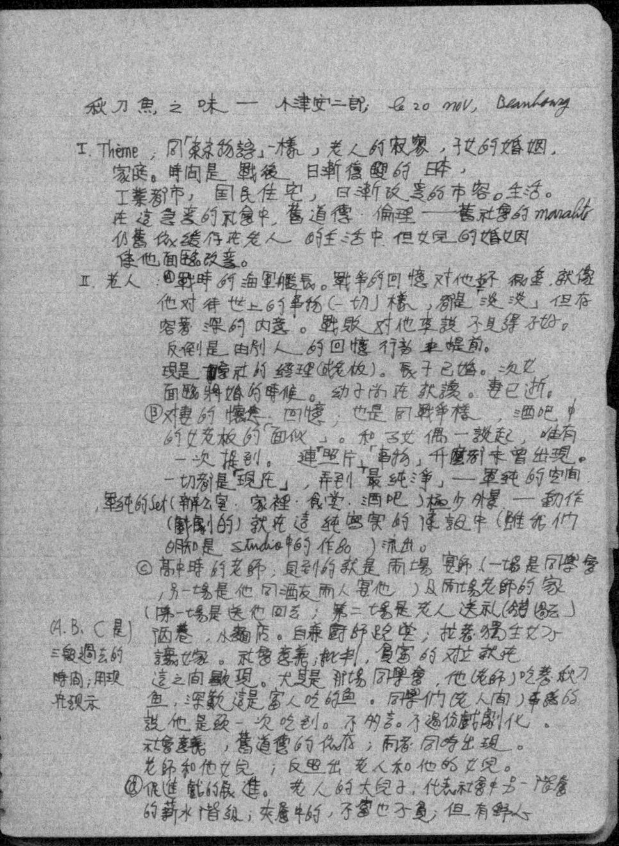

秋刀魚之味 — 小津安二郎；le 20 nov, Beaubourg

I. Thème：同「東京物語」一樣，老人的寂寞，女兒的婚姻，家庭。時間是戰後，日漸復興的日本，工業都市，国民住宅，日漸改變的市容。生活。在這急變的社會中，舊道德、倫理——舊社會的morality仍舊依然存在老人的生活中，但女兒的婚姻使他面臨改變。

II. 老人：①戰時的海軍艦長。戰爭的回憶对他好像並不就像他对待世上的事物（一切）一樣，很是「淡淡」但存容著深的内意。戰敗对他来說不見得不好。反倒是由別人的回憶有著更提前。現是會社的經理（或老板）。長子已婚。次女面臨將婚的年紀。幼子尚在就讀。妻已逝。

②对妻的懷念、回憶，也是同戰爭樣，酒吧中的女老板的「面似」。和子女偶一談起，唯有一次提到。連「照片」、「事物」，什麼都未曾出現。一切都是「現在」，並到「最純淨」——單純的空間，單純的set（辦公室、家裡、食堂、酒吧）極少外景。一動作（戲劇的）就在這純潔的環境中（雖然他們明知是studio中的作品）流出。

（A. B. C是）三段過去的時間；用現在現示

③高中時的老師，見到的就是兩場宴飲（一場是同學會，另一場是他同酒友兩人宴他）及兩場老師的家（另一場是送他回去；第二場是老人送禮（錯過））酒巷，小麵店。自来廚師路堂；扶養獨生女方謙嫁家。社會老態，批判，貧富的对比就在這之間顯現。尤其是那場同學會，他（老師）吃著秋刀魚，深歎這是富人吃的魚。同學們（老人們）事後的說他是第一次吃到。不用言。不過份戲劇化。社會老態，舊道德的依存；兩者同時出現。老師和他女兒；反映出老人和他的女兒。

④促進戲的展進。老人的大兒子，代表社會中另一階層的薪水階級；夾層中的，不富也不窮，但有野心

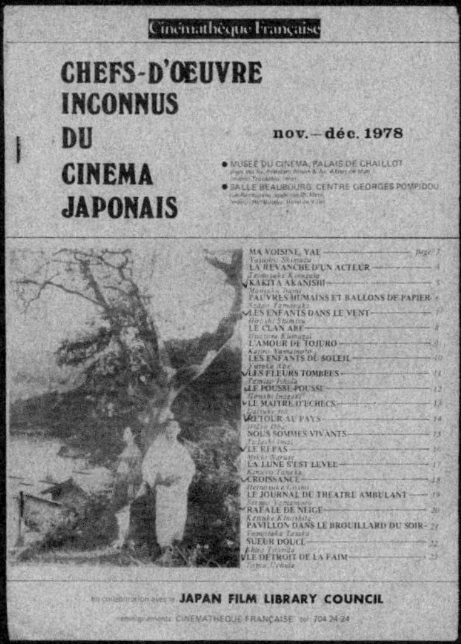

Cinémathèque Française

CHEFS-D'ŒUVRE INCONNUS DU CINEMA JAPONAIS

nov.–déc. 1978

- MUSÉE DU CINÉMA, PALAIS DE CHAILLOT
- SALLE BEAUBOURG, CENTRE GEORGES POMPIDOU

MA VOISINE, YAE
LA REVANCHE D'UN ACTEUR
KAKITA AKANISHI
PAUVRES HUMAINS ET BALLONS DE PAPIER
LES ENFANTS DANS LE VENT
LE CLAN ABE
L'AMOUR DE TOJURO
LES ENFANTS DU SOLEIL
LES FLEURS TOMBEES
LE POUSSE-POUSSE
LE MAITRE D'ECHECS
RETOUR AU PAYS
NOUS SOMMES VIVANTS
LE REPAS
LA LUNE S'EST LEVEE
CROISSANCE
LE JOURNAL DU THEATRE AMBULANT
RAFALE DE NEIGE
PAVILLON DANS LE BROUILLARD DU SOIR
SUEUR DOUCE
LE DETROIT DE LA FAIM

en collaboration avec le JAPAN FILM LIBRARY COUNCIL

renseignements: CINÉMATHÈQUE FRANÇAISE tel: 704 24 24

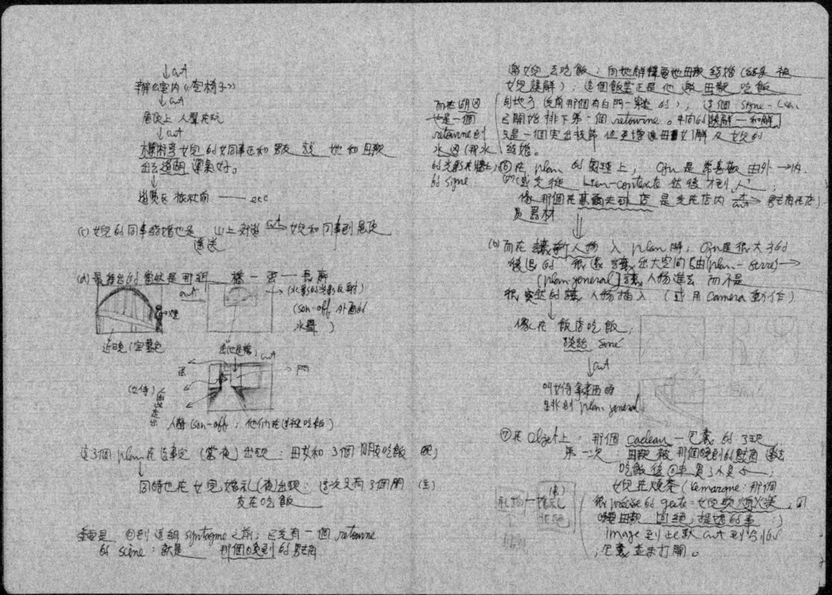

（上左）
蓬皮杜电影图书馆，
早期电影观影笔记，1978

（上右）
蓬皮杜中心日本经典电影节，
节目册，1978

（下）
小津安二郎《秋日和》，重新整理，
手抄笔记后，更详细分析，画分镜，
纯粹回忆，想象，1980 年 2 月 5 日

书写，过度放任书写自由运动的随机偶然，破坏叙述内在逻辑。叙述的欲望超越叙事的意志。

第十封信中，那位在1848年巴黎革命怒潮中无视周遭动乱危险，投身抢救一套书。拜物的疯狂，普鲁斯特曾经形容这类爱书人，“为了阅读而阅读”的病态阅读[36]，接近死亡原则的阅读危险，某种拜物崇敬书的文学疾病（maladie littéraire）；书变成僵硬偶像，不再是开启天界之门的天使。学究的阅读，以追求真理之名，其危险其实也不下爱书狂：

> “这种危险，如果它存在，它对感性的威胁大过于对智慧。如果真有某种帮助的阅读，这么形容，对思想家的效益大过于想象作家。”[37]

书变成图书馆中，书架排列无生命物体，等待翻阅，取用。普鲁斯特举叔本华为例，论著中充满各种引文，无处不引用他人著作，但这些引文仅只是“例证，无意识暗喻，期望将会发现自己思想，但从来不具任何灵感”。普鲁斯特用叔本华自己的话反讽他只不过是编集者。大量引文让人窒息。

奈瓦尔狂热追寻失落的书，寻求理想的幻象，或是上述那位拜物爱书人；当他在第六封信中高喊：

> “只是，我很惊讶在巴黎这种城市，启蒙光明的中心，它的公共图书馆收藏两百万册书，竟然会碰不到这本我在法兰克福读到，因疏忽没买的书。”[38]

《安婕丽嘉》文中追寻的旅程，歧路寻羊的裂解分化叙事，偏转叙事核心，丧失重力场的曲线抛掷逃逸，和捕捉复返。奈瓦尔告诉读者书会自嘲，他并不想模仿东方，“一千零一夜”，叙述模式，他就像尤利西斯，重返伊萨卡那般寻得失落的书，迷航于西方文学风格谱系大海中[39]。失落的书，奈瓦尔变形精神原乡，不是偶像。最后，我们

36 Proust, Marcel: "Journée de lecture" (1905), *Pastiches et mélanges* (1919), Éditions Gallimard, Paris, 1970, pp. 237–238.

37 See note 36, p. 61.

38 See note 33, p. 68.

39 See note 33, pp. 127–128.

只见到他描述拍卖获得的失落欠缺物的外表，物质性外表，内容仍是不可见，等待另个旅程，只有物质表皮没有内容声音的失落的书。也许因为这层追寻失落的书动机，追寻记忆，奈瓦尔在第十封信交织疯狂爱书人故事，朝圣卢梭故居，“沙漠”，坟墓，最后是拜访故事女主人翁的故居城堡废墟；重返消逝不再的记忆遗址，同时间他也收到信获知失落的书将被拍卖的讯息。重返与重获密切紧扣，环锁。只有表面，外在世界，没有内容。奈瓦尔朝圣拜访卢梭故居，上坟：

> “不是为了接近骨灰，已被移到万神殿，为了临近坟墓。”

没有死者遗骨的空坟，空洞遗址，不再是逝者的居所；奈瓦尔不是为了遗骨偶像崇拜去朝圣，他想回到死者的记忆场所，空白，回复最初自然状态，卢梭的“沙漠”。教堂钟声，朴实无华的村民年轻少女，近似鸟语的方言。环绕死亡，空白死亡场址的生命世界。真实，或幻想卢梭曾经的回忆，理想田园牧歌。《安婕丽嘉》小说最后结束在拍卖场上和国家图书馆员竞拍抢到那本失落的书，追寻到手的欲望物，奈瓦尔只揭露价格和书的外观状态，封面，遮蔽书内容，逸出到另一本书之内。小说叙事结束在书的封面版画和引言。巴士底监狱小标题“人间地狱”，引用维吉尔的《埃涅阿斯记》：“进入地狱很容易”（Facilis descensus Averni），书，地狱的入口。失落重获的欲望之物，欲望满足其实是真实欠缺的开始，道德崩坏的起点。奈瓦尔借用维吉尔的空间位喻（métonymie），不进入亡灵的冥界，卢梭的空坟，没有内容和深度的表面场址。

巴士底监狱门口，被启蒙运动催生的大革命摧毁的人间地狱。失落书作者，教士伯爵布库瓦（Bucquoy）数次越狱逃脱，对抗君权。书，不在各大图书馆的收藏，奈瓦尔的追寻如同警察追捕书的作者。奈瓦尔运作不停衍生歧异的书写叙事，抗拒读者的阅读欲望；他投射认同失落书之作者，他拒绝进入书——巴士底内部被囚锁，书写运作遁走逃避成为书之命运，永远在书——图书馆外方。奈瓦尔深知此种书写之欲望的危险，所以他不停走向前台抛出总是延迟不实现的承诺给读者，提供一个死亡替代假想物：空坟。《安婕丽嘉》小说标题，叙述另一条主支线，表征奈瓦尔的不安、焦虑。安婕丽嘉的传奇罗曼史，为了爱恋对抗父权私奔出走，最后以被唾弃身无寸缕的被谅解死在家族亲属家中。失败的激情和抗争，火的女儿。书，地狱入口或空坟？奈瓦尔此处是否意识到作为新兴的大众文学载体，报章连载小说和作为书单行本的文学著作的本质性差异？《安婕丽嘉》连载小说，追寻一本失落的书，迂回表现当时的文学生产机制矛盾冲突现象。19世纪末这个在奈瓦尔书写《安婕丽嘉》，大仲马主导通俗历史连载小说时，先前隐约进行中的矛盾终于明确具体化，改变文学生态环境。

马拉美强烈批评报章文学，使用夸张不连贯的语言碎片渲染日常大众传说神话，虽有书本的页码，栏列外貌，但根本就只是文学自我空洞化的泄洪道（deversoin），书的取消：

> “确实是奇观，但没有道德，报纸的剥削，就为了取消书。”[40]

报纸连载文学，纸张如鸟翼般的展开、折合。所刊印密藏的是精神死亡的秘密、死寂：

> “折叠，大篇幅纸张印刷，近乎宗教般标志：让人印象深刻的只不过是它厚厚堆栈，给我们一个，明确不疑，灵魂的坟墓。”[41]

报章连载文学，空洞的死亡场址，书作为文学和精神居所的消除。马拉美分析报章文学的空间，物质性材料和书的差异，两者虽都同样是文字印刷在纸张上。大量印刷的报章，充斥油墨污迹让神圣的文字语言变成“字形编排仪式”。书，给予文字和叙事情节对应的适当空间利于“延展，移动的操作”。

书的特质，其物质性，马拉美称之为：书之制造（la fabrication du livre），给予句子纯粹空间容纳诗，精神之原生，盛放。[42]书的纯粹空间，行间间距，高低排列，决定阅读运动，他比拟为像琴键上合

40 Mallarmé, Stéphane: "le livre instrument spirituel" (1895), *œuvres complètes*, Éditions Gallimard, Paris, 1945, pp. 378–382.

41 See note 40.

42 See note 40, p. 380.

奏协音的片段音符。报章连载文章，破坏书，文本的空间，扰乱误导阅读。马拉美高声反驳一般人的误读习惯：“现代人不懂阅读！”没看见文字语言如何自由运动在书的纯粹空间，在被论述和意义囚锁之前的闪烁火光；追逐，争夺书页空白空间，逐字征服偶然（le hasard vaincu mot par mot），阅读的实践：

> “随着书页，依靠在空白之上，它开启精巧之处，自身的，甚至忘掉那高声嚷嚷的标题：当并行对齐，在一个裂隙，（文字）较少扩散处，偶然被逐字征服，空白持久不衰复返，不求回报，就为了确切指出没有彼岸，真实化寂静。”[43]

书的纯粹空间，空白和静寂，超越死亡冥界彼岸，像奈瓦尔朝圣的卢梭空坟。书，新书即使会遭遇不可避免的裁信刀切割开封折页，如此暴力，野蛮的相拟行为（simulacre barbare），表征拥有者的权力，但书神秘地仍旧会自行复原，不受到影响。奈瓦尔抢拍到失落的书。他惋惜书的开封稍稍损伤边页，就是这种写照。

马拉美拿藏书人的拥有之暴力行为仍不损书的完整性，作为反差对比报章连载文学即使没有这种暴力相向的命运，它依然是一个令人无法忍受的重复单调商品。马拉美强烈批判报章连载文学，对于城市漫游者的通俗大众文学不假颜色，表现19世纪末所深刻感受到书与诗的消逝危机；书写与阅读也将跟着沉沦，败坏。商品经济的时代，祈求书的纯粹空间，空白与寂静复返。寓言或幻想？奈瓦尔，《安婕丽嘉》，到马拉美，文学危机，转折点的形塑运动轨迹。19世纪末，文学的黑暗时刻，马拉美在《节制的行动》文章中[44]劝告一位年轻作家不要愤怒盲动，专注在写作，同时也不需绝望放弃或自杀，在如此一个群众盲动主导一切的年代，没有现在、过去与未来，只有报章的虚无碎片被当作为衡量时代的信仰和准则。坚持写作，出版书，书“它独自产生：行动事实，存在（fait, étant）”。书，将动摇时代。

报章连载文学造成书，文学与诗，被威胁取消的时代现象；借此可以理解奈瓦尔于《安婕丽嘉》中反复建构不同图书馆的叙事场景

43 Mallarmé, Stéphane: "le mystère dans les lettres"(1895), see note 40, pp. 386–387.

44 Mallarmé, Stéphane: "l'action restreinte"(1895), see note 40, pp. 369–373.

中，书经常受到威胁破坏，而那本追寻唯一真正的书则永远不会进入图书馆，奈瓦尔和国家图书馆竞标赢得书，改写或重写成小说“光明教派”（les illuminés），他将这本原书的替身赠送给皇家图书馆，书持续存在图书馆外。奈瓦尔无意识中寓言，书的命运在连载小说的时代大潮下之阴影。

国家图书馆里来自各种社会阶层的人，将图书馆当作为取暖避难所，从小学生，流浪汉到失意贵族怪人，借阅不还，脱页散落。奈瓦尔感叹亚历山大图书馆传奇，保留给学者，诗人，接纳庇护阅读者的食宿。结果却毁于宗教战争。奈瓦尔第二封信中指出国家图书馆的另一种破坏，小说家或连载作家，他们“动摇书架所有内容”；不像专家学者具体明确搜寻数据，这些作者为了一些虚幻琐事骚扰所有人和书籍。《波斯人信札》中图书馆将小说排在最后分类，多少对应之。奈瓦尔言谈中不屑连载小说作者的态度，除了反讽自嘲，也点明通俗大众小说不受重视。

奈瓦尔也感叹图书管理员的耐心热爱，却经常被粗俗人当作咖啡厅服务生使唤，再一次我们似乎听见《波斯人信札》中被称作无用之人的图书馆员。对书的保护者，守夜人之轻蔑，持续一致。第三封信，马扎林图书馆（Bibliothèque Mazarine）的天敌，专吃英国老鼠的俄国高加索老鼠，以及刚从雅典运来的书箱中偷渡的希腊老鼠。兵器库图书馆（Bibliothèque Arsenal）不愿离开的老馆长幽灵，经常半夜回来按门铃。

第四封信，国家档案馆（Archive de France）终于找到失落书作者布库瓦修士的真正家谱，家谱中发现小说主要人物安婕丽嘉·德·隆格瓦勒（Angélique de Longueval）的手稿、资料，由此引到巴黎远郊外省的贡比涅（Compiègne）图书馆。安婕丽嘉的传奇持续，中断数次到第九封信结束，因为她背德私奔，离家成为家族羞耻，家谱将她彻底除名，“没人谈这位女孩”。失落的书，失落的故事主要人物，小说标题所指。奈瓦尔这句存否（dénégation）结语，反事实的自我否定，谁是小说的叙述者、书写者？借用先前马拉美谈论书页的空白那段话：“忘掉那高声嚷嚷的标题”。

奈瓦尔挖掘出一个空缺、裂隙，“安婕丽嘉”被擦拭掉，家族系谱的空白。没人谈，安婕丽嘉带走所有人的音声，只留下空白书写。

小说自我否定，书写空白坟墓等待失落的书填充，永恒空缺。奈瓦尔让安婕丽嘉最后的声响，信中信，她写给伸手救助的神父堂兄，抬头以父亲称呼，她致歉解释自己的缄默不是没愧疚，而是："羞耻于还找不到话语向你表达。"羞耻，静默。欠缺话语，奈瓦尔扮演没有身影，音声幽灵的腹语者。

追寻失落的书过程，奈瓦尔持续描绘书的居所，一座又一座图书馆无法真正庇护书免于破坏，书自己的场所在哪里？书对奈瓦尔的意义是什么？奈瓦尔1854年精神崩溃，疯狂，住进疗养院治疗。他将身边的衣物、书籍、笔记带到病房整理出一个集结他过往漂泊不定生活记忆居所。他的小型个人图书馆，两百卷书的巴别塔：

> "我的书，奇怪堆积各个时代的科学，历史，旅行，宗教，卡巴拉，星相学，享受米兰多拉（Giovanni Pico della Mirandole），智者莫尔修斯（Meursius）和库萨的尼古拉（Nicolas de Cusa）的阴影——二百卷书的巴别塔。他们全部让我留下。这些书可以让一位智者疯狂，同时也可以让一个疯子变成智者。"[45]

"这些书可以让一位智者疯狂，疯子变成智者。"普鲁斯特关于阅读书中也指出在一些精神疾病治疗，书对于某些神经衰弱病患具有精神治疗师的功能，透过阅读帮助病患进入自己内在深层，克服身心障碍[46]。

阿尔都塞的精神病院医师采用同样的治疗方式，被阿尔都塞讥讽，一种荒谬的"医学—官僚"游戏。医师从他公寓堆积的书籍，搬运一些到空的病院大厅，朋友帮助下，他自己选书排列，一如奈瓦尔的病房巴别塔。阿尔都塞回忆不久前，1982年冬天，他曾经短暂回到二十区新公寓，但面对堆积如山几千本书，他陷入恐慌，加剧病情。医院的书堆也让他惊慌，但他终于克服：

> "……证明我可以跟一堆混乱无序的书共处，到

45 Nerval, Gerard de: "Aurélia"(1854), *Les filles du feu*, Éditions Gallimard, Paris, 1972, p. 346.

46 See note 36, pp. 49-53.

> 目前为止我还没整理出可以找得到书，……总之我在混乱无序中活得很好。这证明所有‘都在大脑里’。”[47]

除了担任医治精神疾病方法，药方之外，介于奈瓦尔病房巴别塔和阿尔都塞被动堆集，混乱失序书堆，书，作为疯狂，精神病院中的治疗庇护场所，存在何种差异性？借此差别、特殊性可以迂回窥见书的另种精神经济和历史性。藏书主，拥有者，私人书房收藏的父亲，认知和感性个别化之建构者。奈瓦尔，19世纪中叶青年疯狂，自杀作家。阿尔都塞，新马克思主义思想大家，长年困于精神疾病，最后崩溃杀妻，关进病院治疗替代法律监禁。虚构文学，哲学社会思想，各自的精神领域，不同的精神疾病书写各自的暴力和命运。奈瓦尔上吊自杀，死亡实现神秘妄想幻象，无限开展暴力。阿尔都塞意识昏沉下杀妻的罪行，开启他更悲怆，黑暗的自我分析，施虐与自虐于反复书写自我裂隙法庭，直到生命终点。奈瓦尔的病房私人图书馆，清晰自主意志和愉悦的重新回到他熟悉的事物，书籍，笔记与通信；巴别塔的称呼，表明奈瓦尔仍存留欲望回到世界被上帝愤怒摧毁，大灾难之前的天真自然朴素原始，世界一体尚未被碎裂四散成荒野中争战不止的万国万民，多语异言喧嚣的混乱。阿尔都塞，被动在自己不知情形下，强迫面对让他恐惧的过去残留遗物，尸体般封存在纸箱混乱堆积，没有清单，只有混乱和他的想象，记忆；世界大洪水后的荒野，他庆幸自己是幸存者，能和混乱共存。奈瓦尔收藏书的清单不乏宗教神秘主义，卡巴拉，新柏拉图主义；阿拉伯大袍，开罗城市地图，东方诗意想象，双重旅行的象征。犹太教的卡巴拉，巴别塔，奈瓦尔倾向旧约之前，基督教宰制西方世界之前的文明源头，书尚未被一神论的神，律则支配的世界。《安婕丽嘉》文中由失落书追寻线索中，从著作者姓名身份确认而回溯到家谱谱系，随之才浮现主叙事安婕丽嘉家庭罗曼史，反抗父权为了爱情私奔，最后流离失所，悲惨到身无寸缕的赤裸状态，虽获得家族神职人员救赎，依然被彻底逐出系谱，只留下残简零篇手稿可凭追怀。安婕丽嘉未得到赎罪，赤裸，表现罪与罚而不是回到卢梭的自然，纯朴。安婕丽嘉背负爱情原罪，失落书作者一安

47 Althusser, Louis: *L'avenir dure longtemps* XXII, Éditions Stock/IMEC, p. 263. 阿尔都塞所说《所有都在大脑里》，召唤，回响他在《阅读资本论》第一册，“从《资本论》到马克思哲学”第16章，他分析马克思在“导论”中一段关于思想生产和现实世界的特殊占有（appropriation）（aneignung）模式。马克思：“所有出现在思想中，如同所有思想（gedanken ganzes），都是一种思想中大脑的产物，它自行掌握，占有（aneignet）世界以一种唯一且独特模式，对它是可能的。这模式不同于世界中的艺术，宗教和精神实践（praktisch-geistig）。”阿尔都塞强调此段论述之重点在于“理论掌握，占有的特殊性”由此显示出“一种和真实世界之关系”，在这基础上建立上述差异性。从掌握、占有的生产模式去解释思想、思想工作和真实世界关系。认识论生产，即对真实物、客体的掌握、占有。

婕丽嘉后辈，越狱罪犯，反抗城邦法律的神父。

奈瓦尔隐晦地借《安婕丽嘉》的追寻书而发生的图书馆之旅，同时点出书的摧毁，破坏命运与神权，父权律则的律则，城邦法律的宰制。由此，方才可以理解，奈瓦尔小说中对当时的法律检查禁止报章连载小说[48]，逼得很多作家，包括奈瓦尔自己要假借历史之名，虚构历史小说偷渡。城邦法律禁止书写，一如安婕丽嘉和其后辈的违反父权伦理，法律。奈瓦尔隐喻写出书和律法的微妙细致矛盾关系。

阿尔都塞，法国60年代引领马克思主义思想研究，回到马克思，重读资本论，俨然是左翼前卫运动的思想弥赛亚。他的论述已不仅是必读典范，几乎成为律则，如同拉康、福柯、德里达等人之著作。疯狂杀妻悲剧，瞬间瓦解神话，信仰。创造思想王国，解放意识型宰制的父亲自我消解，否定。希腊神话悲剧众神以疯狂，暴力犯罪，罪名流放，逐出城邦。智者变成疯狂酒神，新时代弥赛亚被自己原先对抗，要摧毁的法律审判。书，真理的终极否定之否定：

> "弥赛亚救世主信仰的崇拜，其核心的牺牲者，就是书的大灭绝（holocauste du livre）。"[49]

弥赛亚和其预言，启示录，毁灭与混乱，暗黑真理的结束，是否真能开启新时代，等待书的到临？阿尔都塞的悲剧神谕的意义表征为何？布朗肖二战爆发前夜所写《最后的人》[50]，一个启示录灾难中的隔离荒漠城市，看不见的监视用扩音机宣告，控制。主要场景，最后的图书馆需要许可才能进入阅读，当禁令被取消，"不再有图书馆，每个人可以随性阅读"。阅读者愤怒，不知所从，城中无目的游走，耳中只听到广播，最后的字（曾有 / il y a）。路上不断自问："会发生什么事，当我们在书中生活太久？我们忘了第一个和最后一个字。"巧遇无名小孩，请他阅读解释一本取自雕像之下的文书：

> "当口号命令被取消后，可以自由阅读。如果你觉得不懂我在说些什么。那是你的权利，我只不过是众多话语中之一者而已。"

48 Walter Benjamin: *Charles Baudelaire- un poète lyrique à l'apogée du capitalisme*, traduit et préfacé par Jean Lacoste, Petite bibliothèque payot, Paris, pp. 43–49. 本雅明《波德莱尔，发达资本主义时代的抒情诗人》（1955），书中分析、描写报章连载小说在1850年代巴黎流行盛况，政府加重作者税的严苛立法。

49 Haddad, Gerard: "chapitre V: Les sandales de Jacob Frank", *Les biblioclastes – les messie et l'autodafé*, Éditions Grasset & Fasquelle, 1990, p. 106.

50 Blanchot, Maurice: "Le dernier mot" (1936), *après coup*, précédé par "Le ressassement éternel", Les Éditions de Minuit, Paris, 1983, pp. 57–81.

爬上高塔，四顾城内废墟，尸体，他在夜色降临前遇见一位被烈日焚灼受伤的女孩，奈瓦尔的火女？他向女孩倾诉为何他说的是最后的文字，最后的话语，他拿出衣服口袋中一位巧遇妇女赠予他的一幅婴孩照相，将它放在眼前，立即“照片碎裂，灼烧他的双眼，炸开一片墙”，但这个开口朝向空洞，我什么都没看见：

> “它遮蔽我的视觉，我越觉得前方地平线空旷自由，这自由就变成盲目的力量，让位给空洞。没有任何一个眼睛能再生于如是之交换，如此轻佻像蝶翼拍动。我变成石块，我成为纪念碑和打碎它的铁锤。”

(V–4)

(V–5)

高塔倾倒在末日大火中。

布朗肖于“往何处，何者，于此刻”（où maintenant? qui maintenant?）[51] 精简归纳，各个时代都存在的对书之仇恨，蔑视的暴力，政治上暴行。因为他们不能容忍书中开启的地狱之门：

> “所有好的图书馆，都有一个地狱（enfer），那里存放我们不应阅读的书。但是在每一本大书，有另一种地狱，一个不可读的中心，那里等待，守望不止一个，护卫这话语的力量，轻柔永恒逐渐平复的喘息。”

51 Blanchot, Maurice: “O maintenant? Qui mainte ant?”, *Le livre à venir*, Éditio Gallimard, Paris, 1959, p. 321

(V–1)　　巴黎证券市场（1976–1980）

(V–2)　　蓬皮杜中心隔窗人群（1976–1980）

(V–3)　　夏日午后（1976–1980）

(V–4)　　　夏佑广场人群 II（1976–1980）

(V–5)　巴黎蒙帕纳斯（1976–1980）

VI

劳动者

Travailleurs

波德莱尔诗中歌咏的工人，嘲弄恶作可怜的玻璃工匠；阿杰的收破布旧衣人，绝大多数不存在。街道，建筑依然当时旧貌，意识昏沉黄昏时刻，眼前路过的劳动者还赶着在煤气路灯点燃前挣活一日生计。商展布场工人连夜赶工，尘埃光柱，神圣的光。咖啡厅地下室卫生间前收取微薄零钱小费维生，小小收音机伴着，浅笑腼腆面孔；纤削貌似当代著名女舞者的葡萄牙移工。骨架细长颈肩外露连身裙衣，她也许正是那位舞者，不期偶然出现在另一个舞台上。70年代巴黎，法国其他大城有很多葡萄牙移工作家庭帮佣，北非阿拉伯人之外另一个族群，70年代小说和电影中常出现。特殊时代象征。

巴黎玛黑区玫瑰街，犹太区，手提宰体内脏部位的屠夫们，车厢内满身血污工作衣低头者，宗教画圣殇场景。二战种族灭绝大屠杀联想。科西嘉岛牧羊人薄暮夕阳洒落羊群白脊，冬日枯林野地，缺牙牧羊人张开双手微笑招迎陌生者，神圣光氛围，至今仍不解他手上虎口白光来自何方，没有任何一个光源。湿冷岁末地中海小岛荒野。

(VI–1)

(VI–2)

(VI–3)

(VI–4)

(VI–5)

(VI–6)

(VI–7)

(VI–1)　　卫生员 I（1976–1980）

(VI–2)　　卫生员 II（1976–1980）

(VI–3) 布展工人 I（1976–1980）

(VI–4)　屠夫（1976–1980）

FRANCIS
TÉL. 272 90-42

(VI–5)　　运煤工 I（1976–1980）

(VI–6)　洗墙人（1976–1980）

(VI–7)　　　　　牧羊人（1976–1980）

VII

情感教育

L'education
sentimentale

情感教育（上）

法国，1848年2月革命，几天短暂动荡冲突，路易菲利普七月皇朝被市民阶级推翻，第二共和取而代之。奈瓦尔小说《安婕丽嘉》用一段爱书人疯狂拯救珍贵善本书的超现实场景反讽寓言式表现这个历史事件。福楼拜多年后写出《情感教育》，关于1848年代的一整个世代群像。《情感教育》，从《萨朗波》的迦太基历史史诗回到《包法利夫人》的当下法国，更尖锐深刻的批评第二帝国拿破仑三世的法国社会现象。《包法利夫人》引起的伤风败俗诉讼风波，不但没让福楼拜退却，反倒更加深激化他对布尔乔亚（bourgeoisie）——自己的出生阶级——的憎恶仇视，不再有所谓诺曼底外省的地理阶级文化差异想象作外壳，用自杀死亡的浪漫救赎借口掩饰。精英阶级与工人在首都巴黎，追逐各自的理想、梦想，野心被时代大潮席卷，扑灭，破碎。冷酷如手术刀般刻划时代溃烂肌理，病理解剖，非人的科学观察，没有怜悯，更不留存任何救赎的希望，只有无尽黑暗的人性取消深渊与仇恨，憎恶。福楼拜自己于朋友通信中，经常夸言自己的冷漠，仇恨资产阶级，认为伟大作家必须无情残酷：

> “荷马、拉伯雷、米开朗基罗、莎士比亚、歌德，对我而言都是冷酷无情。没有底部，无限，多重。透过微细开口可以窥见断崖；深黑底端，令人迷眩。却有某种奇特温柔飘扬在全体！那是光耀，阳光的微笑，是平静安宁！是平静安宁！”[1]

残酷的温柔，温柔的残酷，福楼拜作品中不缺的反讽修辞，他憎恶唾弃所描写的人物，却又逼迫自己投入长时期自虐性折磨书写工作，不可自拔，痛苦不堪的漩涡沼泽：

> “我需要尽我最大努力去想象我的人物，去让他们说话，他们可是让我深深憎恶。”[2]

这里，福楼拜谈书写《包法利夫人》的痛苦经验，但其实更深层的是来自于他对人，对人性的彻底虚无仇恨，他批评工业革命，人异

1 Flaubert, Gustave: “À Louise Colet (26 août, 1853)”, *correspondance* (TOM. II, juillet 1851-décembre 1858), Éditions établie, présentée et annotée par Jean Bruneau, Éditions Gallimard, Paris, 1980, p. 417.

2 “À Louise Colet (26 août, 1853)”, TOM. II, p. 416.

化成机器，人性兽化：

“人性仇恨我们，我们不为它服务，我们仇视它，因为它伤害我们。”[3]

福楼拜喃喃自语，在写给他的情妇路易丝·科莱信中，他怀疑自己是否有异族野蛮人的血液遗传：

“为什么我在孤独中会放下重荷？为什么每当我进入沙漠中，我会如此快乐，身体特别健朗？为什么当我还是幼童时我会把自己关在房内好几个小时？”[4]

人格的阴暗和不愿人知的癫痫精神疾病，面对急遽裂解的外在世界，福楼拜看到虚无的终极命运，人的取消；书写可能是他唯一的救赎：

“现在，个人主义是一个罪恶。18 世纪否定灵魂，而 19 世纪的工作就是杀掉人？终结前早点死，可能好些！因为我相信它们会成功的。……灵魂应该自行圆满自足。……在一个像手掌大这样空间，深入探测，敲击，将有泉水喷涌。”[5]

福楼拜以自流井，中国的自流井作比喻。尼采的欧洲虚无主义，海德格尔的“在手”（vorhanden）与“就手”（zuhanden）之存在时间概念，福楼拜深沉自己内在不幸触及之。黑暗墨汁，如福楼拜所形容，既是他生命元素，但同时也是危险，毒药与救赎的共体，自流井的外在躯壳形式，书写者自我反照的黑色河流，混淆自恋红色血液的灰调镜像。福楼拜耽溺在黑色自我影像河流前面，对他的好友马克西姆·杜康而言，那是一种慢性自我毁灭，他劝福楼拜走出因为疾病和对母亲的系念而造成的自我封锁，永恒自恋：

3 “À Louise Colet (26 août,1853)”, TOM. II.

4 “À Louise Colet (26 août,1853)”, TOM. II, p. 477.

5 “À Louise Colet (26 août,1853)”, TOM. II, p. 478.

"你尽力观看你周围，但你只看到你自己，而在你所有作品，你只写你自己。……（这些），压迫你，让你烦恼，让你以为你的生命就是仇恨，实际上，这只是你对自己生命的憎恶。"[6]

6 "Maxime Du Camp à (29 octobre, 1851)", TO p. 478.

马克西姆·杜康是福楼拜最亲近的文学诤友，积极外向投入政治、文学运动，摄影和文学并重的多面向社会生命，完全不同于福楼拜的孤独、退隐隔离性格。《情感教育》重写，梳理两人复杂友谊关系；两人同时是作者和批评者，福楼拜重视马克西姆·杜康对于文稿的意见，也不时借由对方的见证，在场参与1848年两次政治运动的经验回忆作为材料。另一方面福楼拜拆解他所认知交往的马克西姆·杜康，想象、回忆、遗忘的共同建构工作，四散成人物与场景动作的种种碎片。马克西姆·杜康这封信写在两人去东方，埃及、巴勒斯坦、叙利亚等地一年多异国旅行刚结束时。两人经过这次文化壮游之后，彼此身心都产生巨大影响变化。福楼拜只留下不多的书信记录，马克西姆·杜康用摄影书写出引人注目的旅行文学作品。福楼拜回国后随即投入《包法利夫人》创作，东方异教徒国度旅行经验几乎无间断地被诺曼底想象悬置阻断，《萨朗波》种子出生在《包法利夫人》被控诉审判的同一年，六年间隔。时间的工作，工作时间，需要时间，回避立即当下的印象，这种特殊的生命经验态度，给予马克西姆·杜康所指出福楼拜极度自恋和自虐的生命、创作现象另一层意义，不能面对此时此刻，但又无处可逃，强制重复回望自己，回到自己其实是不断扩大，撕裂自我伤痕，用这裂隙去衡量世界陷落的无底深渊从包法利夫人、萨朗波到弗雷德里克·莫罗，福楼拜将他的人物从当下抛向史诗时间，再回到记忆、遗忘的某种过去时间——那个未完成过去式的文法书写格式，既不是过去也不是现在——自恋自我反复撕裂缝合退回更原初的自恋状态。不再有时间。

《情感教育》书写实验双重时间否定操作策略，构造出一个瓦解中的布尔乔亚世界深渊。一方面福楼拜使用很具体详实的物体语言，大量细节描绘和见证记录人物事件行动叙事，让读者孕生临场的实时性错觉，但很快的这种坚实物质表象被碎裂四散，而致无法形成完整想象印象，阅读者被抛进不断流转的事物、动作运动中，没有统一的时间轴可作依靠，阅读的时间被溶入不确定的时间叙事过去未完成式持续状态，不是过去的记忆，也不是现在回忆过去，而是尚未来临的未来过去，读者以其现在时间去赎回。另一方面，福楼拜持续擦拭掉自己作为书写者—叙述者的印记，不仅是主观观点的取消，更激进的当他尝试主体扬弃，“谁在读”的问题消散，不再有叙述者，非人叙述取代之。

费迪南·布吕纳迪埃尔在福楼拜刚逝世不久，发表长文《居斯塔夫·福楼拜》分析福楼拜作品的革命性开创特质：

> “绘画性原创的使用过去未完成式(imparfait)，……这种时间的诗意价值——它既不是现在，也还不是过去。……如此遥远，但又是记忆中最深厚，最珍贵鲜明的回忆。……用这种方式将人物固定在一种态度，将他带回到内心中慢转运动的动作。将人物过往的生命历史用连续片段方式，或是他对未来梦想的混乱，浮动不安。……”[7]

福楼拜强化过去未完成式的不确定时间性：(1) 它既不是现在，也还不是过去；(2) 深层记忆同时也是混乱的未来梦想，过去事物细节介入干预读者的期待情节，行动的未来发展。四散细节未能收拢的书写工作，文章作者说，书写者自己也迷失在其中，无法辨认自己，而文本本身也陷入险境：

> “情节，每走一步，都陷入险境，不仅被拖慢，断裂彻底脱落离开核心（s'égrener）。在所有缺陷中，它或许不会让阅读《情感教育》变成难以忍受。……，或许它并不像表面上想象的那么革命性？”[8]

7 Brunetière, Ferdinand: “Gustave Flaubert” (1880), *Revue de Deux Monde*, Flaubert (en ligne), 9/2013, Mis en ligne le 23 juin, 2013.

8 Brunetière, Ferdinand: “Gustave Flaubert” (1880), *Revue de Deux Monde*, Flaubert (en ligne), 9/2013, Mis en ligne le 23 juin, 2013, p. 6.

而福楼拜用此种书写方式开启后面自然主义小说的非个人（impersonnel）作品可能，作者彻底退出小说不再躲在人物后面。取代先前书信体、日记体等之类处理私人记忆的叙事方法。新的浓缩，跳接加速先前冗长、缓慢的叙事节奏。但《情感教育》并不是自然主义小说，它尚带有前面浪漫写实的痕迹，事物语言放大，增长细节，以及福楼拜个人偏执于反讽修辞近乎荒诞（grotesque）都不同于任何一者。或许这是《情感教育》在文学流派发展中的奇特中介性质。不属于任何一流派，却具有各自的丰富特征肌理。

布吕纳迪埃尔上述论点中使用一个特殊动词形容《情感教育》叙事碎裂四散状态，脱粒（s'égrener），脱离串珠断落一地。从果核中敲开外壳取出果粒，麦子去麸。无意识巧合？福楼拜原先想用《干果》命名小说，取代《情感教育》：

> "……他原本想叫这本小说为《干果》，以便让人更明了其意向。每个人，当他读小说时，他会自问，带着不安，他自己是否是这本阴暗沉闷小说中的一个人物，每个人都会在小说中找到自己私密、伤痛的个人事物。"[9]

莫泊桑引述福楼拜的话，小说就是将他对同时代人的唾弃，用他的方式去"呕吐其仇恨，呼出我的悔疚……"莫泊桑称之为一种理想主义者的蔑视，让读者深度不适、焦虑。福楼拜为何放弃《干果》而重拾同样名称的少年作品一部他自己都认为该毁弃的失败、不成熟作品；他只给少数朋友和情妇路易丝看过而获得高度赞赏，但福楼拜一直不愿出版。回到抑制，失败的过去，重写，另造出一部完全不同的作品。《情感教育》似乎就是福楼拜自己的重构自我分析的另一种精神工作，借用弗洛伊德的理论，《情感教育》不只是诠释过往的记忆，遗忘，唤出无意识中失落的幽灵，那是一种重新建构的共同工作，介于福楼拜和其朋友，情人，读者，生者与逝者；与时代的共同工作治疗。《干果》除了象征枯萎消逝的1848一代，它更是福楼拜自己的无意识工作场域与对象，书写《情感教育》即是一种工透，穿透干果的硬壳，

9 *Gustave Flaubert – Guy de Maupassant correspondance* Annexe I, <III>, Éditions Flammarion, 1993, p. 319.

让枯干的情感再次流泻，重新学习，再教育情感生命于不再，不曾，尚未到来的不知沙漠中。福楼拜的自我分析书写，同时扮演分析者与被分析者，沉浸在漫长自我施虐的痛苦去换取某种不知的罪恶感清洗，如同分析治疗：

> “如果建构是错误，不正确，那么对病患就不起任何作用，但是如果它确实指出走向真理的一步，那它就引出副作用，症兆和一般状态就会产生明确恶化。”[10]

《情感教育》，就同弗洛伊德所说的分析（再）建构，并不具有绝对性，“它只有假设性价值，等待被检验，肯定或弃置”。但不论是肯定或否定，建构之正确性取决于和分析者、被分析者，读者、收受者，能否继续扩充、延展建构一小说，弥补其空隙、不足。从这个建构—分析的角度探讨，揭露《情感教育》更深层的精神经济政治，而让人理解小说被排斥，全面性负评的意义并不仅来自于其书写形式和内容的极端背德攻击布尔乔亚阶级，它刺激诱引当时社会去参与这个共同的建构治疗工作，唤醒沉睡的无意识而产生抗拒对抗和恶化。这也正是福楼拜告诉莫泊桑那段话的意旨。同样地，弗洛伊德分析建构之真理于治疗效应中，取代于记忆的重返，重新获得，这时会产生令人惊讶、不易理解的现象：

> “他们会发现很活跃鲜明的记忆涌现，而致他们形容这些记忆‘过度明确’(excessivement nets)：他们不仅重视事件自身—建构的内容，而且含邻近这内容的细节，……以某种极端精准方式，在里面出现的人物面貌，或是某个房间，某些类似事物会发生，或甚至是，以更远方式，一些在这房间内事物，它们原本是建构所不能知道的。”[11]

10 Freud, Sigmund: "construction dans l'analyse" (1937), *Résultats, idées, Problèmes*, traduit par E.R. Haweka, U. Huber, J. Laplanche, Presses Universitaires de France, 1985, p. 277.

11 See note 10, p. 278.

《情感教育》的事物语言大量描绘细节堆砌到令人不仅如临在场，甚至有迫人窒息的感觉，人物的面貌行为鲜明呼吸生活，这种种书写风格早已远超过逼真再现的所谓习受写实主义或自然主义风格。《情感教育》的记忆叙事流动在过去未完成式，持续进行的记忆工作，“过度明确”“巨量细节”不正是一个进行中朝向建构真理的分析—重建？书写的空间，建构的移位修辞替代工作，填充同时扩展事件空间的广延—时间；这移位即是抗拒建构，分析的表现，一种存否，既不是肯定也不是否定；《情感教育》的冷漠、疏离，不给予自己或他人的背德行为任何价值判断的虚无抗拒。

《情感教育》除了事物细节，历史事件的报导见证式呈现，让小说背负历史和社会再现的坚硬外壳，阻挡或偏移阅读者进入叙事的核心场域，经常会被小说重力场外围的双曲线离心运动抛向远方。此种抗阻，也是来自于小说，福楼拜的书写建构营造出来的幻象错觉：

> “这些回忆，可以形容为一种幻觉（hallucinations）。如果在明确性上面再添加对其当下事件性（actualité）的相信。”[12]

《情感教育》历史叙事营造出的事件幻觉，真实性错觉，福楼拜衬托以主要人物的精神解离症兆。福楼拜在《情感教育》里，用三场男主角精神状态解离，幻觉，分别代表弗雷德里克·莫罗和三位女性的情恋关系产生急遽变化结果，引发脱离现实世界，投映幻觉的短暂失觉认知。小说中最主要的情感交换流动场域的三个重力端点，三种世界，三种套环，魔法师，幻象谎言制造者福楼拜—弗雷德里克；依序，时间和叙事进展，逐一召唤进场，施展复杂的三人行背德情感剧；福楼拜将拉布吕耶尔的道德格言剧场化，弗雷德里克周旋穿梭于三位女人之间，“由爱情开始，结束于野心”，他的激情尽是虚情，谎言，无止尽的掩饰不让别人辨认，但也将自己真正的情感遮蔽，掩埋。邪恶貌似伪假道德：“这即是公然的不义，暴力，恶毒造谣的，为了掩饰而掩饰其爱情或野心。”[13] 三位女人代表19世纪法国社会所称的三个世界。当布勒兹夫人（Mme Dambreuse），上流社会，所谓

12 See note 10, p. 278.

13 La Bruyère, Jean de: “Du Cœur”, *Les Caractères ou les mœurs de ce siècle* (1696), Union Générale Déditions, 1980, p. 95.

的“世界”（le monde），萝莎奈特（Rosanette），“半上流社会”（le demi-monde）的风尘交际花圈子；阿尔努夫人（Mme Arnoux）真实世界，介于上述两者之间的生命世界，她最先出场，福楼拜形容她在莫罗眼里，“如同显灵”（apparition），强烈点出她在《情感教育》里的角色和命运，她决定男主角一生的永恒缺憾，永远的欠缺，同时是神灵的理想化圣像，片刻闪现的灵光（aura）：“在他眼里炫目光耀”（éblouissement），“他从未见过如此完美的棕色皮肤，诱人的身材，也没看过如此纤细透光的手指”。这灵光神圣化阿尔努夫人身体，阻挡任何欲望想象的侵犯，不可碰触。马克思·舍勒，指出此即羞耻（pudeur）：

> “灵光的存在，这种非物质性，纯粹性的领域，并非来自于那些观看身体和肉体，投射灵魂在上面的；而是相反的，当想要占有肉体和身体的起源总体统觉，那种去精神化的有罪行为。……由此，无羞耻感就会引起憎恶的制裁。”[14]

舍勒认为此即是为何羞耻会紧系于焦虑、恐惧和尊重的情感上面。羞怯（timidité）和回避，遮掩观看赤裸肉体，和圣像，也是源自于此现象。

舍勒的论点，给予《情感教育》阿尔努夫人和弗雷德里克最后告别重逢场景，一层形而上学光照意义。1867年3月底，黄昏近晚时刻，她不告而至，突然到访，主动接近，拉手临窗细看离别多年的弗雷德里克，说不完的絮絮恋语，诉说各自遭遇和近况。她邀请他，牵手一齐上街，光影交错市街马路，“完全听不见任何声音，像在乡间并行走在枯叶野地。”回到房内，她背向灯靠近他坐得如此亲近，呼吸和身体碰触，弗雷德里克感觉到她的鞋尖与裙底，近乎衰弱的他说出，“看见你的脚，让我很困扰（trouble）”，这话让她“羞耻的动作让她站起来。然后，不动，近乎梦游般奇特的语调：在我这样年纪，他！弗雷德里克！我从来没有被如此爱过。……”福楼拜，最后介入，描述弗雷德里克被诱引的欲望没得到满足，更加愤怒，狂热，但是“他

14 Scheler, Max: "La pudeur et les sentiments apparents", *La Pudeur* (1913), traduit par M. Dupuy, Aubier Montaigne Éditions, Paris, 1952, pp. 44–45.

感觉某种不可表明的事物，某种厌恶、排斥，好像一种恐惧乱伦，另一种畏惧让他止步，他怕之后的憎恶。……同时为了谨慎，为了不要贬低他的理想”。福楼拜书写者，分析治疗者，黄昏近晚的时刻，精神进入耗弱忧郁状态，他记录被分析者的对话，“看见你的脚让我很困扰”，肉体的诱惑以崇物（fétichiste）的方式出现，阿尔努夫人的羞耻感阻挡身体被观看成为肉体，成为欲望对象，她的不动，梦游般的语言重新非物质化身体，让背对光的身体再次有光照。而弗雷德里克的挫败，愤怒在欲望被抑制后却反倒唤醒无意识上升，那更幽晦不明，自己都不认识的乱伦恐惧，而满足欲望，占有肉体立刻化为一种罪，一种违背禁忌的原罪，憎恶（dégout）和排斥（répulsion），理想化的自我，自我裂痕的开始。

脚的形象和自我叹息年龄老去，福楼拜无意间唤醒埋藏或不愿遗忘的少年狂热恋情，他写给路易丝·科莱最早的情书：

> “你是否会梦见每封信，每个书写笔迹符号，就如同我看着你小小棕色的拖鞋，我会想起你的脚穿进去的动作，让它们温热。手帕放在里面。我看见你的血——我希望它全部染红。”[15]

虚构小说和自我—书写者投射的距离多远？自传渗透小说书写的方式和途径？其变形转化和自我分析—建构的治疗工作的效应与差异为何种形式？1867年3月底，福楼拜似乎想给予这场最后重逢，告别戏剧一个明确真实事件时间标志；同时，1867年3月，也是书写的时间，福楼拜出现在场的时间，他写信告诉出版社编辑，他不想卷入排版和校正清稿，只希望全神专注在书写，大约再一年就可完成的小说[16]。“小说完全没进展，我沉浸1848年的新闻当中。”[17]《情感教育》的时间性，语法动词时间式的回忆，过去进行式，福楼拜也会在某些特定叙事场景标记明确的时间、日期，或事件进展的时程长度。福楼拜透过时间标记强调事件、场景的逼真临场性，但同时也差异化叙事时间范畴。历史事件和人物个人生命时间—情感，情感教育时间的差别；福楼拜经常单纯描述历史事件，小说中最重要的三场政治事件：

15 Flaubert, Gustave: “À Louise Colet (mardi, soir, minuit) (4-5 août, 1846)”, *correspondance* (TOM.I, 1830-août 1851), Éditions Gallimard, Paris, 1973, p. 273.

16 Flaubert, Gustave: “À Eugène Crépet (mars, 1867)”, *correspondance* (TOM. III, Janvier 1859-Décembre 1868), Éditions Gallimard, Paris, 1991, pp. 623–624.

17 “À George Sand (13 avril, 1867)”, TOM. III, p. 631.

1848年2月革命；6月镇压工人，社会主义的血腥内战；1851年12月拿破仑三世雾月政变，推翻共和政体，第二帝国建立。他从未凸显日期和事件进行的关联，只给予近乎模糊的时间点，福楼拜的意图似乎回避被视为是历史小说的误读陷阱。相对地，个别人物的生命却拥有真实，可衡量到以小时计算的方式在特殊叙事情节上。时间标记的权力不对等，极端化小说标题所指，这是情感生命历史的小说，个人生命历史现象才是《情感教育》时间性涌现之处。然而，矛盾的是福楼拜使用精准计量的物理时间性，日期和钟表时间，衬托语法动词的过去时间性，重复强调这个建构，重构书写的真实性，比历史事件的真实性，更真实，更接近弗洛伊德所说的建构之历史真理的幻觉。

《情感教育》三位女性的时间性，其时间标志；阿尔努夫人身上带着最清楚的时间记号，小说由她开始，第一段书写：1840年9月15日。最后，1867年3月底某天，从暮色近晚直到子夜差半小时，每一刻每一分钟，她即是时间，时间的母亲，永恒否定，离别，如母亲一般。阿尔努夫人，弗雷德里克的理想象征，追寻与失落，小说中他被这永恒失落所牵动，种种行为事件都是弥补与替代的宿命选择，没有所谓自由意志，福楼拜让弗雷德里克流转于无止尽的欺骗，谎言中无非是另一种形式的被动，冷漠、无情。当希望自己所爱恋对象能被感动而产生对应的爱恋回馈却不得时，怀疑、恐惧需要得到弥补，若不反转成怨恨、排斥。最后的诀别重逢，时隔十多年的省略空白，“他旅行”“他回来”，世界，地理疆域的漂泊，精神枯萎耗弱。“知性的疏散和心的迟滞”，然后时间重现，不是希望重燃，更不是救赎，而是羞耻，愧疚，怨恨与排斥等等过去的爱恋幻觉所遮蔽的情感，瞬间在母性亲吻、白发光照下焚烧一尽，所有未完成的过去，过去，全部(Et ce fut tout)。

阿尔努夫人，小说的母亲，她孕生《情感教育》，她也是小说中唯一成为母亲，生理血缘和象征的。她开启和封闭情感叙事的时间性。萝莎奈特，福楼拜很残酷，反讽地降下所有的罪责在她身上，黑色的母亲只能有早夭的黑夜婴儿，伤痛和五颜六色奇形异状的亡婴肖像。半上流社会的公众情妇，性与享乐，存在的理由和物质支持。福楼拜没给她阿尔努夫人的时间性和明确的时间标记；福楼拜虽不给予萝莎奈特具体时间标记，反倒是以隐喻象征方式让她具有特殊的历史时间。半上流社会，demi-monde，法文字义，半个世界，萝莎奈特的世界介于幽明之间，过去与现在交会处。萝莎奈特中介，过渡者，弗雷德里克用来取代，联结两个世界。《情感教育》两场历史性再现场景，一是萝莎奈特家里狂欢化装舞会，参与者扮装成各种绘画、神话中出现的历史人物，彻底狂欢到破晓清晨，革命前夜的历史寓言。另一场弗雷德里克想逃避1848年5月中激荡不安的巴黎政治运动社会气氛和萝莎奈特到枫丹白露旅游。几天内，法国历史和森林自然唤起萝莎奈特自己过往的回忆，少女被卖身的悲惨过往。在这之后怀孕生下弗雷德里克的私生子，她期盼的幸福。家庭和母亲，而这正是弗雷德里克最排斥，不愿接受的结果。从一听到怀孕的消息，弗雷德里克受到冲击而产生幻觉；叙事发展到婴儿突然夭折病逝，萝莎奈特疯狂不舍想将小孩防腐作为标本保留，被说服，代之以画像，结果是可怕失败肖像。作为伤痛母亲，她不停探视尸体，希望他只是熟睡。这种种场景，

萝莎奈特，颜色与绘画的奇观社会女性，马奈的“奥林匹亚”（Olympia），代表煽动挑逗，对既定道德秩序的否定。在这个半人半神的狂欢舞会，出现华多和鲁本斯画中的人物和天使、酒神共舞，弗雷德里克由厌恶而后逆转成渴望参与享受放纵肉欲，成长学习进入第二章，“渴望女人、奢华，所有巴黎人存在的生活方式”晕眩如刚上岸的海上旅客。萝莎奈特性与欲望，神秘降灵仪式的女祭师。舞会中狮身人面的谜谕神话人物，突然在狂舞酒神混乱中，吐出死亡的预言她恶魔狂饮烈酒（生命之水，l'eau de vie）后随即吐出鲜血，汲饮生命后的死亡，“没什么，生命没什么好玩的”，“弗雷德里克冷颤，瞬间所有的欢乐消散”，“他似乎看见世间所有的不幸与绝望，一个炭火盆靠近行军床，停尸间里皮围裙裹住的尸体，水龙头冷水冲洗头发”，弗雷德里克，俄狄浦斯抽离酒神喧嚣，独自面对听取神谕，血红的神谕。福楼拜是无意识，抑或，精确地预先用阿尔努先生神秘不告知弗雷德里克目的地，这场化装舞会，路中他凑耳低语说他正在研发陶瓷的中国铜红，霁红，也即明清贵重稀有的祭红，郎红。皇室祭天用的特殊红色瓷器。铜红，血红，祭礼。这不正是狂欢酒神祭仪，狮身人面的牺牲仪式的偏移借用象征，死亡的意象短暂出现在弗雷德里克眼

前，它同时投映未知的未来命运，萝莎奈特和弗雷德里克的爱情，交往的生命历程，福楼拜将之置于历史与神话氛围，当这氛围迷雾消褪后，死亡，悲剧的断裂，绝望。化装舞会的神谕预言，枫丹白露从宫殿中法国历史叙事情境转移到焕发原始神秘气氛的森林奇岩，最后被远方巴黎六月血腥镇压终止打断田园牧歌的抒情叙事。二月革命，六月镇压，她陪伴弗雷德里克共度动荡历史时刻。为什么是狮身人面和隐喻的俄狄浦斯？盲目，乱伦，欲望的神话悲剧，由萝莎奈特滑向阿尔努夫人，而萝莎奈特作为黑夜母亲，只被允许永恒殇痛失子，承受他者逾越羞耻的罪过，背负神圣恐怖的所谓半个世界薄暮居民之污渍。福楼拜说过每个人都喜欢娼妓，她们唯一的过错在于她们是神话。狮身人面女子咳血手帕景象为何唤起弗雷德里克无来由的恐怖解剖台尸体幻想？生命苦短，欢愉肉体瞬间腐烂，化成白骨的诗意，宗教，道德训谕格言？其实，它只是书写者的自我感叹，福楼拜青春早逝，新婚未久的妹妹重返附身狮身人面女子：

> “多么奇怪的回忆。总医院（Hôtel-Dieu）大讲堂正面对我们的花园。有时，我会和我妹妹，没爬上藤架，就只吊在葡萄藤间，好奇地看陈列在那里的尸体。头上阳光照耀，同样的苍蝇轰轰作响在我们头上、花间飞，也群聚在那里，来来回回。连续两晚守灵，我不停想这个令人怜惜美丽少女。我还看到我父亲将头从解体尸身抬起，叫我们离开。”[18]

同一封信福楼拜在后面写道，“从没进入妓院的男人，应该会怕医院。它们都是同一类的诗。”这句话，充分说明福楼拜对这场特殊场景有很强烈情感诱引无意识中多年遗忘的青春恋情曲折重现。这不仅是他个人童年回忆借弗雷德里克的幻想重返出现在笔下，和路易丝·科莱的激烈深刻多年恋情，跌跌撞撞由狂饮咳血的狮身人面女子召唤出来，多重记忆交叠共舞，扬起更深更远的无意识灰烬。

这封信的开头，福楼拜先提起六七岁时舅舅带他到硝石厂

18 "À Louise Colet (7 juillet, 1853)", TOM. II, p. 376.

（salpêtrière）精神病院参观。病房中十来个被炼锁的赤裸上身女精神病患，尖叫嘶吼，用手指划伤自己面孔。愤怒女神的疯狂剧场，之后，接续解剖房尸体段落。信中，福楼拜一再强调他如何狂热描写停尸房，对于疯人又是如何着迷，他觉得自己有特殊感官能力对这些病态事物的认识。而对于认为要有描写的对象在眼前方才能写得更具体，福楼拜质疑，那种曝显人间不幸是否就会像是食人族般吞食对方。他嘲讽，自嘲说："你知道，我在妓女床上做多少白日梦，看着床席磨损裂痕时。"

他自负有很强意志，即使自己的精神疾病不时攻击，他觉得那只是微不足道的知性泡沫，神经支配的内出血（hémorragie de l'innervation），而"疯狂与淫荡是两件我探索最深的事物，透过我的意志航行其中，（我希望）我永远不会变成一位异常疯人，一位萨德侯爵"。但是，疾病折磨他，"很恐怖地，从肉体中撕开灵魂（我深信自己死过很多回），……灵魂退缩回到自身，像只刺猬用自己的尖刺伤害自己"。这种状态，福楼拜说，没有任何医生或哲学家曾研究过。

福楼拜终其一生受苦于癫痫和偶发不定期的精神疾病，因此而中断他在巴黎攻读法学学位的学生生活，改变志向，退回故乡乡下以阅读和写作作为生命场域。除了家人，亲近朋友，他尽力掩蔽不愿外人知道。莫泊桑对福楼拜好友马克西姆·杜康在个人回忆录中披露这隐私强烈批评。先天精神疾病影响福楼拜的高度自我中心，自私的性格，如他在信中所形容的刺猬的比拟，经常有意或无意会伤害周边的人，同时也自虐。情感生活，冷漠近乎像钢铁，岩石般，没有任何悲悯—或许连著作中那些被他尖酸嘲弄的人物，表现出某种否定的怜悯态度。马克西姆·杜康劝告路易丝·科莱，作为中间调人尝试平缓两人感情争执，不要落泪，福楼拜不喜欢看到眼泪，尤其是所爱的人脸上带泪。"福楼拜是一个造型艺术家（l'homme de la plastique），眼泪扭曲你的面貌。"每个哭泣对他来说都是一个指责，"居斯塔夫不喜欢情感（sentiment），他受够这，如他自己所说，他'醉了'（saoul）；他自己已经过度残酷受苦（小说《十一月》）而不去抱怨，或去垂怜他人的痛苦"（1847年2月21日）[19]。马克西姆·杜康将福楼拜近日行程，如《情感教育》中福楼拜详实记下弗雷德里克日夜行程那般，逐

19 "Maxime Du Camp à Louise Colet (Nuit de dimanche, 1 heure, 21 février, 1847)", TOM. I, pp. 824–827.

时甚至逐分的作息转告科蕾；马克西姆·杜康法庭作证似的指出福楼拜因为幼时好友丧事以及和路易丝·科莱见面争执，一回到杜康家十分钟后就发病。

“当他情绪激动，他的可怕疾病极度‘操作’（travail）他，他害怕会再次发病。”这一切就是因为他被路易丝·科莱责骂欺骗、说谎。这指控严重伤害福楼拜的心和自尊，非常暴力。马克西姆的信揭露精神疾病严重折磨福楼拜，情感生活波折动荡如何造成福楼拜的恐惧和伤害。“不喜欢情感”，努力保持冷漠无感的作者，却要创作一本《情感教育》，自我分析治疗的工作，马克西姆·杜康精确地使用这词，工作，操作去形容福楼拜沉重巨大的精神工作。欺骗、谎言与眼泪这些不正是《情感教育》中反复运作的情感叙事运动，各种男女情感斗争的畸形爱恋幻象投影。弗雷德里克的眼泪，几场欺骗萝莎奈特的，实际却是为了他者，为了非现实的伪情感，自恋伤痕的伪泪。马克西姆信中的时间记录，既是真实事件的代号相对于谎言，因为谎言引起疾病，真实证据也是某种强制和说服的语言策略。

不要怀疑，不要怀疑我所说的，我是见证者。这是如何奇异怪诞的场景，私密情恋的冲突反转成道德与人格的法庭而需要第三者的见证与仲裁。情感戏剧变成伦理审判与疾病罪责。《情感教育》隐藏的另一层记忆与遗忘的自传隐喻。真实生活中，福楼拜同时有其他情妇和寻花问柳的癖好，“疯狂与淫荡”，路易丝·科莱同一时间也和多个男人交往作为情妇，从知名的19世纪法国哲学之王，学阀维克多·库森——黑格尔、谢林的好友，引介德国观念论哲学，同时也是整理笛卡尔哲学全集出版的哲学学术政治大家。还有知名的文学家、音乐家等。长达八年交往，福楼拜和年长他十岁的女诗人作家，狂热爱恋，他称她为缪斯。书信来往，除了激情私密絮语思恋，互相讨论各自的创作和对文学艺术、时代的批评见解。大量关于《包法利夫人》书写过程的材料，以及福楼拜批改提供意见给路易丝·科莱的诗作、戏剧，这些书信保存很多福楼拜关于写作、书写和美学观。路易丝·科莱开放自由的男女性关系，文学才华和激进的左翼妇女解放，偏向社会主义革命的政治立场；激化两人之间的差异和冲突，福楼拜对她的态度，情感关系由性和肉体，过渡，混杂知性文友伴侣。

最后阶段，福楼拜直接表明希望她是男人，或甚至是双性阴阳人，他爱的不是女人路易丝·科莱。而路易丝·科莱却一直期待能嫁给福楼拜，虽明知对方拒绝成家生子，福楼拜弃绝家庭和后代传承血嗣。一方面因为自己先天精神疾病，另一方面他不希望后代去承受恶质腐败的时代苦难。路易丝·科莱是19世纪中期，工业革命顶点，社会革命激荡时期的挫败莎乐美。福楼拜出版《包法利夫人》没多久，她出版《他》回应。文学史上的成就与命运决然相背。《情感教育》中，抑制、反抑制后返有多少这段时期的残影回响？

> "何谓自私？我想知道你是否也是如此……！但我的自私，我自己的，都还不够有智慧。因此，我不仅是个恶魔，而且是个笨蛋。……我不喜欢将我的情感公布于众，……过访，我的激情，作为聊天的方式。……，我目前有太多正动工的工作要做，不可能去作我的情感再教育（réformation sentimentale）。"[20]

福楼拜不能忍受被指责欺骗、谎言；但他又坚信女人不需要真理，他在1852年4月信中，比拟女人和真理的关系就像一种误解疾病"想要在苹果树上长出橘子"：

> "人们教女人撒谎，诉说多少谎言。'后来没有人能向她们谈真理、真实（vérité）'——而当我们不幸地想要真诚以对，她们会竭尽一切对抗这诡异性（étrangeté）。而我对她们最大的不满，就是她们对诗意化（poétisation）的需求。"[21]

只关注美，表面，不懂反讽，嘲弄的隐喻微妙修辞，当她们学得、认识这些，那将反转成为一种不道德的厚颜无耻、犬儒。

> "厚颜无耻、犬儒、邪恶的嘲讽，女人欠缺之，一

20 "À Louise Colet (nuit samedi, 1heure, 25février,1854)", TOM. II, pp. 525–526.

21 "À Louise Colet (24 avril, 1852)", TOM.II, pp. 75–82.

旦获取，那将是疾病感染。情妇是一个神话—女人从来不会去创造荒淫。”[22]

22 Ibid.

福楼拜反语地批评又赞美女性的过度诗意化，美遮蔽她们观看真理、真实；真理与真实对她们而言是异物，厌恶、排斥的对象。她们不懂折衷反讽，诗意修辞和逻辑判断，道德价值各属于不同范畴；福楼拜认为越过范畴差异将产生变异，败坏。犬儒，无羞耻。这些论点，多少反映类近康德美学对于美和崇高的差异性质分析。女人，属于黑夜，薄暮的崇高诗意场域，逃避、拒绝光照与真理。当她从美的情感知性中滑向理性判断，道德律则开始崩解，犬儒态度既是一种批判攻击，同时也是自我防御的症兆、疾病。福楼拜暧昧的说情妇、娼妓是神话，但不是败德荒淫始作俑者。谁才是原罪的源头？《情感教育》中的萝莎奈特，典型的公共情妇，荒诞狂欢化装舞会凸显福楼拜所体认的诗意神话，黑夜神秘仪式，萝莎奈特女祭师，女元帅的绰号之意指。狮身人面女妖舞蹈集结所有偶像和仪式的美之准则：

“清晰（net），枯硬（sec），坚决不变（arrêté）；每个平面以原色调厚实呈现：眼底用靛蓝，脸颊涂上朱砂色，太阳穴褐色。”

人被神秘诗意化成华丽多彩偶像，身体舞动每个停格瞬间，一幅静照，一尊雕像；所有色彩最后凝聚化成生命，短暂灿烂的生命虹彩，血红。点缀萝莎奈特满天飞舞，四处洒落金黄菖蒲粉尘，踏踢鞋跟金色马刺。永不疲倦褪色的女祭师，破晓清晨阳光，结束黑夜狂欢喧嚣，寂静中，苍白汗湿落妆的面孔，血红双眼，弃置四处的衣饰，假发污渍。人间的疲惫败坏，都不会改变萝莎奈特，“清新像刚沐浴完，双颊红润，两眼闪亮。她将假发抛得远远，长发披散身上像金羊毛（toison），遮住她的装扮只看到短裤，散发一种喜剧和温柔的效果。”福楼拜持续强调萝莎奈特的神话人物特征，来自于希腊神话的愉悦温柔喜剧人物，纯真相信，误认为爱情和幸福一定会降临的女性。如果萝莎奈特代表的是这个直觉的神话想象公共女性偶像，只接受谎言和欺骗在美的追求过程，而不知悲剧和黑夜的内在必然宿命会降临。当布勒兹女士代表福楼拜信中所说的那已获取反讽嘲弄艺术的犬儒；败坏羞耻的复仇女性。拒绝扮演神话、情妇角色，她只要求真实、现实。权力、金钱和阶级荣耀。

《情感教育》这场化装舞会，女人与死亡的神话隐喻，并非福楼拜的想象虚构，它植根汲取当时社会现象。福楼拜着迷死亡、停尸间，浪漫主义影子的延伸，他转化成更为疏离，不带入个人情感与主观意识的观察、记录与书写，不再是耽溺薄暮忧郁的投映。此种书写方法和思考态度，并非福楼拜个人特有的，法国史学家米什莱继《爱情》之后写下《女性》，对法国当时社会，在1848年革命失败，1851年拿破仑三世第二帝制政变，民主政治、社会思潮陷入激荡又低迷的时代，透过医学、解剖学观察去反思法国女性之社会位置与意义。《女性》深刻影响同时代文艺创作与批评。他解释为何要用实证医学方式研究，因为这是最直接接触现实(réalité)，不会耗费在无谓的言语争论。

> “解剖。在片刻间，你可以理解、感受。死者教导你尊重生命去管理，而不是过度操累人类。”[23]

米什莱观察大脑病理解剖，想透过体质和病理组织比较去证实自己的理论假设。男女之间的差异不仅在于性器官和相应生理机制，他认为性别差异存在于大脑组织生理机制。外科医生解剖协助下，直接观察，没有任何默认医学、生理学知识背景前提，纯粹描述直观现象。他认为一般中下阶层女性（les femmes vulgaires），大脑形式非常简单，初始状态。他观察一个年轻女性，胸部肿瘤，大体已经剖开，刚逝世没多久。米什莱描述这位28岁左右的女子，手指纤细不像做粗工生活，从外貌猜测其职业，出生法国外省那一区，面貌和个性（“严肃，甚至骄傲，直到死亡都很诚实”）。其脑组织具有很强烈表现形式（“我似乎听得见一阵言语。我觉得，靠近时，眼睛观看都还听到她的叹息回音”）：

> “大家都认为她也是这个时代盛行的舞会牺牲

23 Michelet, Jules: *La Femme* (1860), Éditions Flammarion, Paris, 1981, p. 77.

者。很残酷，片刻间就占满医院，很快，坟场。我们大可称之为‘牛头人身的庆典’（fête du minotaur），多少女人被生吞。”[24]

24 Ibid., p. 79.

米什莱的科拉马医院解剖台，福楼拜小时父亲任职的胡昂总医院解剖场景，复返徘徊在其他停尸间。米什莱的神话比喻，残酷青春舞会，死亡作为终点的欢乐。牛头人身和狮身人面，咳血和肿瘤。与其说两人间的平行呼应，其实是米什莱和福楼拜眼里所看见时代解剖台。女性，牺牲的象征所代表的分歧道路交会点。

米什莱站在正形塑中但危机四伏的布尔乔亚新阶级的开放自由主义立场，人道主义悲悯关怀阶级不平等所造成的女性、家庭价值的压迫破坏。借女性议题，他提出医疗、教育、监狱制度改革，婚姻家庭两性关系的调整，离婚和再婚的女性自由选择之意义。女性对于社会秩序的管理和改变具有决定性位置和权力，表面上他折衷说女性离不了男性、家庭和小孩，但潜在的，女性实际是坚韧面对不对等依附关系，社会价值所强制给予，用另一种曲折策略去处理。或许这是解剖台上无名女性大体，脑组织生物体质传递给他的女性颂词。米什莱对同时代女性的赞颂哀歌，所欲求，或说所害怕并抗拒的是时代解体混乱的失序灾难现象，深入到精神失常疾病场域。他拒绝巴别塔虚无，他强调纯粹、羞耻与道德（“世界依靠女人存活。她在世界放进两个元素创造所有文明：优雅（grâce）和细致。前者是她的纯粹性之反映”）；米什莱举出三种他不能忍受的巴别文化象征：美术馆的绘画巴别，歌唱的鸟语巴别混杂美音和粗俗土语，奇花异草杂混的花束。以此他强调情感就像花束香味，各有独特性不能容忍混乱：

“任何人生命中皆有活跃、细致的情感，都不能自愿忍受任何的混乱和混沌，不论它是如何精彩。每种气息都有各自甜美，说自己的语言，如一神秘主义者所言。全部聚集，……。那会是情感肉欲和恶心无味（voluptueux et affadissant）。微笑但心中眩晕。微妙气息消逝，野蛮令人窒息。”[25]

25 See note 23, p. 129.

米什莱所形容的正是他感受到的巴别塔倾倒后的时代虚无气息。《情感教育》，弗雷德里克沉迷追逐情感巴别塔，他享受米什莱所描述的瞬间消逝的死亡气息晕眩，捕捉收集过度的爱恋对象物，如同弗洛伊德那个孤独玩弄线圈消失又出现来回，“Fort et Da”，自我抚慰母亲不在所造成的焦虑不安。弗雷德里克在《情感教育》中反复操作替代弥补的游戏，来回摆荡于不同的爱恋对象间，肉欲和金钱、地位权力的目的只是借口，“微笑但心中眩晕（tourne）”；窒息、恶心，不纯粹的死亡感觉，或许这才是福楼拜—弗雷德里克追寻而欠缺不能满足的虚无新人类物种的极端肉欲。《包法利夫人》开启现代文学的新典型，某种《包法利夫人》书写情意结（complexe de mme bovary），而《情感教育》的弗雷德克里的过度与既非是恶也非善的不纯粹污秽邪恶（vice），破坏裂解出文学地图上前所未见，难以理解，令人恐惧莫名的断崖混沌，灾难。弗雷德里克，文学上的谜，狮身人面的神谕，《情感教育》没有文学子嗣，如同福楼拜不愿留下血缘后代，荒野上永远的孤独深陷断崖。

福楼拜站在米什莱的对立面，反布尔乔亚，唾弃既定秩序和价值判断，福楼拜如同波德莱尔、马奈；否定性，虚无为其共同的隐喻修辞。女性，米什莱希望重建，赎回逐渐消褪变调的神圣性，不是负面的神圣恐怖，而是“女性是一种宗教。……她的命运就是完成宗教诗，协助实践，与共体生命，女性综合理想与实践，而这是男人所没有”。在这种论点下，米什莱理想的爱情，就不是一般人所误解成见，文学所描述的那种虚幻不真实，不是，爱情是“如同第二种观看，那般真实，给予新的真理”，“真实如同创造，让女性变得更美”。“真实，如同反照般的双重创造，创造的创造，无限回应。”丰饶。在这类真实的爱情中，“它平息所有的激情：骄傲、野心、献媚，让人迷失的，全消失”。《情感教育》中的爱情刚好相反地唤起所有激情，对米什莱定义的理想爱情之否定。但是，米什莱一方面定义爱情排除所有激情，负面情感成分，却又强调过度的爱情会造成爱恋者自我贬低，夸大羞辱性像宗教信仰出现的神秘行为；此种贬低和羞辱却不会造成爱恋者的痛苦折磨，此种矛盾现象，米什莱认为最后反倒会提升爱恋双方到对等的和谐关系。这种矛盾暧昧让米什莱的理想爱情观动摇，他无法圆满解释过度爱情不是某种激情表现，至于羞辱与贬低又如何以何种方式能修补，提升成为对等关系？米什莱论点的误区在于他道德化爱恋关系，想取消性与欲望的支配性作用，净化爱恋作为秩序的角石，却缺少真正的建基和黏着剂。此也正是当他否定一般常识见解的爱情虚幻说之后，所提出的真实爱情却是更为幻象的幻象，无尽的镜像自我回映，另一种观看的真理镜像，源自于理想化女性为想象与真实的综合。米什莱陷入弗洛伊德在《爱情心理学》中所言的困境：

> “他所爱恋的，却不能欲求。而所欲求的，却不能爱恋。”[26]

米什莱的爱恋自我贬低现象，就是在爱恋中回避，远离欲望。那种所谓高度精神价值关系，弗洛伊德说：

> “并不是感性刺激造成，而是某种没有情欲效应的温柔。”

这种感性力比多（libido）和温柔力比多分离，没有汇集，经常会造成爱恋生活中歧异的精神无能，从性无能到更广义的精神麻痹（anesthésie psychique）。弗雷德里克在《情感教育》中经历多重复杂而都以挫败结束的爱恋叙事，似乎可借用弗洛伊德所分析的，被温柔与感性矛盾冲突所支配的爱恋生活：“为了保持其感性远离其爱恋对象，他们寻找不需要去爱恋的对象。”弗雷德克里克陷入这个追寻爱恋所不爱恋的对象中，一再重复到最后的精神麻痹的枯萎状态：

> “……他还有其他爱情。但最早的持续回忆让他觉得平淡无味；然后猛烈的欲望，盛放的感性都失落。他的精神野心也同样减少。几年过去，他忍受智慧荒芜无用，和心的木滞。”

26 Freud, Sigmund: “Sur le plus général des rabaissements de la vie amoureuse”. (1912), traduit par Jean Laplanche in “Contribution à la psychologie de la vie amoureuse” (II), *La vie sexuelle*, Presses Universitaires de France, 1969, p. 59.

精神弥留的黄昏状态，福楼拜揭露引发精神枯竭病因，真正的病因，爱恋对象，乱伦母亲。好像整部《情感教育》的分析建构工作抵达某个转折点，“他回来”，被抑制的复返，过往的回忆禁止、取消，所有情欲，爱恋的可能。心，感性，智慧全部随着这原先一直要回避而不得的爱恋对象枯萎。他想用萝莎奈特取代阿尔努夫人，然后是当布勒兹取代萝莎奈特和路易丝。每段恋情都是为了遮蔽，否定前一段，创造离开爱恋的母亲更大距离。每次的爱恋都会有短暂的感性欲望实现，但并未满足与得到愉悦，反倒是更深的精神裂痕和自我裂解。每个女人、爱恋都各自冲击弗雷德里克发生精神迷离的幻觉。

弗雷德里克和阿尔努夫人，萝莎奈特，当布勒兹夫人，三个女性纠葛的情恋，几乎就是弗洛伊德所分析的爱恋对象选择在一般男性经常出现的情形，作为第三者的破坏介入（tiers lésé）的条件，和爱恋娼妓之条件这两种特殊状态。[27] 前者涉及拥有，占有某种资产权利，男人偏爱已经有爱恋关系的女人比起尚是单身，自由女性。第二者刚好相反，他不想独占，而乐于享受因为和其他人分享同一女性而刺激产生的嫉妒，增进激情。阿尔努夫人和当布勒兹夫人属于前一类。萝莎奈特，第二类，小说中弗雷德里克虽偶有不悦但大部分情况他不仅接受阿尔努先生和他共同占有萝莎奈特，他甚至透过阿尔努从家中拿来赠送给她的对象物去幻想，移转情感到阿尔努夫人。第一类，作为第三者去侵入私人资产，福楼拜平行对应情感经济和物质，货币经济。弗雷德里克透过阿尔努的借贷关系去接近阿尔努夫人，当布勒兹夫人作为银行家—贵族寡妇的庞大资产，社会资源诱引弗雷德里克介入，由私通情人到婚约关系的设定及破灭。不论是那一类型，强制重复的特征去破坏忠诚，强化激情的精神经济投注强度，让爱恋者，弗雷德里克不会固着在一个对象上，种种因素驱使他切断情感联系，漂移到下一个对象。

弗雷德里克两次婚约，从起心动念最后毁约放弃，叙事上福楼拜都以金钱需求作为主要因素，驱动他想借由婚姻解决经济困境，或提升加值。而两段婚约彼此互斥，弗雷德里克在当布勒兹家里晚宴，混杂他被阿尔努夫人拒绝排斥的挫败愤怒和反差对比来自故乡已订下口头婚约路易丝衣饰行为劣于奢华世故的上流社会当布勒兹夫人。毁约，

27 Freud, Sigmund: "Un type particulier de choix d'objet chez l'homme"(1910), in "Contribution à la psychologie de la vie amoureuse" (I), see note 26, pp. 48–49.

放弃路易丝，弗雷德里克迷恋巴黎世界社交生活，他不愿过终老于故乡外省的乡下士绅日子。弗雷德里克妄想在情感生活中可以借和当布勒兹夫人婚姻，终止先前的漂泊，同时排除对阿尔努夫人的伤害性思恋，斩断萝莎奈特的半上流社会爱恋暗影。

福楼拜描述弗雷德里克用尽各种方式去征服当布勒兹夫人，她虽没有阿尔努夫人令他迷醉的情感，萝莎奈特的混乱愉悦。但这种困难、不正常的情感物，其特有的贵族富商阶级的修饰细致情感中，带着某种“堕落的羞耻心”。幽会偷情的愉悦，很快就消退，他体认到自己的情感想象幻灭，反倒需要召唤被取代的其他两位女性，让萎缩情感再作用。野心的实现想象是另一层弥补。当布勒兹先生刚断气，没多久，她如释重负担，迫不及待要求弗雷德里克娶她。福楼拜安排弗雷德里克两段未完成的婚约，路易丝和当布勒兹夫人，都是女方主动提出，很强烈直接要求男方接受。弗雷德里克总是被动，带着某种不确定，隐藏在表面的肯定回答。两段婚约，路易丝直接野性言行，逼迫弗雷德里克：“面对一位处子在他前面自荐，他感到害怕。”当布勒兹夫人刚成为寡妇，才开始守灵。处女与寡妇，福楼拜将两段婚姻的时间分别放置在1848年2月革命前夕和1851年12月拿破仑三世政变前。失败的婚约，口头约定而最终没有实现的契约伦理行为，隐喻政治事件的最终负面结果。路易丝的婚姻幻想持续几个月，直到1848年6月暴动血腥镇压后才彻底破灭，在街头军队戒严巡逻的夜晚中，守在弗雷德里克住处外痛哭到天明，等待他。被抛弃在动乱深夜城市，纯真情感的结束。当布勒兹夫人的幻想破灭后，发觉被弗雷德里克欺骗，她设局报复，拍卖阿尔努夫人的衣物，当着弗雷德里克前面公开羞辱他，同时也毁了两人的婚约。她残酷地用拍卖叫价方式想摧毁阿尔努夫人所曾经占据的情感记忆，不在场的二度死亡否定弗雷德里克仅残留的些许思念幻想。福楼拜形容她享受折磨弗雷德里克于拍卖场，结束后她不是得意而是羞耻如“窃贼”般希望他能上车一齐回去。之后几天就是拿破仑雾月政变，共和国被盗换成第二帝国。路易丝在弗雷德里克的爱恋图谱之外，他并不把她当成爱恋对象，不论是情欲，或理想，物质材料。福楼拜给予她一种很奇特的叙事位置。

阿尔努夫人表征理想性，第一个爱恋对象如母亲。萝莎奈特，肉体、肯色感官满足的对象。当布勒兹夫人是金钱和权力的象征秩序化身。三位女性都带给弗雷德里克某种冲击和精神创伤。三者在爱恋关系爱与被爱，主动与被动，扮演担当不同形式的情感教育启蒙者。色彩鲜明，强烈巨量的精神能量投注，她们的阳刚女性性别主导爱恋关系变异，弗雷德里克经常错乱迷失于自己究竟是爱还是被爱，主动与被动双重性混淆。他对路易丝那种可有可无的情恋，弗雷德里克带着轻蔑弃置一旁，然而奇特地，她却代表真实，幻象终结的地点。路易丝和杜萨迪埃（Duassardier），《情感教育》中两位具备真诚，一者相信爱情，另一者坚持革命信念不动摇改变。福楼拜划下小说终章在弗雷德里克经历和当布勒兹夫人毁弃婚约冲突，冬日雾月巴黎戒严令下的肃杀气氛压迫，他想逃回故乡，诺让（Nogent-sur-Seine），幻想和还爱他的路易丝重系情缘。结果却远远看见他最好的朋友戴洛立叶（Deslauriers）和路易丝的婚礼场景：“他以为是幻觉（halluciné）。不！那正是她，路易丝！……那正是他，戴洛立叶！”弗雷德里克躲在屋后，窥视婚礼进行，他感到“羞辱，被打败，被压碎”。

背叛的羞辱，他乘车回巴黎，黄昏时刻，不预期的目睹另一场更伧伤的悲剧，他敬重热爱的真正工人革命家，弗雷德里克为了他在1848年6月暴动混乱中，从枫丹白露赶回巴黎救助受伤的友：杜萨迪埃，他也是唯一一位借钱救急弗雷德里克的朋友，不像其他朋友都想从他那里榨取金钱。巴黎歌剧院前面，弗雷德里克惊讶地看到塞内卡戴洛立叶的好友、秘书，曾参加1848年2月革命的左翼政府，6月暴动内战后被捕入狱的激进狂热革命家变节成为拥护政变的拿破仑三世政府军警，镇压抗议，当街用军刀杀死杜萨迪埃，他双手十字架方式交错倒地。帝制取代共和。双重的背叛，情感爱恋，和政治社会理想，弗雷德里克不再有任何存在的理由留在巴黎，法国。《情感教育》开场以弗雷德里克通过高中会考，绕路坐船回故乡经过巴黎，1840年9月浓雾清晨。之后，小说又有三次他返乡的情节叙事，头两次都是经济危机因素；1845年，他快花完父亲遗产，被迫回去后，无意中却又获得舅舅庞大遗产。1847年，投资股票失利，回乡想靠结婚解套。

第三次返乡，精神危机促使他回去寻求抚慰，结果却反倒迎来不得面对真实，更巨大的创伤，彻底终止他先前虚无情感漂泊，逃避为命。路易丝的出现，来自于故乡土地少女，很自然地福楼拜安排出现在弗雷德里克的几次返乡见面。短暂场景。《情感教育》几位女性的叙事位置，没有任何一位像路易丝那样占据一个断崖式的陷落中断位置。她没有大量的篇章书写，无从伸展广延如其他那几位女性所有的平面与立体轮廓塑造描绘。路易丝被块状放置在章节结束处，经常有关她的情节叙事用来拉上章节尾幕，断然地，没有任何延续发展的可能。《情感教育》运用大量省略压缩（ellipse）修辞推展漫长时序叙事，路易丝本身就是省略格，句点。她从第一卷第六章结尾，路易丝母亲丧礼后，两人见面，她木然说不出话，他心中只急着赶回巴黎享受新的人生另一章。第二卷第五章结尾，路易丝主动提出两人结婚的请求，弗雷德里克回巴黎后长久没任何音信。她从1847年8月等到来年6月在动乱中去巴黎。福楼拜不作任何预设、铺陈，就突然安插她出现在他父亲巴黎的家中，这段叙事紧接在她父亲冷血枪杀囚禁青年左翼分子之后。父女见面作短暂交谈，结束第三卷第一章，这一章由2月革命到6月镇压内战，福楼拜采用类似电影剪接的叙事方式中断跳接的叙述暴力，完全省略中间过渡情节发展，路易丝突然像希腊悲剧中天降神兵超乎人间理性逻辑方式去解开情境困局，去解释凡人无法理解的命运。路易丝的爱情、婚姻、命运，福楼拜残酷地让她纯真无辜地被命运摆布；为了爱情不顾动乱危险到巴黎，对应左翼理想社会主义为了政治理念对抗布尔乔亚、保守势力而失败的流血历史政治事件。路易丝生命中最重要的两个男人，父亲，地主，高利贷放钱者，残酷布尔乔亚国民卫兵。弗雷德里克，世故，靠着祖产无所事事的纨绔子弟（dandy），感情游戏中冷漠无情，施虐也受虐的精神脆弱，盲目虚无。他感受到路易丝强烈爱情的那种处子威胁。也许那就是另一种女性性质（féminité），真正的女性，断崖式的女性。路易丝从未获得弗雷德里克的爱恋欲力的投注，不曾经历复杂曲折的爱恋关系中的种种矛盾，冲突和吸引。她没有过程，只是结论。

她对弗雷德里克而言，在所有爱恋幻灭后，他坚持单向幻想路易丝仍然爱他，单向的想象幸福。缺乏爱恋力比多经济双向关系，弗雷德里完全不用再担心像先前经历过的爱恋中自我精神经济投注而致自我贫化、受伤的状态，他可以保持被爱而不爱的自我保存，修复而不用去贬低，伤害自我。高度自我放大的自恋形式的不对等爱恋关系：“她是如此天真，一个乡下人，几乎是粗野的人，但非常好。”

弗雷德里克的话，见不到任何精神挫败后想寻求救赎，修复的意向，反倒是强烈的抑制爱恋对象的位置，这不仅是城市文化和乡村的差异对比，更多的是他表达自恋放大去克服先前路易丝野性求婚所引出的对处女禁忌的恐惧。天真，乡下人，粗野，善良的近乎原初少女等待他的教化，弗雷德里克的所谓幸福，其实是他的自恋满足之爱恋关系展现；如弗洛伊德在“自恋导论”（“Pour introduire le narcissisme”）所言：

> “在爱恋生活中，不被爱降低自我评价，被爱则提升之。被爱代表选择自恋对象物。”[28]

弗雷德里克梦想被路易丝爱恋，仰慕可以重新赎回先前贫化的自恋物，自我。借此克服处子禁忌的恐惧，进而治疗先前的情感精神经济过度投注之挫败造成的自我伤痕。但是这种状态，其实是将先前三段没有得到满足的爱恋，因为力比多抑制和爱恋力比多投注的双重贫化自我，造成严重自我贬低。弥补和修护方式，就是抽回在爱恋对象物的投注回到自我去形成自恋状态平衡抑制力比多对自我的内在威胁，想重建某种快乐的爱恋。[29] 此即是弗雷德里克醒觉，幻想去重拾先前放弃的幸福的内在精神经济意义，《情感教育》无意识地借由弗雷德里克的货币资产经济和爱恋精神经济的交错去构筑弗雷德里克的自我形塑失败，瓦解在时代虚无中。因为这种幻想重建幸福爱恋是不可能，主要是一大部分力比多被抑制状况下：

> “真正快乐的爱恋响应原初状态，对象物力比多和自我力比多是没区别差异。”[30]

路易丝的天真、粗野，似乎更强化弗雷德里克想重建失落的快乐爱恋。然而这种理想的原初自恋状态回转，根本不可能是弗雷德里克所想、所能达到。最后重建的希望破灭，因此，同时唤醒一直存在抑

28 Freud, Sigmund: “Pour introduire le narcissisme” (1914), *La vie sexuelle* (1969), traduit par Jean Laplanche, Presses Universitaires de France, 1969, p. 102.

29 See note 28, pp. 103-104.

30 Ibid.

制的处女禁忌恐惧和自恋伤痕的扩大，加深。福楼拜使用三个形容词去描述，“羞辱，被打败，被压碎”。自我贬低，自我碎裂。三个独立的语词，没有任何语法联结，主词、谓词全部取消。语言状态退回到原初，不指示，不属于任何人或状态，漂浮不确定的精神状态指出极端的冲击效应超出，或破坏语言行为。没有主词，主体，自我的消解。目睹路易丝婚礼的巨大断崖虚无，瞬间自我也被否定，没有语言，重新学习语言状态。弗雷德里克，不再被爱，也不能去爱，所有爱恋力比多填塞永远不能缝合的巨大自恋伤痕。自我消解，等待另一个精神原则破灭，现实原则。

目睹理想革命家杜萨迪埃被变节的塞内卡当街处死，原本两人都是参与1848年 2月革命的革命伙伴好友，时代浪潮冲击下反转成彼此对立的正反两方。理想现实原则破灭，小说省略格修辞，空白，从1851年雾月政变就直接跳到1867年3月和年底两个重逢，阿尔努夫人，戴洛立叶，作为全书终章。路易丝婚礼的冲击，语言，自我的消解被抛进第二帝国建立的叙事空白，虚无的历史时间。弗雷德里克逃离法国，漂泊流浪世界各地，重返，时间重新开始于重逢，回忆的复返工作。两个叙事空白，历史空白的叙事省略格，1848—1851年，1851—1867年。双重的空白，双重的历史性否定。1848—1851年的社会卷入彼此对立的矛盾运动，乌托邦社会主义的反现存秩序的极端革命，以及布尔乔亚反动想回复旧秩序，资产阶级为主的逆流；两者的斗争造成1848年6月的血腥内战，为1851年的第二帝国政变铺下道路，基本上，这是某种历史终结，空白的叙事历史，皮埃尔·马克·德比亚齐解释《情感教育》的时间省略修辞：

> “对福楼拜而言，（第二）帝国就是一个该有的惩罚，那是虚无，……，这虚无，或愚笨达到顶点，只不过是个逻辑结果，结论，……。是革命意识形态，反动意识形态结合，在他们彼此同等的霸权意志下去终结历史，……。”[31]

德比亚齐强调福楼拜对第二帝国的批评，同时也指出1848年一

31 de Biasi, Pierre-Marc, "L'histoire dans *L'éducation sentimentale*" dossier thématique in *L'éducation sentimentale*, éditions présentée et annotée par Pierre-Marc de Biasi, Le livre de poche, classique librairie générale française, 2002, p. 645.

代人的虚无困境，历史性之否定，扬弃现实，真实时间，加速压缩和省略空白。德比亚齐的分析似乎只着重历史事件，而从杜萨迪埃被塞内卡处决，作证两股社会历史运动彼此矛盾对立却并置的荒谬时代悲剧。化约的解释忽略了小说的重要叙事场域，情感与教育，爱恋的女性位置和作用，不是历史背景，参考因素，女性和情感经济—政治也是历史性多重复因之一决定性动力操作。或许这才能了解路易丝婚礼和政变谋杀的联系性，福楼拜为何要同时间并列两事件在同一天，去终结嵌陷时间叙事。先有幻觉破灭，然后才有自我贬低羞辱的道德审判，自我碎裂，语言破坏退回原初状态，前语法状态，没有秩序和指称，属性，主谓；这种种虚无的表征，最后添加以另一个目睹影像，真实，理想象征秩序的瓦解，历史，时间的取消，空白于焉展开。路易丝，处女，唯一让弗雷德里克感到被爱，幸福可能的女子，她也是省略本身。她的婚礼集结众多因素，弗雷德里克的远望窥视，真实取代幻觉。处女禁忌的恐惧无意识地复返，持续以远距隔离，窥视这个由他者替代进行的婚姻，初夜的允诺仪式。弗洛伊德在《爱情心理学》第三部分，“处女禁忌”[32]，从人类学原始文化处理处女禁忌的仪式信仰行为，去探讨背后所具有的男女爱恋生活对于处女，初夜性行为的无意识精神层面意义。初夜性行为之危险，既是想象，也是真实。男人，他害怕去势和接触女性性行为后被感染而女性化。女人，则会因为这行为所造成的伤害，疼痛而憎恨进行这行为的男性，同时也因此而诱生阳具羡慕的变形阳刚男性特征，强化其女性性别在对男性的爱憎并存暧昧双重性。男性的畏惧女性，产生特殊的自恋排斥（rejet narcissiques）。男女性别差异，生理解剖体质基础成长决定精神经济的对象和投注形式不同，形塑最终各自的性别认同。原始部落处理处女禁忌的仪式信仰行为的精神经济—政治，弗洛伊德认为，持续出现在文明社会透过变形发挥其作用。简单归纳，处女，初夜性行为，权力，其实是男女性别差异的激化和实现。潜存，或以无意识形式，或抑制的俄狄浦斯情意结，去势情意结对男女性别差异构成之支配主宰成为立即，直接行为冲突，带出所谓的危险威胁对男女双方。男女性别认同差异，女性性别在这一刻面临危机，而这会影响文化与社会群体生活。女性如何转化俄狄浦斯情意结，放弃阳刚男性性向的需求，

32 Freud, Sigmund: “Le tabou de la virginité” (1918), *Contribution à la psychologie de la vie amoureuse* (III), see note 26, pp. 66–80.

“女性的俄狄浦斯情意结是一个漫长发展的结果；它并未被摧毁，而是相反地在去势（情意结）影响下被创造。……所以为何其文化性结果的断裂是薄弱，不重要。……这种俄狄浦斯情意结和去势情意结的相互关系给予女性特征一个作为社会人的印记。”[33]

33 Freud, Sigmund: "Sur la sexualité féminine" (1931), « *La vie sexuelle* », traduit par Denise Berger, see note 26, p. 143.

34 "À Louise Colet (27 mars, 1853)", TOM. II, p. 285.

去势情意结强化促进女性性别，而男性则将这威胁灾难转化成超我，道德意识。路易丝婚礼所造成的巨大精神灾难性对于弗雷德里克而言，很矛盾的在经历数个爱恋过程后，他从未发现，所认识的女性，真正出现在前面，短暂唤醒他拒绝，抑制形成的超我。这也解释，显示另一层意义，他所有挫败的爱恋，其实都是寻找女性，男女之间的性别差异。女性性别差异发现，遥远窥视，结束盲视（scotomisation），碎裂幻觉，真实就站立在历史断崖终结处。弗洛伊德说正义，法律不是女性重视，关注对象，但她又如何能进入社会，历史，怀带着女性性别标记？

女性，性别差异的问题，《情感教育》中错综复杂叙事半隐半现，而在自己个人真实爱恋生活，福楼拜不讳言这现象困扰他，阻碍或改变他和路易丝·科莱两人的情感，路易丝，真正的路易丝：

“你，你并不是一位女性，如果我曾经‘深刻地爱你’（试着去理解深刻地这词）比起其他人，那可能对我而言，因为你比另一位更不像女性。所有我们之间的分歧莫不是来自于‘女性’这一边。……我希望我们保持两个身体但只有同一个精神。我要你，以女性方式，那只是肉体方面。”[34]

福楼拜试着用灵肉二分的俗套说辞去安抚对方的怀疑，争执，他们之间的爱情不是一般的爱情而是灵魂的欲望。同一封信，福楼拜坚持女性是知性产物，“没有智慧文化的地方，女性不存在”，而“东方女性就只是机器”。将性别差异，肉体欲望局限在生理解剖，“不是女性”的双性意涵，福楼拜一直持续到两人恋情结束时：

> “我一直尝试（看起来我失败）将你变成一位极致雌雄同体。我要你腰部以上（向下降）是男人。但是女性元素，阻碍我，困扰我，‘伤害你’（t'abîmes）。”[35]

女性性别差异让福楼拜不安；男性或双性并存能克服生理差别的女性因素渗透，支配思想，知性这些精神领域面向。而矛盾的是福楼拜却又认为女性性别是知性，文化创造出来的想象物，如果不是幻想，这种态度衍生自女性自身就是危险的深层文化无意识。存否女性性别差异，割裂身体与精神，表征某种想驯化性透过否定女性差异——以男性，或双性方向。《情感教育》路易丝婚礼如深渊般开启福楼拜拒绝，弗雷德里克盲视，遮蔽的女性性别差异，福楼拜信中用斜体字强调女性元素伤害路易丝自己，沉陷入深渊、断崖（s'abîmes）。

戴洛立叶取代弗雷德里克娶路易丝，如弗洛伊德所引述的原始部落由专人执行初夜或破处仪式，克服新婚的处女禁忌。戴洛立叶，弗雷德里克中学好友，一起成长，到巴黎攻读法律成为律师。福楼拜铺陈两人既像兄弟互相友爱竞争，又如镜像，或是阴影和物体。阶级差异支配两人在《情感教育》中交错分合命运，福楼拜用两人冬日重聚回忆过往作为全书终章，一个追逐爱情，另一侠沉迷权力，最后都以失败收场。弗雷德里克承继遗产，富裕地主后代，文学艺术热爱者，幻想写文艺复兴艺术研究，生活享乐重于进取事业心，被动的读法学。戴洛立叶，贫穷，阶级不平等的仇恨推动他由形而上学钻研转向激进的社会革命分子，失败后，反转成保守秩序拥护者。金钱与地位，人生目标。弗雷德里克的友谊，只是一个借径，取代对方，占有他曾经拥有的金钱，地位和女人，爱情。《情感教育》中层出不穷的背叛，反目戏剧，弗雷德里克始终处于被动，弱势，有时甚至不拒绝对方提出共享情妇的说法。最后，他终于取代弗雷德里克娶了路易丝。但婚姻持续不久，路易丝和江湖卖唱歌手私奔，他因此而几乎一蹶不振，

35 “À Louise Colet (12 avril, 1854)”, TOM. II, p 548.

辗转不同事业人生，漂泊到殖民地阿尔及利亚做殖民官。最后回到法国成为大工业管理者。戴洛立叶的人生写照，凝聚1848年一代理想知识分子的具体特征。戴洛立叶不掩饰他的野心，贪婪；《情感教育》开头弗雷德里克回乡，临走前，戴洛立叶劝他一定要拜访银行家当布勒兹，甚至更进一步追求其妻子成为情妇；弗雷德里克最后真的实现戴洛立叶的建言。两人之间的镜像关系，小说中出现一段他想模仿弗雷德里克外貌言行去侵犯阿尔努夫人，失败的情景片段；原因就在于弗雷德里克答应借钱给他的允诺，毁约，“他否定我，我是自由的”，他执念报复：

> “有一天，突然间，他自己上漆自己的鞋子，买白手套，上路，取代弗雷德里克，想象自己几乎就是他，透过一种奇特的智慧发展一同时是报复和同情，模仿和勇气。”

因此，逻辑地，他和路易丝的婚礼为某种镜像结合，在弗雷德里克阴影下，他替代完成初夜仪式；然后幻象破灭，失望。如弗洛伊德所言，路易丝出走私奔，寻找真正的利比多情恋对象。而小说结尾，多少像是弗雷德里克镜前独白，两人一起回忆过往。追忆两人的共同的生命历程，埋怨时代，环境与偶然。两人的天性，一者倾向情感，另一者过度逻辑，命定要被冲刷出现实现场。福楼拜借戴洛立叶的口，后设投映他的书写特质，他的执念；戴洛立叶回应弗雷德里克，总结人生的错误在于“直线（la lign droite）的缺憾”。说法，“对你或许是，而我，相反，犯了过度精准，没注意到成千的次要事物，更强，我太过逻辑，而你太情感”。

福楼拜强调细节，精准描述的书写叙述，堆叠迂回的建构情境氛围呈现情感的复杂细腻。他幻想能找到逻辑与情感平衡点，理性与感情彼此不是割裂对立，而有某种对话，交换的策略。这样的小说文本，显然，福楼拜自己也意识到不可能被同时代习惯于直接，直线叙述，简约大致印象的事物状态呈现方式的阅读所接受。这场重聚回忆结束章节，依照表面文本，两人对话，戴洛立叶代表理智，逻辑，而弗雷

德里完是感性象征。时代的症兆集结在人的两种精神场域表现之失败
福楼拜并不想用任何伦理，或先天知识（如信仰）去联结，或修补
这场对话，是理性和感性彼此冲突，误解后分裂，四散多年，再度聚合
告解，原谅，忏悔好似是友谊重建的伦理姿态，真相和真理，应是这
场情节的另一个核心，除了回忆之外，然而，福楼拜似乎想更凸显戴
洛立叶的镜像，虚幻不真实的诡计，伪饰；也即是他所谓的逻辑精准
其实是诡辩，犬儒学派的语言策略，而非为了澄清，显现真理。更多
人生历练，世故。戴洛立叶的交心，告白重建友谊是一种选择性，片
面陈述的遮蔽。由此，似乎可以说，《情感教育》的分析建构，重构
进入尾声，两位朋友相互扮演分析者—被分析者角色，在书写者—督
导者的监督教学养成策略下，戴洛立叶选择性陈述，以及，突然间被
原本被抑制，深藏无意识中，从未浮现在小说中之前的任何叙事场景
回忆回溯到前小说文本叙事时间之前；好似，由阿尔努夫人重逢带出
的俄狄浦斯情意结的自恋状态，往更原初的前俄狄浦斯时期。回溯
此种深层分析的欲力经济将文本叙述抛向更早一段性创伤的青少年回
忆，故乡的乡间土耳其野娼妓院两人被嘲弄夺门逃走的逸事，1837年
夏天。前一文本叙事段落，没有任何逻辑，或叙事必要性联结，异常
暴力介入结束最后章节。让人困惑小说的叙述时间环节由1840年9月
15日开始，线性推展到最后1868、1869年左右。时间环节合拢收尾时
却被这段没有任何起源和发展的情节，打破，留下一个巨大疑惑的时
间裂隙和叙事伤痕。青春期性创伤的抑制无意识记忆场景，给予《情
感教育》一个超越那时代的情感力比多经济书写，重构分析的现代性
重新定义文本的空间界限和叙述欲力经济关系。新的人物，性与欲望
表征，幽灵般空洞人名出现，片刻后就从世界中消失：Zoraïde Turc
她让理性与感性重新联结在一个虚无的“无一处”（non-lieu）。抛弃
的花束，生命，青春，理想。无尽分析的另一个起点。两人的最后对
话，分析式对话：“没说”（sans dire）（他如何娶路易丝），只说她跟
人私奔。“告解”（aveu）弥补他的“不语”（silence）（关于他尝试侵
犯阿尔努夫人，未得逞）弗雷德里克“原谅”他，因为没成功，装着
笑出来。所有谈话分析治疗场景中的重要语汇适确使用。此种分析语
汇，超越福楼拜同时代人的理解，因为它们所指向的是无意识场域而

非意识，或一般心理学所涵指的。由此，我们才能解释布吕纳迪埃尔批评福楼拜欠缺人性心理认识，造成其语言失能无法描述真正的心理层面之误解。只注重事物表面而无法进入内在范围：

> “不要跟他谈论从身体使用某种方式分离开的自由，它主宰，支配比身体欲望满足更高目的。他不会听你。”[36]

布吕纳迪埃尔认为福楼拜的心理学，最多只是生理心理学，而其方法是唯物的：

> “他无法将这方法导引向超越这个空泛区域——这里情感还被系缚在感性上面，意志和欲望混淆不分。”[37]

小说中所有的记忆，回忆仅只是感觉，感性的回忆。布吕纳迪埃尔的批评，正是福楼拜的文学风格，其书写的现代性，从表面，物体，身体的感性出发，福楼拜使用类似现象学的悬置和还原，由此事物本质直接在世界中显露。福楼拜，肉体现象学书写实践，由感觉感性到知性可感的欲望。布吕纳迪埃尔所指出的福楼拜语言失能，无能（impuissance de la langue），“没说”，“不认、静默”其实是语言否定性显现，欲望与无意识作为语言尽头与起源的尝试工作。那是某种否定性自由，而非由意志与理性判断所决定的自由。《情感教育》终章奇特地用另种分析场景方式指出语言之终结的真正意义和无意识之关系。对谁诉说，对谁告解；两人对话，近乎镜像独白，但也何尝不是弗雷德里克自己的幻觉投映自我分析？路易丝为何结婚，永远是个谜，不说，不能说，初夜之禁忌持续涉入语言，阻止语言，话语的可能？初夜，初始语言，爱情终结或开始？过多或不足的力比多经济矛盾双重性阻止书写陈述，只能，永远，无意识居所。

回顾弗雷德里克几段恋情所曾引起的幻觉，比较，可以帮助理解路易丝婚礼作为幻觉中止之作用。几段幻觉，全是因为过度精神经济

36 Brunetière, Ferdinand: “Gustave Flaubert” (1880), *Revue de Deux Monde*, Flaubert (en ligne), 9/2013, Mis en ligne le 23 juin, 2013. p. 15.

37 Ibid., p. 16.

强度而造成的解离现实，投映幻觉的病态表现。

弗雷德里克第一次产生幻觉，迷离失去现实感觉，是在他参加阿尔努郊外别墅晚宴，结束后，和阿尔努太太握手道别。手的碰触瞬间，"他感到皮肤的每个原子都被穿透"，他自问"我是不是疯了"。错乱中，他恍恍惚惚回到巴黎：

> "他不再意识得到周围环境，空间空无（rien）。他前面，随遇的偶然，迷失，被带走。一阵湿气袭上身，他才回神，站在河岸边。……灵魂冷颤盘踞他。好像被带到另一个世界上面，某种超强能力附身，他不晓得那是什么。"

深夜塞纳-马恩省河边的神秘经验，世界消失解离，自我提升放大在一个无名的能量进入身体。灵魂冷颤，另一个世界，代表他自己的无意识精神世界被触动，打开，浮现。回到住处房间，他停止思考，站立在镜前：

> "镜子里，他的面貌呈献给予他。他觉得自己很美，站了整整一分钟观看自己。"

单纯的握手，手的接触造成弗雷德里克不再意识到周围环境，世界空无崩解；这种强烈的精神冲击，远超过他第一次在船上无意间看见阿尔努夫人时的感性经验，那是某种目睹显灵（apparition）的感动。身体接触，则召唤出无意识激动（emois inconscients）操作无意识幻觉，忽视时间和空间制造出空无的另一种真实，无意识事件开展取代真实世界："迷失，被带走，……，灵魂冷颤盘踞他，……被带到另一个世界上面。"[38]此他种现实，无意识现象的幻觉，拉康称之为尚未象征化的原始真实，一个象征构成的起源点，开启主体和世界的关系，决定象征性的可能。[39]站立在具有真实性情感的原始真实开启场域前，深夜河岸的隐喻，前语言，前象征无法言语表达，但同时又是象征，语言的源头。提升超越到上界，超越能力附身；这些现象，

38 Freud, Sigmund: "La dynamique du transfert" (1912), *La technique psychanalytique*, traduit par Anne Berman, 1953, Presses Universitaires de France, 5ème édition, 1975, p. 60.

39 Lacan, Jacques: "Introduction et réponse à un exposé de Jean Hyppolite sur la Verneinung de Freud" (1954), *Le Séminaire, Livre I: Les Écrits techniques de Freud*, Éditions du Seuil, Paris, 1975, p. 70.

纯粹的神秘主义超现实经验表征，无意识激动所引发的大量力比多经济投注变化。一般爱恋状态，通常出现自我力比多外移投注到所选择的对象上，强烈激情状态以自我贫化的程度来衡量。依此，那么弗雷德里克的特殊自我膨胀，扩增显然不是一个寻常的爱恋力比多经济模式，反倒是某种逆向撤回对选择爱恋对象物的投注力比多，反向堆积到自我之内，激增自我力比多到异常状态或致病形成自我夸大妄[40]。

深夜塞纳-马恩省河岸边的幻觉现象，指向自我夸大的妄想体验；福楼拜矛盾地在这初始的想象爱恋双方身体接触、握手情境，弗雷德里克的无意识机制不是朝向爱恋对象物，却反倒退回自身，同时否定世界，否定现实原则替代以另种幻觉真实作为自我膨胀，扩增的原始真实。依此无意识机制推动下，弗雷德里克回到房内镜前自怜自照的情境，实现自我回溯到更原初的原自恋状态，他以自我作为真正爱恋对象。这个矛盾的否定，河岸边弗雷德里克的喃喃自语无限爱恋阿尔努夫人，话语，那只是一种误认、错觉。终其一生，他只是在证明这个误认。“镜子里，他的面貌呈献给（s'offrait à）他。他觉得自己很美。”一分钟的动作，福楼拜精确地用短短的一分钟时间计量自照影像持续长度，但是，句中动词他却差异性使用小说中最大量的过去未完成式（imparfait）–（s'offrait）和简单过去式（觉得）（se trouva），停留（resta）并置。动词语法时间性差异化不遵守物理时间尺度，普鲁斯特注意到福楼拜这个“永恒的过去未完成式”（éternel imparfait）的现代性书写特征，不同的动词时间性交错打破延续不断的过去未完成式，营造出节奏，扰动寻常的时空描述线性，“有时候，完成式中断未完成式，反倒变成某种未确定事物之延续。”[41]而这种奇特文法书写，普鲁斯特说正是福楼拜“让无意识进入意识，以便将之纳入在论述的不同部分。”[42]镜中面貌呈现的时间延续未完成，超出物理时间所能衡量，不同于自我判断，美，以及，站立，这些行为的时间。福楼拜给予镜像面貌，自恋影像某种特殊时间性，这时间性，紧接出现在河岸边空无，否定时空之后。身体影像在镜中出现与认知对自我建构的决定性起源影响，拉康的镜像期理论深入分析，婴孩对于镜像的总体想象控制身体决定在这之后他对于自我和世界的认识：

40 Freud, Sigmund: “Pour introduire le narcissisme”, see note 26, p. 92.

41 Proust, Marcel: “Ce que signifie le style de Flaubert” (1920), *L'éducation sentimentale*, notice et notes des de Sacy, Éditions Gallimard, Paris, 1965, p. 471.

42 See note 41, p. 472.

> “这种起源冒险，人透过此而有了头一次经验——自我观看、自我反映，以及自我察觉与自己不同的他者——这是一个重要向度，结构他所有的幻想生活（vie fantasmatique）。”[43]

此最初镜像是，以后象征秩序的想象源头。

决定了自我认同，和真实与幻觉的判分。福楼拜将弗雷德里克精神机制变化由河岸的幻觉移转到自我镜像反照，标志出《情感教育》的象征秩序开启在弗雷德里克真正第一次面对自我镜像之片刻。虽然这个镜像还只是雏形：“这只是一个纯粹、简单现实，它不会决定任何事物，它也还不是任何定义对象物。它既不是善，也不是恶，却同时是混乱，绝对与起源。”[44]

伦理价值判断生成之前的混乱，绝对起源，是否基于这无意识特质，福楼拜给予这镜像一个未完成的时间性？拉康强调镜像之所以会被自照－观看者当为真实影像，那是因为它是潜像（image virtuel），象征秩序的想象源头。原我（Ur-Ich），自恋形态的理想自我（moi idéal / Ideal-Ich），真实自我形成于远离此种原自恋的理想自我，同时分化出高度自我检查，审视的自我理想（idéal du moi / Ich-Ideal）。潜像，是否类近底片相对于正像的关系？隐约、间接地拉康采用摄影光学影像的物理虚像投射去比拟，原自恋期无意识的自我原影像形成过程。弗雷德里克镜前自照的情境，在一个他者沉睡于暗室中，而他不再思考的时候，介于睡眠与梦之中介状态。他者，检禁审级（instance de censure）的象征停止作用，不再干扰自恋的自我观看镜像操作，不再思考也即是这种自省反思的检禁制度彻底停止去进行任何道德批评，或逻辑判断。弗洛伊德认为此种原自恋形态的妄想症的思辨，镜像系统和哲学家思辨工作类似；这个自我观察审视的机制决定自我和现实世界联系的开始：

> “……形成和强化这种观察审级（instance qui observe）它可能包藏着记忆和时间因素的延迟性源起（la genèse tardive de la mémoire），它

43 Lacan, Jacques: “La topique de l’imaginaire” (1954), *Le Séminaire, Livre I: Les Écrits techniques de Freud*, see note 39, p. 94.

44 Ibid., p. 41.

们不适用在无意识。”[45]

记忆和时间因素的延迟源起，意味着记忆的后遗效应与抑制延后，共同参与了时间认识—建构的曲解变造，幻觉的可能。

暗室里的镜像，时间意识的改写与取消，这种种现象相当类近于相机里的底片负像。拉康所谓的潜像，福楼拜的一分钟永恒观看，regarder 动词原型，永恒的过去未完成式，底片的记忆延迟正像的回忆和时间向度构造。而所谓的美，不正是原自我影像的理想身体，力比多自我的身体，那种自满自足不去爱恋他者的身体之绝美状态。等待被爱。和阿尔努夫人握手接触后的幻觉现象，加速弗雷德里克无意识浮升，推动他倒溯朝向自恋状态。这之后，他和萝莎奈特、当布勒兹夫人的爱恋交往也各自产生了不同形态的幻觉，各自表征弗雷德里克的力比多经济量变的精神机制。

萝莎奈特化装舞会结束后，弗雷德里克回去，极度疼痛和干渴，喝水，睡下，连续做了几场梦，福楼拜分别用第一个睡眠的幻觉和随后的梦，两种不同精神状态。描述快进入睡眠的半醒半睡之过渡阶段，弗洛伊德引述西伯雷的分析：

> “介于睡眠和清醒的状态，思维转换成视觉影像，但是在这种情况下，显现的影像一般不再现思维内容而是其状态（好情绪、疲倦等等），在这状态中会发现人努力对抗睡眠。”[46]

紧接这状态，进入睡眠，梦成形，福楼拜陈述弗雷德里克很快就被梦境占领，取代前面的睡眠幻觉。两场幻觉，先是化装舞会片段场景人物重现，然后出现一段超现实、高度象征的幻象：出现，两个不曾在舞会中的大黑眼，像蝴蝶般轻灵，炽热如火炬，它们来来回回，震颤，向上飞到天花板雕饰，下降直到他唇口。弗雷德里克努力尝试辨认这些眼睛而不得。

弗雷德里克的两场眠梦之间的幻觉，从先前刚经历过的舞会鲜活记忆印象剪接重构，转变成诡异非现实的幻象，福楼拜将之描写为梦

45 Freud, Sigmund: “Pour introduire le narcissisme”, see note 26, p. 101. 注 (2).

46 See note 26.

觉之前的幻觉（hallucination），依此用弗洛伊德的分析论述，这个诡异幻象并不是梦的工作结果而是某种准妄想状态投映，所以弗雷德里克仍保有某种意识迷离的自我观察机制，企图辨认幻境事物。

如鬼火般，福楼拜巧妙地用（ardents）一词双重语义，同时是炽热燃烧和鬼火，盘旋飞行的双眼—鬼火—火炬，下降逼近口唇；这些高度象征意象浓缩凝聚前面舞会的记忆印象成为隐喻象征；眼前旋转舞动的碎裂人体（corps morcelés）（肩膀、腰身、小腿、头发）大特写画面重叠幻化成鬼火般的两个大黑眼，炽热的鬼火火炬盘旋飞行缠绕，人间舞步踏碎生命肉体四散幽灵化蝶飘浮。燃烧生命狂欢，炽热欲望的自我回望？福楼拜描绘弗雷德里克所见空中飞动双眼的幻象，几乎就是画家雷东的“眼睛气球”（œil-ballon）作品的文字描述。飘浮空中的眼睛，不约而同地出现在文学书写，象征主义绘画，1870年代巴黎公社前后的时代幻觉象征，某种集体无意识观看。祈求神话时间回转，弗洛伊德由《梦的解析》中发掘眼睛、观看和俄狄浦斯神话悲剧的深层关系[47]。借用文化人类学家比较研究不同文化宗教信仰中，眼睛和观看普遍存在于仪式、器物和绘画，是一个起源性神话象征。埃及的宇宙太阳神话、希腊的独眼魔怪、俄狄浦斯、美杜莎等都属于“眼睛－观看”支配操作的神话。

福楼拜所描绘的幻觉与梦场景叙事下隐藏不同的书写精神机制，明确的区分睡眠幻觉和梦之差异，依此特质他建构类近精神医学观看分析描述；也即是，医学知识论支配书写叙述，象征主义式的巴洛克画面的表面非理性下的理性基础。此种矛盾，神话和疯狂的理性逻辑交混渗透运作出令人迷惑的书写运动，扰动原本已极度错乱迷离的叙事内容，抗拒阅读和诠释，保留弗雷德里克个人幻觉、梦的秘密，和秘识距离。

飘浮空中，鬼火般炽热黑色双眼，下降停在弗雷德里克口唇边。这双黑眼，不知来自何处，不是舞会中出现的人物。不同于前面那些碎裂的身体残片，属于白日残余的印象记忆可以作为幻觉和梦的材料。黑色双眼的非过去记忆印象，没有现实性，标志某来

47 Freud, Sigmund: *The Interpretation of Dreams* (second part), The Standard Edition Volume V (1900-1901), pp. 398-399. Note (1) (added 1911). 弗洛伊德1911年加注，扩延至1914年。列举其他分析学家Rank(1913)、Ferenczi(1913)、Eder(1913)、Reitler(1913)等人所发表关于眼睛－梦，眼睛－象征和俄狄浦斯神话悲剧关系。弗洛伊德又引用史学家希罗多德（Herodotus）《历史》一书中，马拉松战役，希比亚斯（Hippias）的梦，作为恋母情结的例证。结尾弗洛伊德又觉得必须再添加一个典型梦的例子去解释俄狄浦斯情意结的变形，这个1925年加写的案例，死亡欲力已经进入改变先前以愉悦原则为核心的分析论述思想体系，巧合的像是《情感教育》中弗雷德里克和当布勒兹夫人私通婚外情的情节。案例主，男性和已婚妇人婚外情担心被妇人丈夫，也是好友发现，梦中改装变成他去拥抱情妇丈夫并亲吻表现高度友善行为，以此遮掩自己的不轨犯行。弗洛伊德分析这友善行为其实是他想杀死对方去娶其妻子的反转变装，但更进一步，在现实世界中他想在梦中回避他希望，或已知，对方患上重病逝世的可能，这样他可以顺理娶年轻寡妇；这种梦工作的状态让案主进入俄狄浦斯情境中。《情感教育》中弗雷德里克帮忙守灵当布勒兹先生目睹的幻觉，呼应弗洛伊德相隔半世纪后的延迟病例分析诠释。不伦私通、婚外情、寡妇再娶，维多利亚时期，19世纪中叶资本主义兴起的巴黎，19世纪末维也纳所共通的时代社会现象。眼睛与梦的象征意义具有一普遍性。弗洛伊德于“魂骇离居”（“Das unheimliche”）（1919）论眼睛伤害对小孩，甚至大人都是一个很恐怖威胁。眼睛成为害怕、畏惧所在。俄狄浦斯和很多希腊神话都以此为基题。眼睛和男性器官的模拟，移用的幻想和神话联结眼睛伤害和阉割情意结，衍生出畏惧、报复，神话中命定罪行的焦虑行为表现。（见“l'inquiétante étrangeté” (1919), traduit par Marie Bonaparte et Mme E. Marty, Éditions Gallimard, Paris, 1933, pp. 181-182.）

自于无意识幻想的属性，强力进入第一个“睡眠幻觉”，接续舞会身体碎片场景，连接后面的梦境。双眼意象，观看欲力（pulsion de regarder）的象征，这阶段早于观看：

> “（在施虐狂（sadisme）病例）：观看欲力，有一个更早于主动观看阶段。观看欲力，实际上，于某最初活动中是自体情欲（auto-érotique），……，以自己身体为对象物。”[48]

先有观看欲力的活动，随后才产生观看的行为，从自我作为对象转向外在物成为观看对象物；弗洛伊德指出当这个观看不同于自己的对象物之欲力，又重新再度抽离开外物回到自身时，观看被反转成相反状态，被看。同时产生新的观看主体，整个过程就是偷窥、暴露狂的观看欲力转换形式。

借此观看欲力和观看的阶段性过程，可以理解那双飞舞的黑色双眼幻觉所涵指的可能精神经济工作。但首先，为何福楼拜会将之称为睡眠幻觉，而不是梦？那是否意味着这幻觉所扰动的力比多－欲力非常巨大而致于阻挠自我去形构梦的工作，不能作为梦的内容和机制，停留在自体情欲的原自恋状态，抽离大量无意识之中的欲力投资。同时，幻觉才能妥协接受现实原则检验去构成某种真实逼真感觉之相信（croyance）。飞舞的黑色双眼，观看器官脱离看观看主体，无主的（“它不是舞会中的事物，人”），也不属于任身体，面孔的部分物（如同前面，属于舞会中不同人物的身体碎片部分），没有场所和支配运作的生理机制去相互对应。只是一个被看到的观看器官——不确定是否具有任何真正的观看机能。就是一双自由飞行的黑色双眼。它能否观看，既决定谁在观看的无一主体关系，同时也影响弗雷德里克的观看位置和状况——兼具看与被看的双重暧昧性，即是偷窥—暴露共体，施虐狂—被虐狂的原被虐狂，情欲源被虐狂（masochisme érogène）。

弗洛伊德分析此种特殊的原被虐狂状态中，力比多尝试以混杂，渗透方式去驯化死亡欲力，构成某种特殊的结合形式，原施虐狂以某种扭曲方式类同情欲源被虐狂：

48 Freud, Sigmund: “Pulsions et destins des pulsions”, *Métapsychology* (1915), traduit par Jean Laplanche et J.B. Pontalis, Éditions Gallimard, Paris, 1940, p. 29.

“在大部分的力比多向外移转到对象物，那些仍残留在内部剩余物，就是情欲源被虐狂本身。它一方面有部分变成力比多的成分，另一方面又永远保持作为个体所特有的对象物。此种被虐狂就是一个见证者和一个遗迹，关于这个完成熔合死亡欲力和情欲的形成阶段，生命中如此重要。”[49]

49 Freud, Sigmund: "Le problème économique du masochisme", *Névrose, psychose et perversion* (1924), traduit par Jean Laplanche, Presses Universitaires de France, 1978, p. 292.

“此种被虐狂就是一个见证者和一个遗迹”，这解释了飞行黑色双眼所形成的矛盾看与被看并具的共体情境，最后它降临在唇口边，见证可能被吞食的原始口腔期的死亡欲力实现之焦虑。这片刻，原先熔合的矛盾对立死亡欲力和力比多开始分解，死亡欲力脱离形成施虐状态寻求对象物去破坏，而原被虐狂可能努力再次要去内化，吞食向外投射的死亡欲力，转化成二级被虐狂。停留在口唇边的飞行双眼，炽热又如鬼火的并具力比多和死亡欲力，向外自由投射飞行或再次被内化吞食。幻觉破灭停止于此刻，梦终于可以形成，无意识中原先堆积大量的力比多—死亡欲力，分化转移到自我，不再干扰梦的工作，这个梦，典型的施虐狂和二级被虐狂。梦入侵占据睡眠场域：“他似乎被套在马车辕木上，靠近阿尔努先生，女元帅（萝莎奈特）跨骑在他身上，用她的金色马刺将他剖腹。”

福楼拜操作代名词的暧昧指称，将他（lui）剖腹，人称代名词可能是弗雷德里克，也可能是他旁边的阿尔努先生。梦境中他们两人变成被萝莎奈特驱驾，拖行车子的马匹。如果“他”指称阿尔努，那弗雷德里克就是一个窥视者，观看施虐狂，偷窥萝莎奈特和阿尔努先生的变态施虐－被虐兽性性性行为。如果是弗雷德里克自己，那么二级被虐狂，他进行反转的女性被虐狂（masochisme féminin），他被去势成为女性，被剖腹刺穿的性行为象征。梦境两段情节，像马一般被架在马车辕木，被马刺剖腹刺穿。工作奴役，驱驾和动物图腾变形，剖腹的性与死亡表象，同时也有剖腹生产的意义。梦的多重内容文本意涵指出梦工作的繁复加工建构的巨量精神经济和空间转移。弗雷德里克在这梦境，可以明白看出他已经从前面和阿尔努夫人握手接触产生的深夜幻觉的原自恋精神状态走向一般爱恋，而舞会的部分身体碎片和黑色双眼幻觉则可视为一个由最早的部分物爱恋作为中介过渡，寻求构成爱恋关系的可能，福楼拜使用倒错（perversion）性行为的病态症兆梦境展现。

福楼拜一再强调萝莎奈特所具有的神话隐喻特质，化装舞会出现的狮身人面舞者，梦境中的人马怪兽（centaure）意象。萝莎奈特用金色马刺剖开人马腹部，表面的显文本内容赋予她一个具有阳具女性（femme phallique）的特殊施虐狂的倒错性别特征。男女性别，主被动关系反转。然而在表面内容下的神话谱系象征却指向更深层，无时间性的无意识场域，神话精神经济和空间的原过程动力工作。福楼拜高度压缩、移转，修剪原先错综复杂的人马神话叙事，简约用马车辕木去作位喻（métonymie）指涉。希腊神话的人马怪兽谱系其实有两大类，善良和野蛮残酷的兽性怪物。而其原生的神话血源父母，也因差异而致区别出不死的永生人马和有限生命的人马怪兽[50]。

依希腊神话源起的先后时序，最早的人马怪兽是奥林匹亚众神的父亲克罗诺斯和海神女儿菲吕拉生的喀戎，他和宙斯、奥林匹亚诸神同辈。因为克罗诺斯以马的变形化身交媾，所以生出喀戎的人马躯体。他跟众神一样是永生不死。死亡出现，因为偶然。喀戎，善良、智慧的导师；擅长音乐、兵法、狩猎、道德与医学，教导很多神话英雄人物（阿喀琉斯、伊阿宋、阿波罗等）。不像其他人马怪物对人类施暴。另一类的人马怪物，不是起源性奥林匹亚众神辈，它们是宙斯诡计作弄伊克西翁，将一朵云幻化成赫拉——宙斯的妹妹、妻子——的样貌去诱惑他，考验伊克西翁是否有勇气去亵渎，结果生出人马怪物，残暴、野蛮。此外还有一位人马，它和喀戎一样都是友善、不暴力，弗洛斯，萨提洛斯和水泽边的仙女宁芙的后代，介于人神之间的温和怪物。

梦境，萝莎奈特用马刺伤害绑在马车辕木前弗雷德里克—阿尔努先生。伤害人马怪物。希腊神话，赫拉克勒斯，大力神，为了抢夺一罐酒神美酒，引起屠杀人马的血腥传奇。混乱中，善良的喀戎也被赫拉克勒斯毒箭射伤，毒性超出他自己的医疗知识技能。痛苦折磨，却又因为自己的永生不死神性而不能解脱。最后在宙斯允许下，喀戎用永生神性重赎普罗米修斯，以此获取死亡脱离痛苦，而普罗米修斯重回神界，脱离永恒炼锁高山苦刑。喀戎死后成为天上人马星座。

50 Grimal, Pierre: *Dictionnaire de la mythologie, grecque et romaine*, "centaures" pp. 84–85, "Héraclès" pp. 187–203, "Chiron" pp.90–91, "Héra" pp. 186–187, "Pholos" p. 372, "Tirésias" pp. 458–459,Presses Universitaires de France, 1951.

人马神话意象借由位喻修辞浮现，在这之上，弗雷德里克—阿尔努先生隐约像马一般拉马车。狂欢化装舞会后，出现人变成马的场景，两者的联结具有一层经济社会无意识向度。弗雷德里克以马—劳动的意象作为回赠萝莎奈特舞会餐宴邀约的礼物，无时间性唤醒遥远、消失在历史记忆遗址中古希腊社会礼仪制度。热尔内分析古希腊贵族间回请餐宴，éranos，社会礼俗，最常见的贵重赠礼，马匹[51]。Éranos成为一种非成文的义务、赠礼。随后变成友谊和经济交换的信贷，互助金钱的盟约、誓言。马匹，古希腊城邦地主贵族的财富象征。弗雷德里克—马人意象的经济社会意义，转借人马神话的外在现实历史记忆基础。

喀戎放弃永生的神性，交换获取死亡，止息折磨的痛苦，这不是一般的死亡，他将自己神性给予被惩罚的普罗米修斯，为人类偷火，教导人类技术与知识，改变人类命运的普罗米修斯。喀戎降为人—兽生物得到死亡从痛苦中解脱，他用这种方式救赎永生化普罗米修斯。此种牺牲救赎似乎很少被注视讨论，相较于普罗米修斯被神话英雄化崇拜的文化传奇。喀戎和普罗米修斯，希腊神话中代表智能、知识和技术的教导者。喀戎教导的对象大都是希腊神话、史诗中的英雄、半人半神。普罗米修斯的诡计盗火则彻底改变人类命运，颠覆破坏了人神之间的权利—律则关系、秩序。喀戎和普罗米修斯两者在权力秩序和知识传承上，明显地呈现出妥协维持神—人的不对等宰制和革命颠覆破坏的差异。喀戎的死亡救赎叙事神话被抑制，近乎遗忘，显示某种文化想象的选择性操作。喀戎选择死亡，终止伤痛折磨，自我摧毁的死亡欲力解开力比多系缚。这一场屠杀人马的神话叙事中，另一个友善接待赫拉克勒斯的人马，弗洛斯，荒谬地好奇看杀伤的武器箭头时，不小心失手落在脚上，造成致命死亡。弗洛斯，两位情欲神话人物结合的后代，愉悦与欲望的人马，自我克制不敢打开酒神的酒，结果，和喀戎一样成为意外偶然的受害者。弗洛斯的死亡却多了点嘲弄反讽，他如果不接待赫拉克勒斯，他如果坚持不打开酒罐，他如果不好奇捡起箭头把玩，那死亡也不会找上他。嘲弄、反讽不正是他父亲血缘隐喻，萨提洛斯。好色淫欲自然神灵后代，反讽的结局。综合人马人话屠杀发生在酒神美酒开启后，其实集结了暴力、救赎与反讽的三种不

51 Gernet, Louis: "Droit et prédroit en Grèce ancienne" (1951), *Droit et institutions en grec antique*, librairie François Maspero, 1968, p. 29, p. 221.

同神话诗学隐喻，死亡欲力彻底摧毁，破坏先前的力比多—死亡欲力结合。庞大神话谱系叙事中，这段情节，次要又次要的被人弃置一旁。人马，神话黑夜时期产物，人与野兽—动物在众神的失序、脱轨之后的跨物种，跨宇宙秩序范畴的怪物；偶然。

抢夺酒神美酒引起人马族群无差别性被屠杀，标志希腊神话黑夜时期结束，来自自然的偶然开始被命定，必然和规律取代，人和其不幸灾难共同出现在普罗米修斯盗火之后，喀戎放弃神性交换生物生命的死亡，神话永生盗火者。人与神的永恒对抗，开展于自然退位。史诗承继真理和神话的传递和创造，历史时间种子开始萌芽于神话破晓露水滋润。普罗米修斯被救赎，再度成为永生众神的转捩时刻，他不再是被链锁在高加索高山上被苍鹰永世啄食肝脏，被唾弃，逐出天界的窃盗不法者，起源性的被虐狂象征：

> "被虐狂倒错的真实装置，完美地对应这些幻想（fantasme）装置，……——实际上对应以游戏形式出现的幻想生产——显内容是：被封口、绑住，痛苦方式，被毒打，被鞭打，种种方式被虐待，被强迫无条件服从，被污秽、贬低。肢解只有在很有限，稀少状况下加入这内容。"[52]

喀戎的死亡，自我施虐的极端形式，摧毁自己，施虐—被虐集结在自我，这个决定和行为，同时也终结人—兽混杂的跨物种变形。三种人马，喀戎，第一代人马，拥有神性，奥林匹亚宙斯的兄弟，代表理性、智慧。弗洛斯，森林水泽情欲神灵后代，欲望与情欲。第三种，兽性最强，野蛮、残暴，他们是幻象和真人结合的后代，完全不具备神性，人性部分被兽性、非理性支配，群聚生活。集体性施虐暴力，他们承继幻象母亲赫拉的黑暗破坏本能。人马屠杀神话背后，赫拉以不在场方式间接参与支配事件。赫拉，宙斯的妹妹和妻子，她曾经被父亲克罗诺斯吞食而幸存得救。天性善妒、多疑、暴力的原始具阳具女性。宙斯的不忠，经常性出轨，到处留下私生子，就像《情感教育》中的状态神话版。赫拉陷入暴虐精神疾病状态，盲目地施虐宙斯的私

52 See note 49, pp. 289–290.

生子、爱恋对象，及周遭众神，神—人英雄。

屠杀人马的赫拉克勒斯，宙斯最杰出私生子，赫拉从他在母胎中就开始想方设法要除掉他，所有各种凶险恶毒行为、策略都失败。兽性人马和赫拉克勒斯的杀伐战斗，延续赫拉的暴力报复。这些人马是宙斯用云朵幻化成赫拉样子而生下的后代。赫拉，母亲幻象，不具备任何真实，却依然传递给他们暴力、兽性。从另一个角度思考，赫拉作为具阳具母亲，幻象方式，早已剥夺这些人马的男性阳具特征，它们的暴力施虐狂倾向，来自于这个起源性双重否定：没有真实母亲，没有阳具。酒神诱惑引起悲剧的屠杀，朝向失落物，酒作为象征替代，争夺转向对他者，赫拉克勒斯的暴力行为。他们具体实现赫拉—母亲幻象的施虐狂暴力、妄想认同。萝莎奈特驾驭人马怪兽，施虐剖腹的意象，是弗雷德里克经过化装舞会一夜狂欢，目睹她和众多男人的可疑挑逗行为后点燃的幻想，对女性和性之欲望，不得满足的力比多先以幻觉调节睡眠，进入类母亲胚胎的生理状态后进行多层次梦工作加工形构出他和萝莎奈特、阿尔努先生的三角人马神话梦境，同时也是欲求不满和怯惧焦虑并存的二级被虐狂的被动女性位置。投映幽暗晦涩又片面的人马神话暗喻，不是全面的显文本内容，而是更为约简省略的检禁抑制版本，赫拉—人马—萝莎奈特的主被动逆转施虐—被虐的倒错幻想，前俄狄浦斯的在原自恋和片面物体选择固着之间的边际过渡状态，自体情恋的力比多开始被死亡欲力冲击而松解，化开先前的结合状态。借由人马神话回溯到赫拉和宙斯之间神话家庭罗曼史的无意识文化场域，可以联结到梦境之前的飞行黑色双眼，既是炽热火炬，也是鬼火的力比多和死亡欲力混合状态之更久远神话诗学意义。

赫拉的神话叙事中，有数场和眼睛、盲目关联。赫拉本身是阿尔戈斯城邦保护神，以多眼的孔雀羽毛当为象征徽记。赫拉和宙斯两人争论爱情中男女两方何者更能享受愉悦，赫拉认为是男人，而宙斯偏向是女方。两人争执不下，只好询问唯一有过双性经验者，提瑞西阿斯。提瑞西阿斯原本是男人，一次路边目睹两条蛇缠绕交配，他将它们分开（有各种不同分开的版本说法），结果因此他被变性成为女性。因为这层双性经验，其说辞自然具有权威性。他说女性有九个部分在情爱中可以得到愉悦，而男性只有一部分，所以女性更能享受愉悦，不认输的赫拉，愤怒地让提瑞西阿斯瞎眼。宙斯弥补他的损失，给予他预言和长命。但这并不是提瑞西阿斯第一次被弄瞎，另一个神话中，他因为偷看众女神裸体而被帕拉斯弄盲，同样；失去视觉后帕拉斯补偿给他预言能力，非肉体观看的预见未来能力。也是提瑞西阿斯他揭露俄狄浦斯无意中犯下的罪行。提瑞西阿斯的盲目，前俄狄浦斯的象征。死后在冥界的提瑞西阿斯幽灵依旧保有预言、诉说真理的能力。《奥德赛》第十书，迷航的尤利西斯进入冥界求助提瑞西阿斯幽灵指引返乡航路，同时也询问故乡妻子亲人状况及未来事：

> “在哈迪斯（Hadès）和可怕的珀耳塞福涅（Persephone）那里，询问泰伯斯的提瑞西阿斯的意见，盲目并未让他丧失智慧，因为，在冥界，珀耳塞福涅允许他唯一一个在所有幽灵中仍保有感性和理性。”[53]

在提瑞西阿斯指引返航道路后，尤利西斯迷惑要用什么方式才能让畏缩呆立一旁他母亲亡灵，安提克勒娅（Anticleia）能够开口张眼辨认他、可以交谈。提瑞西阿斯教他一样用黑血献祭，如果她是来自另一个黑暗阴间（Erèbe）她就会逃逸，若只是熟睡在哈迪斯的幽灵，吃食黑血祭品后就会醒来。提瑞西阿斯盲目的幽灵预言者，协助尤利西斯双重返乡，人间回到伊色佳故国，妻子重聚。精神，哀悼工作回溯到亡母身旁，唤醒母亲幽灵，母子关系重系，但不是回忆、重现过往，而是像提瑞西阿斯一样，也有预言未来的能力，“会说出真理”。

提瑞西阿斯的盲目预言开启指示尤利西斯的盲目迷航，因他原本阖眼沉睡幽灵—母亲，重获知觉辨识尤利西斯。

飞行的黑色双眼，冥界失去肉体观看器官的提瑞西阿斯，他的失落双眼，再度观看于他方黑夜的未知未来。

如果尤利西斯漫长曲折的返乡旅程经常被视为西方文化思想的追寻自我，回返精神原乡，主体性建构和寻找，象征代表。那么，冥界盲目幽灵预言者的指点迷津，告知未来的传奇必然具有相当决定性意义。同样，死亡国度中尤利西斯和母亲亡灵重逢场景相对于重返故国，

53 Homère: *Odysée*, livre X,traduit par Victor Bérard, Éditions Gallimard, Paris, 1993, p. 226.

重建自我也必然具有逻辑必须性。尤利西斯透过哀悼工作，祭血食，唤醒沉睡母亲亡灵，这过程似乎是一个倒转的镜像回溯。不是母亲喂食幼童尤利西斯，精神机制自我保存欲力先于其他精神能量，生命延续本能要求下，婴幼童和母亲建立依附（anlehnung）情感关系，它决定这之后的自恋和其他形式的爱恋对象物选择。冥界中死亡主宰一切，尤利西斯反哺祭食母亲制造出幽灵返魂幻象，口腔依附的遗留保存在，吃食和之后母子之间的对话情境。最后，当尤利西斯尝试三次想拥抱母亲幽灵而不得，魅影幻梦从双手中逃逸。尤利西斯哀怨地，“母亲，为何要逃避，当我想拥抱你？”尤利西斯说出了主体自我追寻的必然性哀悼工作，远离，失去母亲。也即是弗洛伊德所分析的自我形成过程中复杂的俄狄浦斯情意结和自恋精神机制的矛盾关系。《情感教育》弗雷德里克和阿尔努夫人，最后的重逢隐约听闻得到尤利西斯的哀歌回响。魅影幽灵母亲回应尤利西斯哀求，告以死亡律则的真理，不是夜后珀耳塞福涅所决定：

> “所有人，当死亡临到，其律则：神经不再能系住肉体、骨骼。所有都在焚烧火焰能量中消失。当灵魂离开白骨，魅影般飘飞，遁逃如梦幻。”

死亡的律则，死亡欲力，焚尽所有生命肉体，转化成魅影与梦幻。生养哺育婴幼儿的母亲，终极交付给尤利西斯不是生命，而是死亡奥秘，梦幻和幻觉的源头。两种真理，预言指示尤利西斯返乡之路，提瑞西阿斯的生者航途，以及尤利西斯母亲的死亡机制。盲目和永眠，真理和预言的催生者、赠予者。真理，冥界的赠礼。

提瑞西阿斯的几次盲目神话传奇都离不开偷窥，而中断交媾缠绕双蛇则是原初场景的象征，因为这个失误，他被惩罚，去势变性成为女性。奥维德《变形记》修补这个原创伤，安排几年后（七或八年）路上又巧遇同样双蛇，他被原谅，重获男性性征。至于那场惹恼赫拉被弄盲目，他以双性人经验，仲裁两性性别差异在性、爱恋的愉悦强烈程度比较。宙斯和赫拉的争执，各自执持的论点，反映性、爱恋行为关系中的支配权力关系。宙斯混乱无节制的性、爱恋行为者强调女性是两性中获得更高愉悦，那若不是一种诡辩语言策略，宙斯表达他其实一直处于欲求不满状态，每次的狂欢似乎都是为了替神谱多添几笔新的神，或神—人、神兽。间接地，宙斯也否定赫拉的女性性别，无法给予两者满足的性行为、爱恋愉悦。赫拉是众多女神、女性中较为挫败、冷感，无法得到适足性行为表现。赫拉的立场，男性更为愉悦的说法，反倒更证实宙斯说法之意向，赫拉其实欠缺真正的女性性向，她拒绝女性性别认同由此她投射出男女性行为，爱恋关系中她的被动、受损、不满精神机制，所以真正愉悦获得者对她而言是男性。反转爱恋愉悦成为施虐暴力，释出死亡欲力去破坏、摧毁力比多，调办精神能量平衡的动态与空间分配。神谱，希腊神话中赫拉的种种诡计、暴力施虐都是源起于这个性别认同拒绝，和否否的表现，某种被父亲克罗诺斯吞食的原创伤症候弥补负面延迟效应。

提瑞西阿斯，扮演仲裁—分析师角色，揭露性别差异的愉悦原则同时也触及赫拉之深层创伤；提瑞西阿斯窥见赫拉的性别欠缺，引起赫拉的负面反应，剥夺作为真理—判断者的肉眼，双性者的肉眼——他—她拥有过多的性别特征，而这是她作为欠缺不足者所不能容忍，去除双眼，在去势之后，双重阉割，真理的代价。提瑞西阿斯其实不需要肉眼，当宙斯给他预言能力，第三只眼睛，他已经过度观看。

所以，即便肉体已经死亡，提瑞西阿斯仍能预视未来，因为他就是观看，不需要任何观看的肉体感官，死亡，死亡欲力反倒解脱，释放最原初的观看欲力，而这是尤利西斯所急切需求的，分享观看，观看死亡欲力给予尤利西斯母亲亡灵重新观看。如此，哀悼工作，未完成，未进行的哀悼工作才能执行。弗洛伊德分析自恋形式的自体情欲转变过程，观看欲力（pulsion de regarder）的初期状态是一个决定性阶段，于此时期，由观看的欲望实现以自己的身体作为对象正是自恋形构的开始。虽然自己身体是所有观看欲力最初对象物，弗洛伊德特别指出一个奇特暧昧现象，却未给予进一步的分析解释：

> "……在某种身体情欲模式运作，也即是其对象物消失以便其源头器官操作，一般来说，两者会合而为一，观看欲力的对象物，虽然说它一

开始应该是自己身体的一部分，却不是眼睛本身。……。在自体情欲欲力中，器官源头的角色具有如此决定性，……，器官的形式和功能决定欲力目标的主动性与被动性。”[54]

眼睛作为观看欲力的器官源头，决定观看欲力的主被动形式，观看或被看。但是，眼睛，虽然同时是身体一部分，和源头器官，它却不会成为观看对象物；依这论点，眼睛似乎具有某种超越性，既是身体一部分，也是在某处，但又不能被外化成为不同于身体的观看对象物。那么弗雷德里克幻觉所见到的飞行黑色双眼，是何者，什么样的眼睛？拉康意识到弗洛伊德这个观看欲力源头的观看器官，眼睛不会出现在观看场域成为对象物的矛盾现象。他用一个简单的笛卡尔光学折射错觉实验，倒转重叠的花束实验[55]，尝试分析解明。

拉康用凹面镜中反射盒上空瓶叠映藏在盒中倒置的花束，造出镜中有花束的花瓶。这镜像，拉康用它象征身体影像（image du corps）。盒子，身体。花束，欲望和欲力，欲望对象物。拉康自问：

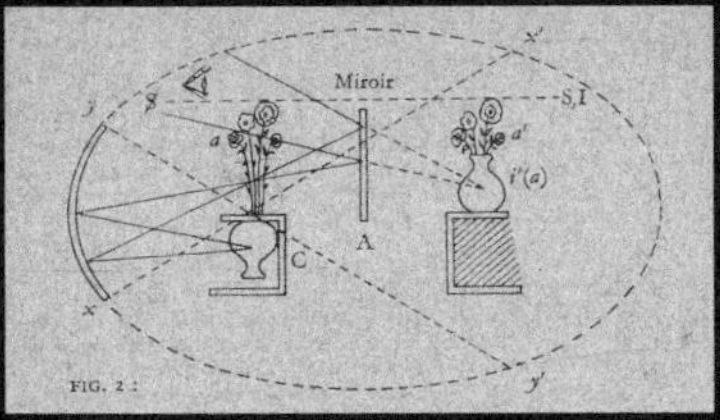

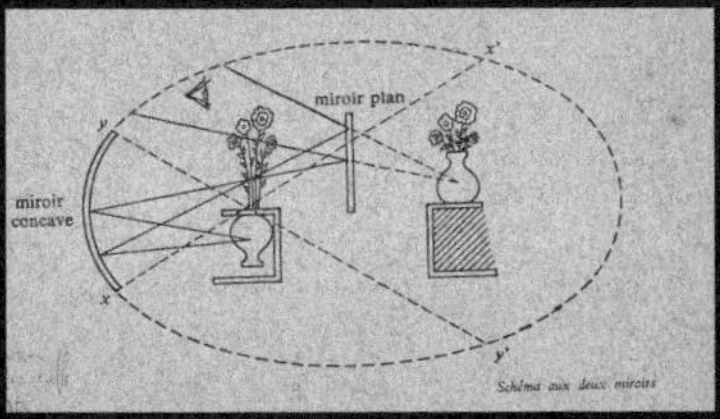

（上）
两个镜面简化图（于 Remarque sur le rapport de Daniel Lagache《psychanalyse et Structure de la Personnalité》，1958）
平面镜 “A”= 大写他者（Autre）
$ = 误认之主体
S, I = 想象主体，形成自我 (Moi)
X' Y' = 光学错觉场域
(Jacques Lacan,《Écrits》, p. 674)

（下）
两个镜面花（凹面镜 + 平面镜）
(Jacques Lacan,《Le Séminaire Livre I》, p. 143)

“我们不是一个眼睛，那什么是四处游走的这个眼睛？”[56]

基本上，眼睛必须固定在一定观看角度的位置，才能产生错觉。它不能随意移动。眼睛之所以有时能移动，有时并不完全取决于其位置，观看的位置。那即是“这里的眼睛，经常是，主体的象征”，“所有的科学都建立在，将主体化约成一个眼睛，所以它为什么能在你前面投射，即，客

54 See note 48, pp. 33–34.

55 Lacan, Jacques: “La topique de l’imaginaire”(24 février, 1954), *Le Séminaire, LivreI: Les Écrits techniques de Freud*, Éditions du Seuil, Paris, 1975, pp. 91–94.

56 Lacan, Jacques: “Les deux narcissisme”(24 mars, 1954), see note 55, pp. 143–145.

体化”。只要这个眼睛保持在一定距离就可以看见这个错觉。这个实验，其假设的眼睛实际上并不会出现在凹面镜。拉康之后修改这个实验，将凹面镜放在观看眼睛视觉范围后方，看不见，用一平面镜放置在先前凹面镜位置，制造出新的错觉镜像，观看者自己也出现在镜中。拉康反复回到这个修正的镜像。最先，紧接在凹面镜实验课程之后，用调整改变的镜像说明两种自恋镜像，看到自己的反射镜像，最早的异化，原自我。建立在和他者差异之上[57]。主体取消，裂解，误认的自我，也即眼睛视觉的局限问题未纳入。

拉康不谈隐藏在眼睛视觉范围外的光学装置遮蔽问题，他只强调镜像错觉，双重镜像和自我、他者、主体的联系建构，1958 年的论文延展自我、自恋的讨论进入主体性裂解、取消和自我误认，借由真实空间和镜像潜存，虚空间的影像错觉认同去说明。论文中他用更多段落解释光学几何投影成像原理。笛卡尔的折射光学，改装隐藏的渗透复返，他的盲人实验隐喻，变成拉康的遮蔽光学错觉实验。几何光学，自然世界光与空间的问题，内化反射出观看者自身主体性，自我的精神机制本体论建构分析，光学之历史性改变。拉康这几篇关于镜像错觉论述，眼睛的位置和其作用似乎逐渐被稀释，直到被遮蔽和取消。这种过程，重复，或印证弗洛伊德的假设，眼睛虽是观看的源头器官却非观看对象物，即使它也是身体的一部分。依照这个假设去对照拉康的镜像错觉观看，观看者最先看到的是错觉镜像，花束在花瓶中和镜中正在观看的自我，眼睛虽也出现在其中，却必须同时被视而不见，也不在。拉康的镜像期，最初镜像观看一再强调这个只有六到八个月的婴孩，他只能见到自己碎裂不全的身体，而理想的身体是他者的身体。但这究竟是什么形式的碎裂，不完整自我身体，并未有明确论述分析：

> “身体就是自我追寻的碎裂欲望，身体作为自我（soi）的理想，在主体旁边自我再投映出碎裂身体，当他看到他者如同完美的身体。对主体而言，一个碎裂的身体就是他自己身体肢解的一个主要影像。”[58]

57 Lacan, Jacques:“Remarques sur le rapport de Daniel Lagache: *Psychanalyse et structure de la personnalité*”(1958)(1961), *Écrits*, Éditions du Seuil, Paris, 1966, pp. 673–680.

58 Lacan, Jacques: “Zeitlich-entwicklungsgeschichte”, *Le Séminaire, LivreI: Les Écrits techniques de Freud*, See note 39, p. 171.

“一个碎裂的身体就是他自己身体肢解的一个主要影像”，这不正是弗雷德里克意识不清下所看见的化装舞会宾客们的身体碎片拼贴幻觉，其实是他自己的再投映，改装自己的碎裂身体变貌，以此改装去降低焦虑，还是改装去实现自己的攻击性？而随后出现的飞行眼睛又是何种意象指称？谁的眼睛？

让·伊波利特质疑拉康的光学实验假设中眼睛的存在问题，拉康只片面强调镜像，认为眼睛只要调整位置，配合影像，他就看得见错觉。伊波利特半嘲讽的再质问，他用高中会考程度去重建拉康的图解，但总是发现：

> “总有眼睛在镜子里观看，为了要看见真实影像里的潜在影像。”[59]

伊波利特注意到镜中出现的观看者的眼睛，其存在的问题不能被忽略。拉康的回答，重复先前的说法，回避伊波利特的问题。伊波利特再一次提出眼睛问题的重要性：

> “当我观看镜子，我同时看到潜存的花和我潜存的眼睛（œil virtuel）。”

被伊波利特的诘问逼到无法回避，拉康表现出不耐与不悦态度：

> “当然啦，至少我的眼睛真实存在。它本身并不是一个抽象点。因为我强调，我们并不是一个眼睛。而我在那里，开始进入抽象。”

伊波利特面对拉康的诡辩，只能婉转避开，但即使知道他得不到真正的回答，他还是留下最后的疑问：

> “那是一种什么样的互相对应介于，真实物体，花束，真实影像，潜存影像，真实眼睛和潜存眼

59 See note 39, p. 165–166.

睛？我们从真实物体开始——对你而言，什么是真实的花束？”

60 Lacan, Jacques: "Variantes de la cure-type" (1955), *Écrits*, see note 57, pp. 344–345.

没有答案的问题，“真实眼睛和潜存眼睛”，深刻的精神机制问题，远超过单纯的观看行为反射。这根本问题，一个本体论指向的问题，也正好是对于弗洛伊德的假设的质问，为何眼睛不能观看眼睛？眼睛能否自我观看？一个非常接近中观哲学的大哉问。对应弗雷德里克看见飞行黑色双眼，在身体碎片幻觉之后，它们是否也正在观看如同弗雷德里克看它们，看与被看共存，眼睛观看眼睛。

镜子期理论建构建立拉康早期分析思想论述核心，六到八个月婴孩发现镜像中的自我和他者的不同，开展象征秩序、自我形成的种种可能。但这时期的观看机能，并非婴儿最初的观看行为。而且，伴随镜子期认同开始的攻击性，其实是衍生的后期攻击性，基本上，它并不是针对他者，或是为了延续生存的斗争；精神机制和生理发展，他是处于依附母亲或养育者状态。所以其攻击性是针对自己的不完整身体状态，分析情境中经常会重现：

> “在传会（transfert）和抗拒中，多少也在《文明与其不满》（*Malaise de la civilisation*）出现，可以看出攻击性并不像一般人想象的为了生存而斗争的源头。攻击性的观念，相反地，其实是响应主体反抗自己，一种撕裂，当他在看见他者影像片刻时所认识，畏惧它的完形（Gestalt）总体性，这预告之后对自己行动不调谐的感觉，回溯性以碎裂影像方式结构化。”[60]

拉康采用弗洛伊德关于施虐—被虐起源于原被虐状态的论点，以此解释最初的攻击性对象其实是主体自身，观看自我镜像的观看者。这时期，观看欲力和观看意识开始产生、运作；在这之前，眼睛视觉究竟是什么样的作用？是否是单纯的生理机制，不具备任何精神机制的参与，或是两者之间存有更混沌未解的无意识关系？这阶段，前镜子期阶段，婴孩的身体动作和攻击性存在任何决定性作用？拉康在“攻击性于精神分析”论文中，借用幼童心理发展理论，指出在镜子期前后一两个月，婴孩的身体动作，拍打、踢动，基本上是一种对自己身体的移动性部位的学习认识，协调被动，植物性不能移动的身体姿态之内在张力，摸索最原初空间认知和由此产生自发性的情绪表现可能。

镜像出现之前，本能性自发身体动作机能和原初情感表现成为以后所有无意识欲力，力比多之材料和本质。自我镜像之前，拉康认为婴孩透过影像视觉去认知的行为，是某种最早的“认同辩证”（dialectique des identifications）：

> “它联系一个完形现象，婴孩在第一个月就开始固着他对于人类形式的兴趣，特别是在第十天开始对于人的面孔。但是，那个涉及主体性的辨认现象，这些是，得意狂喜和游戏定位的符号——它们标志婴孩在六个月开始遇见自己在镜中影像。”[61]

紧随碎裂身体幻觉出现的飞行双眼，不知来自何处，是何者的，最后飘飞停在弗雷德里克唇口前。梦在这之后才开始形成。

福楼拜似乎描绘出弗雷德里克的迷离精神倒逆回溯过程，退回到更原初，更早于原自恋的视觉刚开始的状态。如火炬般炽热，也像鬼火蝴蝶般自由飞行，模糊不清面貌的母亲的眼睛。他退回到自己身体感觉降低、无法移动状态，只剩下视觉，移动飞行的双眼带领他认识空间，回到自己身体，认识自己身体器官部位。此种原初幻觉，已经是梦境的门阀，从外在投映幻觉被自己吞食内化，内向投映梦境，飞行双眼所涵指的错乱现实指标被彻底取消，产生总体梦的幻觉，无意识与神话诗的无时间性场域开启。眼睛看到另一双不是镜像的眼睛，看与被看的同时，弗雷德里克无法获知他被看的形象，他自己的形象未知，标明这是一个尚未有自己形象，尚未能认知和自己身体的原观看状态，眼睛和观看仍存在于混淆不分的初始时期，精神机制处于生

61 Lacan, Jacques: “L’Aggressivité en psychanalyse” (1948), *Écrits*, 见注 57, p. 112.

理机能支配非自主，未形成形式。弗洛伊德所说的观看欲力先于观看是在这之后才开始分化，差异。必须先有这阶段，方才能解释为何眼睛作为最初的观看器官、机能，却要在观看欲力出现后退位、消失成为不在场，即使在镜像中，如拉康的存否态度面对镜中的潜存眼睛，回避伊波利特的困惑疑难。

《情感教育》福楼拜描写这场化装舞会后弗雷德里克迷醉幻觉的精神机制，回溯退回到原初身体被动状态，他没法区辨，也无法自由移动身体。从这个幻觉精神机制，弗雷德里克进入和萝莎奈特的爱恋—憎恶—冷漠忽视的错乱爱恋欲力交换。如果，阿尔努夫人握手引生的幻觉推动弗雷德里克重新发现自我镜像，回溯到原自恋状态。那么这场舞会后的幻觉，没有面貌，只有不清楚来自何方的观看器官，弗雷德里克更为无助的原初婴孩状态，模糊观看眼睛观看而没有任何可以表达的情感和身体动作——是否还有身体？是否是自己的身体？强烈的欲望造成巨大的精神危机，弗雷德里克被卷入混沌力比多和死亡欲力杂糅状态，观看即是被观看，极端被动的主动在无意识场域。

《情感教育》弗雷德里克还经历了另外两场精神危机的幻觉病态场景，眼睛的角色和决定性逻辑运作更明确。

当弗雷德里克终于和阿尔努夫人能够相互坦诚彼此爱恋，却不得实现的哀愁，私密的情感流露交换却被不告闯入的萝莎奈特戏剧化打断，福楼拜残酷地将很悲伤的恋情告白，转化成嘲讽的彻底绝望。萝莎奈特，舞台上藏身幕后的偷窥者，她听见多少私密话语？决定在那个时刻出场破坏情境氛围？福楼拜冷调处理萝莎奈特出场方式，地板的响声中断站立拥吻的两人。她用亲近而非敬语的代名词称呼弗雷德里克，你“tu”，羞辱阿尔努夫人，让她脸红。弗雷德里克处在两个女人之间，没有言语反应，几乎是被动的就跟随萝莎奈特离开，留下阿尔努夫人伤心歇斯底里尖笑。马车上，原先冷漠没有言语和情绪的弗雷德里克，才回过神，各种负面情绪全部涌现（“羞辱的羞耻重压上来，惋惜先前的喜乐”），他心中恶毒诅咒、憎恨地想勒死她。回到两人家中，他正要动手施暴，萝莎奈特才告诉他已怀孕。瞬间，弗雷德里克面临这个突来巨大人生意外，陷入精神危机，产生幻觉。

弗雷德里克的幻觉，先看见自己未来的小女儿长得像阿尔努夫人和他自己的些微样貌，并且叫他父亲。这个幻觉发生在两个暴力行为倾向之间：“不要杀我！我怀孕了”，痛苦挣扎投射幻觉后，他做出决定，“算了吧！我不会杀了他，这个小孩（marmot）”。新生命的宣告幻觉被放置在两个谋杀意图言语行为之间，分别针对母亲和腹中孕儿《情感教育》中弗雷德里克在此处成为恶的象征，不仅只是一个颓废懦弱的失德欺瞒不忠的颓唐富有地主后代。精神危机的幻象抹灭仅存的人性，濒临犯罪暴虐边缘。她否认，拒绝即将到来的后代子嗣，改变自己命运成为父亲进入家庭伦理关系；弗雷德里克企图弑子，私生子，一个让他惊讶的偶然意外，他不承认这是他的未来。没有得到喜悦、祝福的未来生命，甚至被憎恶嫌弃：“这事件是一场灾祸，首先他延迟他们之间的决裂——同时也干扰他所有计划。成为父亲，之外，对他而言是荒诞，无法承认的。”这意念，白日梦，然后是幻觉，和那句勉强的存否判语，“……我不会杀了他”，个人利益和欲望裁量的审判，同时也是对弗雷德里克个人的道德审判。对他先前诱引阿尔努夫人表白爱意，拥吻，即将走向背德出走的悬崖片刻，萝莎奈特闯入后他却懦弱选择背叛，抛弃阿尔努夫人让她坠入歇斯底里的绝望；那是对弗雷德里克的逃避，不愿真正去爱恋，只希望永远是被爱的犹疑，懦弱意志行为的审判。婴孩，最后的纯真，即使没有执行弑杀，动心起念时已经跟人性一起消失。福楼拜用很长篇幅安排婴孩由孕育，出生到夭折，短暂生命过程中，弗雷德里克隐喻间接实践弑婴的阴暗欲望。婴孩，胚胎形式最初时刻，弗雷德里克正处于逃避和抛弃，伤害阿尔努夫人的创伤震惊中，幻觉仍烙印创伤的变貌形式。萝莎奈特怀孕到出生婴孩期间，当布勒兹先生逝世，弗雷德里克和当布勒兹夫人在死者断气片刻后立即订下口头婚约，他帮忙守灵，安排葬礼。小孩在这之后出生。

弗雷德里克看见新生婴孩的第一刻，一个他厌恶到连面貌都不愿细看的肉体事物（“某个红红黄黄东西，满是皱纹，很臭，啼哭”）物体（chose），没有灵魂、精神的生命，一个不美、发臭、刺耳的厌恶事物。他借口“怕伤害他”掩饰自己的不悦而不去靠近亲吻。伤害（faire mal），恶，弗雷德里克心中欲望。拒绝承担父亲的角色，弑婴念头似乎从未离开，作为私生子的身份，他将会被歧视，受到压迫不如不出生。弗雷德里克心中这么想。福楼拜没有给予新生婴孩面貌，短暂生命，夭折后，替代标本保存做法，肖像画。弗雷德里克守灵时刻才让人看见逝去婴孩的双重死亡面貌，五颜六色的肖像画（“红、黄、绿、靛蓝，狂暴笔触交错碰撞，造出一个丑恶、几乎可笑的事物”），逐渐尸解变得难以辨认的亡婴。福楼拜并置这双重死亡影像，画家的死亡想象和真正的死亡身体，死亡本身的影像（“嘴唇的紫色调增强他皮肤的白皙；鼻孔仍然微薄，眼睛更深陷”）。

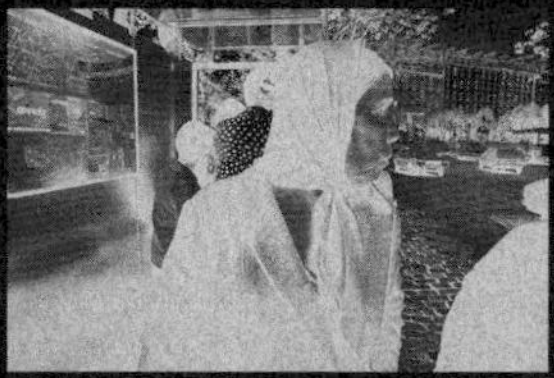

(VII–1)

先前回避观看新生婴孩面貌，弗雷德里克却聚焦强调死亡影像，同时呈现双重亡者肖像。一个没有时间，逃离时间作用和遗忘的抽象变貌，色彩修辞用嘲讽，怪诞取代忧郁与哀伤，多彩狂暴笔触象征死亡急促慌乱的步伐。另一个，伴随死亡的时间消逝，肉体逐渐解体进入黑暗前的变化状态，等待遗忘和哀悼。如是，弗雷德里克用死亡观看，观看死亡终极新生婴孩的幻觉，实现弑婴的黑暗欲望。弗雷德里克移转守灵的哀伤，想起另一个死亡，守灵夜，当布勒兹先生。弗雷德里克流动，或犹疑不定，不愿与不能驻足固着在一定对象物体，情境上，不论是爱恋、事业，即使是自己至亲小孩的死亡哀悼，他也是不由自主地滚动到他处。母亲呢？作为母亲的萝莎奈特，不停来回观看亡者，幻想他起死回生，成长（“创造出种种影像，如同生出她可能失去的众多男孩。……过度的伤痛增加她的母性”）。而弗雷德里克又由守灵夜联想，滑动到另一个失落，阿尔努夫人的永远离别。用另一个失落替代眼前的失落，改装的哀悼工作，自我失落。

死亡的观看，守灵夜的联想；弗雷德里克基于羞耻感，在答应当布勒兹夫人的婚约请求后他自愿守灵。福楼拜凸显弗雷德里克，爱弥不愿明说的反宗教、无神论倾向，"他对这种虔诚情感觉得羞耻"，所以为什么弗雷德里克会形容大教堂的荣重追思丧礼是一场"无政府的奇观表演"。在这守灵夜，弗雷德里克碰见另一场幻觉。端坐在当布勒兹尸体前面，弗雷德里克细看死者面貌（"他脸像干草发黄，嘴角沾着带血白沫……"）。他开始回想亡者过去一生经历，从拿破仑到1830年，效忠过多少不同政权阶级、掌权者（"对所有政权，追求权力，如此热爱到他可以出卖自己去换取"）。弗雷德里克开始估算他的财产，结婚后如何改装房子等。原本被当布勒兹夫人在断气那刻阖上的双眼突然张开，弗雷德里克很确定，一切都是真实，尸体确实在那里，（"他的眼皮又再打开，他的瞳孔虽然沉浸在黏滞幽暗中，却带着一个谜般的表情，难以忍受"），死者的观看似乎在批评弗雷德里克，让他感觉悔疚，为了更坚强对抗，他在心中呐喊：

"又怎么样？难道是我杀了你？"

观看死亡，死亡回赠观看，让弗雷德里克幻觉看见死者的眼睛观看器官的瞳孔，谜般的表情是否是弗雷德里克的倒影反映在死亡幽影中？观看另一双观看中的眼睛，和那双如蝴蝶般飞行的黑色双眼一样，观看的观看，但不能知晓那双眼睛，死者的眼睛看到什么？是否在观看？守灵当布勒兹先生深夜，弗雷德里克的观看唤醒沉睡亡灵重新张眼；观看和死亡，死亡欲力的互换关系，倒转看成为被看；这不仅是某种道德象征意识的自我批评之投映，那是更强烈的施虐攻击性的运作，"难道是我杀了你"？《情感教育》这两场幻觉，弗雷德里克产生不同谋杀企图，这种恶的意识，紧系在弑婴与对诘亡灵以死亡威胁；弗雷德里克站立在历史转折点，当布勒兹代表前几个世代的死亡，而夭折婴孩后代，永远不能到来和成长的未来世代。弗雷德里克虚无非人的恶，历史否定的表征。

弗雷德里克的两次守灵哀悼工作，没有任何一者表现出对于逝者的爱恋不惜，因为他们的消逝而产生巨大的精神机制病痛、伤害。没有，死者的亡灵未投下任何阴影重压弗雷德里克，产生自我的裂痕变异。两次实际未进行，完成的哀悼工作，只强化彰显弗雷德里克的忧郁精神位置，传递隐晦的忧郁真理。

忧郁真理来自弗雷德里克欲求不得的爱恋对象之失落造成之症兆，双重否定，自我与历史。放大自我贫化成为世界表象，他让自己成为被唾弃、排斥的不道德者，自我贫化贬低到极点。弗洛伊德分析忧郁症患者的症兆：

> “病患向我们描述其自我完全没价值，无能，道德上被指责：他们自我责怪，自我伤害，等待被抛弃在外，被惩罚。”[62]

寻求自我放逐，认为自己是社会中不洁、背德的被唾弃者；但矛盾的，忧郁症者的自我批评不是道德意识的鉴戒，相反，他毫无羞耻感，源自于他对于自我的道德厌恶，他不像一般人会被悔恨、自责所折磨，而是：

> “他在这里欠缺羞耻，在别人面前，他特别地在这状态特征下；或至少是，这羞耻不会以明显方式出现。”[63]

如果一般所定义的羞耻是道德律则规定，那没有羞耻的忧郁症羞耻，是一种欲望物。他会毫不保留在别人面前暴露自己所有低下，脆弱处而不觉得脸红羞耻。弗洛伊德分析此种极端自我贬低或轻视道德羞耻律则的起因在于，失落的爱恋对象物投下巨大阴影在自我上面而被逆转成为攻击的对象，造成忧郁症者自我埋怨，自责实际上是一种对他者的指控、控诉，弗洛伊德用德语语源意义“Anklagt”强调：

> “他们毫无羞耻，同时也不掩饰所有轻蔑话语去贬低自己，实际上是为了针对他人而说的。”[64]

所有的羞辱，压制对这些如此背德者而言，其实他们的自责、自

62 Freud, Sigmund: "Deuil et mélancolie" (1915), *Métapsychology*, traduit par Jean Laplanche et J.B. Pontalis, Éditions Gallimard, Paris, 1940, p. 152.

63 See note 62, p. 154.

64 See note 62, p. 157.

这是反向地表现他们被侵犯、伤害，受到不公义的对待之反抗，只是以想象、症兆形式表现。

借助弗洛伊德关于忧郁症之论述，可以澄清弗雷德里克那些谜般背德、毫无羞耻的非人性行为，超越善与恶的判断准则。那是否是一种如弗洛伊德所分析的反向批评，弗雷德里克背负忧郁真理，自我沉沦为被蔑视、唾弃的背德者，注定要被放逐、自我放逐，而永远得不到救赎的永恒失落者。福楼拜用他作为1848年代的象征人物见证资本主义兴起，社会政治动荡不安的历史转折点，1870年启示录终结这世代人最后残存的些许幻想，从1789年大革命开启的历史崩裂，革命再造运动，以虚无结束。自我贪化到自我毁灭，爱恋物和理想失落后以幽灵鬼影重返重压自我、裂解，变异成为自我分裂，对立异化的内在不安症兆源头。

弗雷德里克，背德者，整部《情感教育》围绕他追寻阿尔努夫人的爱恋生命历程开展。令人不解的那场全书中两人唯一的亲近示爱告白拥吻，福楼拜不让交错的爱恋绳结成形。随即又将之解开拆散，阿尔努夫人不是包法利夫人，不会选择出走，自杀的命运。福楼拜营造两人的语言行为不对称；弗雷德里克急切的诱惑者语用态度，直白近乎通俗的用言词示爱；阿尔努夫人拘谨保留到最后一刻才爆发出狂热爱恋情感，这段在一连串短语交换后出现的长句，她依然采取保守的间接方式，诉说自己的家庭责任和孤独，可怕难以忍受的孤独。语言策略上，弗雷德里克使用苍白没有情感的套语，目的性刺激、挑动，阿尔努夫人保留简略语用去积累最后那句激情自我告白长语句。福楼拜用此方式安置双方的语言爱恋情感形式，主被动关系。更嘲讽地，福楼拜应用标点符号变化将弗雷德里克自我辩解为何有萝莎奈特肖像的话语，不用双括号话语方式，而用第三人称描述句子形式，只在最后回问对方明白与否才进入语句括号。福楼拜操作文本空间变化拟态叙事内容空间，弗雷德里克的话语走出话语标点框架，暗示肖像中的人即将走进对话中两人的私密空间。

走出标点文本空间框架，福楼拜同时也隐喻弗雷德里克这句对话不是对话，非话语的否定性将这句话之意向性和意义悬置存疑。福楼拜将前面弗雷德里克的第一人称改以第三人称，变成描述性陈述而非主观话语叙述："如果他有这幅画，那是因为绝望，好像自杀。之外，他让她很痛苦，出于自己的羞耻报复她。"

福楼拜透过这句非话语描述的弗雷德里克辩白，很奇特的符应弗洛伊德上述分析忧郁症论述观点。"绝望、自杀"，自我毁灭的终极选择，施虐报复她者出于自我羞耻说法，也解释弗雷德里克和萝莎奈特的畸形爱恋关系，那是对失落的阿尔努夫人在弗雷德里克之自我投下重压的阴影的报复：

> "不需要太惊讶，如果某些自我指责能成立，经常会和那些回转反对主体者混杂在一起。……。之外，它们同样来自于，'赞成'和'反对'对于爱恋的抗争，最后导向爱恋丧失。"[65]

对爱恋的抗争行为之决定，赞成或反对，摆荡不决最后导致丧失所有爱恋，弗雷德里克的写照。但是，他为何断然地背叛，抛下赤裸示爱告白准备再往前走向断崖的阿尔努夫人；他不仅深刻伤害阿尔努夫人，同时也令人不解为何弃置苦恋，追寻，失去又再得的理想爱恋对象，走向一个完全不同的命运途径。反之，他几乎立即，没有多少悬想就抛开已经触及的终极爱恋物，背转再度重新坠入从前的背德，羞耻恶性循环道路，面对更严苛惨烈伤害——自虐与施虐，死亡和绝望，幻灭。福楼拜不多描述这个异常的宿命选择，弗雷德里克如同被催眠，梦游者，由先前的爱恋喜悦中被吸进另一个不可知漩涡，整个过程仅只是两个女人对谈，简短又快，以及萝莎奈特咒语般的命令邀请。弗雷德里克，没有任何回应，反抗，静默倾听。

为什么，当亚努尔夫人最后狂热说出积压已久的孤独痛苦，弗雷德里克却回答："但我在这里，我！"最后他会瞬间反转以静默，选择离开方式，否定这个类允诺，自我否定——存在与自我的同时否定（suis-là, moi）。弗雷德里克的无言表现终止前面作为诱惑者，使用俗言套语的日常语用行为，所有话语言词跟随自我，存在一起消失。他进入一个前语言，事物状态先于语言的无意识场域，逃避爱恋对象物的矛盾双重性忧郁位置之选择，弗雷德里克失去爱恋对象物同时施虐爱恋的阿尔努夫人和替代者萝莎奈特，以此作为自我贫化却又吸聚大量原先投注在爱恋对象的力比多的移转投注。忧郁位置形成的后期阶段，弗洛伊德指出就是一种自我贫化和自我认同失落爱恋对象阴影原自恋倒溯的双重工作，这工作造成所谓的忧郁情意结（le complexe mélancolique）：

> “自恋情意结是以开放伤口运作，吸引所有投注给它的能量……，并且掏空自我直到彻底贫化。”[66]

弗洛伊德解释这个症兆的起源在于一个奇特的矛盾现象存在于爱恋决定之后的发展，也即是：

> “一方面很坚强固着于爱恋对象，同时矛盾地，对于投注爱恋对象能量的抗拒又很低。”[67]

因此当过强的爱恋对象投注，反倒会引起爱恋对象物失落而爱恋关系持续的矛盾现象：

> “如果对于对象的爱恋不会被放弃，当对象本身被放弃，（自我）逃避到（原）自恋认同中，憎恨开始作用，针对这个替代对象加以伤害、贬低、折磨他，由这折磨痛苦中获得施虐狂满足。”[68]

弗洛伊德由此认为忧郁症的爱恋经常处于自我分裂的爱恨相互争伐状态，知道要维系爱恋关系，却迷惑于爱恋对象和所真正要爱恋于爱恋中为何物？弗雷德里克周期性轮回于爱恋对象的交换行为，不正是此种忧郁工作的展现？

从弗洛伊德分析的忧郁工作爱恋精神经济，福楼拜忧郁书写隐喻让弗雷德里克见证资本主义高度兴起的工业布尔乔亚心灵状态。强固凝着爱恋对象物，却脆弱不能抵挡爱恋关系受到过大的力比多投注，

66 See note 62, p. 164.

67 See note 62, p. 151.

68 See note 62, p. 161.

当这关系改变，原先的爱恋对象被替代拟象存续，失落的则用阴影困扰爱恋者。忧郁工作的爱恋经济剩余价值生产。物体被经济投注转换成为假相和鬼影，生产爱恋工作关系持续运作。超越善与恶，背德没有羞耻地，巨大开口自我伤痕永远不能满足的贪婪资本主义精神经济。

《情感教育》安排几场弗雷德里克脆弱落泪的场景，忧郁位置的符号。福楼拜轻视过度直接表露情感，像前面所谈论过马克西姆·杜康劝告路易丝·科莱不要在福楼拜面前哭泣落泪。福楼拜反复描述弗雷德里克的眼泪假相，不是扮演而是它所指称代表的情感非源自当下情境。伪泪，他指，创造出不对等情感交换关系，落泪脆弱无助者不期许共处面对面他者的怜悯—共感，却无偿获得而不想回报，因为这是伪泪的剩余价值，并不会改变他的脆弱被动性位置，修护其自我伤痕。面对面的悲悯赠予反而扩大落泪者的羞耻和羞辱，当这眼泪为他指的伪泪。斯宾诺莎《伦理学》中有一段谈论怜悯与眼泪、伪泪观点。只要人是完全依照自然律则，其神圣本质，那根本就不会有那些引起仇恨、嘲弄等事，当然就不需去怜悯他人：

> “而所谓有德性的人，……，他们很容易悲悯，经常被他者的不幸和眼泪所感动，而至于会做出一些事后后悔的事：只要我们一直以为用情感去做自认为确定是对的事。因为我们很容易被伪泪（fausse larmes）所欺骗。”[69]

弗雷德里克三次伪泪，一次在1848年2月革命前夜，因为阿尔努夫人爽约，愤恨不平又失望下他邀萝莎奈特到先前精心布置的幽会秘室，子夜，他哭泣，被他啜泣吵醒的萝莎奈特疑问，他伪言：“过度幸福，很久以前我就渴望你。”第二次，听到怀孕，看见小孩幻觉后，眼皮带一滴泪，随后是那句“我们不会杀了小孩”。第三次，他守灵夭折的孩子，心中却挂念乘车坐船远离的阿尔努夫人，他再也见不到她，累积一整天的眼泪奔流，萝莎奈特看见：

69 Spinoza,Baruch de: "de la se[rvitude] vitude humaine", *L'Éthiqu[e]*, traduit par Roland Gailloi[s], Éditions Gallimard, Pari[s], 1954, p. 294.

福楼拜嘲弄地，紧随这段落安置当布勒兹夫人被告密者密报弗雷德里克不忠欺骗她之后，痛哭准备报复。憎恨的眼泪，悔恨的眼泪，福楼拜用这种眼泪终止弗雷德里克的伪泪。福楼拜计量眼泪，从一滴泪到溃堤，出生与死亡的情感经济决定眼泪数量。三场伪泪都发生在弗雷德里克和萝莎奈特，私密的面对面场合。眼泪，通往内心情感符号道路浮流于颜面上，召唤怜悯与同情共感；伪泪，他指，反倒遮蔽内心道路，私密的浪花波影，等待失望和悔恨当伪泪幻影消褪。真实情感承载，只是情感对象，哭泣的失落爱恋对象遮蔽差异；这情境如同忧郁情意结表现之矛盾，坚固的爱恋对象物固着，却有脆弱的爱恋关系。弗雷德里克的伪泪承载的情感形式与内容不对称，不固定。伪泪是反情感行为，真实情感哭泣召唤虚假错误判断的他者怜悯情感，割裂的哭泣者，在场与不在场同时共存。

感知与悟性判断分裂在伪泪颜面，伪泪逻辑，伪情感经济交换。当布勒兹夫人的真实，报复眼泪，判决伪泪的罪行，欺诈，伪泪空洞情感符号不具任何实质如同伪币，等待实质，近乎律则性的憎恨眼泪的审判。两种范畴眼泪，都是忧郁位置之象征，福楼拜隐晦运用基督教对眼泪的象征诠释。

《旧约》诗篇中的眼泪，不仅是单纯人类情感表现，它是人与神的盟约记号。一种赠礼，灵粮食物，眼泪，哀伤的种子，收获喜悦，信仰的磨难考验。眼泪也是律法，公义审判和救赎，谅解的符征（“我的眼泪流下成河，因为他们不守你的律法”）。

《以赛亚书》第二十五章，擦拭眼泪象征消除人间羞辱、罪过。第十七章，神用眼泪重新赎回被剥夺、失去的欢乐果子、收获。人的眼泪祈求神的垂怜，神悲悯眼泪的恩宠，赠礼和救赎。而当人企盼不到神的悲悯，如乔布，或《以赛亚书》，他会因为没有得到公义而盲目，被死亡阴影遮蔽，而这是神用否定，遮蔽方式给予启示，“如封闭的书卷”，无声幽暗的默示。《旧约》中眼泪的基题，悲伤苦难与欢乐紧系于罪与律法，救赎与喜悦；基题后面，反复地出现人对于神的震怒、惩罚审判的恐惧，战栗，眼泪，恐怖不安的救赎象征，当神计量眼泪解渴，隐然地那是一种审判，量罪。福楼拜用一滴未流下挂在眼皮上的泪去形容弗雷德里克矛盾不情愿地接受幻觉破灭后的现实，孕育新生子嗣并未带来喜悦，而是憎恨与谋杀弑婴罪意，违背十大罪的恶。弗雷德里克的恶并未在小孩夭折后忏悔，消褪，他以伪泪，大量的，哭泣失去的爱恋阿尔努夫人；他不爱怜哀悼早逝的儿子，相反，他一再运作联想替换阻止哀悼工作进行，守灵时替置回想当布勒兹先生守灵夜，最后想象阿尔努夫人远离的画面场景；他彻底地否认哀悼工作，不是否认逝者的死亡如萝莎奈特那般（“极度痛苦，强化她的母性”），他拒绝作为夭折者的父亲，他并不悲悯，不仅这样，他用伪泪欺骗、掩饰，他不尊重死亡和死者。福楼拜，借当布勒兹夫人的伤心报复的泪，进行泪的审判。一个封闭书卷的默示启发。

(VII–2)

(VII–3)

盲目、睡眠、静默、封闭的书，所有这些符征标志眼泪的伦理意义和关系，超越表象可视的理性诠释，眼泪同时指向世界之外的神圣性，和世界之下的审判与救赎，世界中我与他者的面对面伦理关系之建立和运作。伪泪以否定性方式，指出隐秘，秘密奥义非情感承载单一语意向度的辩证矛盾。《情感教育》三位女性各自的场域差异性，社会阶级不同之外，福楼拜多少转借日常用语称呼，上流社会，世界（le monde），当布勒兹夫妻所代表。半上流，或半下流社会，半个世界（le demi-monde），萝莎奈特的生命世界。阿尔努夫人，不属于这两个空间的理想爱恋对象，真实社会空间外的流动非一场所（non-lieu）。眼泪，人与人的极端面对面肌肤之外的深层伦理运作情感，决定生命世界现象危机端点裂解伤痕形式和修护。《情感教育》的萝莎奈特显然成为最大的泪隙，处于眼泪场址的半个世界，介于俗世和被神惩罚、抛弃的邪恶黑暗沉沦世界。福楼拜用伪泪，重复伪泪表征半个世界的没有悲悯，不等待，期许救赎的拒绝告解，遁走的秘密暗影，非人的反伦理。半个世界，明暗交织互渗，爱恨混杂的伪泪，将迎来世界的报复，审判眼泪。所有这些泪的交换仪式，其实都是因为非一场所的失落爱恋对象阴影造成的创伤与战栗。时间，时间性开展于多重世界交错碰撞中，阿尔努的非一场所，理想，无时间性的无意识时间却深锁弗雷德里克在过去时间，忧郁工作的时间，《情感教育》永恒的过去未完成式书写的记忆之外的精神空间时间性。萝莎奈特面对伪泪，被欺骗，误认，永远的被遮蔽，不能形成的主体。一如不能成为真正的母亲，片刻的现在，半个世界的短暂薄暮微光。当布勒兹夫妻，权力和资本的世界，弗雷德里克假想的未来，条件句的未来；法律，律则的真实原则审判的现在式。

福楼拜建构《情感教育》多重情感世界在一个分崩离析的巨大历史社会转折点上，犹如流沙般现实世界上的迷幻镜宫。书写者的位置在哪里？福楼拜坚持客观冷静抽离的非个人书写方式，文本发生学者着迷于他大量累积资料搜寻当为书写材料，比较研究他的大大小小笔记本，用来佐证他作为之后自然主义小说流派的先河之推论。然而这些巨细靡遗、充斥大量细节的真实社会事件和生活实录，并非只是作为记录似的忠实反映彼时生命世界之场景。如何找到一个平衡点，调节个人书写的自我观点和现实见证，同时又能铺陈一个似有若无病理个人精神空间开展——而这是同时代人所拒绝，不愿理解的向度。自传，虚构，历史小说。《情感教育》弗雷德里克和早逝婴孩的片段，正好是一个书写者交织个人回忆、社会现实状况而再造的场景。

德比亚齐整理福楼拜的手稿笔记，第八本小笔记本中，福楼拜抄写一段统计当时法国弑婴数据：

“法国杀小孩从 1830 年开始增加 71%。”[70]

这记录置于笔记中两段法国当时反犹的时代氛围之间（“傅里叶反对给予犹太人法律地位”“犹太人希望和平”）福楼拜简短的这一行，对照米什莱的描述更令人震惊；19 世纪中叶法国已经是科学医疗发达时期，杀小孩和夭折的统计比率如此高，超出一般人想象：

> “四分之一在一岁之前，……在受洗之前。……三分之一在二岁之前，在他体认女性爱抚之前……。一半（在很多个国家）都活不过青春期，在爱恋出现之前。”[71]

米什莱悲怆结语，“婴孩最好的医护所就是坟场”。他描绘几个解剖不同年龄小孩脑生理结构案例。《情感教育》弗雷德里克小孩夭折，不是特例虚构，而是当时的异常社会病理现象。

福楼拜拒绝有家庭，后代。他甚至害怕有小孩，当路易丝·科莱告诉他可能怀孕时。两人开始交往的书信（1846年8月7日），福楼拜坦言他的悲观：

> “……没有一次看见小婴孩时，不会联想到他变老的样子，看到摇篮想到坟墓。而观看女性裸体总梦想其白骨。……我内心已哭泣太多而无法向外落泪。一场阅读比起真实的不幸更能感动我。若我会有家庭，那我会经常期望不要有，为了能更自由，为了到中国生活，或野蛮人那里。”[72]

青年福楼拜的白骨观，埋下多少弗雷德里克的爱恋态度和眼泪阴影。福楼拜这封信，“若我会有家庭”动词很不符合语法的使用过去未完成式（avais），不是未来式，或条件，虚拟，而是《情感教育》中永恒的过去未完成式。一件尚未发生的事件，福楼拜却已将之抛进过去。《情感教育》和福楼拜个人自传书写的距离与差别，或许带给

70 Flaubert, Gustave: "Le Carnet 13: (1865-1866), F° 26", *Carnets de travail*, Éditions critique et génétique établie par Pierre-Marc de Biasi, Éditions Balland, 1988, p. 346.

71 Michelet, Jules: *La femme* (1860), Éditions Flammarion, Paris,1981, p. 105.

72 "À Louise Colet (6 ou 7 août, 1846)", TOM. I, p. 275.

《情感教育》新的诠释可能性，活化“文本发生学”书写档案考古方法下的生命世界。介于青年福楼拜和弗雷德里克之间的《情感教育》，书写者有意或无意中遗留其足迹作为某种暗号，隔世呼唤。小说，第一卷第六章，弗雷德里克发现所继承遗产将耗尽，他被迫要返乡，放弃在巴黎继续求学生活。这章一开头，如同第三卷第五章，他目睹路易丝婚礼后崩溃失语状态，使用三个单词形容概论生命危机。第一卷的三个词，“破产，被剥夺，丧失”，全是关于资产，阶级变异的语词，不像后面目睹路易丝婚礼的道德伦理，本体用语。这初次绝望的开头，之后，奇迹降临，叔舅逝世，他又突然获得更大遗产。

福楼拜强调此奇迹片刻鲜明真实，特别突出记下时间、日期：

> “某一天，1845 年 12 月 12 日，早上 9 时左右。”

福楼拜书写者，突然借用这个转变弗雷德里克生命危机，如同死后重生，他可以重返巴黎进入世界生活，隐藏的操偶者出现幕前。12 月 12 日，福楼拜的生日。1845 年，同名称的青年时期另一部《情感教育》，创作年份。

弗雷德里克和《情感教育》重生于作者之重生。

福楼拜安置一个过于明确的自传书写记号，福楼拜自我嘲弄的笑声。

弗雷德里克带了多少福楼拜移植的生命印记，情感创伤暗影。学习法学的背景，游逛拉丁区的描绘，成长小说经历的青年福楼拜书信中，弗雷德里克早已在字里行间穿梭：

> “法学杀了我，打击我，将我拆散。……花了三个小时在法条上，我完全不懂，我不可能克服，我将自杀吧！……为了考试留在巴黎，令人不快。”[73]

弗雷德里克学位考试，错记法条，早已出现在此处。如同福楼拜被罗马法条折磨，哀号不知要如何挨过未来三年。同一封信，福楼拜

73 “À A.E. Chevalier (25 juin, 1842)”, TOM. I, pp. 105–106.

叙述巴黎生活快乐之处在于：

> “巴黎最美的，就是大马路。……每个清晨，踏在柏油路上，我都有一种电流通过脚底的感觉，在路上，每晚多少妓女漫步，浮荡窸窣作响的裙摆。玻璃灯罩后的瓦斯路灯被点燃，大理石桌上刀具作响，我在那里平静地散步，抽着雪茄，烟雾弥漫中观看女人走过，娼妓眼睛闪亮，排列站立。我不知道要落脚何处。”[74]

或许，是这种享乐的漫游纵欲生活，福楼拜开始改变他对法律的看法，肉体化无生命的权力规定，生命文学：“法学很美，那可是文学”（1842年7月22日），精神疾病重压，福楼拜放弃法学，律师的职业道路，退回故乡，写作当为一生的志业。坚定意志选择，不像弗雷德里克的犹疑，颓唐放纵的生活方式。《情感教育》描述刚到巴黎青年学生弗雷德里克，热衷学习求知，法学、哲学课之外，他甚至到法兰西学院听汉学、中文课。写小说，租琴谱写华尔兹舞曲，幻想成为文艺复兴研究者。苍白的文艺青年，理想谨慎的外省到巴黎的富有地主后代。充满好奇想成为巴黎文化和上流社会生活圈子的一分子，从第二卷开始，他开始蜕变，真正成长学习情感与欲望，急切激动地进入世界。《情感教育》大量写作笔记材料提供了解福楼拜如何建构当时社会氛围，生命世界的坚固具体材料、蓝图。文本发生学者德比亚齐分析福楼拜此种文化人类学，民族志方式的观察写作模式，观看景观中他沉迷于一种文本推迟扩张（dilatoire de la textualisation）[75]。福楼拜延迟，改写像绘画速写本那般，人类学田野记录材料的即兴在场书写成为最终文本。之间的改变不仅指示书写风格变化，福楼拜的延迟后遗效应的时间性，很长时间的书写工作，建构与重构过程中，让实时观看，见证渗透记忆和无意识重构工作。也即在这过程中，他进行自我分析建构于再书写中。观看场景转换成分析之历史场景。

福楼拜和路易丝·科莱曲折多变的交往情感史，不会出现在写作笔记中，残遗痕迹留在书简——单向地，福楼拜写给对方，可能是少

74 Ibid.

75 See note 70, p. 89.

数可见的情感水印，然而绝大多数沉积到遗忘的无意识深渊中，后遗强迫操作《情感教育》的书写和擦拭改写运动中，呼吸与节奏的另种非叙事时间性。

弗雷德里克和萝莎奈特私密个人史交织1898年2月，6月革命大历史，1851年雾月政变和弗雷德里克面对路易丝婚礼后的幻灭到朋友间变节谋杀镇压。萝莎奈特怀孕，小孩夭折，这种种情节场景，大多数都可以在福楼拜和路易丝·科莱书信中发现痕迹。

1848年3月信中，福楼拜先抱怨路易丝未直接告诉他怀孕的事，虽然孩子的父亲是对方众多情人中的一位。谈论2月革命，福楼拜轻蔑地说：

> "所有都很可笑。……，我深度喜悦观看所有野心都被压扁。……。不可能再有比这更布尔乔亚，更无用。" [76]

(VII–4)

宿命悲剧，路易丝的婚外情私生子在1851年雾月政变前夕，10月夭折，对她造成极度伤痛。《情感教育》早夭，母殇场景应多少回响这段奇特的私人生命史危机重叠大历史断裂的历史时刻。1851年，雾月政变前夕，福楼拜11月3日给路易丝信中回忆过往，失落的青春，预感一整世代历史悲剧来临：

> "几年前，在外省几个少不更事的年轻人，活在奇怪的世界。……。在疯狂与自杀中打转。" [77]

76 See note 73, pp. 492–493.

77 "À Louise Colet (3 novembre, 1851)", TOM. II, p. 15.

一个月后，12月2日雾月政变，几天后福楼拜给科莱写信，1851年12月8日，福楼拜在巴黎：

> "上星期四，我正要写信给你，炮火响起，处决的枪声，不断的枪声等等。我们在法国正进入一个非常悲伤的时代。而我就像这个时代，——随着我衰老，我变得阴郁像树林般，逐日落叶，我的内里逐渐空洞。"[78]

30岁生日前夕，福楼拜感叹自己随着时代衰老。而时代只会让他们活在愤怒，近乎疯狂的集体不幸苦难中。时局动荡不安，阴暗的历史社会氛围中，一个多月后，福楼拜，1852年1月16日，向路易丝·科莱谈几年前写的《情感教育》，失败之作，想重写：

> "《情感教育》，在我完全不知道状况下，曾经努力想融合我精神中的两种倾向（在一本书中更人性的写是比较容易，抒情的处在另一者）我失败。就算作一些修改对这作品（我也许会作），它永远是缺失不足。它缺少太多事物，一本书总会因为'缺失，不在'（absence）而变得很弱。……。总之，对于《（情感）教育》必须重写，或至少全部淘汰，重选两三章，这对我而言是很困难，……。这即是此书的罪过，它用其标题欺骗。"[79]

历史转折点，旧作汲取时代灰烬，重燃再造，死灰复燃，但不是立即的，它很快又沉入无意识中，等待包法利夫人出场死亡，回到诺曼底故乡外省，再重思如何回到巴黎。延迟，当下此时此刻历史事件的亲自体验生活积淀，褪去鲜明见证的肉体和感知经验色彩，沦为无意识与遗忘的考验审判，决定能否重返，用记忆和重建的方式。因为它将是一本虚无且危险的书：

78 "À Henriette Collier (8 décembre, 1851)", TOM. II, pp. 19–20.

79 "À Louise Colet (16 janvier, 1852)", TOM. II, p. 30.

“啊！虚无如何入侵！才刚出生，你就开始腐烂。……我不后悔我的青春。……梦想自杀，吞下各种可能的忧郁我的神经疾病造就我，……让我理解奇怪的心理现象，……，我将在一本书中写下来，作为报复。但这是一个让我害怕的主题，就健康而言，必须等待，直到我远离这些印象，我才能具体地、理想地写下，那时我和我的作品就不会危险。”[80]

80 “À Louise Colet (31 mar
1853)”, TOM. II, pp. 289–290.

(VII–5)

(VII–6)

男方比我早没几天到巴黎，毕业自台湾最好大学理工科，心里就想念法国现代诗。刚来不到十个留学生中语文最强，经常随口就背出一首兰波、瓦莱里的诗。令人震惊。

坚强意志却敌不过现实，普通家庭勉强凑出微薄旅费，很快就耗尽，他不肯放弃面对。选择一条，他说，秋天的塞纳-马恩省河，或是某个教堂塔尖，都是不错选项。仅剩的少许资费，他学习大街流浪无家者，每天喝两三瓶五百毫升塑料瓶装劣质红酒，不吃光喝，坐在面对院子石墙五楼窗前，静静一个人抱酒瓶，喝。吓坏所有一齐挤地板的室友们，轮值盯紧，怕他一不留神往满地狗屎院子跳。总算有人较灵光，问了房东，一个勤工俭学时期来的老华侨，开家具工厂。他说这事不难解，就一个药方，结婚。经他安排，透过某个教会中法友谊中心不到两个月，认识女方，同居，然后结婚，黑色悲剧急转变成粉红轻喜剧。他留下来，成家也就业，长期精神耗弱。最后一次见面，他通知生了小孩，拍他们全家。结婚后不到一年。

喜宴婚礼很简单的法国一般工人家庭巴黎市郊，没到市镇厅。

男女都呈现疲惫，可能准备婚礼。忘了，男方家是否参加，印象中，那么远，没有吧。第一次参加异国婚姻，场面还蛮超现实，文化隔阂远超过语言障碍。我原本期待他会念一两首法文诗助兴庆贺。没有，说话少于静默。他再也不碰诗。

(VII-7)

(VII–1)　　候车者（1976–1980）

(VII–2)　　　　黑色卫生间（1976–1980）

(VII-3)　　白色卫生间（1976–1980）

(VII–4)　母亲与孩童（1976–1980）

(VII–5)　　喜宴即景 I（1976–1980）

(VII-6) 喜宴即景 V 婚戒（1976-1980）

(VII–7)　　卡车司机乔治与玛丽 I（1976–1980）

《情感教育》糅合福楼拜个人回忆和时代历史事件，描写1848世代的成长与幻灭记事。1976年到巴黎留学，很少台湾留学生，大多数选择美国，念书就学之后归化终老，少数会回国。那时代留学法国十根手指数不满。稍早些从台湾坐船由马赛上岸的先行者，年长我们最多十岁不到，思想和人生观点似乎比较接近1949年前后来的那批人。更早些，勤工俭学和二战前来留下没走，人数更少。街上看到的东方脸孔大多数是中南半岛前法属殖民地移民和越战结束后的难民，被称为船人的逃离越南海上难民。十三区中国城开始扩张发展，取代早先马黑区，十九区的温州青田老华侨。亚洲身份认同在巴黎，彼时，很稀薄。相较于北非或法国海外属地族群的鲜明、强烈，不论是思想论述和政治社会实践上都具有一定语言权力位置。亚洲、东方、中国想象在1968年后法国脱离不开极左毛派和传统汉学之间的纠葛，那种矛盾其实蛮剧场，喜剧化。中国想象似乎从未澄澈，毛玻璃后影影绰绰引人猜想。歧视与排斥，明显或隐晦间接，经常会遭遇的日常，种种阻碍让人扼腕发怒，但也只能无奈接受。租房、就学，避不开的问题。彼时的巴黎不是那么明亮友善，阶级和种族差异存在影响。文化与知识的饥饿，弥补不安的药方，而情感教育和理解都像不易达到的另一边岸。

初抵巴黎时，烦恼租屋问题，连阁楼用人房都要碰运气。赌气下跑到外省瑞士边界山城念语言学校，至少短期内不必面对住处难题。没料到冬日山谷风雪苦寒，加上乏味单调语言课程。不满两个月，颓丧地回到巴黎。国际学生中心找到一个分租雅房招贴，二十区拉雪兹神父公墓旁一楼。去了才发现这张招贴单租好一阵子没人理的原因。公墓旁是一回事，房子坐落在小山坡背靠着土石墙，雅房面壁无光也没暖气，倒是有一扇大窗，可半推开看斑驳青苔小野草石墙。搬进去时年末，觉得活像浸在井底，二位女房东，二房东吧，和善轻柔说等春日来临，阳光会微微逐日线状拉长，夏天会更好。没等到夏日阳光，我就搬离开。只看过春雨淋漓滋润苔藓，蔓延到房内。床褥沁着菇蕈般味道，但不是岛屿的霉菌气息。冻土的味道。

两位女房东，中年单身小学教师。不是巴黎人，她们说。她们分住这间三房公寓前面街房间，白天工作不在时都会关上铁锈斑斑百叶房门却开着。百叶缝隙透露些微白日光线。地窖穴居，白日醒来分不太清楚日夜。只有沉重的黑暗。她们，一位四十岁出头，神情严肃，冷峻不多话。顶多礼貌性点头问个日安之类就退回房内，关上门，没任何声息。另一位，年轻些，削短发，记忆中有一双很怪异但又说不上是什么样诡奇处，瞳孔颜色或形状，屋内昏黄灯泡下模糊凹陷眼眶带着笑意。会寒暄，问些来自那里，学生或工作等。她教自然数学。两人个头都不高，总是疲惫眉头深锁。在午后近晚，手里提着简单食物，弄热快速吃完收拾干净到像没人来过；桌面、椅子摆置跟早上，前一个早上或更早，一个样子。两人很少一起用餐，各吃各的，但很有默契、秩序和整洁。进门小廊道，厨房和浴厕有简易书架，塞满口袋本的各种类型小说，泛黄有些折页伤痕。很大方，想看想拿走随意。她们说，都看过了，卖也不值钱。她们曾提议教我法文说写，交换，我教她们说点中文。不多考虑我婉拒。不过她们倒很好奇，我每天背相机出门拍些什么景物。年纪大些那位走路像猫般无声无息，即使这底层公寓木地板早已隆起变形，没人走自己也会呻吟叹息。她教语文，有一位非裔黑人恋人，经常夜里很晚才到访，很神秘，静悄悄地进门入房，似乎不待过夜，破晓前离开。有次不期在厨房遇见他出来喝水，瘦高，很高，黝黑光滑肌肤，光头不黯淡，很上相的青年，羞涩，净笑不开口。几次瞄到他深夜拎着红酒，微醺滑进房间，门后低沉混浊喉音话语摇晃流淌；躺在纯黑暗得如墨汁般的沁骨冰冻夜寒中，蜷缩抖着冷颤身体，喁喁低语歌声抚慰催眠。短发隔房女数学教师，没抱怨过，我也不曾见过她有任何伴侣。安于一个人生活，跟这老房子一样孤单寂寞，抽烟过日子。

四层楼灰扑扑水泥墙外表剥落，跟这个贫穷破落城市边陲区域所有老房子一样。工人、中下阶层和非洲移民占大多数。19世纪这里就是收破烂集中点，小作坊，以及依附拉雪兹神父公墓的殡葬业。出地铁站大街后沿山坡走，眼前是修车厂或关门蒙一层多年尘土的丧衣裁缝店。坐在屋前门边，窗后窥看路过行人，老人和穿北非大袍的移民妇人。墙上糊贴破烂政治海报，其他就是无色黑白照片。小公园也尽是被遗忘、弃置的多年未动、未改变过的设施。阿杰当年拍的收破布和旧衣贩子，走过的石头路依旧，翻过一个坡道，再转过街角，另一坡道，都是同样的破败，沮丧的景致。远方蒙蒙大气薄幕后的巴黎城市大街，另一个世界。市集里，充斥阿拉伯文小店市招，各种浓厚香气食品、调味料。喧嚣叫卖声阿拉伯话混杂外省腔调法语方言。刚到，怯生，只能好奇地看、听闻，拿不出相机。倒是因就地缘便利，让我从放弃索邦大学语文学校幼儿园般课程的挫折感中，转向另个世界，从坡道下降跨过大马路就是墓园，可以安静，不会焦虑，向往生者、亡灵学习。自由游逛，看看不同的坟墓建筑、雕饰，试着读碑文，名称，时间年代。拉雪兹神父公墓，19世纪名人聚集的大坟场。20世纪重要文人作家学者，很多葬在市中心较热闹的蒙帕纳斯公墓。百来年几个世代的死亡品位差异；可能，他们不想在冥界碰上不同思想观念的亡者。怎么对话？不吵都难了！想想，普鲁斯特和贝克特放在一块就够超现实，巴黎公社牺牲者如何和萨特谈论彼时1870年悲怆事件。

拉雪兹神父公墓，如福楼拜在《情感教育》描述当布勒兹先生葬礼场景那般，百年来一直维持同样空间规划，坟道树木更茂密高耸。微型城市街道空间布置，身旁邻居一定要挑选过，名人阶级身份延续到身后。坟墓建筑雕饰塑像如生前宅邸，纯然是生命世界 改写版。上坟如同到公园探望故旧亲友的日常生活作息，平淡雅致思念取代哀伤和恐惧。另类哀悼漫游者。

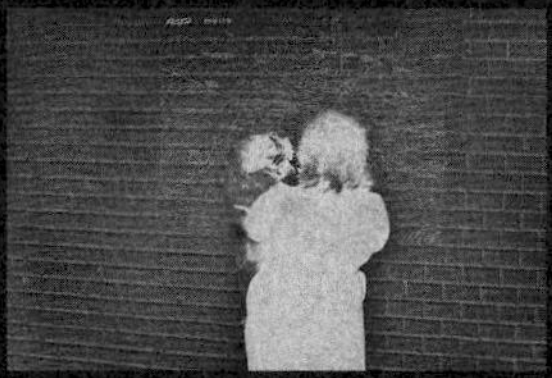

(VII–8)

彼时还不知道这里住满各种名人，不会特意按图去寻找，只是随意逛逛，或是故意不走大马路去地铁站，穿过坟场走后门可以多看些不同风景，人物场景，同时避开大马路嘈杂。快搬走前，才晓得那位嗑药骤逝摇滚巨星葬在这里，坟前总少不了堆散四处的烟和草供祭。

从残冬早春犹寒，枯枝残叶抽芽新绿到满树叶荫，远观或近身，空景和人物场景，拍了不少照片。有时，近晚时分，穿过后门下地铁站时会油然生起进入它们的国度，坐上地铁穿越黑暗坑道的冥界列车旅程；月台上擦身而过，或是同车乘客，他们也许是另个国度居民。明暗闪烁车厢灯光光影，底片负像魅影。回到住处，那无光地底洞穴，日久开始迷惑自己究竟睡在那里，偶也会无来由惊醒，开灯，坐一阵子。白日的寒露漫沁进冰冷没暖气房内，隐约会错觉相机腹内有东西涌动轻拍声，回响在墨汁般，比暗房还沉重的幽暗，真实无尽长夜。诱惑依然魅人，我还照常穿越坟场，没改路径。那段时间拍摄的拉雪兹神父公墓照片透着迷离诡异感，那是初抵异国他乡的陌生焦虑不安，凭借坟饰、碑文、建筑和上坟人，无言静默跟随他们走远，直到下降进入暗影。不太寻常的自我嘲讽，异乡人要认识新国度，依理应该和生命世界此时此刻的人间事物交谈接触，而我却因偶然又被带回离台前的过往荒山野坟寻找死亡的经验、回忆。先学习过去式的语言，随后才能有现在式。沉默无语的观看对谈先于一切认识。飘荡好一阵子，看累宁静死寂仪式动作，晃动模糊盛装老女人，裹在旧毡毯下缓行无脸塑像，群像，猫与树荫、石屋、黑色大理石；买份日报缩进咖啡馆取暖，逐字翻查字典摸索解读世界。耳里时而喧嚷，大多数静得出奇。听不确切说些什么，总有几个单词，骂人和脏字跑得较快。收到高等电影学院因为超龄、过了24岁就不能报考的拒绝通知。慌了，没学校念就没法居留，无所依靠孤魂感滋长，惧怕自己会被住处暗影凝固、冻结。

(VII–9)

紧急想方设法赶在报名截止最后一刻，参加一个多月后的装饰艺术学校摄影科口试。从台湾带了一些旧作品，需要近半年来巴黎后的照片。虽然住处极度幽暗，绝佳暗房，但说不上来却又是一个让人畏惧的永夜墨黑，心里怎么样自我建设，就是不愿意在这里冲印对街公墓照片。庆幸，碰见一对台湾来的年轻夫妇，他们平日靠大学餐厅前摆摊贩售廉价首饰维生，不再求学，打定主意赚钱留下。他们分租公寓尚有空房，巴黎市郊凡尔赛宫前一站，半个多小时火车车程，下车再走十来分钟，偏远边郊。不多想，隔几天，简单行李匆忙搬离开拉雪兹神父公墓旁幽影重压租屋处，是否和二位女房东道别？彻底空白没印象，除了坟场里的照片，房间和附近街道邻舍全蒸发消失。

(VII–10)

由一个边陲搬到边郊，离巴黎市中心越远。森林环抱，绿意盎然环境和二十区的灰调黯然破败，反差极大。小车站，只有停靠月台，没任何房舍售票处。站前一条不到二十米长小街道，唯一商店街买卖日常生活必需。跟其他村镇一样，独栋庭园房子彼此隔离。平日路上看不到任何人影。乘车进城的人稀稀疏疏。一个富裕退休养老的聚落，倒是林子里遛狗、散步、骑马的人还多点。白人，没有有色人种出没。

小站，一天只有几班车停靠，去凡尔赛宫直达班车和往西南部快线呼啸通过，少了外地观光客打扰。花草盛放，干净整洁，沉睡小镇。非常不巴黎。光线和景色不同。

房东，大我两三岁的年轻博士生，第十三大学专研大洋洲海底火山地理，奇特研究课题。小儿麻痹，走路微跛。先天残疾并不影响他个性和行动。一头褐棕色金发，开朗，说没两句就大笑，好看俊美面说。中等身材，不壮硕，是球校队守门员，很难想象他如何在激烈球赛攻守中，灵活矫捷反应。房东，外省的豪门后代，父亲买这公寓让他分租做生活费。四大房，大客厅，坐落小区豪宅群落二楼，现代建筑，里外大理石修砌。明亮，森林和庭院植裁，一派大户样。军人世家，父亲高阶军职，政府工作。房东，所谓继承者。

美国中西部来巴黎学糕点厨艺的房客搬走，我接收靠县道面对森林的大房，独立卫浴，迫不及待买个小放大机，冲洗设备，改装成简易暗房。也买了收音机，听文化台音乐节目和新闻，增进语感听力。很快就放弃，没料到房东好客，几乎每夜都有不同访客，喝酒抽烟派对，摇滚乐放得轰天震地，压过屋外省道上飙速重机跑车声。收音机当然败下阵，让位给房门外喧哗。第一次听到雷鬼歌唱音乐可以煽得这些醉意茫然年轻人像上教堂合唱圣乐那般鬼吼。隔两重门关在临时暗房里，两块木板架在浴缸上面放轻便放大机，拉雪兹神父公墓幽灵伴着牙买加雷鬼节拍起伏脉动在药液海洋中，黯黑鬼魂呼呼舞踏。成像悬吊淋漓水滴打在浴缸中，暗红灯光墓园闪烁蒙层春雨露珠。离国后，首次酸浴重生，兴奋，怀念起故乡热烤大汗小暗房。开门，开窗，天色已经泛蓝微亮。房门外客厅中杯盘狼藉，地毯上男女横竖仰着、趴着，交缠抱在一块呼噜大睡。蹑手蹑脚，跨过他们，坐在厨房弄点热咖啡，吃些盘中歧零变形肉片，端详眼前地毯上人体群像，煞是好看一片奇景，也许找一天拍下。忙于准备口试资料，挑选想用的照片，重放几张台湾带来的旧作底片，讶异不仅粒子粗细有了不同变化，更多先前没显现的细节灰阶全跳出来。暗房工作彻底吸引我，没花心思多注意，房东的狂欢派对怎么如此频繁。来来去去的友人少有重复。自己是房客，眼前又有入学考试压力，不多问。倒是房东的几位亲人和女朋友，经常见面，交谈认识。通常是她们，妹妹、表妹和女友善后清理残局。弄不懂，她们怎么能耐性忍受这种烂事。凡尔赛宫附近小医院当护士，受不了哥哥每夜喧闹，搬离开。她陪我穿过树林，去警局分驻所办居留，快捷方式不用绕远路。三月早春林木，发芽新绿，茂叶，或枝条依然萧索，时间脚步不一致，光荫也错落杂沓。时不时，有人弯身，蹲下翻动积叶，刮擦根茎树干；菇蕈，她说。一连串扭曲听不懂的野蕈名称：香，没毒可以吃。地上冒头黄褐色点缀茶色斑点小雨伞。她和骑马擦身路过女骑士招呼，姑姑。她聊起哥哥、家人，布列塔尼海边的家。他有点疯疯癫癫，好人，不用担心，太吵受不了可以直说不碍事。父亲，高阶军人，驻扎过印度支那，北非，阿尔及利亚。她停片刻沉默，单独一个人，母亲带小孩留在法国娘家，布列塔尼,巴黎。家族亲友都住附近,她说。楼上楼下都是亲戚；她笑，没人抗议，顶多骂两声，上门关心。

(VII–11)

警局前小广场，四周廉价国民住宅群，各类卡车、货车忙碌卸货，装置铁架舞台，刚安好的旋转木马正在测试，转转停停，音乐断续，灯泡闪烁。过几天，有个市集，孩童表演，可以来。平淡语气，她盯着旋转木马。他是你们家的……不待警员说完，她急促打断，房客，租房，刚到。脸红羞涩，手指压住桌上文件。

办完，阳光直刺穿过乌云边，门口，你认得路，穿过树林没多远，我坐公交车去医院上班。转身快步，走远。

过几天，我搬出120相机，拍了一整天小镇市集，也不晓得那是什么节日，小孩浓妆打扮，父母都很欢乐，听不懂主持人广播内容，开心叫嚷，法国香颂歌声，旋转木马机械音乐。天气时晴，时骤雨，玩乐不减。暗房工作连夜，避开房门外喧闹，常清晨破晓才睡，弥漫冲印化学药水味和客厅浓厚奇怪烟味，蒸熏气息，开窗才散得开。清晨，吸尘机，搬运桌椅，清扫声音混杂女性嘻笑声，香颂歌声。

房东妹妹和他的女友，偶尔那位诡异表妹也会加入。开朗笑声，夹杂诅咒，猪，猪才干的事。看见我睡眼惺忪打开房门，忙着道歉，请我到厨房吃东西稍候。房东女友，摩洛哥女孩，高挑，天生模特儿外貌；狂热迷恋房东，每星期总有几天留下过夜。打杂帮忙，无怨言服侍，即使对方花心，经常冒出新欢上门，窘困相对，他自在如常，置身事外的旁观者，好像这是女人姊妹们自己该懂得如何处理。发脾气，争吵的恋人戏码少不了。但不是闹剧哭喊，冷静节制承受伤痛，经常看到她一个人坐在房内啜泣。房东妹妹，姊妹淘，脆弱无助的陪伴者，面对任性放纵的后果，坐在那里，一个低头轻声哭泣，一个自顾自说些不相干的话，可以持续好一阵子。

(VII-12)

房东有两套交通工具，一个以今天标准看起来有些可笑的所谓重机，一部雪铁龙入门两匹马（2CV）阳春铁皮车。他用来上学、进城。彻底狂欢，灌得满身酒气，昏沉不醒又非得出门，她，摩洛哥女孩送她。烂醉摊成一团挂在女友背上，瓜皮帽样安全帽，只差没用绳索捆在女友身上，发动上路，驼背寄生兽披散长发奔驰。他说，越醉得厉害，他宁可挑重机，绝不坐车；因为他不喜欢吐在车上，重机还可以随风尽兴狂吐，看旁边车子惨状，比醒酒剂还有效。我傻傻问，那她的长发呢？用来擦嘴，笨蛋！然后大笑看着我犯傻呆样。天真，任性不负责，日子没有愁恼这些字眼。活脱《精疲力尽》那位无赖痞子。

谈女人，恋爱和足球，玩乐同样热情。手势、笑声不断。说到摩洛哥女孩，其实出生、长大巴黎人，父母早移过来归化，大商人。夹杂英语，很重口音，取笑她浓浓香水，想压掉沙漠骆驼气息。少吃味妒忌更好。看我疑惑眼神，他叹气，她太像姊妹，多少，有点，妻子吧！不是恋人。也许，也许，会好些。

火山，海底火山，另一个他热衷话题。不停向我描述大溪地，波拉波拉，绝美风景，劝诱我跟他去那里作田野调查，拍照，拍电影。当获知台湾也有火山，他更兴奋问我地形、地质。我当然一问三不知。用很粗浅法语，黑色，全是黑色火山岩，和冒热气，鲜黄硫黄喷烟口。他告诉我一个天大秘密，为什么每晚饮酒作乐。因为再一年不到，他博士论文田野调查，规定要去波利尼西亚一带，找个火山岛做研究。那可是闷死人，见不到多少热闹的荒岛，想到就心凉脚软，所以先喝完未来一年的份。神情很严肃正经。

谈起妹妹，又是一番感叹，因为小儿麻痹，从小就是妹妹陪伴照顾。她太脆弱，不够强悍，角色反过来，他保护妹妹不被人欺负。她太神经质，经受不起些微言语侵犯。善良的人，不像表妹，他神情凝重直视我，千万不要靠近她，不喜欢洗澡，脏，身上全是跳蚤臭虫。她是女巫，不骗你，她是女巫！那双眼睛，可怕吓人，有个吉卜赛男友。扯了一些奇奇怪怪的荒诞不经事，我怀疑他是否又喝大了，很想告诉他前些日子，那位女巫表妹还来帮忙打扫整理，三个女孩子欢得很。不过，她的眼神确实不太寻常。

时间开始加速，琐碎细事零星发生。夜里访客更频繁，形色样貌来自世界各地的旅者，返乡满脸倦容青年法国人，水手过客外国异乡人。客厅神奇飞毯航向世界尽头，失落地图，陌生宇宙；阿富汗，巴基斯坦山区小镇，南美安第斯山高原森林，坦桑尼亚，稀奇古怪地名，各色人种，负载大小新旧不一行囊背袋，散发馥郁香草植物气息；博物志采样标本。酒聚多了，却反倒静些，喧闹少了。低声多语交谈多了。子夜，访客和行李溶入夜色。听得见树林里，猫头鹰，不知名夜鸟鸣声。

早上，吸尘机工作，她们掸拍地毯，挂在阳台。放唱片，合唱，呼烟。我跨过省道，爬坡走进林子，她们挥手，大声叫我名字。狗叼着装满菇蕈篮子，跟在踯躅摘掘菇蕈主人脚边。过几天，艺术学校入学考准备好十来张作品放纸袋里。一篇报纸书评，斯宾诺莎逝世三百年特辑，哲学传记。逐字念了快一星期，还没念完；其实我不知道他是谁，写了什么，只知道大约17世纪笛卡尔同时代人，犹太人靠磨镜片维生。全是磨人生字，多背点，口试也许可以派上用场。

背靠树，斯宾诺莎摊在艳丽菇蕈伞丛上，字典压住，风吹拂纸边说话。三月阳光稀疏，厚云层跑得快，林里寒气，手脚冻透衣服。学校考完，过三天，星期日，那位抱酒瓶准备殉诗的朋友结婚大喜。答应他，负责拍照，全程。用120底片，要准备。那是什么意思“光同时照亮自己和幽暗”。

穿过小径，她们还在阳台，抽烟，喝酒。等你。屋外拍落鞋子灰尘、土泥，脱鞋进屋。这字你懂吧，她指着斯宾诺莎的“sentiment”。没看过一个学校入学口试大排长龙，门里门外，楼上到楼下。不同科系人龙交织。每个考生，大包小包的作品袋，惶恐不安。看到这个瘦小长发黄脸孔，手里只拎一个薄薄纸袋，他们全笑出来，窃窃私语。我是唯一黄种亚洲人报考。

先致歉我的破法文，请允许我用一些英文。摊开照片，并置东西方不同死亡仪式，吸引他们。随后，区域曝光。亚当斯，《光圈》杂志。三天后收到通知，录取。

房东开酒庆祝。陪他妹妹看了几场电影，她邀约参加镇上舞会。直言，不会跳舞，拒绝。那天刚好是朋友婚礼。从下午教堂仪式，晚宴，结束后酒聚。女方家里张罗准备大小事务。男方家，路途遥远不克参加。几位一同睡地板穷留学生权充男方代表。很高兴朋友生命转机，头一次参加法国人婚礼，有些规矩。认识女方舅舅夫妻，聊得很开心。隔几天跟他们夫妻两人上工送货到诺曼底工厂。随车拍摄记录他们一日生活片段。临场实时直接记录，一位卡车司机的工作，生活，还有，夫妻深刻情感。回到巴黎已经夜深，他们坚持，白日劳累后，做饭请我吃饱喝足才走。

蜿蜒道路，舍高速公路改走穿乡过镇县市道路，不急。风景好多了，悠缓他说。婚宴串场，逗笑，联结隔开两头，难说话交谈的男女双方代表，两个世界。情感混杂，新郎嘴角努力抿出浅笑，淡淡哀伤，疲惫喜悦。话都留给这位开朗的舅舅，路上还谈着那晚剩余话尾。俚

(VII-13)

(VII-14)

工厂劳作服满身粉尘工人们，年轻，嗅不到工作倦怠不悦，开心接受群照拍摄邀请。或蹲或站，自在，随心，劳动者。港口远方微露一角海景，英伦海峡，动念烦他开车看海，没开口，海就在那里。回程还有很长路，已是过午，很快暮色，魔幻时刻蓝漫洒诺曼底乡间。公路旅行的滋味。

(VII-15)

(VII-16)

杂志上找到英国中部山区，两位摄影大师夏日工作营。寄钱，报名。决定给自己一次壮游，看海。

海雾，高速飞翼船，英伦海峡车窗大小一角，浪花和水珠流淌墨黑海面。七月，阴雨夏日，像岛屿梅雨季，湿的怀念。

多佛尔港口，维多利亚车站，曼彻斯特，忘了名字小站，辗转抵达他们来接人的车站，上到英国中部荒野山村工作室，已经夜里，错过下午聚会。英国人占一半以上，十来个人，来自欧洲各地。两周课程，半天外拍，山丘村里胡逛，回到很专业暗房冲印，晚上讨论。两位教师，工作室主持者，一位善于内省，拍摄高反差低光幽晦光影，区域曝光迈诺·怀特东方禅意风景静物变成英式歌德体魅影，零碎躯体局部。另一位，社会写实，实时粗犷大块炭笔式阶调，郁闷压抑的日常生活即景。他蔑视徕卡至上者，一部伤痕累累尼康，连续几天阴雨也不加保护，用衣服外套抹干机身，吐一小口唾液到镜头滤镜，举高让我看，可以去霉菌，他说。笑，喝一口随身小瓶威士忌。直到今天，我不敢试这个偏方。学会灰阶薄底片，阴暗之必要。英式冷幽默，不懂。课程结束后，伦敦，爱尔兰游走近一个月。睡车站，伸手搭便车，公园和不认识陌生人挤帐篷，听摇滚音乐会。青年旅馆，抱重要相机、随身行李睡觉，生存必要常识。摇滚与朋克年代。

搭船渡海到爱尔兰，船上语言口音变得更难懂。海面平静，少了英伦海峡颠簸。港口，长堤，单调建筑，海鸥多过游客，岸上频繁进出军用车辆。决定去都柏林，贝尔法斯特、北爱尔兰日后再说。气候变化更不稳定，骤雨，一日三秋，刺眼短暂阳光冰凉。英伦岛上灰暗调子城市乡野，这里浓得近黑。树丛、草地、枝丫，那朴实煤灰色的换成墨绿，些许绿透不过气，呼吸着，过饱和雨水湿透沁亮。英国那湿黏很怀疑论调调雨雾，不够，不再，一种更宿命、弃绝、无助黑色乳液，滋润。应该是同样气息，呼吸，都柏林人。让尤利西斯、布鲁姆随意漂流，逃离文字印刷纸张，撕碎地图。反复循环，无止尽的一天；追踪发现增生扩展的城市，街角，公园。书，从未真正念完，多一页少一行，又怎样？他还在城里跟都柏林人生活，谈话，散步。贝克特，戈多也都在脚印里。几厘米观景窗，曲面折射圆周率，1/125秒瞬间，点数，衡量自己的不足？世界破裂不等待。快门，奇怪名称，影像向来是多余，时间，只有时间。小女孩还在公园草地奔跑，窗后窥视花丛外面世界的人，街角三明治人。雨中伞店上方莫名撑伞的一只假手。黯色城市，难吃食物，雨水混杂黑色啤酒，连金黄浆液也染黑，不放过。

火车，1930年代四人厢房独立门，误点，常态。月台或铁轨上等候。铁路工人雨中沿铁轨检查，透视线穿过桥洞伸向远处水雾迷蒙消逝点。雨衣透明白雨帽套，他兀自一人走向镜头。

(VII–17)

长堤，光上身曝晒短裤泳客。阴雨，公路车。傍倚悬崖砾石滩小渔村。七月底八月初，大浪，渔船停靠小渔港，稀疏可数。没游客的夏日，渔村房子低窗厚实白墙。石滩走不远，浪花水沫，打湿冰冷。小酒馆内，两三老人一品脱又一品脱啜饮黑乳汁。苦涩热茶暖身，鱼和羊肉，只能选水煮蛋，两片土司。港口长堤，孤寂得让人莫名难过，没月亮也无星辰，几盏晕黄路灯，极远方一点灯塔扫过海面余光，海雾。沉重夜色。没有夏日延时宝蓝午后暮色近晚变化。

回到巴黎，洋溢慵懒焦黄度假肤色的巴黎；租屋处安静一阵子，房东房客们陆续回来。地图翻过一页，多了新房客，年轻女性，房子一千零一夜的东欧，俄罗斯版本东方后宫。晒得一身古铜色，地中海沿岸学潜水回来的房东，只差少了白色头巾，活生生的波斯阿拉伯王子。她们面貌姣好，年轻，有的艳丽可以当明星，进进出出，短的住两三天，长则住上一两周。问房东，是否弄短租旅舍，他笑，不答。大多数不会说法语，俄语，她们交谈的共同语言。厨房、客厅，浓浓俄罗斯、斯拉夫系菜肴味，杂在烟草味。巴尔干半岛、保加利亚、西伯利亚太平洋滨海小城，白俄罗斯等，前所未知的红色女性地图，那么远，好几千公里，怎么出来？

女娃们，很多女孩名字后都带着娃字结尾，简单小行李，一个人或两三人一齐挤在一间房。彼此都不认识，也无意深交，几天后各奔东西。会有不同的人接走她们，房东不一定在家，就按铃，开门，女孩早准备好，拎着行李坐客厅等。摩洛哥女友，哭泣的次数更多，没见过她和女过客们口角争吵，她孤坐房内静静一个人哭。房东妹妹帮忙张罗一些女性医药、衣物。从容，自然。倒是那位女巫表妹，雀跃欣喜，总拉那些娃们唱歌跳舞，乱唱法语、斯拉夫民歌、吉卜赛歌谣；闹疯到要人制止，看过她狂乱倒地口吐白沫吓人样。

住处突然变成开放后宫，生活作息被打乱，恼人。幸好，美术学校开学，期待认识新朋友，好奇学校课程、环境。来法国后快一年，需要定下来，就学，朝前走。头两三个月，忙碌调适；选课，交友，摸索新的生活模式，安排作息时间，明确分配。住处的混乱，就暂搁一旁。学校暗房，教室二十四小时开放，新同学们的热情，一周内总有几天睡学校教室、暗房或到同学家喝酒聊天后，留下。郊外住处，少回去。

房东好奇，问我是否不高兴，进出复杂。严肃表情，他正经八百告诉我，他行善，做好事，帮她们用结婚名义逃出国。陈先生，自由，自由，你懂吧！他教我一个新法文词，白色婚姻。细节，不用知道。找人结婚，出来再说。直到今天，我还是怀疑事情真假。

客厅，女孩们围圈圈，背靠彼此梳发，深色肌肤摩洛哥沙漠辫子，苍白透晰青色血管金色长发散开，仰头高挺深陷五官山脉河谷划过手指掌上，流向颈背。俯首，侧身，击掌节拍，妹妹端详抹上的口红。换衣服，她落泪，门口互吻拥抱，肥胖男人带走她。她们站立，坐着，阳台上数车子，指向雨中树林，她摇头，泥泞波兰电影沼泽荒野道路，小径。秋叶黄，落下，秃了杂林，不是白桦林，那一望无际森林。冬日，没雪的冬天。近黄昏暮色，悄悄跑过省道，爬上小径，失乡影子穿梭来回奔跑，似犬似兽，无人林木。拨弄残屑枝叶，黑泥，波罗底海少女，灯下微颤张开伸向乌克兰女孩唇边，深深嗅闻，吹一口气，飞洒。笑，手指轻捏弹小十字架项链，深蓝双眼，合掌。跟满脸胡碴，太阳眼镜黑皮衣男，上车。她们挥手。新人敲门，深夜低回沙哑哼念吟唱。

快门伞灯，同步闪烁作响，打亮桌上饰品静物，抽出4×5拍立得测试片。换上片夹，拿下，再换上。脱下名牌华服，再换另一套，当季，Vogue, Elle, 模特儿们，商业摄影课实习，雪亮铜版纸妖女，血肉齐具；忙碌走动换装，梳化，听指令动作摆姿势弄表情，妖媚诡笑。无尘雪白莹亮大白景片，灼亮刺眼，焚烧，凝固五色杂物与人。浓妆褪落，昂首傲慢足踏尖顶高跟鞋，扭腰摆摇前行；炫耀纤细红紫蔻丹手指碧绿宝石镶钻戒指；探戈音乐旋飞，珠绣印花黑边绸缎波浪大裙，手上套着，拿着挥舞转圈珍珠项链，红唇啮咬灰润银珠。红胡长发高个摄影师，长年白衣白裤，即使冬天也敞开上衣头两颗扣子，露出结实胸肌。商业摄影老师，他的课必有红酒，小食，以及没尺度、尖锐刺耳玩笑，批评摄影家、模特儿，当然，我们的学习照片作品。

涅瓦河流域栗棕色头发，留住快两个月，摩洛哥女友更哀伤，房东远方表哥，法国西南部酒商，娶走她，最后。

摄影科三个老师，一位助教。理论教师，上的都是简单摄影史，摄影评论。系的发展以创作、技术并重，最终倾向职业生涯培养，又以商业摄影为主。同班和上下届，几乎全投入摄影行业，最杰出的，担当歌剧院摄影总监，而其实在进摄影科系前他已是很有名的私人美术教师，专教考美术学校。

没有人朝独立摄影创作发展，原因在于70年代，直到快90年代，法国摄影家只有两条路可走，新闻报导摄影，玛格南的传统，另一者则是商业摄影。那时，巴黎只有一间在塞纳-马恩省河边专业摄影画廊。随后才有国家图书馆摄影画廊，学校另一位摄影老师第一次个展，画廊第二个展览。没有杂志，像《光圈》，而矛盾的是出版罗伯特·弗兰克《美国人》、克莱因三大城市摄影集的出版社，看待摄影却采取若即若离，80年代终于开办摄影画廊。巴特的《明室》孕生在此种暧昧摄影文化氛围：封闭，迟滞，又背负巨大历史光环，摄影发明国度。1950年后美国摄影，如同绘画，取代巴黎的领先位置。装饰艺术学校创立摄影科系，和阿尔勒摄影节都差不多在同一时间出现，1970年代后期，动机多少为了弥补落差困境，这需要时间，长时期才能产生变化成效。个人几次去纽约探访学摄影的同辈好友，震撼摄影环境蓬勃生命力，展览出版，教学在质与量上，广度和力度远超过那时巴黎的摄影状态。对学校摄影科系原先高度期待想象开始转变，怀疑，淡化；国家图书馆摄影部门，成了我的救赎之地。回想起来，当时心境转变，愤怒，不满系所保守顽固教学，其实有些多余，那可是时代气候，不能全怪在人与事之上。但也因就这怀疑、动摇，放弃摄影、录像科系转向另一条道路。重新绕远路，影像对我的意义是什么？今天，可以说，不后悔曾经度过很快乐疯狂的两年学艺生活，伴随同时代骄傲自许为第一代摄影科系先行者的学友们，只是不知道，还有几位尚留在摄影场域，活着，观看世界变化；回想？

系上另一位摄影专业老师，和助教都在穆浮达街上，居住，开设商业摄影工作室。离学校五分钟左右路程中世纪市场小街。今天保持原空间区域，只是变成观光热区。失掉当年市井小民生活样貌。教暗房工艺，黑白摄影老师，主持并邀请摄影界，或相关人士来系上讲课，国家图书馆摄影部门负责人，阿尔勒摄影节创办人等等。很奇特，标准的法国1930年代雷诺阿电影中人物，高卢公鸡精神法国中心论支持者。彻底市民工匠穿着打扮生活，和商业摄影老师比起来，根本是两个世界的不同族群。住在穆浮达市街肉铺后面小院落一楼。暗房比卧室大两倍，单身，没任何生活娱乐品位，房子陈旧，阴暗，裸露灰墙，原先就是一个磨刀匠作坊，没太多装修。除了暗房水槽，木桌，其余都直接承继先前数十年的桌、椅、地板、门窗。颇像电影美术故意作旧的1930年代布景。人也一样，灰蓝衬衫，衣裤，褪的泛灰白，不高稍胖，一脸花白大胡，菜市场大叔样。肉铺人常笑着说，两人外貌，他更像卖肉的。肉铺老板，体面大学老师。暗房很大，很暗，奇特的是两架放大机全是不知名老旧法国20年代或更早的产品。铁锈斑斑，黑漆脱落，升降的弹簧用扳手顶着。改过片夹，一个放135底片，另一架可放8×10大底片。他最擅长的大底片相机，镜头，老镜居多，他对收罗镜头热衷。不喜欢学校暗房，太干净，年轻人用的，没生命的量产放大机。他鼓励学生用大相机，没多少人听，商业摄影棚才用，抬出去外拍？跟他借了一台20×24木头机，百叶窗式片夹，用相纸代替充作底片，黄铜镜头没快门。减法风景，长时曝光消除好多平时不注意，其实很扰人的细节。没试区域曝光，不知是否能操作？

他的个展，海，布列塔尼，诺曼底海岸，都是低光大相机拍摄多年后看到杉本博司的海，浦出，国家图书馆前小公园的夜海。

肉铺沿斜坡往下走没几步，对街面包房穿堂后面院落，小印刷厂二楼，系上助教的商业摄影工作室。不住这里，精明的分配作息时间，两边从容来回。他扮演系上的黏着剂，磁场重力中心，行政和器材管理工作，比不上招呼欢聚吃喝聊天，到他玛黑区市府旁边四百多年的斜顶阁楼公寓，房子没有直线，曲线倾斜屋顶，起伏不平灰尘加裂缝的不知道多大年纪地板。只容一人的楼梯，屋内只有两三区块可以伸直站立不碰头，交错支撑屋子结构的乌黑油亮大木柱，他很骄傲，炫耀这些可是稀有历史建筑。斜屋顶，开了几扇天窗，采光很好。他在一扇窗柱下摆置等身大的中世纪大天使，顺屋柱倾斜俯视，脱漆少了半片翅膀，一只上扬手臂。面貌、发饰、飘飞衣摆、愤怒、悲悯、淡漠？脚边，恒河流域织毯，加尔各答瓶瓶罐罐，土耳其青蓝大盘盛放绿叶色拉，金黄奶酪，血红肉片，祭礼、欢宴？1968年上过街头，呐喊冲撞一阵子后，流浪远离。公路旅行穿越巴尔干半岛、东欧，精神洗礼朝圣，最后落脚恒河边，待了快三年。染上热疾，一肚子寄生虫，他说，胀得像气球，昏迷弥留状态下被法国驻外单位紧急送回法国医治。

比起我们大不了多个三四岁，满脸稚气。嬉笑零言残语透露那些才隔没几年，却已沉重积满时间尘埃，他或他们的故事。幸好回来了。同行，路上偶识，很多恒河灰烬。他说，去中南美的更惨。寄生虫与热疾，他怀孕的印度孩子。东方回忆寄放在那些日常生活事物中。他对管理执行很严谨，暗房或借用的设备相机没照顾好、收拾干净，不留余地修理臭骂。东方瑜伽灵修放一旁。工作室很热闹，两三个生意伙伴，做得有点声色。楼下老式印刷厂，靠印传单，各种各类，游行示威到租屋小招贴，经常，助教会下楼帮忙弄点设计图稿，美化。没多久，老印刷机被复印机取代，学生论文成了大宗生意。老工人走了。

系上正式生五个，旁听生三四个，不分年再加上前一届，凑齐也就十来个人，聚在新建侧楼，二层楼挑高教室，大落地窗，很气派冲击主楼老建筑。一位阿尔及利亚人和我是唯二非白种人，法国人主要，瑞士、芬兰、德国，来自欧洲各地。旁听生，有一位年龄比我们大几岁的法国女士，念中文系毕业，先生出名的家具设计师，出身背景、穿着谈吐，自在贵族气息，开始总是用敬语"您"称呼，听我和其他人随口而出的“你”，皱眉头不以为然。久了后，不再勉强。她，普鲁斯特《追忆逝水年华》中世界生物，我的语言天使，她经常细微低调侧面帮助，中文作借口。曾问过她为何学中文，她礼貌回答，有兴趣，同摄影课一样。法国同学，巴黎人，或外省，富裕家庭。德国同学，石油商人小孩，开敞篷跑车，背着徕卡、哈苏。同学们经常轮流做东，他巴黎郊外大宅家。可以闹整晚，没邻居敲地板抗议。几个人挤在小车里，呼啸夜路奔驰，那时没有酒检。德语、法语、中文混杂难分，翻译的翻译，语言夜车。

当然，吵架，指责暗房守则未遵守的犯规者。霸借大相机不还等等意外状况。金发小个头芬兰女孩尖叫阿尔及利亚男孩暗房乘机吃豆腐，语言战争开始。各种闹剧，不伤人。课程，完整的艺术科系养成设计，摄影之外，版画、素描、雕塑或油画选一种。素描课，震撼教育，误以为只是像之前在台湾的入门课，石膏像、静物，炭笔画一画。平生第一次看见裸女躺在圆桌上，四周围绕学生。持续变换各种姿势，学生要求，或她自主。拿着素描本、笔，呆立好一阵子，真的所谓脑中空白，同学拍肩，你手怎么发抖？他们笑。脸红，发热，腼腆，低头重擦线条，不能控制的笔画。扑面而来的绵延山脉。壮硕肥胖中年女子，头发盘成高髻，短脖子，大脸粗眉，素颜，冒着汗珠，暖炉烘得双颊泛红，白桌布湿一圈。浑圆粗实，身躯看不见骨头，肩胛、手臂、腿全覆盖泥团般象牙白垂皱肌肉，体毛偾张，唇上细细青色胡髭，巨大变形双乳重挂山丘般腹肌回纹，呼吸侧身换姿势，摩挲震荡，气势吓人。抱腿缩头坐姿，诱人雕塑。当时不懂，没有棱角，立面和线条的混沌肉体，怎么画？半闭浓眉大眼，自得垂望自己身躯，天花板，四周人不存在。多年后看了鲁本斯巨幅画作，无言站在卢西安·弗洛伊德光头男，散发哀伤气息裸女画前，许久才回神。第一堂素描课粗暴粉碎画片想象，说些什么话语？

波德莱尔《恶之花》里的短诗“灯塔（les phares）”用“遗忘的河流”“海中之海”形容鲁本斯的画中肉体；它们不会令人喜爱，却鲜活、喷涌、挑逗。慵懒舒坦缓流的遗忘，冲刷记忆泥层，流向海中之海的肉体诱惑。休息时，披上白浴袍，叼烟，站片刻，巡绕学生，凑耳低语，比画纸上画面。沉重赤足脚步声，画笔摩擦纸张，呼吸，咳声，努力捕捉身体线条，抹擦出块面，她的身影悄悄掩盖，散下草茎发梢掠过耳边，闻到浓厚烟味，线条拧了；烟影，飘走到另一边。模糊巨量身材感觉还留在背后，流淌。

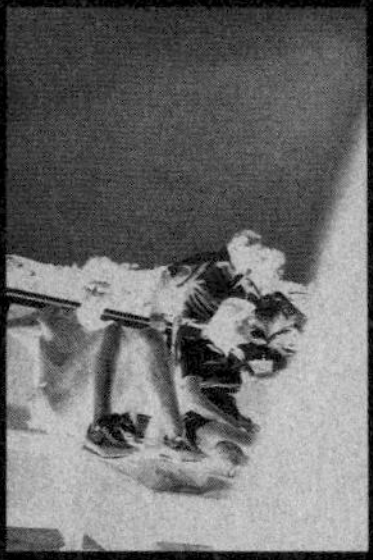

(VII–18)

年底，才十二月开头，学校空了，留下的都懒散盼着假日。搭一部共乘小车，我往南走，想看冬日地中海，科西嘉岛。少了夏日拥挤人潮，萧索死寂海滩应有另一番景致。这次真领教雪铁龙两匹马法国国民车妙处，铁皮车，硬座，没暖气，跑不快。车主大烟枪，车窗一路上翻不关，迎风，加了两条毛毯，冻得直抖。路上用张力橡胶绳绑住的引擎盖，断了，不停被风掀起盖下，一路敲击后，车主下车拿裤头皮带系上。总算安全抵达普罗旺斯，一脸死灰发紫嘴唇，口齿不清数好油钱给车主，互道珍重。

夜宿马赛港，兴奋期待能碰上拍照景物，老城区，潮湿倾颓街道暗影中魁梧短发大汉，守候猎物眼神，怯缩回旅馆房内，临窗看港口霓虹灯，流莺。夜船，省钱坐大统舱塑料硬椅，半睡半醒，紧抱相机箱和小行李。破晓，旅客兴奋聚集甲板上，冰冻海风中看冬天地中海日出，远方岛屿山岭暗影逐渐浮现清晰，指指点点海岸地名。记忆中，没看到海鸟飞掠。

岛上待了十来天，平安夜在较大城镇，跨年在海边荒村野店渡过，唯一的旅客，幸好床是干净，供暖，吃就随意弄。清晨，滨海阳台餐桌上，旅馆主人的狗，百般无聊站在那里，跟我，一起看空荡荡海滩，

(VII–19)

(VII–20)

(VII–21)

(VII–22)

海浪。岩礁断崖风景，来自记忆。横贯穿越，环岛，

沿岸，坐遍岛上各种有限公共交通工具，铁路，长途公交车，还有伸手顺风车，友善民风。沿途拍了各种人物，他们比起风景更吸引人。荒山牧羊人，带狗教堂前村民，海滩上玩枪小孩，大城老区穿梭游走行人。有一张，直至今天，重看仍旧心情沉重，长途公交车上，瑟缩大衣衣领只露出苍白脸颊，溶浸空无一人幽暗。也许是冬日，阴雨湿冷，岛上的人，大城和乡村，神情迷蒙，茫然。邀约拍照时，面对镜头时也会微笑，显现稍纵即逝的喜悦。他们又不太像英国、爱尔兰人那般阴郁深沉。地中海南方阳光作用。

回程从尼斯搭高速铁路回巴黎，车上被那位黑眼圈中年妇人和她后面座位夫妻，闭目入睡，祥和平静的妻子被先生用来遮脸的报纸切割，莎乐美欲求的盘上头颅。高速飞驰窗外风景，黑眼圈妇人，没有脸的丈夫，闭目寂静头颅，悬疑剧情待想。

回到巴黎住处，开门赫然发现母亲坐在厨房剥菜皮。完全没有告知，她一个人从台湾飞过大半地球探望我。长途旅行拍照的疲累彻底被吓走。还没张口问安，母亲责怪我怎么出去旅行那么久，也没留上任何联络方式。她已经等我五天，一个人，房东和那对台湾夫妻，全不知道我漂到哪里，什么时候回来。阴错阳差，那是一个打长途电话要到邮局等接线生帮你接通，按分秒计价，昂贵的非不必要就不打的年代，一封航空邮简等半个月抵达，算正常。一两个月写信报平安，常态。急性子母亲动念头探望，随即搭上最近的直航班机，办好签证。一位连英语都不懂，怎么填写入境单，如何坐车到偏远边郊我的住处。勇敢母亲，透过航空公司上班二嫂，打点安排搭乘的不同航空公司航班空姐照顾，带着她出关，在奥利机场，打电话到住处，失望发现我出游后，拜托那对台湾夫妻开车接她。母亲在奥利机场奇遇，几乎是一年多以前我遭遇的情境。更让我吃惊讶异，她竟然搬运台湾家里半个厨房食物，连锅子、一些厨具。各种卤味熟食，煎炸炖煮，鸡鸭、内脏，五花八门香料。刚到时，房东疑问，是不是要开中国餐厅。奇妙母亲，她用什么魔法夹带进来，吹口气，刚从地中海小岛回来，瞬间我回到台湾家里。她等我的那几天，他们说，母亲跟房东、进出女孩们，手语比划沟通，备食餐宴，还算平和。母亲住了快三个星期，她赶在农历春节前回去。白天，有些大课非上不可，我曾试过带她到巴黎学校不远咖啡，出太阳到公园走走等我。试了几次，她宁可留在家里，白天用手语到镇上那唯一肉铺、面包店，买肉、糕点，准备晚餐。没几天，已熟到不用比划，他们就会切好要的部位，量秤，包给她。

她担心我的学业、生活；准备念多久才能拿学位，回去。对手套式的小毛巾洗脸，好奇，多买一些带回去。挂念我穿的衣裤太薄，破旧，押着我到百货公司买大衣，毛料衬衣。顺手，她替家里大大小小买礼物、衣服，准备过年。

夜里，她睡床，我打地铺，说不完我离家后，兄弟姊妹变化，小孙女们又长多大。门外经常不断的烟酒聚会，轰吵大半夜，母亲开始还容忍、失眠，为此我推门抗议几次。迷醉房东和朋友，客气，提早结束，但已是凌晨三四点。母亲和已过世父亲长年早睡，凌晨起床爬山健身，为了我，作息全打乱，没睡好。我只能愧疚，又束手无策。

(VII–23)

(VII–24)

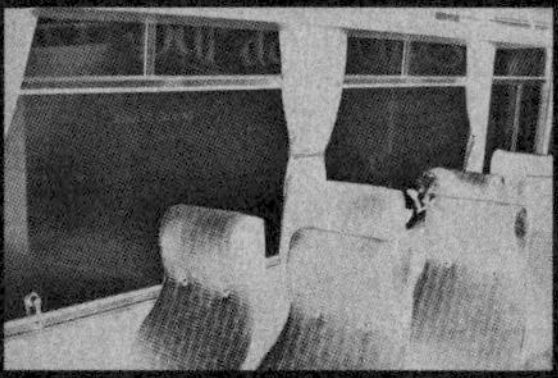

(VII–25)

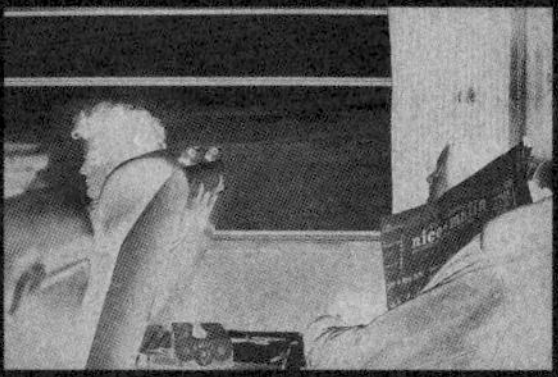

(VII–26)

那些奇怪气味从门缝飘进来的烟，还有五色人种奇形怪状访客；母亲由好奇，讶异，到不悦，质问我，房东作什么的，以她生活经验，劝我快搬家。搬到城内，上学也不用通车劳顿。对那些短暂漂过女孩，母亲不太能忍受她们衣不蔽体，屋内跑来跑去；而让我好奇不已的，她也会欣赏她们的美、稚气、青春，甚至在我面前品头论足。同样问题，她们是谁？来自哪里？去哪里？我自己也不明白答案。

陪母亲到巴黎，逛景点，百货公司采买。母亲会沉默片刻，那一年我和你爸爸来过。两年前父亲逝世。从癌症发现才六个月，家人没预料到。1970年还是1971年，他们参加旅行团到欧洲旅行，巴黎五天，还拍了八厘米旅行影片，大学时放家庭电影，小白布幕，闪烁鲜艳色彩，凯旋门、巴黎铁塔前，父亲淡淡微笑，母亲倒笑得异常灿烂。他们比我早五年到过巴黎，我蛮后悔没收藏保护好这卷影片，只能在脑母里倒带重放，当想起时。坐在凯旋门附近咖啡厅，母亲坐了好久不愿走，不断重复，你父亲在那里，走过那边帽子被风吹走追着捡，坐电梯上去，上面看着大道说了那些话。低头，拌咖啡杯，我不敢抬头看母亲，她的眼睛。

塞纳-马恩省河边，难得冬日阳光，我问她要不要坐游河观光船，母亲摇头，不要。那天，你父亲突然心悸，没法走，我陪他坐在河岸边椅子休息，看大家搭船。

第一次搭观光船，几个月之后，姊夫带领台湾贸易商人到巴黎参加商展，外贸协会第一次国外拓展。姊夫让我帮忙翻译、打工。布展过程中，我拍了一些劳动工人，和商品。陪姊夫和台湾一皮箱打天下商人游河，船过新桥前，远远看见跨坐桥栏准备跳河的年轻人，明亮阳光，削割桥墩圆拱，船上广播持续介绍两岸景点，音乐大声回放，水浪拍打，没人注意。回航时，他已不在桥上。

回国前，母亲一再叮咛我一定要搬家，礼貌回请房东、女孩们、那对台湾来的夫妻，到机场接母亲，母亲包了一个红包，过年礼。他们之前一直缠着向她借钱，借口可以跟我一起做生意，母亲直接拒绝。

机场送母亲进海关，挥手，看她一人推行李走远，我转过身快跑。进海关前，母亲将身上所有零零碎碎美金法郎全掏给我，一定要搬家。

过农历春节没几周，下课回到家里，发现一屋子翻箱倒柜，我的房间床铺，行李箱全被打开。弄乱四散。房东妹妹坐在厨房啜泣，房东和所有屋子里的人全被警察搜索带走，拍有尺寸线条身份照。三天后，他们被放回来。再过不到一个月，学校瑞士同学帮我找到一间阁楼用人房，先前学室内设计瑞士住客要搬走，付一些装修让渡金就可入住。哥布尔地铁站出口，跳过大马路就是第五区，远些，穆浮达街市集。终于有自己的房间，不用向人分租，离学校近，走路就到。小说中的屋顶阁楼间，共享厕所，前住客巧手隔出一个淋浴厨房共享的小角落。至少可以蹲着洗澡。

《情感教育》小说中弗雷德里克赶回巴黎救助在1848年6月暴动中受伤朋友，杜萨迪埃，为此中断和萝莎奈特于枫丹白露旅游。夜里他赶到意大利广场，下车走没多远就被巡逻哨兵押捕，被怀疑是作乱暴徒。福楼拜详尽描写他从意大利广场被押送到十三区，今天第五区区公所，所走的路径、街道，正好是我搬进哥布尔大街阁楼后每天上学听课必走的路。哥布尔大街，医院大街连接硝石库医院，19世纪中后期最重要精神病院，夏柯的歇斯底里剧场，弗洛伊德在此受教学习。穆浮达街，几年间，我从艺术学校，到巴黎三大和博士生修课，走过不尽其数，采买日常生活必需品，菜摊、水果店、肉铺。拍照，吃食，呼吸，思考。当看到《蓝》电影里出现那间在煤炭店旁老咖啡厅时，心中悸动，那可是多少年步履记忆。植物园旁边的马市街已经拆了，Pitié改建成大清真寺靠着植物园，三大大学餐厅斜对面，吃完饭去那里喝薄荷茶吃甜食，听五功祈祷声。朱西厄街，巴黎七大，克里斯蒂娃和拉康学派精神分析重镇。

弗雷德里克走到神圣万神殿，眼里只看见堆满尸体，睡在草席上休息睡觉士兵，焦急询问失踪亲友的妇人们。万神殿，云母街底，出校门往拉丁区圣米歇尔走，先撞上巨大圆顶高墙。纪念碑建筑，表征很多杰出高师毕业的文理学者名人，最高寄灵处，国家精神殿堂。弗雷德里克是在刺刀威胁下，嫌犯身份，深夜游走穿梭这些今天依然是学子们白日求知访学的启蒙学习道路。福楼拜掩盖白日光照，代以死亡和斗争的暗夜，没确定目的性的迷宫，见证历史空间。空间否定性给予的另类不自主漫游。

斜屋顶临大街小窗，低头不能站直。五台坪不到室内，只容一床，一骑马脚木板桌椅，有点修道院苦行秘室味道。楼上房客，互不来往，平日走道上也看不见人走动出入。学生、退休单身老人。夜里，除了上厕所有时碰上来敲门，平日听不到人的声息，无人死寂剧场舞台布景。十字交错走廊，十来间紧锁木门，小天窗。天光，偶尔飞过鸽影落在红色菱形地砖，安静。不像七区、十六区豪宅大户，阁楼用人房出入走后院灰扑扑狭窄木梯，夜里计时两分钟的楼灯，准确无误将人抛进黑暗，必须摸索爬上，到下一个开关，快速完成限时脚程，八层楼高的主仆工作光照交换游戏。幸好，哥布尔大街附近是普通小商贩区，阁楼间进出走同一楼梯。门房，七十多岁白发驼背不良于行老太太，负责收信，清洁，垃圾清理。门道入口旁阴暗小房间，长年整天点盏黄灯泡，坐在布帘后小窗，嗅觉异常敏锐，查知访客，询问。屋主的挂号信，不放门边小信箱，她会候着等人走过才开窗交信，即使高龄，在巴黎大城也工作住了很久，来自外省乡下根深蒂固的地域性未改，排外歧视是再自然不过，经常扣住我的急信好些日子，非要我亲自敲门，忍受她屋内各种异味，她方才很不情愿从一堆杂物中翻出来，嘴里咕哝缺牙骂些我听不懂的外省方言。仅止于微小谑恶，不坏。圣诞节包点小礼物给她，笑得开心答谢，但那身陈年奶酪加烟酒气味，够呛人。

(VII–27)

(VII–28)

搬进学区房子，省下每天通勤换车时间，更从容，想得更多。少了先前嘈杂纷扰，开始真正学习孤独。坐小窗口前，观察街景，日与夜，排忧解闷，两年多，我的富士十二景。画面外，我逐日剥落躯壳。

刚搬到市郊，春夏替换过渡时节，气候变化不稳定。时有骤雨，突然放晴，满天乌云露出一片青瓷蓝，裂隙投射太阳光柱，树叶、地面、铁轨，晶莹剔亮。运气好的时候，下冰雹，大小不一水晶球，滴溜敲击乐，弹跳跌宕。阁楼临窗风景，剪一片框架好景物，少了这份爽朗开阔变化，却多了些日夜春夏秋冬时间连续轨迹，还有，画外在场，我，观看者的心绪，些许呼吸，快门合开片刻屋内气息，冬日暖炉烘蒸淡淡水雾迷蒙。夜巡搜捕疑犯，恐怖分子，听不见的声带，人声，警笛鸣叫，急刹车轮胎摩擦石地声。深夜路灯下独行高跟鞋声，伴着闪亮 地上星辰。

那时，才刚考上艺术学校，经常玩一个游戏。候车月台上，看天气，心情，或是时间偶然，凑巧对向月台列车刚要进站，死劲匆忙冲上天桥，跑下铁梯，追火车。开怀，赶在最后一刻，脚刚站好车门关上。没有预期，任意随性选择，往巴黎朝北；往南去凡尔赛宫。或看中途小站，下车探险。短短三四十分钟火车车程，铁道漫游，凡尔赛到巴黎蒙帕纳斯车站。区间车才停小站，往波尔多西南部火车呼啸直行。沿丘陵半山坡，穿行森林、山谷，散布稀疏隔离村镇、村郊聚落。小车站，同一模样，寂寞月台，进出站天桥，没有售票处、查票人员；赤裸敞开，树立站名，出入口标示，面貌和时刻表模糊的快慢车；那几班会停靠站，乘车的人自己晓得。郊区小镇，没多少居民，晨昏上下班时人多点，就是那么多人，站不满月台，上了车，没挤过，都有位置。单调乏味到车上的面孔老是那些既熟悉又陌生，不曾点头打过招呼的乘客。窗外风景胜过车内。过塞纳-马恩省河，进入城市。搬进城里之前没几天，特意搭这条线火车来回坐了好几次，心里知道，离开后应该不太会得空乘车，留存车外山谷，森林景色印象。凡尔赛宫公园徘徊拍照，冬日萧索，最后巡礼。

(VII-29)

向晚暮色，池面犹存残裂薄冰，庭园植栽，修剪耐寒墨绿针叶，排列孤立嘲弄枯林，神话人物雕像，蒙盖草绿帆布，绳索捆绑，兀自站立石座上，几千年的命定惩罚，众神背负罪行，等候审判，鬼魅性感，召唤没有时间记忆。人神退位暗夜。

离开摄影科转到录像和动画科，同时注册巴黎第三大学现代文学电影硕士，学校不承认台湾的大学文凭，必须重念一个大学文凭最后一年课程，戏剧系，减免前两年。预计一年念完，可以快速念电影硕士，人生意外，一科表演课死当，多花一年。拍了一个 大带子录像纪录片，移民，访谈那位放弃诗成家归化的青年友人生小孩后的境遇变化。学会非线性录像剪接，作了一个飞天面包的停格动画短片。放弃，离开。全心投入三大戏剧课程。巴黎三大离艺术学校很近，隔条穆浮达街，街上偶遇助教和系上同学，抱怨我怎么不联络，疏远。几次动念回访，开心笑闹后，阁楼房内，桌上那些摊开的纸张、笔记，各种我完全摸不着头绪的所谓符号学、文本理论。蜕下的皮壳，撕裂肌肤的痛楚，像那一条条暗袋简易冲洗完成吊挂淋浴盆上底片，幽幽滴落水泪，我不能回头，用学校暗房。

(VII–8) 巴黎地铁妇女与狗 I（1976–1980）

(VII–9)　　墓园妇人（1976–1980）

(VII-10) 车站月台（1976–1980）

C
B
QUAI B

(VII-11)　　游乐场旋转木马 I（1976-1980）

(VII-12)　　市集人群（1976-1980）

(VII–13)　　卡车司机乔治与玛丽 III 午休（1976–1980）

(VII–14)　　乔治（1976–1980）

(VII–15) 工人群像（1976–1980）

(VII–16)　　工人与经理（1976–1980）

(VII–17)　　铁路工人（1976–1980）

(VII–18)　　　　　渡轮游客（1976–1980）

(VII–19) 科西嘉街景（1976–1980）

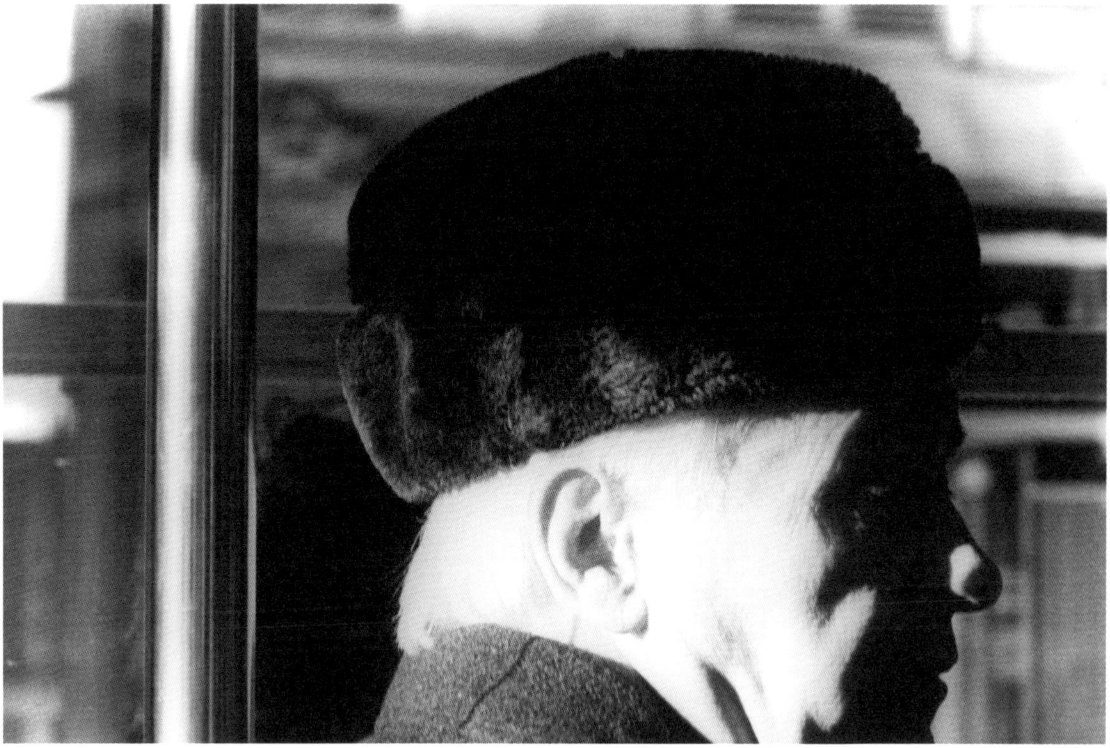

(VII–20)　　脸（1976–1980）

(VII–21)　　科西嘉咖啡馆内（1976–1980）

(VII–22) 科西嘉街头候雨，人群（1976–1980）

(VII-23) 科西嘉新与旧（1976–1980）

(VII-24)　　科西嘉农夫与狗（1976-1980）

ISSUE DE SECOURS

(VII-25)　科西嘉长途车上孤独老妇人（1976-1980）

(VII-26) 法国高铁乘客（1976–1980）

en couleur
Cannes-Grasse
nice-matin
REUSSNER
SOLDE
30 à 50 %
PHOTOG
GRAVURE
nice-matin
Carter à New Delhi
Bombay

(VII–27)　　巴黎雨中街景（1976–1980）

(VII–28)　　水果贩（1976–1980）

(VII–29)　　　　凡尔赛宫孩童（1976–1980）

VIII

剧场与身体

Théâtre et corps

从艺术学校转到巴黎第三大学戏剧系，走出温室进入荒野，身体被肢解，掏空，零落四散，惶恐失魂没了方向，日日都是新事物。开始体会、认识什么是愤怒，激情的时代引擎。不再是干净明亮现代工业设计环境，粗糙预铸拼装组合隔间教室，涂鸦、政治口号标志，海报随意张贴，脏乱丛林。经常五花八门罢课、罢工，没预期的那时代高达电影场景。如果说，美术学校是喜剧，明亮色系，抒情小调，眼中世界平坦和缓。那么，大学戏剧系上演的是悲怆道德剧，课题剧，不全然悲剧，但色调黯淡，或大地色，总是高亢争议、激辩。世界是泥泞，没有出口的死路或迷途，困惑与焦虑后的狂热、愤怒。节奏急促，爵士乐般即兴与规则对抗回旋。

空气中尽是口号式政治语言、学术夹杠，各说各话没交集，玄之又玄的抽象辩论，中世纪针尖上的天使能否跳舞？这里不愁缺少世界尽头各类活力十足青年，充满火光明亮双眼，急促奔走教室课堂，或政治聚会。解放神学不碍对话伊斯兰或犹太卡巴拉，马克思殷勤努力转译。北非同学带头在布莱希特与东方剧场课中启蒙黑暗大陆同学以殖民、反殖民论述，四川好女人穿上白色大袍。然而也是北非同学教我认识真正的斋戒，开斋在小公寓浴室，宰羔羊放血，彻夜欢聚。

曾经厚颜无耻于戏剧符号学课胡乱拼凑德里达论阿尔托残酷剧场论述对古典西方戏剧，剧场的剧本—作者至上政治批判，东风凑西风，我用中国草台表演随意裁剪定目本子，空洞简化舞台，演员才是重力场等等现象，很结巴，语法错误百出的法文作报告。那时，根本不知道德里达的解构哲学，他那晦涩深奥文章，只抓住反文本至上，西方戏剧剧场困境，这些较粗浅可懂段落。不懂隐喻、文本、器官，没有器官的身体这些重武器。离残酷很远。

班上一位希腊同学作布莱希特关于中国京剧的论述与实践，马克思主义观点他的方法论。他借批评我的口头报告乱无章法、法文低劣，凭什么去架空德里达加阿尔托。他说，书面报告一定更惨，突然他回马反诘授课老师、系主任，为什么给我的评分比他高，偏袒不公。这位极左、学术声名受敬重的剧场符号学大家，她缓和回应；语言能力差，法文沟通有问题，是事实；但他努力用来自亚洲、非西方的陌生人角度挣扎克服那些他自己都不懂的课题，不很学术，却是生疏、活跃的思考活动。至于你的布莱希特，优美修辞，严谨论证，的确超过班上所有人，但加总起来，书本上都找得到你说的论点、诠释。希腊人愤怒摔书，踢桌椅夺门而出。学期终，他班上最高分。他和一位电影课上谈话较多的伊朗同学，两人都充满革命热情，回国参与改革。不知道他是否在希腊剧场，或戏剧学术界大放异彩。伊朗人，火爆分子，经常会为了系上剪接室使用、排位问题和人大打出手。1979年霍梅尼革命前夕，他在学校走廊跑进跑出，贴海报，招集学生参加政治聚会。最后一次看到他，走廊上狂奔大叫，不念，不念书，他要回国参加革命。他拍纪录片，专攻这领域，不全然是政治纪实，俄国大革命时期前后到1935年的政治和先锋电影。授课老师，学俄文，严谨翻译爱森斯坦所有出版的俄文论述，彻底扩展我先前只从少数英译阅读的局限。爱森斯坦之外，先锋俄国电影论述，像吉加·维尔托夫、普多夫金等等。俄国大革命时期的电影、戏剧、建筑、美术、诗学、符号学，1970年代，法国出版，大量翻译俄国大革命前后的重要前卫、先锋艺术家著作。那可真是一个认识20世纪最重要的乌托邦思想实践的黄金年代，法译工作推动，复活被历史遗忘的思潮。

电影课逐格，1/24秒的定格画面分析（photogramme）解读《十月》《战舰波将金号》，电影符号学严谨科学幻想推到极致，帮助澄清蒙太奇理论，电影文本建构的误读，消除堆积其上的历史背景成见。戏剧系剧场史，斯坦尼斯拉夫斯基的方法论表演和梅耶荷德的生物工程（biomechanics）。两套彼此对立辩证的表演理论与实践，标志以诠释文本为主的古典戏剧和先锋，现代剧场突出身体，不是演员—文本，主导的新剧场空间矛盾。梅耶荷德和阿尔托的残酷剧场推翻文本宰制的古典戏剧。走出剧场，回到市井，从杂耍、马戏团、江湖卖艺，工人操作的身体动作中寻找新的表演身体、空间的可能。电影定格单画面的语言科学态度，梅耶荷德的生物工程，马戏团、江湖卖艺的身体、动作、空间。这两条途径交集，汇流成为我硕士论文的思想基础工程，至于选择什么样文本素材，采用什么样分析方法可以降低文本依赖性，提升更高度数理严谨性？缺乏语言学基础知识，唯一勉强算就是大学时必修的音韵学，被教课老神父死当重修，曾发誓绝不再念这些了无生趣的东西，预料不到出国后到今天，我还脱离不开语言、语言学的纠缠。语言学、符号学的本质论述，光靠翻查字典不可能进一步，必须上课。阁楼间生活，眼睛转移到身体，自己和他人的身体意识和听闻，注意到分析拆组语言段落的乐趣，不再焦着于生字搏斗，糊成一团的语句面貌渐明化，声音起伏跌宕有了空间。表演课撞上枯燥的索绪尔语言学课程，身体开始有点重量，可以表意，书写，或许隐喻也在那里。慢慢懂得怎么样接受演员身体，银幕上瞬间掠过的大特写眼、嘴微动，浮凸山间丘陵，就在那里。

舞台剧，最直接观察，手上留存1978年看彼得·布鲁克于巴黎"北方剧院"导的莎剧《一报还一报》(*Measure for Measure*)，法译改编剧本。刚好100年出头老剧场，布鲁克保留曾被弃置、辗转易手，破旧裸露时间痕迹，完全不装修，斑驳舞台背墙，低限极简的舞台陈设、灯光。演员和文本的辩证抗争，定目剧本成了自己的解剖台。

剧本封页，我还特别标记，"于巴黎看的第一个剧场。1979除夕日"。戏热卖已演了好几个月。之前震慑于布鲁克盛名，其《空的空间》开拓1960年代的新表演方法。他年轻就成名为英国，古典莎剧领头导演，和所有戏剧界大演员合作过。放弃，重新到非洲，最贫穷的走江湖草台方式寻找新的出口。落脚巴黎，建立国际戏剧创作中心，北方喜剧院作基地，某种角度可以说他回归终生推崇、实行残酷剧场美学理念，回到阿尔托故乡。书写文章过程中，读到纽约时报报导，94岁高龄布鲁克在布鲁克林导出《为什么?》，一部向梅耶荷德致敬的作品，召唤被斯大林迫害的幽灵。刚踏进北方剧院，震惊于其破败斑驳环境、废墟，危险随时会倒塌废墟。没有后台，炫目布景，灯光。节目单背后，用铅笔快速素描剧场空间，标注道具陈设，主要，唯一的陈设监狱。画出人物站立，服装颜色。一场入门学习的见证记录，彼时只能就着即刻目击空间描写，至于演员的表演、身体、动作、声音、简单音乐，没有能力记忆转写。倒是节目单，第二张"告观众书"，布鲁克双关嘲弄的提醒观众："最后排演过程中，经常加进中断，直截了当或轻微，这些变化主要在对话之内。"布鲁克最后说："希望观众不要误以为这是演员'记忆失误'(trous de mémoire)。"这张小夹页，说明布鲁克操作中断，空白干扰文本，表演，仍然会担心，观众的收受反应误解。

北方剧院，巴黎八大附近的弹药工厂改造的阳光剧团，亚利安·莫努虚金巴黎两个最具实验剧场、实验室创新，不受限于定目剧，和一般心理诠释文本角色的标准化表演。布鲁克倾向，推崇残酷剧场，生物工程；莫努虚金来自于哑剧训练，侧重即兴。两个剧场都共同对非戏剧表演的各种杂耍、马戏团的身体、动作技术，吸纳采用。1980年代后，殖民后殖民热，东方主义重新渗入剧场。布鲁克的长达八小时《摩诃波罗多》史诗，阿维尼翁采石场演出，将观众推向史诗起源场址；回到封闭北方剧院就少了这份自然、原始，采石矿场的考古历史韵味。阳光剧团用印度音乐和身体语言，表演诠释莎剧，又是另一番盛宴。

每个星期上百场表演，不计小的独立剧场，定目剧大戏院，会固定邀请欧洲各地新锐导演，呈现定目剧新面貌。万花筒似的，只能选择性挑食。学院里，70年代喷涌出新一代的表演论述、剧场。从巴西政治剧场、波兰高度宗教神秘的贫穷剧场、美国生活剧场。剧场史也受新史学、福柯影响，挖掘新课题。收获最多的课，法国大革命前后的剧场宣传、招贴、评论。丰富材料，具体生命世界呈现大革命时剧场明明暗暗缩影微型外在风暴，浩劫死亡舞蹈。因就这课程，到国家档案馆学习搜寻，微不足道小报招贴，好多细节，日后方才理解福楼拜小说中细节的意图。

熬过为了一门表演课被当重修，多出时间，先上电影系课程，之外游走散布在拉丁区各个偏僻小楼中，零散各类语言学门。桥梁与工程学院，上转换衍生语法。密特朗总统家附近，不知名小楼二楼。阴暗被遗忘的上个世纪（应该是上上世纪）老旧语音学、音位学教室。不懂。为什么没整合在一起。

总算通过所有硕士学分课，选题和指导老师，大挑战。出名的那几位电影文本理论老师，俄国电影理论、历史，不用做梦，楼上排到楼下。电影笔记编辑，垂涎的人不少。只剩下冷门，多数人躲开不愿上的新一代电影符号学，用乔姆斯基的转换衍生语法分析电影文本老师。他鼓励我多念些英美分析哲学，数理逻辑，当他知道我英文阅读没问题。更大挑战，他开了好几本俄国、罗马尼亚最近的数理语言学专书，刚翻成法文，无止尽陷阱，要硬着头皮念集合论，代数，逻辑

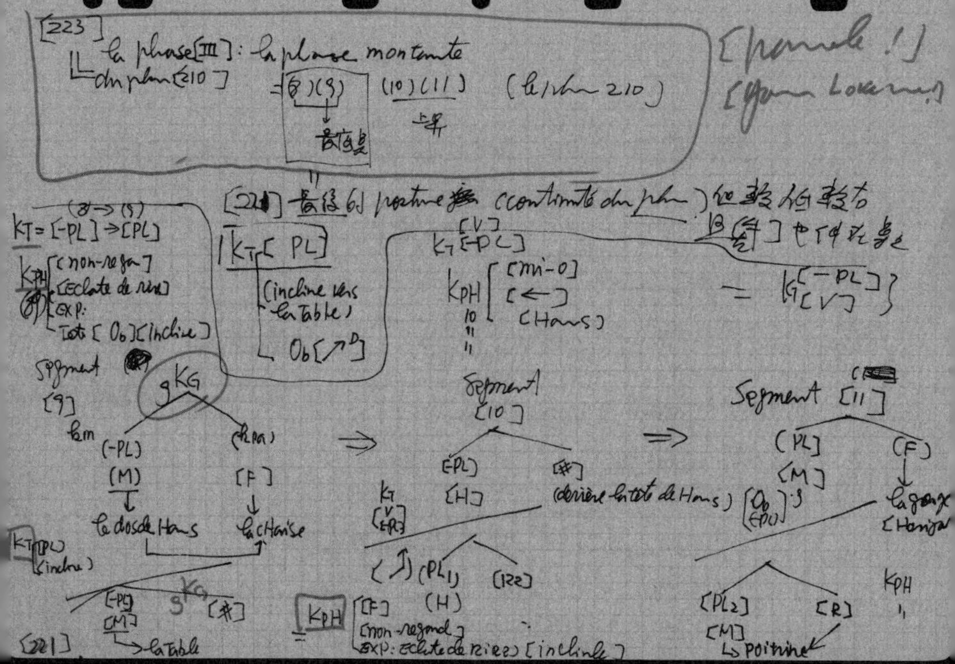
[223]
la phase [III] : la phase montante
du plan [210]
(8)(9)
(10)(11)
[paravole !]
[224] (continuité du plan)
KT = [-PL] ⇒ [PL]
KT [PL]
(incline vers la table)
Ob
[non-regard]
[éclats de rires]
EXP:
[Ob] [incline]
[mi-O]
[Hans]
Segment [9]
Segment [10]
Segment [11]
KG
(-PL)
(M)
[F]
le dos de Hans
la chaise
(PL)
[H]
(derrière la tête de Hans)
[F]
la gorge
[Hans]
KPH
[F]
[non-regard]
EXP: éclats de rires) [incline]
[PL2]
[R]
[M]
poitrine
la table
[221]

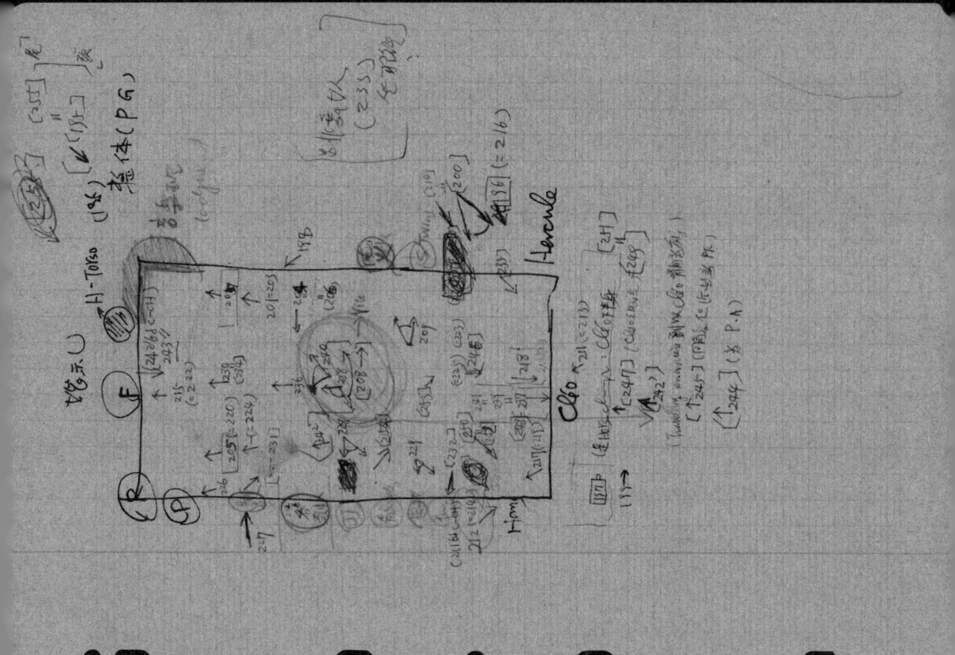

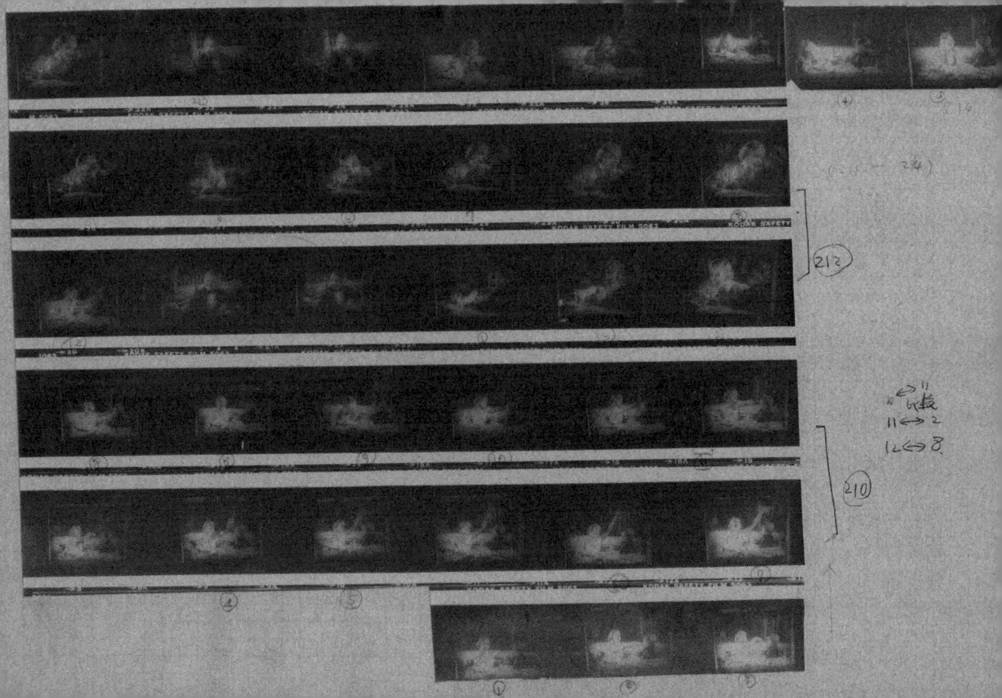
212
210
11↔2
12↔8

稍懂皮毛一回事，如何应用到转换衍生语法上，和电影文本分析是否具备有效性，符码变换的方法，一连串问题排山倒海出现。

选择分析对象，那一部电影，聚焦在那种课题？两年戏剧系对表演、身体的种种方法论，训练实践，大致熟悉。那就作身体动作分析，这题目在电影论述算较冷门，比起文本，导演—作者，电影史这些课题场域。老师也觉得可行，但是一部电影九十分钟，多少演员在不同场景、段落演出。必须精简化约，某个片段，聚焦少数演员，场景固定没变化情形下，室内戏最适合。经过反复化约后，想起阿尔托的残酷剧场论述，他在第一宣言中，强调要重新发现一种新的剧场表演语言脱离开文本制约，一种介于动作与思维的语言。不专注话语的意义表达，要特别凸显发音，音调造成从文字中解离，震荡的音响，呐喊。将所有的语言、动作、表情组合成符号，字母，一种剧场的真正象形文字。[1] 符号，字母，象形文字，理想的演员表演文本，阿尔托的论点接近梅耶荷德生物工程肢体表演，可以被拆组数理化，完全脱离表意，作为文本载具的约束，要求。生物工程和残酷剧场表演论述和实践作为思想根据，建构一套数理语言化的表演程序分析，落实上述思想，就有其历史性脉络。

(VIII–1)

分析样本的选择，从否定性出发，不再以一般正常演员身体动作作为对象。重复看过很多次阿尔托电影演出不同角色，确实充满磁力，散发疯狂因子，然而文本制约束缚造成极大内在冲突，这矛盾也是影片魅力所在。最为人称道的如德莱叶《圣女贞德蒙难记》片中的僧侣，阿贝尔·冈斯《拿破仑》片中的马拉，文本横亘，不能跨趣。生物工程的马戏团、杂技表演，终于找到较适合的样本素材，托德·布朗宁的《畸形人》。论文导言一段话，归纳选材的意义：扭曲变形的身体和其表演割裂，分离。他们从自身身体的奴役表演状态中解放出来，达到完整的跃进奔放。怪物他们升华其肢体动作，超越一般表演作为系缚文本符号，获得自身之意义。此种表演可称之为"影片表演病理学"（La pathologie du jeu filmique）基于此论点，所以选择《畸形人》作为分析对象。……这种影片表演，透过特殊，非常态怪物身体还原（réduction du corps）之明证显现，让我们亲近影片现象的开展。……婚宴场景是全片的核心总结场景。环绕马戏班里各种歧零怪人，侏儒，巨人，连体女，有胡子的女人。唯二常人，金发美女勾结大力士，想和侏儒假结婚后再谋财害命，结果反被识破，婚宴后被马戏团异人们联手毁容，肢解成全身羽毛母鸡怪物，论文就以婚宴场景四分多钟段落，定格画面用数理语言程序分析，修改转换衍生语法符号程序，加入身体动态学（kinésique），空间学（proxemics）参数的音位韵律（prosodic）对应对话语言和身体动作，脸部表情标记。建构这套数理语言过程完全在黑暗中摸索，没有任何文献理论可资参考。脸部表情研究最多也只能上溯到达尔文的粗略动物行为学（ethology）。论文指导业师支持鼓励，提供修正意见，帮助我完成，他希望我博士论文继续发展；博士第一年，幸运进入麦茨门下，硕士论文业师公路车祸逝世，生前他严肃说，这种研究，世界上只有三个人，少了一个重要问学者，博士论文转向，硕士论文，人生一个过程。

修改校订硕士论文时，阁楼房内书满为患，走路都不易。搬家到蒙马特山脚胡同街，介于色情大街（Pigalle）和蒙马特亚贝斯街之间斜坡小街。二楼面街二房，附近极其破败荒凉街区，今天据说变成观光热点，街上，午后近晚站着拉客阻街变性人，法国人俗称他们水手皮外套、皮帽、吊带袜装扮，冬夏不变。一面写，一面计算参数是否偏离，侏儒或胡子女人等之行为。看窗下，他或她们偶尔会挥手打招呼，上工了。很敬业，站到大半夜。平日在市场买食品，碰见礼貌点头。咖啡厅，总是远坐，隔段距离，友善微笑。街上经常有落单观光客被抢，呼天抢地叫救命、警察。隔一会儿，窗外看见那些狡猾奸笑的阿拉伯人争吵，分钱，扔皮包。平日错身而过，邻居，他们迎相让路不。楼上房客，从未照过面，深夜才回来，来回踱方步，用力脱下、马靴？摔墙，扔地板。闹得人难睡，礼貌写字条放门下，轻些，忍受。窗下站街拉客水手，我从来不敢问名字，也拿不出相机，他一回比手画脚，指我楼上，那样子似乎告诉我，楼上房客在大街店脱衣舞。

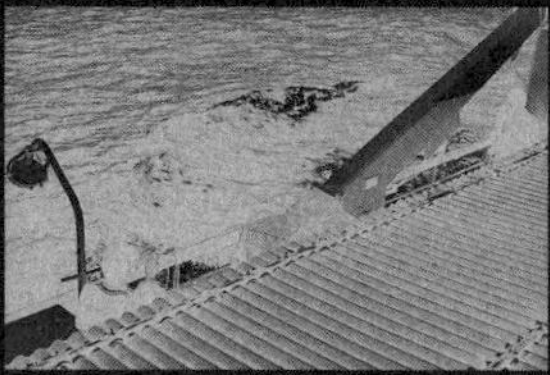

(VIII–2)

(VIII–3)

(VIII–4)

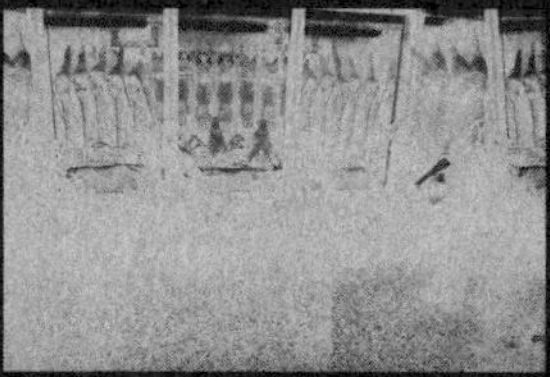

(VIII–5)

每日我的作息，不变，写几个小时，出去到咖啡厅换空气看人，条客骂人，回嘴吵架。出去，爬蒙马特小山丘，走在19世纪画街角，避开那令人厌烦骗观光客画人像的所谓画家，到圣心堂前看远方山下灰蒙蒙巴黎城市。走台阶下山，看满天惊飞的鸽群。长长白日，然后秋雨。冬夜，难得下起雪，子夜上山到圣心堂，广场空无一人，草坡披着白雪，探照灯光下雪花飘舞。进到教堂，底端圣坛长明灯，暗室微光，错觉听见有人尖声假音唱佩尔戈莱西的《圣母悼歌》。教堂点烛处、廊柱后，长椅散布胡同街上的颓废堕落天使们，平日打扮，他—她们尽心迷醉合唱，摇曳走出教堂，鼓着暗黑皮翼，细雪飘散，他或她们飞向山下，远方无声灰白雾中城市街影。音乐隐约回响，教堂内残音。

夏天，六月通过硕士论文口试。

街上，斜对角开了一间哲学出版社，刊行列维纳斯专号杂志。天使位置移远些，让出门窗位置。新的对话。七月，应朋友邀请帮忙，去阿维尼翁帮他用幻灯片拍摄大野一雄的静照综合记录电影。留下几张拍立得，盛装华服舞踏白脸白日幽灵双性人。东方魅影。身体。舞蹈。祭礼。

(VIII–1)　　蒙马特铁球戏局（1976–1980）

(VIII–2) 船上一角海浪（1976–1980）

(VIII-3)　　　　橱窗即景（1976-1980）

VENEZ TOUS
FAIRE ECLATER
VOTRE
2F la partie

(VIII–4)　　女童军与气球（1976–1980）

(VIII–5)　　　　肉品（1976–1980）

译名对照表

人名

阿尔都塞（路易） Louis Althusser
阿尔托（安托南） Antonin Artaud
阿杰（尤金） Eugène Atget
阿隆（雷蒙） Raymond Aron
爱森斯坦（谢尔盖） Sergei M. Eisenstein
奥尔巴赫（弗兰克） Frank Auerbach
巴特（罗兰） Roland Barthes
巴赞（安德烈） André Bazin
贝克特（塞缪尔） Samuel Beckett
贝托尔特·布莱希特 Bertolt Brecht
本雅明（瓦尔特） Walter Bendix Schoenflies Benjamin
波德莱尔（夏尔） Charles Baudelaire
波伏娃（西蒙娜） Simone de Beauvoir
伯格曼（英格玛） Ernst Ingmar Bergman
柏拉图 Plato
布莱克（约瑟夫） Joseph Black
布朗宁（托德） Tod Browning
布朗肖（莫里斯） Maurice Blanchot
布列松（罗伯特） Robert Bresson
布列塔尼（雷蒂夫·德·拉）Rétif de la Bretonne
布鲁克（彼得）Peter Brooks
布吕纳迪埃尔（费迪南）Ferdinand Brunetière
但丁（阿利基耶里）Dante Alighieri
德比亚齐（皮埃尔·马克）Pierre-Marc de Biasi
德蒂安（马塞尔）Marcel Detienne
德莱叶（卡尔·西奥多）Carl Theodor Dreyer
德勒兹（吉尔）Gilles Deleuze
德里达（雅克）Jacques Derrida
迪迪-于贝尔曼（乔治）Georges Didi-Huberman
杜康（马克西姆）Maxime Du Camp
杜拉斯（玛格丽特）Marguerite Duras
法尔热（阿莱特） Arlette Farge
法农（弗朗兹） Frantz Fanon
费代尔（雅克）Jacques Feyder
福柯（米歇尔）Michel Foucault
弗兰克（罗伯特）Robert Frank
福楼拜（居斯塔夫）Gustave Flaubert
弗洛伊德（卢西安）Lucian Freud
弗洛伊德（西格蒙德）Sigmund Freud
冈斯（阿贝尔）Abel Gance
哥白尼（尼古拉）Mikołaj Kopernik
格罗斯泰斯特（罗伯特）Robert Grosseteste
海德格尔（马丁）Martin Heidegger
黑格尔（格奥尔格·威廉·弗里德里希）
Georg Wilhelm Friedrich Hegel
黑泽明 黑澤明
胡塞尔（埃德蒙德·古斯塔夫·阿尔布雷希特）
EdmundGustav Albrecht Husserl
怀特（麦诺）Minor White
伽利略（伽利雷）Galileo Galilei
加缪（阿尔贝） Albert Camus
伽塔利（费利克斯）Félix Guattari
卡内（皮埃尔） Pierre-Alain Carné
康德（伊曼努尔）Emmanuel Kant
凯罗尔（让）Jean Cayrol
开普勒（约翰尼斯）Johannes Kepler
科莱（路易丝）Louise Colet
克莱因（威廉）William Klein
克里斯蒂娃（朱丽娅）Julia Kristeva
柯瓦雷（亚历山大）Alexander Koyré
库萨的尼古拉 Nicolas de Cusa
库森（维克多）Victor Cousin
拉巴特（安德烈） André S. Labarthe

拉布吕耶尔（让·德） Jean de La Bruyère
拉康（雅克） Jaques Lacan
兰波（阿蒂尔）Arthur Rimbaud
朗（弗里茨）Fritz Lang
朗格卢瓦（亨利）Henri Langlois
勒南（欧内斯特）Ernest Renan
勒尼奥（亨利·维克托）Henri Victor Regnault
雷东（奥迪隆） Odilon Redon
雷乃（阿伦） Alain Resnais
雷诺阿（让） Jean Renoir
里尔克（莱内·马利亚） Rainer Maria Rilke
列维纳斯（伊曼努尔） Emmanuel Levinas
卢克莱修 Titus Lucretius Carus
鲁什（让） Jean Rouch
洛蒂（皮埃尔）Pierre Loti
罗姆尼（乔纳森）Jonathan Rornney
罗恰（格劳贝尔）Glauber Rocha
马克（克里斯）Chris Marker
马克思（卡尔·海因里希）Karl Heinrich Marx
马拉（让-保尔）Jean-Paul Marat
马拉美（斯特凡）Stéphane Mallarmé
马里翁（让-吕克）Jean-Luc Marion
马奈（爱德华）Édouard Manet
麦茨（克里斯蒂安） Christian Metz
曼恩（莎丽） Sally Mann
梅尔维尔（赫尔曼）Herman Melville
梅米（阿尔伯特） Albert Memmi
梅耶荷德 Vsevolod Emilevich Meyerhold
孟德斯鸠（查理·路易）
Charles de Secondat, Baronde Montesquieu
米兰多拉（乔瓦尼·皮科·德拉）
Giovanni Pico della Mirandole
米什莱（儒勒）Jules Michelet
莫尔修斯（约翰内斯） Johaness Meursius
莫努虚金（亚莉安） Ariane Mnouchkine
奈瓦尔（钱拉·德） Gérard de Nerval
南希（让-吕克）Jean-Luc Nancy
尼采（弗里德里希·威廉）Friedrich Wilhelm Nietzsche
涅普斯（约瑟夫·尼塞福尔）Joseph Nicéphore Nièpce
诺拉（皮埃尔） Pierre Nora
帕索里尼（皮埃尔·保罗）Pier Paolo Pasolini
培根（罗杰）Roger Bacon
佩恩（欧文） Irving Penn
佩尔戈莱西 Giovanni Battista Pergolesi
佩卡姆（约翰）John Peckham
普多夫金（弗谢沃罗德）Vsevolod Pudovkin
普鲁斯特（马塞尔）Marcel Proust
乔姆斯基（诺姆）Noam Chomsky
热尔内（路易）Louis Gernet
萨德侯爵 Marquis de Sade
萨顿（托马斯） Thomas Sutton
萨特（让-保罗） Jean-Paul Sartre
塞托（米歇尔·德）Michel de Certeau
桑德（奥古斯特） August Sander
舍勒（马克思）Max Scheler
圣维克多（涅普斯·德） Niépce de Saint-Victor
叔本华（亚瑟） Arthur Schopenhauer
斯宾诺莎（巴鲁赫）Baruch de Spinoza
斯塔罗宾斯基（让） Jean Starobinsky
斯坦尼斯拉夫斯基（康斯坦丁）Konstantin Stanislavski
苏格拉底 Socrates
索绪尔（费尔迪南·德）Ferdinand de Saussure
塔尔博特（威廉·亨利·福克斯）William Henry Fox Talbot
托多洛夫（茨维坦）Tzvetan Todorov
维尔托夫（吉加）Dziga Vertov
维吉尔 Virgil
委拉斯凯兹（迭戈·罗德里格斯·德·席尔瓦）
Diego Rodríguez de Silva y Velázquez
韦纳（保罗） Paul Veyne
韦斯顿（爱德华）Edward Weston
沃尔夫-迪瓦恩（西莉亚）Celia Wolf-Devine
西伯雷（赫伯特）Herbert Silberer

希区柯克（阿尔弗雷德）Alfred Hitchcock
夏布洛尔（克洛德）Claude Chabrol
夏尔（勒内）René Char
小津安二郎 小津安二郎
谢阁兰（维克多）Victor Segalen
谢林（弗里德里希·威廉·约瑟夫·冯）
Friedrich Wilhelm Joseph von Schelling
亚当斯（安塞尔）Ansel Adams
亚里士多德 Aristotle
扬凯列维奇（弗拉基米尔）Vladimir Jankélévitch
伊波利特（让）Jean Hyppolite

书籍

《埃涅阿斯记》（维吉尔） *Aeneid*
《爱情》（儒勒·米什莱） *L'Amour*
《奥德赛》（荷马） *Odysée*
《巴黎之夜》（雷蒂夫·德·拉·布列塔尼） *Les nuits de Paris*
《包法利夫人》（居斯塔夫·福楼拜） *Madame Bovary*
《变形记》（奥维德） *Metamorphoses*
《波斯人信札》（孟德斯鸠） *Lettres persanes*
《词与物》（米歇尔·福柯） *Les mots et les choses*
《从封闭世界到无限宇宙》（亚历山大·柯瓦雷）
Du monde clos à l'univers infini
《等待戈多》（塞缪尔·贝克特） *En attendant Godot*
《第一哲学沉思集》（勒内·笛卡尔）
Méditations métaphysiques
《都柏林人》（詹姆斯·乔伊斯） *Dubliners*
《杜伊诺哀歌》（莱内·马利亚·里尔克） *Duineser Elegien*
《恶之花》（夏尔·波德莱尔） *Les fleurs du mal*
《方法论》（勒内·笛卡尔） *Discours de la méthode*
《根茎》（吉尔·德勒兹 / 费利克斯·伽塔利） *Rhizome*
《火的女儿》（钱拉·德·奈瓦尔） *Les filles du feu*
《林中路》（马丁·海德格尔）
Chemins qui ne mènent nulle part
《灵魂》（亚里士多德） *De l'âme*
《论法的精神》（孟德斯鸠） *De l'esprit des lois*
《论优美感和崇高感》（伊曼努尔·康德）
Observation sur le sentiment du beau et du sublime
《美国人》（罗伯特·弗兰克） *The Americans*
《明室》（罗兰·巴特）
Camera lucida: Reflections on photography
《女性》（儒勒·米什莱） *La Femme*
《欧洲人的危机与哲学》（胡塞尔）
La crise de l'humanité européene et la philosophie
《情感教育》（居斯塔夫·福楼拜） *L'education sentimentale*
《萨朗波》（居斯塔夫·福楼拜） *Salammbô*
《摄影词典》（托马斯·萨顿） *A dictionary of photography*
《神曲》（但丁） *Divina Commedia*
《世界—或光之理论》（勒内·笛卡尔）
Le Monde ou Traité de la Lumière
《事物的力量》（西蒙娜·波伏娃） *La force des choses*
《泰阿泰德篇》（柏拉图） *Théétète*
《物性论》（卢克莱修） *De rerum natura*
《夏尔与其诗》（勒内·夏尔） *René Char en ses poèmes*
《性史》（米歇尔·福柯） *Histoire de la sexualité*
《折射光学》（勒内·笛卡尔） *La dioptrique*
《追忆逝水年华》（马塞尔·普鲁斯特）
A la recherche du temps perdu
《自然光》（安塞尔·亚当斯） *Natural-light photography*
《自然铅笔》（威廉·亨利·福克斯·塔尔博特）
The pencil of nature
《最后的人》（莫里斯·布朗肖） *Le dernier homme*

电影

《踩虎尾的男人》（黑泽明） 虎の尾を踏む男達
《大都会》（弗里茨·朗） *Metropolis*
《堤》（克里斯·马克） *La Jetée*
《雕像也会死亡》（阿伦·雷乃 / 克里斯·马克）

Les statues meurent aussi
《广岛之恋》（玛格丽特·杜拉斯） *Hiroshima mon amour*
《黑上帝白魔鬼》（格劳贝尔·罗恰）
Deus E o Diabo na Terra do Sol
《畸形人》（托德·布朗宁） *Freaks*
《蓝》（克日什托夫·基耶斯洛夫斯基） *Bleu*
《马太福音》（皮埃尔·保罗·帕索里尼）
Il vangelo secondo Matteo
《美好五月》（克里斯·马克） *Le Joli Mai*
《迷魂记》（阿尔弗雷德·希区柯克） *Vertigo*
《莫里埃尔》（阿伦·雷乃） *Muriel ou le Temps d'un retour*
《拿破仑》（阿贝尔·冈斯） *Napoléon*
《秋刀鱼之味》（小津安二郎） 秋刀魚の味
《秋日和》（小津安二郎） 秋日和
《去年在马里昂巴德》 *L'année dernière à Marienbad*
《全世界的记忆》（阿伦·雷乃） *Toute la mémoire du monde*
《圣女贞德蒙难记》（卡尔·西奥多·德莱叶）
La passion de Jeanne d'Arc
《晚春》（小津安二郎） 晚春
《西伯利亚来信》（克里斯·马克） *Lettre de Sibérie*
《乡村牧师日记》（罗伯特·布列松）
Journal d'un curé de champagne
《亚特兰蒂斯的女皇》（雅克·费代尔） *L'Atlantide*
《夜与雾》（阿伦·雷乃） *Nuit et brouillard*
《印度之歌》（玛格丽特·杜拉斯） *India song*
《早春》（小津安二郎） 早春

报刊

《电影手册》 *Cahiers du cinema*
《光圈》 *Aperture*

机构

伽利玛出版社 Gallimard
乌力波 Oulipo

地名

奥利机场 Orly Aéroport
奥斯维辛 Auschwitz
北方剧院 Bouffes du Nord
蓬皮杜中心 Le Centre national d'art et de culture Georges-Pompidou
阳光剧团 Théâtre du Soleil

歌曲

《圣母悼歌》（佩尔戈莱西） Stabat Mater

陈传兴

法国高等社会科学学院语言学博士，行人文化实验室创办人，台湾清华大学副教授，

2012 年获颁法国艺术与文学勋位（军官勋章）。

师承法国电影理论大师克里斯蒂安 · 麦茨 (Christian Metz)。陈传兴长期耕耘哲学、精神分析与影像论述等领域，

同时是作家、摄影家、艺术评论学者与电影创作者，也是一位勇于面对公民运动做出反应的思想家，

以哲学基础来诠释台湾的现代面向，在他身上隐然看得到法国重要哲学家的影响与特有的风范。

总监制《在岛屿写作》第一系列，并亲自执导《如雾起时—郑愁予》《化城再来人—周梦蝶》《掬水月在手—叶嘉莹》。

2019 年于上海龙美术馆举办摄影个展《萤与日》，2009 年广州美术馆参与第三届广州国际摄影双年展摄影群展，

1975 年于台北举办摄影个展《芦洲浮生图》。

重要著作包括有《忧郁文件》《银盐热》《木与夜孰长》《道德不能罢免》，以及主持翻译《精神分析词汇》，

在启发几代摄影人的《摄影美学七问》中，是其中“五问”的回答者。

图书在版编目（CIP）数据

岸萤 / 陈传兴著. -- 北京 : 中信出版社, 2020.9
ISBN 978-7-5217-1584-2

Ⅰ. ①岸… Ⅱ.①陈… Ⅲ. ① 散文集－中国－当代
Ⅳ. ①I267

中国版本图书馆CIP数据核字 (2020) 第 028154 号

图书出品：中信出版・大方
图书策划：施宏俊　蔡　欣
装帧设计：孙晓曦（pay2play.design）
策划编辑：过稼阳
责任编辑：徐芸芸
营销编辑：王　雨　王雅伟
责任印制：陈　梅

岸　萤

著　　者：陈传兴
出版发行：中信出版集团股份有限公司
（北京市朝阳区惠新东街甲4号富盛大厦2座　邮编　100029）
承 印 者：北京雅昌艺术印刷有限公司

开　　本：787mm×1092mm　1/16　　印　　张：23.75　　字　　数：283千字

版　　次：2020年9月第1版　　印　　次：2020年9月第1次印刷

书　　号：ISBN 978-7-5217-1584-2

定　　价：298.00元

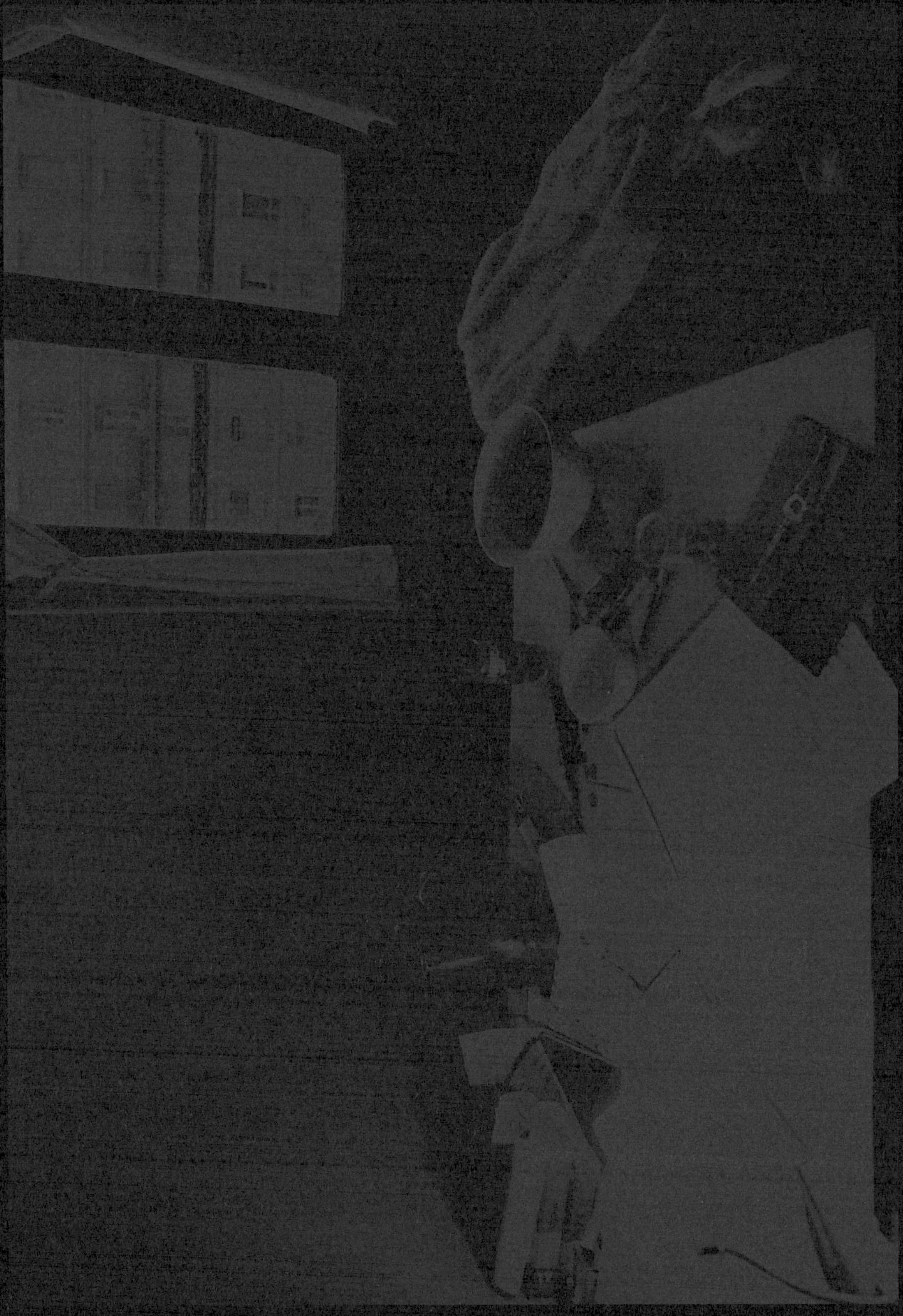